サマンサ・ジェイムズ

完璧な花婿

ソフトバンク文庫

Translated from the English
A PERFECT GROOM by Samantha James

First published in the United States by Avon Books, New York

Japanese translation published by arrangement with Maria
Carvainis Agency, Inc through The English Agency (Japan) Ltd.

主な登場人物

アラベラ・テンプルトン…………司祭の娘
ジャスティン・スターリング……侯爵家の次男
セバスチャン…………………………ジャスティンの兄、侯爵
デヴォン………………………………セバスチャンの妻
ジュリアンナ…………………………ジャスティンの妹
キャサリン……………………………アラベラの母
ダニエル………………………………アラベラの父、司祭
グレース………………………………アラベラの伯母
ジョセフ………………………………アラベラの伯父、子爵
ジョージアナ…………………………アラベラの親友
ギデオン………………………………ジャスティンの親友
キャリントン侯爵未亡人…………上流社会に強い影響力を持つ老婦人

プロローグ

おれの心には悪魔が棲みついている――ジャスティンはそう思って生きてきた。

スターリング家の三人の子どもは同じ両親から生まれて、同じ家で育ったはずなのに、三人三様まるでちがっていた。

長兄のセバスチャンは責任感があり、冷静で、頼もしく、勤勉で、思慮深く、誰に対しても礼儀正しい。妹のジュリアンナは愛らしく、快活だ。

けれど、ジャスティンは……母にそっくり、まさに生き写しだった。最高級のエメラルドのように輝く澄んだ瞳、芸術品のように整った非の打ちどころのない顔、艶《つや》やかな黒い髪。すべてが母親譲りだったが、それだけでなく……ほかのところまでそっくりだった。それは自分でもよくわかっていた。あらゆる意味で……。

母が愛人と出奔したあとの数年間の出来事は、いまでもジャスティンの記憶にはっきり刻まれていた。母には何人もの愛人がいたはずだ。もちろん、そんなことを堂々と口にする者はいなかったけれど、ひそひそ声で噂《うわさ》されていたのはたしかだ。ジャスティンは勉強はあまり好きではなかったが、歳のわりに大人びたところがあって、使用人たちの噂話をすべて理解していた。使用人たちが意味ありげに自分を見るのは、同情しているからだと思った。侯爵夫人である母は三人の子どもを、何かにつけて世間の不評を買っている父親のもとに置き去りにした。父は人を愛することを知らない男だったのかもしれない。セバスチャンのことも、誰からもかわいがられる愛くるしいジュリアンナのことも愛していないようだった。反抗的なジャスティンのことはなおさら。

ジャスティンは家庭教師も匙《さじ》を投げるような少年だった。強情で、粗野で、投げやりで、大人の言うことをまるで聞かない。まじめに勉強するセバスチャンとはちがって、成績も悪かった。ジャスティン自身もずいぶん幼いころから、セバスチャンが長男でよかったと思っていた。もし父が亡くなって自分がサーストン侯爵になるようなことがあれば、その結果は惨憺《さんたん》たるものになるとわかっていたからだ。なぜかいつでもすべきでないことばかりしてしまう、考えるべきでないことばかり考えてしまう、言わないほうがいいことばかり言ってしまうのだ。とくに父に対しては。といっても、父とそりが合わないのも不思議はなかった。ジャスティンはおとなしくしているのが苦手だった。椅子に坐っていても、落ち着かずにもじもじしてしまう。窓の外を眺めて、どこかに行きたくてたまらなくなるのだ。

兄のセバスチャンと一緒に初めて勉強部屋に入ったその日からジャスティンは勉強が嫌いで、ある日とうとう堪えられなくなった。そうして、昼食後に無断で勉強部屋を抜けだした。その部屋に戻らなければ、家庭教師のラザフォード先生がすぐにそのことを父に話すのを予測しておくべきだった。いや、そのぐらいは予想していたのかもしれない。


けれど、父がわざわざ自分の書斎から出てくるとは想像もしていなかった。

八歳の少年にとって、家じゅうの者が自分を捜すのを見ているのは愉快でたまらなかった。ジャスティンは果樹園の木の高い枝に坐って、高みの見物を決めこんだ。使用人たちがあたふたと走りまわり、何棟もある厩舎《きゅうしゃ》はもちろんのこと、屋敷を隅々まで捜しまわっていた。自分が坐っている木のまえを、父が行ったり来たりしているのを見て、くすくすと笑った。すると、父が足を止めて……上を見た。

侯爵は次男を見つけてほっとしたわけではなかった。その目は怒りに燃えていた。

「どうしておまえは勉強部屋にいないんだ?」と語気を荒げて尋ねた。

「どうしてかって? ここにいるからだよ」幼いジャスティンは口答えした。「そんなこと見ればわかるでしょ」

「さっさと下りてこい、このいたずら坊主が!」

幼いジャスティンは忍び笑いをやめて、口をぎゅっと結んだ。緑色の目が光った。

「いやだよ」

父は両方の拳《こぶし》を握りしめた。「下りてくるんだ、いますぐに。さっさとしろ！」

父の怒りは幼い息子の反抗心を掻《か》きたてただけだった。ジャスティンは細い腕を伸ばして、さらに高いところにある節くれだった枝をつかんだ。もっと上へ登ることだけに夢中で、足元の枝がいまにも折れそうに軋《きし》んでいるのに気づかなかった。そうして、勝ち誇ったように揺れる木の葉の隙間から、上を見ている父の顔をちらりと見た。

その瞬間、枝が折れた。ジャスティンは身を守ろうとして、地面に落ちると同時に手をついた。鈍い音がして、鋭い痛みが全身を貫いた。何本ものナイフが突き刺さったかのようだった。熱く痺《しび》れる電流が走ったかのようだった。一瞬、体が麻痺《まひ》して動けず、息も吸えなかった。あまりの激痛に気を失いそうだった。

どうにか横に転がって、仰向けになった。そびえるように立っている父が見えた。青ざめた顔に恐ろしい形相を浮かべていた。父が身を屈《かが》めて命じた。「立て！」息子の怪我をしていないほうの腕をつかんで、ぐいと引いて立たせた。

父のまえに立ったジャスティンの手首は奇妙な方向に曲がっていた。痛くてたまらず、吐き気がした。それでも、ジャスティンはこみあげてくる胆汁をどうにか飲みこんで歯を食いしばり、痛みをこらえて、父を睨《にら》んだ。

「やめろ！」いつもの命令口調で父が言った。「やめるんだ！」

「何を？」ジャスティンの冷静なことばが、侯爵の怒りを煽《あお》った。

「そんな目で見るんじゃない！」

「そんな目って？」

「あの女のような目だ！」

幼いジャスティンの胸に何かが湧きあがった。抑えようのない怒り、自制できない──自制したいとも思わない、竜巻のような感情が。その刹那《せつな》、ジャスティンは父を憎んだ。兄のセバスチャンをわがもののように扱う父を憎んだ。小さなジュリアンナを冷たい目で見る父を憎んだ。樺《かば》の枝の鞭《むち》で尻を叩かれてもかまわなかった。

父が憎かった……父に憎まれているのを感じるとなおさら。

「あの女？」とジャスティンは冷ややかに尋ねた。「お母さまのことですか？」

父の目に怒りの炎が揺れた。「黙れ、小僧！　黙れ！」

父の拳が顔に飛んできた。

殴られて、ジャスティンはまた地面に倒れた。けれど、今度はひとりで立ちあがると、緑色に燃える目で父を睨んで、叫んだ。「黙るもんか！　ぼくだってお父さまなんか好きじゃない。けど、それよりもっとお母さまはお父さまが好きじゃなかったんだ。セバスチャンよりもっとお父さまを好きじゃなかった……そうだ、この世でいちばん！　だから、出ていったんだ、そうに決まってる！」

侯爵が怒鳴った。「父に向かってそんな口をきくとは！　悪魔め、ああ、そのとおりだ。この悪魔が！」

残酷なことばが父の口から飛びだした。

父がジャスティンをそう罵《ののし》ったのはそれが初めてではなく、それが最後でもなかった。そんなふうに罵ったのは……ジャスティンが誰にも、セバスチャンにさえも打ち明けられないようなことばで罵ったのは。

けれど、その間もジャスティンは胸を張ってその場に立っていた。父のひとことひとことが心に、魂にまで突き刺さっても、ひるまず、まばたきさえしなかった。そうして、最後に重い沈黙が訪れると、顎《あご》をわずかに傾けた。

「気がすみましたか、お父さま？」

その口調には軽蔑が滲《にじ》んでいた。年端《としは》も行かぬ子どもとは思えない落ち着きはらった物言いだった。怒りに口を歪《ゆが》めて、侯爵はもう一度拳をかまえた。

そのとき、どこからともなくセバスチャンが現われて、ふたりのあいだに割ってはいった。「父さま、おやめください！　ジャスティンの手首を見てください……ひどい怪我をしてるんですよ！」

そのとおりだった。

そうして、医者が呼ばれた。そのころには、ジャスティンは家のなかで自分のベッドに寝かされていた。医者は眉を上げた。

「折れてますな。骨をもとの位置に戻さねばなりませんぞ、お坊ちゃま、ええ、それしか方法がありません。だが、それにはとんでもない痛みが伴います。泣きわめかずにはいられないほどの……」

医者のすぐうしろに侯爵が立っていた。

ジャスティンは父の目を見ていた。喉《のど》にリンゴほどの大きな塊が詰まっているようで、目がじわっと熱くなって、父の姿が揺れていたが、まもなく焦点が合った。

同時に、父がほくそ笑んだのが見えた。幼い息子が身を縮めて、泣きわめくにちがいないと思っているのだ。ジャスティンは口を固く結んだ。母は泣かなかった。セバスチャンも泣かなかった。だから、自分も泣くまいと思った。

セバスチャンが弟の肩をぎゅっと握って、小さな声で話しかけた。「ジャスティン、聞こえるかい？　心配するな、泣きたければ――」

「大丈夫だよ」ジャスティンは父を見据えたまま、きっぱりと言った。「ぼくは泣かないよ。絶対に泣かない！」

医者はうなずくと、ジャスティンに歩み寄った。

骨がもとの位置に戻る鈍く不快な音がした。ジャスティンの細い体がびくんと跳ねて、ベッドの上で背中が弓なりに反った。怪我をしていないほうの手の細い指がシーツを握りしめた。すべてが終わるころには、ジャスティンの顔は真っ青で、息は荒くなっていた。

それでも、ジャスティンは泣かなかった。口からはどんな声も漏《も》れなかった。侯爵はうんざりしたように鼻を鳴らした。無言のまま、くるりとうしろを向くと、つかつかと部屋を出ていった。

*

悪魔。

いつだって、ことあるごとに、侯爵は二番目の息子をそう罵った。大声でそう言って、罵声を浴びせた。ひとりでいるときにも、そのことばをつぶやいた。

幼いころのジャスティンは、したり顔で胸を張ったり、得意げに目を輝かせたりする父の姿を幾度となく目にした。

父とうまくやっていこうとどれほど努力しても無駄だった。侯爵は頑《かたく》なまでに自分の息子を軽蔑しつづけた。

ときが流れ、手脚のひょろ長い少年は背が伸びて、すらりとした美男子になった。イートン校での学生時代は、無数の事件と侯爵への手紙に彩られた。ジャスティンの飽くなき反抗心とみごとに比例するように、父の不満もつのるばかりだった。

そう、家名を汚《けが》したのがジャスティンの母ならば、一家の問題児はまぎれもなくジャスティンだった。素行は悪く、態度はあくまでもふてぶてしい。そのせいで父が困れば困るほど、ジャスティンは嬉しかった。

ゆえに、その行動はエスカレートするばかりだった。

酔っ払って、博打《ばくち》を打ち、女を買った。それが父の知るところになれば、それこそ望むところだった。

そうして、十七歳の夏にあることが起きた。六月の暖かい夜のことだった。夜明けまえに、ジャスティンは千鳥足で家に戻った。ポートワイン一本と粉屋の娘と一緒に浮かれた一夜を過ごして、そのすばらしい組み合わせに疲れ果てていた。それにしてもあの娘は思いもよらぬほど創造的だった。あの口にあれほどの天賦の才があるとは誰が思うだろう——。

「いったいどこへ行っていた?」

侯爵が目のまえに立ちはだかった。

ジャスティンの唇に笑みがゆっくりと広がった。「これはこれは、ご当主さま、夜遊びの報告をお望みですか?」父のことをきちんと呼ぶ気などなかった。〝お父さま〟と呼ばなくなって、すでに何年も経っていた。いまや、面と向かって〝父上〟と呼ぶ気もなかった。

ジャスティンは父の書斎の半開きの扉を仰々しく指さした。「あそこで坐って話しましょう。今夜の余興はたいへん興味深いものでしたから、いくらか長い話になりそうです。とはいえ、ご忠告しておきますよ、ご老体には少々刺激が強すぎるかもしれない」

「黙れ！」侯爵は吐き捨てるように言った。「ろくでもないおまえの話など聞きたくもないわ！」そうして、ジャスティンを頭のてっぺんからつま先までねめつけた。「また酔っているんだな、そうだろう？」

父の侮蔑《ぶべつ》に満ちたことばを気にもせずに、ジャスティンは丁寧にお辞儀してみせた。泥酔しているにしては、精一杯丁寧に。「さすが、なんでもお見通しというわけだ」

父はうんざりして唇を歪めた。「おまえなどいなくなってしまえ。いますぐ出ていけ！　二度と戻ってくるな！」

ジャスティンは相変わらず薄ら笑いを浮かべていた。「ここにいるのは、それなりにわけがありましてね」

侯爵は拳を固めた。「ふざけるな、だったらいますぐ追いだしてやる。この家に二度と足を踏みいれられないようにしてやる！」

「なるほど。とはいえ、世間はなんと言うでしょうね？　妻を追いはらい、その上、息子まで見捨てるとは。いずれにしても、いましばらくの辛抱です。この夏の終わりには、ぼくはケンブリッジに行くんですから、お忘れですか?」

「だから、喜べと言うのか? おまえがここにいるかぎり毎日が生き地獄だということを!」

ジャスティンは頭を傾《かし》げた。「涙が出るようなおことばだ。となれば、そのことばにたっぷり報わせてもらいましょう」

「なんてざまだ、ぐでんぐでんに酔っ払って、ろくに立ってもいられないとは!」侯爵の怒声が響いた。「おまけに、安物の香水のにおいをぷんぷん撒《ま》き散らしおって! ああ、たしかにおまえはあの母が産んだ坊主にまちがいない! わしに恥をかかせたあの女、あの魔女が! あの女はわが家の名折れだ、ああ、そうだ、おまえもだ! 何年ものあいだ、わしはおまえを見ていなければならなかった。あの女の目、あの女のほくそ笑む顔で見返してくるおまえを。そのたびに、あの女がしたことを思いだし、あれがどんな女だったか……男がほしいと思えば、誰かれかまわず股《また》を広げる尻軽女だったことを思いだすはめになった。ああ、おまえもおんなじだ。おまえの血も穢《けが》れている」怒りが頂点に達した。「あの女が穢れていたようにな。まともな女がおまえのような男を相手にするわけがない。まともな女がおまえのような男と結婚するわけがない!」

ジャスティンの目が鋭く光った。その瞬間、父を完膚なきまでに打ちのめしたくなった。報復せずにいられなかった。父のことばで傷つけられたように、父を傷つけたくてたまらなくなった。

「母上があなたの言うとおりの尻軽女だったなら」ジャスティンは痛烈なことばを放った。「三人の子どもがほんとうにあなたの子かどうか――」

ジャスティンはふいに口をつぐんで、父をじっと見た。

「まさか」つぶやくように言った。ことばを発したというより息遣いに近かった。「あなたには真実はわからない、そうなんですか？」

侯爵は答えなかった。ふいに重い沈黙が下りた。

ジャスティンの口が歪んだ。「ああ、これはおもしろい！　サーストン侯爵ともあろうお方が……妻に逃げられ、その妻はフランスに渡る途中に愛人とともに命を落として……妻の三人の子どもを永遠に押しつけられるはめになったとは。そうして、子どもたちが自分の子かどうか永遠に考えつづけるはめになるとは！　おまけに、当然のことながら、あなたはぼくたちを誰かに押しつけるわけにはいかなかった、そうでしょう？　世間に対して自分の子だとするしかなかった。だって、あなたにはわからなかったんだから」

侯爵の顔から一気に血の気が引いた。「黙れ、小僧！」

ジャスティンは大笑いした。笑いはじめたら、もう止まらなかった。

「うるさい！」侯爵は怒鳴った。目に敵意をたぎらせ、肩をいからせてジャスティンに一歩近づいた。

その瞬間、すべてが一変した。侯爵の口から息が詰まったような音が漏れて、目が見開かれた。首に巻いたスカーフをかきむしるようにして……床にどさりと倒れた。

ジャスティンは父の姿を見つめるしかなかった。磨きあげられた大理石の床にうつ伏せに倒れているその姿を。背筋がひやりと冷たくなって、一瞬、体が凍りついた。だが、次の瞬間には正気に戻って父に駆けよると、ひざまずいた。ためらいがちに片手を伸ばした。「父上？」つぶやくように声をかけた。

侯爵は見えない目を天井に向けていた。

ジャスティンの体が震えだした。吐き気を催すようなおぞましい感覚に呑みこまれた。ぎこちなく立ちあがって、走りだした。自分の部屋へと走った。悪魔に追われてでもいるように……。

それが侯爵の最期だった。そうして侯爵は死んだ。

ジャスティンはその夜の父との出来事を人には話さないと心に決めた。自分だけの秘密として、胸の奥に鍵をかけてしまいこんでおくつもりだった。自分がその場にいたことは誰にも知られることはない……自分が父を殺したことも。

1

一八一七年、ロンドン

会員制クラブ〈ホワイト〉は、その夜もいつもと変わらぬ雰囲気だった。りゅうとした身なりの紳士たちがサイコロ賭博《ハザード》のテーブルを囲み、あたりにはブランデーと葉巻のつんとするにおいがたちこめていた。すらりとした体で緑色のベルベットの椅子にゆったり腰かけて、ジャスティン・スターリングはとくに何を見るでもなくその日の新聞に目を通していた。まるで、世の中のことなどどうでもいいと思っているかのように。まあ、たしかにそのとおりなのだが……。長い脚を足首のあたりで交差させたその姿からは、心からくつろいでいるのが見て取れた。

「これはまた、驚いた！」冗談めかした大きな声が響いた。「つまりは、ついにおまえはまた、かしこくもわれわれのまえに姿を現わしたというわけだ！」

ジャスティンは新聞越しにちらりと目をやった。緑色の瞳が、親友のギデオンの目をとらえた。

ギデオンはジャスティンの隣の空いている椅子を見た。「坐ってもいいかな？」

「もちろんだ、尋ねるまでもない」ジャスティンは新聞をわきに置いた。ギデオンはどんなことにジャスティンが気持ちをくすぐられるか、いつ、どこへ行けば喜ぶかをきちんと心得ていた。まさに気心の知れた仲だった。

「実のところ」とギデオンが言った。「国を離れるときにおまえがどれほど鬱々《うつうつ》としていたかを思って、尋ねたほうがいいだろうと思ったんだよ」

たしかにギデオンの言うとおりだった。旅立つまえの落ちこみようは、義理の姉のデヴォンにまで指摘されたほどだった。なぜあれほど落ちこんでいたのか、ジャスティンは自分でもよくわからなかった。女であれ、家族であれ、つきあう相手には事欠かず、望むものの大半は手に入れていた。それなのに、ひとりの男としてそれ以上の何を望むというのか？

その答えがわからなかった。そして、それが何よりも引っかかっていた。

そんなこんなで、三カ月前に、環境を変えるのがいちばんだと考えて、大陸へ渡ったのだった。パリ、ローマ、ウィーン……気の向くままに旅をして、気の向くままに放蕩《ほうとう》の限りを尽くした。

そうして、ようやく戻ってきた。

そうして、相変わらず物足りなさを感じていた。

ジャスティンはポートワインに手を伸ばして、感情のこもらない声でつぶやいた。

「挨拶《あいさつ》を忘れていた——やあ、ひさしぶりだな」

「ああ、そのとおり。ところで、今日はまた一段と決まってるじゃないか」ギデオンはジャスティンの肩をぴたりと包むウールのスーツに目を留めた。「仕立て屋のおかげだな。察するにウェストンか？」

ジャスティンはうなずいた。ウェストンはロンドンでもっとも腕がよく、もっとも高級な仕立て屋だった。「ご明察」

そう遠くないところで大きな笑い声が響いた。

「彼女を落としたら二千ポンド！」

ジャスティンが目をやると、サー・アシュトン・ベントリーがよろよろとお辞儀しているところだった。驚くことではなかった。ベントリーの酒はどういうわけかいつも許容量を越えてしまうのだ。

「賭け金を上げれば、士気も上がるぞ」誰かが大きな声で言った。

騒いでいるのは、〈ホワイト〉の有名な出窓のそばに集まっている男たちだった。いつもなら、そのあたりには伊達《だて》男として名高いボー・ブランメルとその友人たちがいるのだが、今夜は姿が見えなかった。それもあってか、男たちの会話はさらに熱を帯びていった。

下卑《げび》た笑い声が響いた。「彼女のあそこを見たやつもいなければ、これから見られそうなやつもいない。結婚式の夜までは誰も見られないんだろうよ！」

「ああ、彼女は結婚するまで男と寝たりしないさ！」誰かが大きな声で言った。「ベントリーに訊いてみるがいい」

「はっ！　彼女を落とすのに、結婚する必要などない。ああ、求婚するまでもない。この社交シーズンが終わるまでに彼女を草の上に押し倒すさ。さもなけりゃ、チャールズ・ブレントウッドというこの名を返上するよ！」

また、誰かが声高に言った。「草の上に押し倒すだって？　何を寝ぼけたことを」

「このぼくが彼女を押し倒すのに二千！」スコットランドの伯爵の次男、パトリック・マックエルロイが自信満々に言った。「そうして、彼女の夫――求婚するうすのろたちのなかから彼女が選んだ男――は自分が初めての男じゃないとは知りもしない！」

「だけど、ほんとうに彼女を落としたってことをどう証明する？」もっともな疑問だった。「口でなんと言ったって、それが事実かどうかはわからない」

ジャスティンが考えていたのもまさにそれだった。

「たしかに」大きな声が応じた。「証拠がいる!」

「戦利品だ!」ひとりが賛同の声をあげた。「戦利品が必要だ!」

「あの髪なら証拠になる! イングランドじゅうを捜したって、あんな炎のような色の髪をした女はほかにいない!」

どうやら、社交界にデビューしたばかりのうら若き乙女が、男たちの気まぐれなお楽しみの的にされているようだった。スコットランド人のマックエルロイはどう見ても俗物で、ブレントウッドはこと女にかんしては洗練とはほど遠い男だ。標的にされているのがどんな娘であれ、ジャスティンは同情せずにいられなかった。

話をしている男たちを見つめながら、ジャスティンはギデオンに小さな声で言った。

「さかりのついた獣の群れだな。とはいえ、正直なところ、大いに興味をそそられる。連中が夢中になってる娘は何者だ?」

ギデオンがうっすらと笑みを浮かべた。「かの有名な〝難攻不落〟だよ」

「何が?」

「何がじゃなくて、誰がだ。長いこと留守にしすぎていたようだな、友人。この二週間で、ベントリーも含めて三人の男の求婚を断わったことから、彼女は〝難攻不落のきみ〟と呼ばれるようになった。いまや大人気だ。これまでのところ、この社交シーズン一の人気を誇ってる」

ジャスティンの視線が天を仰いだ。「まさにロンドンじゅうの誰もが求めてるもの――新たに社交界にデビューしたどこにでもいるつまらないお嬢さま、というわけか」

「正確にはデビュタントと言えるかどうか……彼女はまもなく二十一になるはずだから。といっても、これまで正式に社交界にデビューしていなかったのは事実だ。それに、彼女にかぎっては〝つまらないお嬢さま〟という表現はあてはまらない」ギデオンはふいに声をあげて笑った。「ああ、そうだ、そのことばは〝難攻不落のきみ〟を言い表わすにはまるでそぐわない」

「だったら、どんなことばがぴたりと来る？」

ジャスティンは口元にグラスを持っていった。ギデオンは口をすぼめた。「そうだな……ひとことでは言えない。たしかに見目麗しい女性ではあるが、いや、なんと言うか……昔ながらの古風なタイプとはちがう。それでいて、とにかく人気がある。ああ、まちがいなく、つまらない女じゃないし、どこにでもいる女でもない。考えてみれば、白いドレスを着ているのは一度も見たことがない。それに、髪はまさに炎の色だ」ギデオンは群れている男たちを顎で指した。「たしかに、あの髪は証拠になる」

「よくいる上流階級の綺麗なお嬢さまというわけではなさそうだな」

「よくいるデビュタントとはちがうさ。だが、そこが魅力なんだろう。ある意味で……なんと言えばいい？　彫刻のように威厳がある」ギデオンは大げさにため息をついた。

「彼女には社交界の女性にはめずらしくある種の気高さがある。それに、簡単にはダンスに応じない」

みごとな弧を描く黒い眉がぐいと上がった。ジャスティンはグラスを下ろして、訝《いぶか》しげにギデオンを見ると、さもおぞましそうに身震いしてみせた。「そのお嬢さまは大女で、わけのわからないことを口走って、婚期を逃しかけているのに、それでも三人の求婚者が現われたというのか？」

「まあ、そういうことだ」ギデオンはあっさり認めた。「おまけに、彼女には財産もないというのにな」

「信じられん。ロンドンにいる男はどいつも頭がおかしくなったのか？」

ギデオンが軽やかに笑った。「そのとおりだ、まさにおかしくなってるよ。彼女に夢中で、必死になってる。おそらく……そう、ロンドンの男の半分がぞっこんだ。惚《ほ》れて、のぼせて、彼女の足元にひざまずいて、ひと目で恋に落ちたと告白しようとしている。さらに、残りの半分はここ、〈ホワイト〉にいて」ギデオンは片手を振った。「彼女のスカートのなかにもぐりこもうとしている。たったいまおまえも聞いたとおり」

皮肉屋らしく、ジャスティンは片方の眉をぴくりと動かした。「おまえもずいぶん浮き足立ってるようじゃないか」ギデオンはまさにそんなふうに見えた。「おまえも彼女の虜《とりこ》なのか？」

返事の代わりにギデオンは笑った。笑い声が口から漏れようとしたそのとき、ギデオンの視線が一瞬だけそれた。旧知の仲であるジャスティンは、親友が何か隠しているのを見逃さなかった。そうして、ギデオンのことを見つめた。正直なところ驚いていた――ギデオンは簡単には動揺しない男なのだ。

「まさかとは思うが」ジャスティンはゆっくり言った。「おまえも彼女に言い寄る愚か者のひとりじゃないだろうな」

ギデオンの顔に浮かんだ不機嫌そうな表情からして、たったいま口にした冗談をギデオンは軽く笑い飛ばすつもりはなさそうだった。

ジャスティンはからかわずにいられなかった。「彼女に身のほどを思い知らされたのか?」

「そんな傲慢《ごうまん》な言い方はやめてくれ」ギデオンはきっぱり言った。

ジャスティンはポートワインをひとくち飲んだ。「とんでもない、そんなつもりはさらさらないよ」そう言って、目のまえの酒を見つめた。心がざわめいていた。赤毛の女は好きではなかった。それにはそれなりの理由がある。赤毛の女を見ると思いだすのだ……。

「ずいぶん苛立《いらだ》っているようじゃないか、ジャスティン。どうした?」

「おまえは知らないだろうが、何年もまえにある女にやり込められたことを思いだした」

「なんだって？　おまえがやり込められたのか？」

頭に浮かんでいるのは思いだしたくもない出来事だった。ひとりの少女に鼻をへし折られたのだ。まあ、たしかに、当時の自分はいかにも鼻高々ではあったけれど。なぜ、彼女に標的にされたのか、それは見当もつかなかった。セバスチャンからは、生意気な少女のちょっとしたいたずらだと、ことあるごとに言われたが、相手が子どもであろうとなかろうと、忘れられる出来事ではなかった。いまでも許せなかった。あんなはねかえりのおてんば娘に面子《めんつ》を潰《つぶ》されるとは。

ジャスティンはこわばった笑みを浮かべた。「こうとだけ言っておくよ。おまえもぼくも、思っているほど威勢がいいわけではないらしい」相手がほんの子どもだったことは黙っていた。といっても、当時はまだ自分も青かったけれど、正直に話したところで、ギデオンをほくそ笑ませるだけだった。

ジャスティンは話題をもとに戻した。「噂のお嬢さまはそうとうな玉なんだろうな。その〝難攻不落のきみ〟とやらは。何しろおまえをひざまずかせるほどなんだから。この街でいちばん名うてのプレイボーイを」

「いや、誉れあるその称号はおまえのものだ」ギデオンは落ち着きを取り戻して、いつもと変わらぬ調子になった。「勝算があるなら、賭けに加わったらどうだ？」そう言うと、〝難攻不落のきみ〟の話題で盛りあがって、ますます下卑たことばを連発している一団を見ながらうなずいた。

ジャスティンが答えるまもなく、ベントリーの大きな声が響いた。「〝難攻不落のきみ〟の初めての男になった者に三千ポンド！」

「おや」とギデオンが言った。「賭け金が上がったぞ」

ジャスティンは頭を振った。「しょうもないやつだ、ベントリーはまた酔ってるんだろう。誰かに連れだしてもらわないとな。サイコロ賭博のテーブルに舞い戻って、大負けして、身包《ぐる》み剝《は》がされるまえに」

「さあ、賭けに乗る者は？」五つの手が上がった。マックエルロイ、ブレントウッド、レスター・ドラモンド、学校を出たばかりの若造のウィリアム・ハーダウェイ、そしてグレゴリー・フィッツロイ。

「よし、決まった」誰かがひと声叫んだ。「この五人のなかで〝難攻不落のきみ〟を落とした者に三千ポンドが支払われる！」

ひときわ大きな歓声があがり、札が飛び交って、お仕着せに身を包んだ従僕が賭け金帳を取りに走った。ジャスティンはそんな賭けが行なわれることにはとくに驚きはしなかった。こと賭けにかんしては、〈ホワイト〉では聖域などないのだ。いや、それを言うなら、紳士が集うあらゆるクラブがそうだけれど。誰も彼もが放蕩者だが、なかでも自分とギデオンは最悪かもしれない——ジャスティンはそれなりの自嘲をこめて思った。いつのまにか〝難攻不落のきみ〟の何が男たちを惹きつけるのか考えていた。

そうして、ギデオンに目を戻した。ギデオンに見つめられているのに気づいて、少し戸惑った。ギデオンの目がもの言いたげに光っているのが、なぜか気に入らなかった。ギデオンが頭を片側に傾げると、ますます気に入らなくなった。

「興味津々なんだろう、ジャスティン？」

ジャスティンは肩をすくめた。

ギデオンが大きな声で笑った。「認めろよ。長いつきあいなんだから。まちがいない、おまえは興味津々だ。高い賭け金には気をそそられなかったとしても、このぼくが一度は〝難攻不落のきみ〟に惚れたってことに」

形のいい黒い眉が上がった。「おまえからの申し出を断わるとは、氷のように冷たい女なんだろう」

ギデオンは否定も肯定もしなかった。けれど、目だけはきらりと光った。「そうだとしても、自分なら彼女の心を溶かせると思ってるんだろう」

「試してみる気はないよ」ジャスティンはきっぱり言った。

「それは、がっかりだ」ギデオンは驚いているようだった。「なんと言っても、おまえは星の数ほどの女を落としてきたんだから。信じられんな、まさか外国へ行ったせいで……なんと言うか……お上品になっちまったのか。つまり――」ギデオンは不満げにだめ押しのひとことを口にした。「愚直な男になりさがろうとしているわけだ」

それこそ愚にもつかないたわごとだった。

ひと皮剝《む》けば邪悪な男――それは誰もが知っている……兄のセバスチャンを除く誰もが。ジャスティンがときにひょんなことから品行方正なことをしてしまうのをセバスチャンは過大に評価していた。たとえば、果敢にもいくつかの事業に着手して、幸運にも充分な収益を上げていること。また、二年前、セバスチャンが結婚する直前に、家族のロンドンの家を出て、自分で家を借りたこと。ジャスティン自身はそういったことを、図らずも品行方正なことをしてしまったと思っていた。

ポートワインも三杯目になり、心地いい酔いがまわってきた。にもかかわらず、ジャスティンの顔に浮かぶ笑みはまだぎこちなかった。「そんなにいじめるなよ、ギデオン」ジャスティンは穏やかに言った。

さきほどから頭を寄せて賭け金帳を覗《のぞ》きこんでいる一団をギデオンは指さした。「おまえがいちばんに名乗りを挙げないのが不思議でならない」

ジャスティンはふいに腹が立った。「それは第一に、その女に虫唾《むしず》が走るからだ。第二に、その女はどう考えても貞節が服を着て歩いてるようなものだから――」

「そのとおり！　彼女が司祭の娘だってことはもう言ったかな？」

　ジャスティンの胸がざわめいた。司祭の娘……炎の色の髪。またもや、昔の不快な出来事がよみがえった……いや、まさか。その考えをあわてて頭から追いはらった。そんなはずがない。

「たしかにいろんな女を相手にしてきたが、無垢な女を無理やりものにしたことはない」ジャスティンはギデオンを睨んだ。自信たっぷりの目――多くの男を縮みあがらせてきた目で。

　だが、それもギデオンには通じなかった。縮みあがるどころか、声をあげて笑いだした。「悪かった。とはいえ、知ってるよ。こと女にかんしちゃ、おまえはまちがいなく略奪者だ」

「とにかく、赤毛には身の毛がよだつ」ジャスティンはにべもなく言った。「それに、処女にも寒気がする」

「まさか、処女を相手にしたことがないと言うんじゃないだろうな？」

「ああ、たぶん」ジャスティンはためらわずに答えた。「知ってるだろう、洗練された女が好みだってことは。色白で、華奢《きゃしゃ》なブロンドが好きだってことは」

「もしや、自信がないのか？　〝難攻不落のきみ〟のような女はやさしく口説かれるのが好みだろう。考えてもみろよ、処女だぞ。いくらでも好きなように育てられる」ギデオンは大げさにため息をついた。「それとも、もしかして、評判の魅力が衰えてるんじゃないかと心配でもしてるのか？」

ジャスティンはかすかに笑みを見せただけだった。そのことばが的外れだということは、どちらもわかっていた。

ギデオンが身を乗りだした。「わかってる、おまえがこのぐらいじゃ動かないってことは。おまえにとって、ベントリーの三千ポンドなどはした金だ。だったら、ふたりでもっと楽しくするってのはどうだ？」

ジャスティンは訝しげに目を細めた。「どうするつもりだ？」

ギデオンは一瞬たりともジャスティンから目を離さなかった。「賭け金を二倍にするというのは？　ふたりだけの賭けだ。おまえが望むなら、親友同士の秘密の賭けにしてもいい」そう言って、にやりと笑った。「ずっと不思議でならなかったんだよ……どんな女なら、イングランド一の美男子と誉れ高い男を拒めるのかと。そんな女がいるのかと。というわけで、そんな女がいることに六千ポンド。その女が噂の〝難攻不落のきみ〟であることに六千ポンド」

ジャスティンは黙っていた。血も涙もない男になって処女を誘惑する。冷血な男になって彼女が自分を愛するように仕向ける。そうなったら……。

まったく、それは自分の人格を証明するようなものだ――いや、それで明らかになるのは人格の欠如か……。いずれにしても、自分が噂どおりの男だと証明するだけだ。

償いきれないほど罪深い男だと。

心に悪魔が棲みついている――セバスチャンがどれほど否定しようと、それは決して変わらないのだ。

「六千ポンド」ギデオンはわざとゆっくり言った。「それだけの価値がある。ああ、まちがいない。ただし、ひとつ条件がある」

「条件？」

「今月中に彼女を落とすこと」

ジャスティンの口元にゆっくりと笑みが浮かんだ。「で、何を証拠にする？」

ギデオンがにやりと笑った。「いや、はっきり言うが、もしあのお嬢さまがおまえの手に落ちればすぐにわかるさ」

酔いがまわってきたようだ、とジャスティンはぼんやり思った。もしかしたら、あの愚鈍なベントリーと同じぐらい酔っ払っているかもしれない。さもなければ、こんな賭けを真剣に考えたりしないはずだ。

とはいうものの、ジャスティンは決闘にしろ、挑戦にしろ、なんであれ拒めない男で、ギデオンはそれを知っていた。

たしかにこれまで星の数ほどの女とつきあってきた――そう思うと、ジャスティンは暗い気分になった。歳は二十九になるというのに、ひとりの女を数週間以上愛せたことがなかった。つまりはそれも母の血ということか……。だったら、うたかたの恋の相手がひとり増えたところでどうだというのか。

それに、〝難攻不落のきみ〟というのが噂どおりの女だとしたら……ほかに何はなくとも、一風変わった恋の駆け引きがひとつできる。

ジャスティンは鋭い目でこっちを見ているギデオンと視線を合わせると、声をひそめて言った。「わかってると思うが、ぼくは勝算のない賭けにはまず乗らない」

「うぬぼれたことを言ってくれるじゃないか！　とはいえ、金を払うのはおまえのほうだと確信してるよ。忘れるな、おまえは連中を追っぱらわなくちゃならないんだからな」ギデオンはブレントウッドやマックエルロイのほうを指さした。

ジャスティンは椅子を押しのけて、立ちあがった。「知ってるんだろう？」物憂い笑みを浮かべて悠々と言った。「噂の美人はどこにいる？」

ギデオンの目が光った。「ファージンゲールの舞踏会で会えるだろう」

2

アラベラ・テンプルトンは舞踏室のはずれの大理石の柱に身を隠しながら、あたりを見まわした。

ファージンゲール家の舞踏室の天井からぶらさがるカットグラスの豪華なシャンデリアのなかで、無数のキャンドルの炎がきらめいていた。そんな華やかな場所にいながら、アラベラはどこかべつのところに行きたいと心から願っていた。どこでもいいから、ここではないどこかに。けれど、これまでのところグレース伯母にもジョセフ伯父にも帰るそぶりはまるで見られなかった。

「彼はもういなくなった？」とアラベラは小声で尋ねた。

「いいえ」愛らしいジョージアナは舞踏会に集う多くの人の顔に油断なく目を配っていた。「ほかの人たちはもう見あたらないけれど、ついさっき楽士のそばにウォルターがいたわ。でも、いまはどこにいるのかわからない」

アラベラは舌打ちしたくなるのをこらえた。たしかにウォルター・チャーチルはいい人だ……。でも、それを言うなら誰もがいい人ばかりだった。ただし、アシュトン・ベントリーを除けば。とはいえ、今夜のウォルターは誰よりもしつこかった。

舞踏会にやってきたとたんに、大勢の人に囲まれて、ほんとうに息が詰まりそうだった。合わない靴――それもこれも、大きな足のせい――に無理やり押しこめた足がずきずき痛んで、いますぐにベッドのなかでひとりきりになれればそれだけで幸せだった。けれど、ダンスカード（舞踏会で女性が踊る相手の名を順番に記したカード）は無数の名前で埋まっていた。どうにかしてこれからの数曲は断わったものの、レモネードを持ってこようかなどと話しかけてくる順番待ちの男性たちにつきまとわれていた。とくにウォルターは……しつこく話しかけてきて、思わず叫びたくなるほどだった。そんなわけで、いよいよ堪えられなくなって、〝お手洗いに行ってきます〟と言ったのだ。その瞬間、誰もが口をつぐんだ。あからさまなことばに驚いているのだとわかったけれど、そんなことは気にしていられなかった。

幸いにも、そんなアラベラの窮状にジョージアナが気づいた。ひとつ年下のジョージアナとアラベラが知りあったのは、数年前に通った花嫁学校《フィニッシング・スクール》だった。ある夜の食堂での出来事だった。いつものようにひとりで食事をしようと、アラベラは隅のテーブルへ向かっていた。数人のグループのそばを通りかかると、アラベラの髪と高い背丈についていて心無いことばが発せられた。しかも、わざと本人にはっきり聞こえるように。それを耳にしたとたんに顔がかっと熱くなり、アラベラは視線を床に落とした。肩に力が入った。何をしたところで長い腕や脚を隠せるはずがなかった。それに母からは、幼いころから容姿に誇りを持つように言われていた。だから、心無いことばなど無視して、歩きつづけた。残念ながら、隅のテーブルへ行くには、そのグループのそばを通るしかなかったのだ。

アラベラをいつも目の敵《かたき》にしているヘンリエッタ・カールソンが口にしたとくに辛らつなことばを聞いて、何人かがくすくす笑った。その瞬間、アラベラは頭にまっさきに浮かんだことを行動に移していた。じっくり考えることもなく……それが破滅のもとだとわかっていたけれど……。

ヘンリエッタのピンクのリボンが飾られた巻き毛から、どろりとした豆のスープが滴るのを見て、胸がすかっとした。

翌日の午後、学校に呼ばれたグレース伯母とジョセフ伯父が、校長先生と長い話し合いをした末に、アラベラは退学にならずにすんだ。

そしてまた、事件のあった夜がアラベラが隅っこでひとりで食事をする最後の夜になった。翌晩、ジョージアナが一緒に食べてもいいかとおずおずと声をかけてきたのだ。

ジョージアナもアラベラ以上にヘンリエッタを嫌っていたようだった。

アラベラとジョージアナはあらゆる意味で天と地ほどもちがっていたけれど、それは障害にはなりそうになかった。ほかのお嬢さまたちからは相変わらず悪意に満ちたことばを投げつけられたが、アラベラはジョージアナとの友情のおかげで、そういったことに堪えるのも楽になった。自分の気持ちをはっきりと口に出すアラベラに対して、ジョージアナは思慮深く、むしろ気持ちを胸に閉じこめておくタイプで、あるとき、ジョージアナはそれについて的確に説明した。「わたしたちのちがいはね、アラベラ。わたしが言うべきだと思いながらも言えずにいることを言う勇気が、あなたにはあるということよ」

ふたりの友情は何年経っても色あせなかった。

また、アラベラの生い立ちはロンドンの一般的なお嬢さまとはちがっていた。たしかに、学校教育は主にイングランドで受けたものの、宣教師の父に付き添って、家族でインドやアフリカなどはるかかなたの外国で暮らすことも多かった。もちろん、ロンドンでの生活は楽しかったけれど、慎み深い淑女に求められる無数の規律に従って行動するのが、ときに窮屈に思えた。正直なところ、どこにいてもなんとなく違和感を抱いた。両親と一緒に外国で暮らしていたときにはとくに規律などなく、思いどおりのことをして成長したのだから。

アラベラは大理石の柱からまた首を長く伸ばしてジョージアナを見た。「ジョージアナ?」

「もう出てきても大丈夫よ」ややあって、ジョージアナが答えた。

警戒しながら、アラベラは柱の陰から出た。

「いまにも四人目の求婚者が現われるんじゃないかって不安でたまらないわ」

ジョージアナが声をあげて笑った。

「笑わないでよ」不満げに言った。「望まない求婚者から逃げまわるなんて、ほんとうならわたしじゃなくて、あなたがすべきことなのよ」小柄で、艶やかな亜麻色の髪に卵形の顔――ジョージアナは見るからに育ちのいい典型的なロンドンのお嬢さまで、かたや、アラベラはそういうものをひとつも持ちあわせていなかった。

アラベラの母のキャサリンも、キャサリンの姉であるグレース伯母も、若いころは美人だった。ところが、アラベラは父に似てしまったのだ。背が高く腕や脚が長いところもそっくりなら、ふさふさの赤い髪もそっくりだった。そんな容姿はまるで流行らないというのに。いまどきの美人とは、ジョージアナのように小柄で、色白の女性なのだ。

「それにしても、ジョージアナ、ほんとうにすてきなドレスね。まるでどこかの国のお姫さまみたい」アラベラは手袋をした細長い手で、ジョージアナの白いボンバジン（絹の縦糸に羊毛の横糸を用いた綾織物）のスカートに触れた。「わたしも白いドレスを着てみたいけれど、そんなことをしたら肌が黒ずんで見えてしまうわ」そう言って、悲しそうに自分の青いシルクのドレスを見た。

「あなたは輝いてるわ。宝石みたいに」ジョージアナが心から言った。「だからこそ、みんなが心を奪われているのよ」

アラベラは答えようがなかった。濃い色の髪や肌は隠しようがなかった。何度も試しては失敗して、何をしたところでたいした成果は得られないと諦《あきら》めたのだ。

「言いたいことがあるのね、アラベラ、顔を見ればわかるわ。でも、反論はなしよ。男の人はみんな、あなたに注目しているのよ。素直にそれを認めて、喜びなさい」

「ほんとうに注目されているのは、わたしじゃないわ。それは、あなただってわかってるでしょ」何しろ、わたしはインドで乗ったゾウに負けず劣らず不恰好なのだから、とアラベラは思った。こういうパーティーでは、なおさら自分が無様でみっともなく思える。おまけに、本心を口にしてしまわないように、いつも舌を噛《か》んでいなければならないのだ。それに、グレース伯母やジョージアナにいくら注意されても、社交界のくだらない規則などひとつとして心に留めておく気になれなかった。

いずれにしても、今年の社交シーズンで注目されているのがいやでたまらなかった。とはいえ、昔から何かと言えば好奇の目にさらされて、あんぐりと口を開けて人から見られるのにはもう慣れっこだった。炎のような色の髪をしていることと、この国で——

いえ、たぶん世界じゅうで――いちばん背の高い女性であることのどちらが最悪なのかはまだわからないけれど……。それはともかく、不可解なことに、これまでのところ社交界は無作法な自分をおおむね受けいれてくれている。けれど、それはグレース伯母とジョセフ伯父が上流社会で一目置かれているせいなのだろう。

アラベラはため息をついた。「わたしが注目されているのは、この社交シーズンでたまたま最初に求婚されたからよ」

「それに、二番目も三番目もね」ジョージアナはどうにか真顔でいようと努めた。「ねえ、わたしだってちょっとはやっかみたくなるほどよ。それなのに、あなたったら呑気すぎるわ、自分の魅力をちっともわかっていないんだもの」

「ジョージアナ！　わたしはほんとうに困ってるの。騒がれませんようにと祈ってるのよ。もっと注意深く行動していればよかったと後悔してるわ。知らないうちに、ロンドンじゅうでわたしのことが噂になって、いまはロンドンじゅうの人から見られている気分。そうして、軽率な男の人がこぞってわたしのまわりに集まっている。ハゲワシのようにね。ええ、ハゲワシならアフリカで見たことがあるけれど、それはもうぞっとしたわ」

ジョージアナは返事をしなかった。なぜ黙っているのかと、アラベラは親友に目をやった。

「どうしたの？　どうかした？」

ジョージアナは口をぽかんと開けて舞踏室を見ていた。そうして、小さく頭を振って、囁《ささや》いた。「アラベラ、彼がいる。彼がいるわ！」

「ウォルターね！」アラベラはあわてた。ジョージアナの手が伸びてきて、袖《そで》をつかまれなければ、いそいでまた柱のうしろに逃げこむところだった。

「ちがうの、アラベラ！　彼よ、イングランド一の美男子。こっちに来るわ！」

イングランド一の美男子……まったく、くだらない。そう思ったとたんに、近くで女性の甲高い声がして、それに続いて、いっせいにくぐもった笑い声が響いた。

アラベラは口元を引き締めて、わざとそっぽを向いた。噂の男の人が何者だろうと、あわててそっちを見るつもりなどなかった。ふいに、まわりにいる女性たちがそわそわしはじめた。誰もが胸を高鳴らせているようだ。けれど、アラベラは男性ごときにのぼせて、浮き足立つほど軽率ではなかった。

ジョージアナにつつかれた。「アラベラ、見て、彼は未亡人のキャリントン公爵夫人と一緒にいるわ。夫人が挨拶のキスを受けようと手を差しだしてる」

「ジョージアナ、何から何まで報告してくれなくていいのよ。その気になれば、この目で見られるんだから」

「そうね、でもあの方はほんとうにハンサムだわ。こんなに近くで見たのは初めてよ」

「ジョージアナ、やめてちょうだい！」つい厳しい口調になってしまったと気づいたものの、止められなかった。「あなたがそういう男の人にうつつを抜かすとは思わなかったわ。まちがいないわ、その人はこの世でいちばんのろくでなしよ」

ジョージアナは反論しなかった。その代わりに、うろたえた声で言った。「アラベラ、こっちに来るわ」息を呑んだ。「ええ、まちがいなく……そう……やっぱりそうよ！あなたに向かってくる」

アラベラはわざとうしろを向いた。そうするしかなかった。新たなハゲワシの登場というわけだ。

「あなたの勘違いよ」アラベラは平然と言った。「きっとあなたのところに来るのよ」

返事はなく、沈黙ができた。ずいぶん長い沈黙だった。

アラベラは足を鳴らした。「ねえ、その人はいったいいまどのあたりにいるの？」

それでも返事はなかった。なぜか、体のなかがほてるような気がした。何かを感じて、うなじの毛が焼けるようにちりちりした。

「ジョージアナ？」

我慢しきれずに振りかえると、そこには……ジョージアナの姿はなかった。目のまえにあったのはクラバットのみごとな結び目だった。アラベラの視線が上に向かった——どんどん上に。意志の強さを感じさせる凛々《りり》しい顎が見えた。まっすぐな鼻、彫刻の大家が刻んだような男らしい唇、どこまでも澄んだエメラルド色の瞳、その上でなだらかに傾斜する黒い眉。

そのとたんに、想像もつかないようなことが起きた。普段ならどんなことにも鋭く切りかえすアラベラが、出かかったことばを呑みこんだ。舌まで呑みこみそうになった。

彼だ。

ジャスティン・スターリング。

ファージンゲール家はセント・ジェームズ通りからわずか数ブロックのところにあった。屋敷に入ると、ジャスティンとギデオンはまずは舞踏室の端で立ち止まった。

「ものすごい人だ、そう思わないか?」ジャスティンの隣で、ギデオンが単眼鏡を上げた。「明日のファージンゲール夫人は鼻高々だろうな。どうやら、この街の半分の人を招待したらしい」

「そして、招待を断わった人はほぼいないようだ」大勢の招待客が肘《ひじ》と肘、肩と肩を触れあわせるようにして立っていた。

キャンドルの明かりのなかで、無数の宝石が輝いていた。手馴れた様子で視線を動かして、ジャスティンは社交好きの人々であふれるその場所をざっと見ていった。揺らめく夜会服とおびただしい数の優雅な髪飾り……そうして最後に、舞踏室の奥で視線を止めた。

「見つけたな」とギデオンが言った。

ジャスティンは返事の代わりに、片方の眉を吊りあげた。「たしかにおまえの言うとおりだ。見逃すはずがない」

「ああ、そうだろうとも。そして、どうやら相も変わらず信奉者につけまわされているらしい」ギデオンは白い手袋をはめた給仕からシャンパンのグラスをふたつ受けとると、ひとつをジャスティンに差しだした。「うぬぼれた愚かな若造ども！　そろいもそろって愚図ばかり」ギデオンは歌うように言った。「どいつもこいつもこれが愛だと思いこんでやがる」

〝愛〟――心臓が大きくひとつ鼓動を刻むあいだ、ジャスティンの腹のなかで奇妙な感情が渦巻いた。甘い感情を受けいれられないというわけではなかった。けれど、自分のことを本気で愛してくれる女など、この世にいるはずがないとわかっていた。

「愛でなければ、何がおまえに女のスカートを嗅《か》ぎまわらせる？」とジャスティンは尋ねた。

ギデオンがちらりと浮かべた笑みに、ジャスティンは確信した。

舞踏室の奥にいる噂の女に目を戻した。ひと目で見分けがついた。それは今夜この場所に集まったどの女ともちがう明るい色の髪のせいだけではなかった。ギデオンの言うとおりだ——そう思ったことに自分でも驚いた。〝難攻不落のきみ〟は女にしては信じられないほど背が高く、それでいて、それを引け目に感じているようにも、隠そうとしているようにも見えなかった。心ならずも感心して、胸がずきんと痛んだ。背が高いことを誇りに思っているかのようだ。見るからに堂々としていた。

ドレスは薄い青色だった。髪とまるで調和しない色のはずなのに、それをまったく感じさせない。胸のすぐ下に切り替えのあるエンパイア・スタイルのそのドレスが、ふんわりとなだらかに広がりながら靴のつま先へと伸びていた。ドレスのせいで、胸が驚くほど豊満で、丸く盛りあがっているのがはっきりと見て取れた。人には言わなかったけれど、実はジャスティンは曲線を描く豊かな胸が大好きだった。彼女の肩は細いが、女性にしては広く、そのせいかひときわ首が長く細く見えた。とくにいまのように頭を傾げると、首にますます色香が漂った。肩に無数の巻き毛がこぼれおちて、広い胸へと散らばっていた。

欲望が目を醒《さ》ました。ジャスティンの下腹部に不可解な痛みが走った。彼女の脚はみごとなまでに体と釣りあっていた。すらりと長くしなやかで、もしジャスティンが自分自身を彼女のなかに埋めたら、その脚で腰をしっかり絡めとられるはずだった。もちろん、ギデオンに言ったことは嘘ではなかった。赤毛は好みではない。処女も災いか何かのように避けつづけてきた。けれど、この女は……。

思わず一歩踏みだしそうになるのを必死にこらえた。ぎりぎりのところで自分を制しながら、その晩初めて期待に胸がふくらむのを感じた。彼女をひと目見ただけで――横顔をちらりと見ただけなのに、確信のようなものを抱いた。その姿にすっかり魅了されていた。いやまさか、心配することはない、とジャスティンは自分に言い聞かせた。何しろ女の好みにかんしてはあらゆる意味で厳しいのだから。世間知らずのお嬢さまとはベッドをともにしない――それはギデオンだって知っているはずだ。ああ、まちがいない。ジャスティンは無言のままひとりほくそ笑んだ。この賭けには易々と勝ってみせる。ジャスティンが噂の女に見とれていることはギデオンも気づいていた。「目が醒めるほどいい女だろ？」

答えるまでもなかった。「では、そろそろ」ジャスティンの口調はいくらか物憂げだった。「うぬぼれた若造どもを蹴散らしてくるか」そう言うと、ふいに声をあげて笑った。

「これはまた驚いた！」とジャスティンがさらに言った。「そんなことをするまでもなくなった。彼女はダイニングルームのそばの柱の陰に隠れたよ。すぐそばに若い女がひとりいる――」

「ああ、あれはたしかジョージアナ・ラーウッドだ」

「あの様子からして〝難攻不落のきみ〟と呼ばれているのも不思議はない。どうやら彼女はうぬぼれた男どもを相手にしないつもりらしい。あるいは、とりわけそのなかのひとりを」

「そのひとりとは、おまえかもしれないぞ」ギデオンがにやりとした。

「まさか、そんなわけがない」ジャスティンはさらりと言った。「さあ、おれの幸運を祈ってくれ、友人」ジャスティンはシャンパンをひと息にあおると、通りかかった給仕が手にした盆に空のグラスを置いた。「言っておくが、根掘り葉掘り話を聞くために、朝っぱらから訪ねてくるなんて野暮な真似はしないでくれよ。今夜は長い夜になりそうだ」

ギデオンはシャンパンのおかわりをすばやく手に取った。「なるほど、さすが達人の言うことはちがうな！　書き留めておくことにしよう」

「いや、おまえにもべつの気晴らしができるさ」

ジャスティンは舞踏室を悠然と歩きだした。たっぷりと時間をかけて〝難攻不落のきみ〟へ向かっていった。途中で立ち止まり、何人かの顔見知りと話をした。そのひとりがキャリントン公爵未亡人だった。

公爵未亡人は上目遣いにジャスティンを見た。高齢だというのに、その目の色は鮮やかだった。

「ジャスティン！」公爵未亡人は大きな声で言うと、片手を差しだした。「またあなたに会えるなんてこんなに嬉しいことはないわ」

ジャスティンはその指先に口づけた。「恐れいります、奥さま、こちらこそ光栄です」

年嵩《としかさ》の夫人のくすくす笑う声が響いた。「あなたのことを短気な放蕩息子だと思っていたこともあったんですよ」

ジャスティンは驚いたふりをした。「それはまた！　いまはそうではないとおっしゃるんですか？」

公爵未亡人は肩を揺らして笑った。「口さがない人たちが何を言おうと気にすることはありませんよ、お若い方。わたくしにはよくわかってますからね。実のところ、ここ数年であなたのことがますます好きになったほどですよ」

「お気遣い心から感謝します」ジャスティンは本心からそう言った。

「あなたの魅力は若いご婦人がたのためにとっておくことね、ジャスティン。そうそう思いだしたわ、ついこのあいだセバスチャンとデヴォンにお話したばかりよ。あなたもそろそろ身を固める気になってもいいころではないかと。ええ、お望みなら、喜んでお相手を見つけますよ。忘れないでいてちょうだいね」

ジャスティンは品よく笑った。「どうやら縁結びを心から楽しんでいらっしゃるようですね、ちがいますか？」

公爵未亡人は杖《つえ》に両手を載せた。「ええ、そうですとも」その目は少女のように輝いていた。「以前、あなたのお兄さまにも身を固める潮時だと言い含めたんですからね。その結果をご覧なさい！」

ジャスティンはセバスチャンのことを思った。妻とふたりの子どもに首ったけで、誰よりも幸せそうな兄のことを。セバスチャンの腕のなかにも人生にも、デヴォンがぴたりとおさまっている。ふたりのことは抗いがたい運命だったとはいえ、セバスチャンが恋人だったデヴォンを失いかけたときに、仲をとりもったのは誰あろう公爵未亡人その人だった。

「さあ、おわかりでしょう？」公爵未亡人は杖を大きく振りながら言った。「わたくしの助けが必要ならば、ひとことそうお言いなさい」

ジャスティンは小さく笑った。公爵未亡人は手振りを交えて話しているのではなく、杖を駆使して話していた。悪名高いその小道具を振って、いくつものことばを強調していた。そうやって人を組み伏せようとしている夫人を、図らずも邪魔しようものなら、誰であろうと神に助けを請うしかなかった。「もちろんですとも、奥さま。そのときが来たら、まっさきにお願いにあがります」

公爵未亡人は笑みを浮かべた。「よろしい」

ジャスティンは深々とお辞儀をしてから、その場を離れた。体をまっすぐに起こしたとたんにギデオンと目が合った。

ギデオンが無言のままシャンパングラスを掲げて乾杯の仕草をした。

ジャスティンは密かに微笑《ほほえ》んだ。生意気な赤毛のお嬢さまは背を向けているが、さきほどと同じ場所に立っていた。顔がまだはっきりと見えないことに、ジャスティンはふいに苛立った。

三歩歩いただけで、ふたりの距離がぐっと縮まった。彼女の連れが小さく会釈するのが見えたが、ジャスティンの気持ちは彼女ひとりに向いていた……。

彼女が振りむいた。〝難攻不落のきみ〟と呼ばれている世間知らずの令嬢が。

同時に、残酷な事実がつきつけられた。頭の片隅では彼女はまちがいなく目と心の保養になると感じていながらも、ジャスティンの胸に鋭い痛みが走った。

一瞬にして、百の思いと、百の呪いのことばが頭のなかを飛び交った。なんてことだ！　直感に従うべきだった……気づくべきだった。いや、心のどこかですでに感づいていたのかもしれない……。

その瞬間、ジャスティンはギデオンを呪った。神を呪った。最悪の悪夢のなかでも、こんなことが起きるはずがなかった。

けれど、それはまぎれもない現実だった。信じられないが、まちがいない。

目のまえにいるのは、若かりしころに、さんざんな思いをさせられた女だった。幼いころは手のつけようのなかった、あのおてんば娘にまちがいなかった……。

3

「ミス・アラベラ・テンプルトン」どうにか口がきけるようになると――ありがたいことに、思ったよりすばやく気持ちを立て直せた――ジャスティンはゆっくり言った。

とはいえ、内心ではまだショックが続いていた。それでも、そんなことはおくびにも出さなかった。アラベラに悟られてたまるものかと思った。

そうして、アラベラの連れにちらりと目をやって、囁くように言った。「こちらはミス・ラーウッド。そうですね？」

ジョージアナが頬を赤らめて、膝《ひざ》を折ってお辞儀をすると、息を呑むように答えた。

「ええ、そうです」

「ミス・ラーウッド、お会いできて光栄です。ジャスティン・スターリングです。とはいえ、失礼とは存じますが、古くからの友人であるミス・テンプルトンとふたりきりで話をさせてもらえますか？」

ジョージアナの口が開いて、閉じた。

「これはまた驚いた！　ミス・テンプルトンはぼくたちが顔見知りだということをあなたに話さなかったんですか？」ジャスティンは首を振った。「なんてことだ、幼なじみだと言ってもいいほどなのに！」

ジョージアナは明らかにまごついていた。アラベラをちらりと見て、ジャスティンに目を戻した。

ジャスティンはかすかな笑みを浮かべて、さらりと言った。「ぼくは噛みついたりしませんよ。誓って言うが、アラベラにはかすり傷ひとつ負わせない」

「ええ、わかってますわ、ジャスティンさま」ジョージアナはもう一度膝を折ってお辞儀をすると、立ち去った。

ジャスティンは視線をアラベラに移した。そうして、女なら誰もがうっとりするような笑みを顔に浮かべた。女なら誰もが……ただし、アラベラ以外は。

アラベラがどうあっても面子を潰すつもりでいるということはジャスティンにもわかっていた。そうして、豪胆にも、ジャスティンはそれを気にも留めなかった。「ずいぶん長いこと会っていなかったな、そうだろ？」

「といっても、長すぎるとは思わないけど」アラベラは歯を食いしばったまま言った。

それでもやはり魅力的だ、とジャスティンは思った。

「何しにきたの？」アラベラはそっけなく言った。

ジャスティンは大げさに戸惑ったふりをした。「おやおや、それが幼なじみへの挨拶かい？」

そう言って、アラベラの全身に目を走らせた。ギデオンの言うとおりだった。アラベラはいわゆる美人ではないが、その唇は男心をそそり、瞳は至福の色だった。なんてことだ、ギデオンに向かって、〝その女に虫唾が走る〟と言った自分が信じられなかった。まったく、そんなことを言うとは世界一の大馬鹿者だ！

近くで見るアラベラは、舞踏室の反対側から見たときよりはるかに美しかった。ニンジン色の髪ばかりがやけに目立つ、痩《や》せっぽちで不恰好な少女の面影はもうなかった。目のまえに立っているのは、男の心をかき乱す、生身の官能的な女だった。

大きく開いた襟ぐりから覗く肌は、陶磁器と見まがうばかりに艶やかだった。ビロードのようにきめ細かい胸の谷間に、ゴールドのチェーンにぶらさがった小さなサファイアがおさまっていた。髪には羽根も真珠もなく、手首にはブレスレットさえなかった。限りなくシンプルな装いには、ジャスティンも敬服せずにいられなかった。彼女には自分を輝かせるための余分な装飾品など必要なかった。

アラベラ自身が輝いているのだから。

ジャスティンの熱く貪欲な視線が、アラベラの肉感的な胸の谷間で留まった。アラベラが息を吸ったのがわかると、邪《よこしま》な炎が一気に燃えあがって全身を包んだ。こんなことがあるのか？ 彼女のまえでは、この舞踏室にいるどの女も色あせてしまう。アラベラは熟れた果実――摘みとられるのをいまかいまかと待っている甘くみずみずしい桃のようだった。

どうにか視線を移して、アラベラの顔を見た。そこにあったのは、怒りに翳《かげ》った青い目だけだった。ふっくらした唇はこれ以上ないほど固く結ばれていた。

腕ひとつ分離れていたほうがよさそうだ、とジャスティンは思った。これ以上近づいたら、渾身《こんしん》の力をこめて首を絞められかねない。

「なぜ、そんな目で見るの？」とアラベラは鋭い口調で尋ねた。

「大人になったきみに呆気《あっけ》にとられていたんだよ。どうやら、きみの目は大半の男と同じ高さにあるらしい」

アラベラは身を固くした。自分の体をいつも恨んでいた。記憶にあるかぎり、周囲の少女たちよりいつでも頭ひとつ分大きかったのだ。

けれど、ジャスティンとは目の高さがちがった。それはまちがいなかった。まっすぐにまえを見れば、そこにはジャスティンの口がある。まがいものの物憂い笑みを浮かべている口元が。それでも、いまこのときだけでも自分が途方もなく大きいわけではないと思えて、なんとなく嬉しかった。

といっても、それは相手がジャスティンでなければの話だ。

「からかわないで」アラベラは冷たく言った。

ジャスティンは慇懃《いんぎん》無礼なほどうやうやしくお辞儀をして、アラベラのことばを一蹴した。「からかってなどないよ」首を振ると、またもやアラベラの体に視線を這《は》わせて、下着に包まれた胸のふくらみで目を留めた。値踏みしたくてうずうずしながらも、つぶやいた。「ずいぶんな……変わりようだ」

アラベラは黙っていた。立ち直れないほど悲惨な運命にジャスティンが呑みこまれてしまえばいいと思った。けれど、口から出たのは冷ややかなことばだった。「でも、あなたはちっとも変わってないわ」とはいえ、ほんとうはジャスティンも変わっていた。たくましくなって、十八歳のときより背が伸びているのがひと目でわかった。上着に隠れた胸は広く、余分な肉がついていない肩も広かった。記憶にあるよりずっと……。

そう思ったとたんに、胸がどうしようもなくざわついた。

ジャスティンが一歩近づいてきた。アラベラは一歩あとずさりしたくなるのをこらえた。

「きみにわかるかな？　友人のギデオンから〝難攻不落のきみ〟について聞かされたとき、ぼくはいままでになく奇妙な感覚を覚えて、胸が疼《うず》いた。奇妙な——ああ、その感覚をもっとじっくりと考えるべきだったんだろう」ジャスティンはため息をついた。

「きみとはいろいろな思い出があるからな、ミス・テンプルトン。いい思い出とは言えないが、それでも思い出に変わりはない」

「あら、それは知らなかったわ」アラベラは冷ややかに言った。

「憶えてないのか？　なるほど、だったら、きみの記憶を呼びおこしてやろう。ぼくたちはあのときたしか、キャリントン公爵未亡人のケントのお屋敷にいた。外でちょっとした娯楽のようなものが催されて――」

「ゲームよ」とアラベラはジャスティンのことばを遮《さえぎ》った。

「ああ、そうだ。記憶がよみがえったからには、きみは自分が地べたを這いまわって、ある種のゲーム――少なくともぼくにはそんなふうに見えたが――のようなことをしたのも思いだしただろう。針を手にして、きみはぼくの椅子の下にもぐりこむと、靴の上から足を刺した。あのとき、ぼくがどれほど驚いたかわかるか？」

「どうせなら古いブーツを履いていればよかったのに」アラベラはむしろ嬉しそうに言った。

「セバスチャンにも同じことを言われたよ。ああ、きみのちょっとしたいたずらに、いつだって兄は大喜びしたものさ」

アラベラは顔をしかめた。あの日の自分の行動を誇れはしないけれど、ジャスティンにやり込められるわけにはいかなかった。「なんとなく思いだしたわ。椅子から立ちあがって、その場を離れるとき、たしかあなたは足を引きずっていたわね、ちがったかしら？」

「そのとおりだ。その後はできるだけきみを避けていたのに、きみはぼくが馬に乗っているのを見つけて、駆けよってきた。謝るつもりなのかと、ぼくは馬を止めた。すると、きみはキスを求めるように片手を差しだした――幼くても一人前のレディーというわけだ。ぼくはその手を取った。すっかり油断してた。なんといっても、公爵未亡人が見ていたからね」

話しながら、ジャスティンはじわじわと近づいてきた。さすがのアラベラもあとずさろうとした。けれど、うしろには柱があって、逃れようがなかった。

アラベラの頭にまっさきに浮かんだのは逃げなければということだった。ジャスティンの光る目を見ると、心臓が飛びはねて、鼓動が激しくなる。なんていやな男なの！

アラベラはジャスティンの目をまっすぐに見つめた。イングランド一の美男子。もちろん、その噂なら聞いたことがある。女性はみなジャスティンの魅力に負けてしまうということも知っていた。骨抜きにされてしまうと。けれど、アラベラにとっては、想像しうるかぎりこの世でいちばん卑劣な男でしかなかった。

「もうどこかへ行ってくださるかしら？」

「ミス・テンプルトン、それはあまりにも無礼だ。まだ話の途中だぞ」

「話の結末はわかっているもの」

アラベラのことばなど聞かなかったかのように、ジャスティンはまた話しだした。

「ところが、そのときちょうど公爵未亡人がよそ見した。きみはすばやく拳を固めて、それを引くと、思いきりぼくを殴った。おかげで、ぼくは鼻血を出して、ボクシングの試合でこてんぱんにやられたような有様になった。実際、友だちにはそう言い訳するはめになったよ」

「ということは、あなたは嘘をついたのね！」アラベラは軽蔑を隠そうともしなかった。

「きみは男の名誉ってものがまるでわかってないようだ。女の子にやられたと、友だちに正直に話せばよかったのか？」

アラベラは鼻を鳴らした。淑女らしからぬ音だった。ジャスティンのような人に名誉の何がわかるというの？　思いやりのかけらもないプレイボーイのくせに。自分のことと、自分の欲望を満たすことしか頭にないくせに。

ジャスティンが声をあげて笑っても、アラベラの気持ちは揺るがなかった。なんていやな男なの！　ジャスティンにからかわれるなんてとんでもない！

アラベラはジャスティンの肩越しに向こうを見ると、冷たい口調で言った。「あなたのお友だちの姿が見えないわ。捜しにいったほうがいいんじゃなくって？」

「いや、ここにきみをひとりで残しておくわけにはいかないからね。きみは知らないかもしれないが、ぼくは正真正銘の紳士だ。きみが求婚者たちから隠れたがってるのはわかってる。とくに、愛しのウォルターから。だから、きみを助けてあげよう」

アラベラは苛立った。まったく！　ジャスティンは邪な楽しみにかけては憎らしいほど鼻が利く……それに、わたしの気持ちを逆撫《な》ですることにかけては。

「わたしの名前まで憶えていてくれたとは驚いたわ」アラベラは冷ややかに言った。「でも、それはあなたが言ったように、わたしに名誉を傷つけられたから、ただそれだけでしょう？」

ジャスティンの顔にまたもや怒りを抑えているような表情が浮かんだ。「いずれにしても、きみは自分の価値を見誤っているよ。三カ月のあいだ大陸で過ごして祖国に戻ってみると、いったいぼくは何を知ったと思う？　上流社会で〝難攻不落のきみ〟が噂の的になっていた。まあ、はっきり言って、それも無理からぬことだが」

アラベラは背筋に力が入った。「ふざけたことを言わないで」

「事実を言ったまでだよ。友人のギデオンがきみの求婚者たちのことをすべて話してくれた。あれは愉快だった。どうやらすべて事実だったらしい。今夜、この目で観察したところによれば、男の目はきみに釘づけになる傾向がある」

「それを言うなら、女の人の目はあなたに釘づけになる傾向があるようよ」

「それで、ミス・テンプルトン、きみは？　きみもそのひとりかい？」

ジャスティンのことばは甘かった。まるでゆっくりと愛撫《あいぶ》するようだ……おまけに、そのことばにぴったりの笑みまで浮かべていた。

アラベラは驚いた。同時に、腹立たしかった。そんな表情を浮かべれば、わたしがうっとりするとでも思っているの……よりによってジャスティンに。

どうやら本気でそう思っているようだった。

「言わせてもらってもいいかしら、ご子息さま？　もしわたしがあなたを見つめるようなことがあれば、それはあなたがあまりにも傲慢だから、理由はそれだけよ」

ジャスティンがさらに嬉しそうな笑みを浮かべただけと気づいて、アラベラはぎょっとした。

そうして、ますます心を決めた。「それに、もしあなたのせいでわたしが頭からつま先まで震えるようなことがあれば、それは吐き気がするほどぞっとしたからよ。わたしは端正な顔と愛らしい笑顔に惑わされたりしませんから」

ジャスティンはがっかりするそぶりもなかった。「おやおや、今夜のきみはずいぶん怒りっぽいな。もしかしたら、ぼくは勘違いしていたのかな。きみは実はまるで変わっていないのかもしれない」

「あなたもよ、サー」最後に会ってから十一年という歳月が流れていた。それでも相変わらずジャスティンは、遊び人の女たらしのままだった。道徳心など微塵《みじん》もない身勝手なお坊ちゃま。アラベラがよく知る薄情な男だった。

「ぼくのことをそこまで憶えていてくれたとは嬉しいな」

「嬉しいなんておおまちがいよ」とアラベラはにべもなく言った。「たとえ、あなたの噂を耳にしていなかったとしても憶えていたわ。わたしは人の顔を憶えるのが得意だから」

皮肉っぽい笑みを口元に浮かべたまま、ジャスティンはアラベラを見つめた。「正直なところ、愛しのミス・テンプルトン、なぜ男たちがキツネ狩りの犬のようにきみに群がるのか不思議でたまらないよ。その理由が、きみの浮ついた態度でないことだけはたしかだが」

アラベラはあっというまに、ジャスティンに手をつかまれていた。その手を振りはらおうとしたけれど、男らしい大きな手は緩むことなくアラベラの手を握ったままだった。

「抵抗しないほうが身のためだよ、お嬢さん。みんなが見てるからね」

ジャスティンの言うとおりだった。少なからぬ人がこちらを向いていた。ウォルターも様子を窺っていた。まるで鞭打たれたような顔で。

ジャスティンがさらに一歩近づいた。「ミス・テンプルトン、今夜の出会いは」少し考えるふりをした。「またもや忘れられないものになった」

不敵にも、アラベラはジャスティンの人を馬鹿にしたような笑みを真似て微笑むと、さらりと言った。「それは光栄だわ……と言いたいところですけど、とんでもない」ジャスティンの手にさらに力がこもった。ジャスティンが身を寄せてくると、アラベラの視界が遮られて、舞踏会に集まった人たちが見えなくなった。

「忠告しておくよ、お嬢さん。足を踏むならくれぐれも加減してくれ。ぼくは噂どおりの紳士じゃないんでね」

アラベラは矢のようにすばやく答えた。「あなたのことなんて怖くないわ」

「いや、怖がったほうが身のためかもしれない」

「あら、あなたは嚙みついたりしないんでしょう、自分のことばをもう忘れたとでも?」

「もしかしたら、それは嘘かもしれない。実際、きみのようにか弱くかわいいお嬢さまを食い荒らすことでぼくは有名だからね」

アラベラは背筋をぴんと伸ばした。「わたしはか弱くもなければ、かわいくもないわ。それに誓ってもいいわ、わたしの守りがいかに堅いか、いずれあなたも気づくはず」

ジャスティンは頭をのけぞらせて笑った。アラベラは腹が立った。ジャスティンを喜ばせるつもりなど毛頭なかった。

「以前、きみの手に口づける機会をぎりぎりのところで失った。いまこそ、そうさせてもらうよ」

アラベラには止めるまもなかった。抗おうとするよりさきに、片手を持ちあげられた。一瞬、ふたりの視線が絡まって、次の瞬間にはジャスティンの黒い頭がふわりと下がった。

そうしてまもなく、ジャスティンは手を離すと、くるりと踵《きびす》を返して、平然と立ち去った。

アラベラは目を丸くして、口をぽかんと開けたまま、その場に立ち尽くした。あまりにも驚いて動くこともできずに、ジャスティンにたったいまされたことを信じられずにいた。てっきり手の甲にそよ風のように軽いキスをされるのかと思った。けれど、いまのはそれとはまるでちがう……。

なんと、ジャスティンは嚙みついたのだ。どこまでふざけた男なの！

4

翌日の昼すぎに、ジョージアナが客間に駆けこんできた。アラベラは客間にひとりで坐って、お茶の準備をしているところだった。伯母は二階で昼寝をしていた。

「アラベラ、あれからどうなったの？ 教えてちょうだい！ ああ、お母さまとお父さまが早く帰ることにしたのが残念でしかたなかったわ」ドレスの裾《すそ》をひるがえして、ジョージアナはソファに坐っているアラベラの隣に腰を下ろした。

アラベラは目のまえのテーブルにたったいまメイドが置いていった銀のティーポットに手を伸ばした。「お茶はいかが、ジョージアナ？」

「ありがとう、いただくわ。さあ、早く、すべて聞かせてちょうだい」

「お砂糖はひとつ、それとも、ふたつ？」

ジョージアナは金切り声をあげそうになった。「言うことはそれしかないの？」

アラベラは銀と象牙でできた繊細なカップをジョージアナに手渡した。「わたしに何を言わせたいの？」

「ゆうべ、ジャスティン・スターリングと何があったのかよ。アラベラ、そんなに落ち着きはらっているなんて信じられない。だって、彼に選ばれたのよ。あそこにいた大勢の女の人のなかからあなたひとりが」

ジョージアナから質問されずにすむには、まずは答えるしかなかった。「彼はしばらく大陸に行っていて、つい最近ロンドンに帰ってきたばかりなの。だから、わたしに話しかけたの、理由はそれだけよ。舞踏会には〝難攻不落のきみ〟を見物しにきただけ」

アラベラは口をへの字に結んだ。ほんとうはその呼び名が大嫌いだった。今年の社交シーズンで注目を浴びていることと同じぐらい毛嫌いしていた。

今朝、朝食の席でグレース伯母からそれとなく言われたことを思いだした。求婚を承諾すればそう呼ばれることも、注目されることもなくなると。さらに、伯母はさりげなくつけくわえた――アラベラがまもなく二十一歳になることを。

アラベラにできたのは、泣きながら朝食の席を立たないことだけだった。

そう、もちろんそんなことはしなかった。これまでに幾度となく経験して学んだように、傷ついた心を巧みに隠した。伯母のことばに悪意がないのは、アラベラにもわかっていた。グレース伯母とジョセフ伯父はわが子のように姪《めい》を愛していた。さらには、その姪に良縁がめぐってくるのを本気で望んでいた。伯母と伯父の三人の娘がすばらしい良縁に恵まれたように。つい数日前にも、グレース伯母は何気なく、娘たち――アラベラの従姉妹たち――がそれぞれ伯爵、子爵、そして公爵の次男をすばやく手に入れたことを口にした。

けれど、アラベラは夫を〝すばやく手に入れる〟つもりはなかった。努力して見つけるぐらいはするかもしれないが、いそぐ気などさらさらなかった。それに、結婚相手を捜すためにロンドンにいるわけでもなかった。ロンドンにいる理由はただひとつ、前回のアフリカへの旅で、暑さにやられてひどく体調を崩したからだ。そんなわけで、先月、父がふたたびアフリカに赴任することになると、両親は有無を言わさずアラベラを姉夫婦に預けたのだった。

ロンドンでごく普通のお嬢さまとして育てられなかったから、なんとしても結婚したいと思えずにいるのかもしれない――アラベラはそう思った。多くのお嬢さまは眠っているとき以外はいつも結婚のことを考えているものらしい。また、どこにいても自分がなんとなくよそ者のように感じてしまうのもそのせいかもしれなかった。さらには、外見のせいでいつも妙に目立ってしまう。誰にも――ジョージアナにも話したことはないけれど、自分がどこに属しているのか、自分がいるべき場所はどこなのか、まだわからずにいた。

もし結婚するとしたら、お相手は不恰好なこの体のことも、わたしが笑うべきでない場面で笑ったり、言うべきでないことを言ってしまったりするのも気にしない人でなければならない。いまのわたしを、ありのままのわたしを愛してくれる人でなければならない……炎のような赤い髪も、ひょろ長い腕や脚も、そばかすも何もかも……。わたしの欠点も、それがこのさき決して変わらないという事実もすべて含めて、愛してくれる人でなければ。

そう、お母さまがお父さまを愛したように。

美しく品のある母が、案山子《かかし》そっくりで、おまけに聖職者の父と結婚したときには、社交界が騒然としたらしい。いっぽう、母の姉のグレースはバーウェル子爵の妻におさまった。いずれにしても、両親は永遠の愛で深く結ばれていた。

アラベラもそうするつもりだった。

これじゃあ、まさに〝難攻不落のきみ〟ね――アラベラはがっかりした。初めて求婚者が現われたときには、グレース伯母は大喜びした。その人はなんと伯爵だったのだ。そして、そのトーマス・ウィルベリー卿からの求婚をアラベラが断わると、伯母はあまりのショックに、頭のおかしい人を見るような目でアラベラを見つめた。それが姪にとって最初で最後の結婚のチャンスかもしれないと伯母が思っているのが、アラベラにもはっきりとわかった。

ところが、信じられないことに、すぐに次の求婚者が現われた。今度はフィリップ・ウォッズワース。正直なところ、アラベラはわれながらどうしようもなく愚かだと思いながらも、ウォッズワースが自分より頭半分ほど背が低いのが許せなかった。くだらない理由ではあるが、それがアラベラにとって何より気になるところだったのだ。

そうして、最後にアシュトン・ベントリーから求婚されたときには――なんと、ベントリーは見下げたことにキスまでしようとしたのだ！――グレース伯母が味方してくれた。それはアラベラが伯母にベントリーの紳士らしからぬ行動を正直に話したからだった。

「アラベラ、わたしの話を聞いてる？」

ジョージアナの声がして、アラベラは現実に引きもどされた。「えっと、なんの話だったかしら？」尋ねたけれど、ほんとうは訊くまでもなくわかっていた。

「ジャスティン・スターリングよ」ジョージアナが間髪を入れずに答えた。

「ああ、あの人のことね」アラベラはティーカップを持ちあげた。

ジョージアナの口元がぴくりと動いた。「ええ、あの方のことよ」

「彼は〝難攻不落のきみ〟を見物しにきただけ」アラベラはもう一度言った。「ほんとうよ、ジョージアナ。それがわたしのことだと知っていたら、近寄ってきたりしなかったわ」

「なぜそんなことがわかるの?」

「わたしのことを毛嫌いしているから。わたしが彼を毛嫌いしているようにね」

「アラベラ、いまだから言うけれど、あなたと彼が顔見知りだと知って、ほんとうにびっくりしたのよ。どうして、いままでひとことも話してくれなかったの?」

「何を話せばいいの? ええ、そうね、何年もまえから彼のことは知っていたわ。でも、子どものころに会ったことがあるだけ、それだけよ。それに、正直なところ、わたしたちがほんとうに会ったと言えるのは、たったの一度きり」

「だったら、そのときのことを聞かせてちょうだい」ジョージアナはなかなか頑固だった。

アラベラは唇をぎゅっと結んだ。「そんな気には——」

「ねえ、お願いよ、アラベラ」ジョージアナがせがんだ。

「そこまで言うなら、わかったわ。キャリントン公爵未亡人の田舎のお屋敷でのことよ。わたしは外に出ようとして、たまたまふたりの人が話をしている部屋のまえを通りかかったの。扉が開いていて……そう、はしたないとは知りながら、扉の陰に隠れて、話を立ち聞きしたの」

「話していたのは誰なの? ジャスティン・スターリングだったの?」

アラベラはうなずいた。「彼はエマリーン・ウィンズローという女の人と一緒だった。

決して忘れられないわ、わたしはエマリーンをこの世でいちばん美人だと思っていたんだから。でも、彼女は泣いていた。ジョージアナ、泣いていたのよ。そして、わたしが扉の陰に隠れているあいだ、ジャスティン・スターリングは人間らしい感情を見せようともしなかった。彼が言ったことは一生忘れないわ。エマリーンに向かって、彼女程度の美人ならほかにも大勢いると言ったのよ。信じられないことに、ちょっと味見してみようと思った大勢の女性のなかのひとりに過ぎないとまで言ったんだから！　ええ、それだけじゃないわ、ジョージアナ。その言い方よ、氷みたいに冷たくて、驚くほどなげやりだった！」

「そんな。エマリーンがかわいそう！」そのことばには同情心が滲みでていた。

「ジャスティン・スターリングにとってエマリーンは些細な存在だったのよ。いちばん新しい獲物でしかなかった。そうして、彼は部屋から出ていった。つんとすましてね。自分勝手で鼻高々で思いあがっているのがはっきりとわかるほど意気揚々と。身も世もなく泣いているエマリーンをその場にひとり残して。それで、わたしは決心したの――彼に制裁をくわえなければならないと」アラベラはそれからどうやってあとをつけて外へ行き、ジャスティンが坐っている椅子の下にもぐりこんだか話した。「そのときは、彼の靴で我慢することにしたわ」と話を締めくくった。「ほんとうはもっとこっぴどく懲《こ》らしめてやるつもりだったけど」

ジョージアナは笑いそうになるのを必死にこらえた。「彼があなたのことを忘れられないのも無理はないわ」

アラベラは紅茶をひと口飲んだ。「あれは当然の報いよ」

「たしかにそうね」ジョージアナも納得した。「アラベラ、あなたったらときどき信じられないほど突拍子もないことを言うんだから」

アラベラはティーカップを手に取った。「信じられないほど品位に欠けるってことは。でも、てるわ」諦めたようにつぶやいた。カップの縁越しに青い目が光った。「わかっ

誰にも話さないでいてくれるわよね?」

「もちろんよ、絶対に話したりしない」ジョージアナは約束した。

アラベラの顔から笑みが消えた。「とにかく、これでなぜわたしがジャスティン・スターリングをこの世でいちばん不愉快な男性だと思っているかわかったでしょう」ジャスティンの昨夜の言動で、その見解がきちんと証明されたことは黙っていた。心のどこかにまだショックが残っていたからだ。まさかあれほど横暴だとは。

そして、いまでも鮮明に頭に浮かぶのは、わたしが差しだした片手にジャスティンが顔を近づけていったときの、心臓が飛びはねるような感覚……。

「たしかに、彼には聞くに堪えない噂があるわ。もしかしたら、何よりも彼に必要なのは、不道徳な行状を正してくれるしっかり者の女性なのかも……」ジョージアナはこと

ばを濁した。

アラベラはジョージアナを見た。親友の愛らしい顔には、自責の念と同じだけの不安が混じった不可解な表情が浮かんでいた。

「どうかしたの?」アラベラはすぐに尋ねた。

「なんでもない」とジョージアナが小声で答えた。

「なんでもないはずがないでしょう。さもなければ、そんな顔をするわけがないもの」

ジョージアナに話をさせるには、しつこいぐらいにせがまなければならないときもあった。アラベラとちがって、頭に浮かんだことをそのまま口にするタイプではないのだ。正直なところ、アラベラは自分が少しでもジョージアナに似ていればと願わずにいられなかった。衝動的な性格を表に出すまいと努力してはいるが、いまのところその努力はまるで実を結んでいなかった。

「ジョージアナ?」アラベラはもう一度声をかけた。

ジョージアナがひとつ息を吸った。「ゆうべ、あなたたちふたりのことを考えたの。〝難攻不落のきみ〟とイングランド一の美男子のことを」

「いやだ、その呼び名は使わないで。それに、彼のこともそんなふうに呼ぶのはやめてちょうだい」

「ああ、ごめんなさい。あなたが気にしてるのは知っているのに……。でも、そろそろ認めなさいよ、アラベラ。いままで会ったなかで、彼ほどすてきな人はいない、そうでしょう？」

アラベラは思わず考えていた。望みもしないのに、頭のなかに浮かんできた。エメラルド色に輝く瞳、口角が綺麗に上がった男らしく引き締まった唇。その凛々しい笑みを思い描いただけで、胃がずんと重くなった。

「そうかしら」アラベラはすました口調で答えた。

けれど、ジョージアナの目はごまかせなかった。ジョージアナの話も止められなかった。「ねえ、アラベラ。自分でも気づいているはずよ、ちがう？　あなたたちが並ぶと、なんて言うか、とても壮観だったわ……。彼の黒っぽい髪とさっそうとした姿は、情熱的なあなたにすごく似合っていた。おまけに、彼はあなたを見おろしていたでしょ？　あなたの背は彼の顎に届くかどうかというところだった」

それはちょっとちがった。わたしの目はジャスティンの唇と同じ高さだ――それはアラベラもはっきり憶えていた。

「正直なところ」ジョージアナはさらに話を続けた。「これほどロマンティックなことはないと思うわ」

アラベラのティーカップがソーサーにぶつかる音がして、カップの縁から紅茶がこぼれた。アラベラは紅茶を拭くために、布巾を取ってこようと立ちあがった。ところが、勢いよく戸口のほうを向いた拍子に、お茶のセットが置かれた華奢なテーブルに膝をぶつけた。

テーブルが倒れて、お茶のセットが四方に散らばった。グレース伯母のお気に入りのオービュソン織りの絨毯《じゅうたん》にあっというまに黒い染みが広がった。

「いやだ、たいへん」アラベラがそう言ったときには、もうジョージアナはくすくす笑いながら、メイドを呼びに戸口へ向かっていた。まもなく、テーブルにぶつけたアラベラの膝にあてるために冷たい布を持って戻ってくると、アラベラをソファに坐らせた。

「ありがとう」アラベラはジョージアナに向かって穏やかに微笑んだ。「ほんとうにやさしいのね」いったん口をつぐんでから、静かな口調で言った。「わたしたちが友だちになれたなんて不思議だわ。まるで正反対なのに、そうでしょう？ あなたは上品で、雨粒みたいに小さいのに、それにひきかえわたしは品がなくて、がさつで粗野だもの」

「やめてちょうだい、アラベラ。自分を卑下しすぎよ。そうそう、それで思いだしたけれど、今夜のベニントン家のパーティーには行くの？」

アラベラはうなずいた。

「なるほどね」とジョージアナは言った。無意識のうちに一拍置いてから、また言った。

「彼は来るかしら？」

誰のことを指しているのかは、訊くまでもなかった。アラベラは唸《うな》った。「ああもう、考えただけでぞっとする」

ジョージアナが声をあげて笑った。一緒に笑えたらどんなにいいだろう、とアラベラは思った。

まさかジョージアナがこれほどしつこく話を続けるとは思ってもいなかった。こと女性にかんしては、ジャスティン・スターリングは当世流行の美女しか相手にしないと誰もが知っているのだ。それなのに、わたしとジャスティンがお似合いだとほのめかすなんて……そんなことを言うなんて滑稽《こっけい》でさえあった。

それでも、アラベラは否定できなかった。人には決して見せない心の奥底で、そのことばに実はわくわくしていることを。


幸いにも、ベニントン家のパーティーにジャスティンの姿はなかった。総じてその晩はそれなりに愉快だった。そうして最後には息が切れるほど有頂天になって、アラベラは飲み物が供されている一画へ向かった。

「アラベラ！」

声をかけられて、戸口のそばで振りかえった。ウォルター・チャーチルが歩いてくるのが見えた。

「ウォルター、こんばんは！　いらっしゃってるとは知らなかったわ」情けないことに、気分が沈んでいくのがわかった。正直なところ、いままでウォルターの姿がないことにほっとしていたのだ……もちろん、ジャスティン・スターリングの姿がないことにも。

ウォルターのことは好きだった。それは嘘ではなかった。けれど、ジャスティンのことは……もう一度考えてみる価値すらない――アラベラは頑ななまでにそう自分に言い聞かせた。

「たったいま着いたばかりだよ。アラベラ、お願いだ、どうしても話がしたいんだ」ウォルターはそう言うと、舞踏室の隣の小さな部屋を指さした。アラベラはためらいながらも、しかたなくウォルターについていった。

戸口を入ってすぐのところに小ぶりのソファが置かれていた。ウォルターにそこへ連れていかれて、坐るように手振りで促された。いかにも生まじめそうな茶色の目をしたウォルターが隣に坐った。すぐそばに坐っても、アラベラの体には触れなかった。

「アラベラ、お願いだ、あいつのことなど愛してないと言ってくれ」

アラベラは目をぱちくりさせた。そんなことを言われるとは思ってもいなかった。

「なんのことかしら？」

「ゆうべ、一緒にいるのを見たんだ。きみがあいつと一緒にいるのを」

アラベラは息を吸った。「ジャスティン・スターリングのこと？」

「そうだ。あいつがどんな男かはきみも知ってるだろう？　遊び人だよ。性根の腐ったよた者だ。いっぺんに六人の女性とつきあうような。アラベラ――」ウォルターは訴えるようにアラベラを見つめた。「あんなやつとつきあったら、まちがいなくきみの心は引き裂かれる」

アラベラはもう堪えられなかった。声をあげて笑った。いったいどうしたというの？ジョージアナ、そして、いまはウォルターまで。

「心配しないで、ウォルター。約束するわ、あんな人を相手にしたりしない。あんな人に夢中になるなんて考えられない」

「ほっとしたよ、そう言ってくれて。口では言い表わせないほどほっとした」ウォルターはアラベラの手にそっと触れた。「アラベラ、きみを愛してる。きみを敬愛している――」

「ウォルター、お願いやめて」そのさきにどんなことばが続くかは、アラベラにも容易に想像できた。はっきりとわかっていた。

「ぼくと結婚してくれ、アラベラ。ぼくの妻になってくれ。嘘じゃない、きみに断わられたら、ぼくの心はずたずたになってしまう」

アラベラはため息をついた。笑えばいいのか、泣けばいいのかわからなかった。「ウォルター、お願い、もうやめて」

ウォルターの顔に浮かぶ表情を見て、アラベラの心はまっぷたつに引き裂かれた。ああ、なんてこと——ヒステリーを起こしかけながら思った。ほんとうなら、こういう話になるのをまえもって予測しておくべきだったのに。

それなのに、油断していた。アラベラはウォルターを傷つけないように精一杯気を遣いながら話しはじめた。「ウォルター、わかってちょうだい。あなたのことは大好きよ。ほんとうに」たしかにウォルターのことは好きだった。すごく好きとはいえないまでも、うまくやっていけそうな気がした。けれど、恋愛対象には決してならない。そして、それが何より肝心だった。結婚するなら、熱く痺れるような思いを抱ける相手でなければならないのだから。ウォルターに対してはいまも、そしてこれからも、そういう感情は抱けそうになかった。ウォルターを傷つけずに、それをわかってもらうにはどうすればいいの?

「あなたは親切でやさしいわ」とアラベラは言った。「それに、わたしのことをそんなふうに思ってくれるなんて光栄だわ。いつかあなたは誰かのすばらしい旦那さまになるはずよ、ええ、きっと」アラベラは口をつぐんだ。これでわかってくれることを願った——そうなることを祈った。

ウォルターは口を開いて、閉じた。「アラベラ」声が震えていた。「どういうことかな? ぼくはきみが好きで、きみもぼくを好きなんだろうと思ってた——」

「好きは好きでもちがうのよ。ウォルター、聞いてちょうだい、わたしはあなたの妻にはなれないの」

あろうことか、ウォルターは泣きそうだった。アラベラは同情せずにいられなかった。気持ちをはっきりと口に出す性格のせいで、ウォルターを傷つけてしまったのかと思うと、申し訳なさでいっぱいになった。

「ウォルター、お願い、わかって。わたしも辛いのよ。でも、ずいぶんまえに心に誓ったの。愛する人としか結婚はしないと」

ウォルターは息を呑んだ。「つまり、ぼくを愛していないと？」

「ごめんなさい」アラベラは静かに言った。「でも、いずれはあなたもわたしを愛していたわけではなかったと気づくはずよ」

気まずい沈黙ができた。ウォルターは打ちひしがれた顔でアラベラを見つめた。

「ウォルター、ごめんなさい」アラベラはぎこちなく言った。「でも、ほんとうはこれでよかったの。ほんとうにこれがいちばんよかったのよ」ウォルターの肘の下からそっと手を抜くと、立ちあがって戸口へ向かった。開いたままの戸口へ。

戸口のところで、ウォルターは立ち止まってアラベラを見た。

アラベラは顔をしかめた。「入用《いりよう》なら、馬車を呼びましょうか？」

ウォルターは首を横に振った。「それにはおよばないよ」それだけ言うと、ようやく背を向けて、舞踏室へ戻っていった。まるで世界じゅうの苦悩を背負いこんでしまったように、がっくり肩を落として。

　アラベラは心配でたまらず、ウォルターが舞踏室を横切って、階段の傍らにいる従僕に話しかけるのを見つめた。ほっとした。どうやら騒ぎたてる気はないらしい。もちろん、ウォルターにかぎってそんなことはないと思っていたけれど、それでもほっと胸を撫でおろさずにいられなかった。もしかしたら、結婚を申しこんであっさり断わられたこと――いかにもアラベラがやりそうなこと――を、みんなに言いふらすかもしれないと不安だったのだ。もうひとり求婚者が現われたことが人に知れたら、また噂になるとはらはらしていたのだった。

　黄色いモスリンのドレスの皺《しわ》を手で伸ばしながら、アラベラは気を取りなおして、もう一度ダンスに加わる心の準備をした。

　そのとき音がした……すぐうしろで。

　誰かが拍手していた。

　体が凍りついた。ぞっとしてうなじの毛が逆立った。振りむくまでもなく、誰がうしろに立っているのかわかった。

「袖にされた求婚者がまたひとり」とジャスティンは言った。「まもなく彼らが結託してクラブを作る姿が目に浮かぶよ」

アラベラは答えなかった。ジャスティンは思った——どうやらアラベラは本気で驚いているらしい。

「やんわりと断わるとは、なんともおやさしい」ジャスティンは感激したように言った。「以前の求婚者も同じような幸運に恵まれたのかな?」

思っていたとおり、アラベラの沈黙は長くは続かなかった。「扉の陰に隠れていたのね、そうなのね?」アラベラは鋭く言った。「わたしのまわりをこそこそ嗅ぎまわっていたのね」

「とんでもない。ぼくはベニントン卿と書斎にいたんだ。手に入れたばかりのブランデーのご相伴にあずかっていたんだよ。実にうまかった。だが、忠告しておこう、アラベラ、人に話を聞かれたくなかったら、これからは扉を閉めておくんだな」

「名前で呼ぶのを許可した憶えはありません」取りすました口調とは裏腹に、青い瞳は怒りにめらめらと燃えていた。「そこにいるのをそれとなく知らせるのが礼儀というものでしょう」

「だったら、教えてくれ、どのタイミングでそうすればよかったのか。〝きみを愛してる〟と〝きみを敬愛している〟ということばの合間がよかったのかな?」

それを聞いたとたんに、アラベラの目に浮かぶ怒りの炎がさらに熱く燃えあがった。とはいえ、とジャスティンは思った——アラベラは意外なほどの自制心を働かせている。

期待どおりに怒りを爆発させないのか？

ジャスティンはさらに話を続けた。「ウォルターはどうやらぼくたちの昔の関係を知らないらしいな。そうでなければ、きみがぼくを愛しているなんてとんでもない勘違いをするはずがない」

動揺を表に出さずにアラベラはジャスティンを見つめると、冷ややかな口調で言った。

「なんて恥知らずな人なの」

「おやおや、腹を立てなくちゃならないのは、どうやらぼくのほうらしい。このぼくに偉そうな口をきくのはやめるんだな。とはいえ、言っておくが、いちどきに六人の恋人がいるというのはずいぶん大げさだ」ジャスティンは肩をすくめた。「それほど多くの恋人がほしいとは、願ったことさえ一度もない、嘘じゃない。とはいえ、蓄えがあったから、そうならざるをえなかったことはある、残念ながら」

アラベラは顎を上げた。「あなたには慎みってものがまるでないのね、そうでしょう？　そんなことをレディーに話すなんて、いったいどんな神経なのかしら」

ジャスティンにはよくわかっていた――アラベラが真っ赤なその髪と同じぐらい激しい気性の持ち主だということを。だから、わざとからかって楽しんでいるのだ。

「何はともあれ、アラベラ、きみは思いやりに満ちた女性を立派に演じてみせた。称賛せずにはいられないよ。ああ、きみは女優になるべきだった」

ジャスティンの試みは実を結びつつあった。アラベラはますます感情が昂ぶっていた。

「わたしが楽しんでいたとでも思っているの?」もう我慢できなかった。

「そうじゃないのかい?」

アラベラはさらに顎を上げた。「わたしはあなたとはちがうわ」冷ややかな口調だった。「わたしはウォルターを気遣ったのよ」

「だったら、なぜやつと結婚しない?」ジャスティンはアラベラに答える隙を与えなかった。「おっと、忘れてた、きみは愛する人としか結婚しないんだったな」

アラベラは見透かしたような顔でジャスティンを見た。「そんなに驚くことかしら?」

ジャスティンは肩をすくめた。

「あなたのお兄さまは愛する人と結婚した、そう聞いているわ」アラベラはきっぱりと言った。

「といっても、最初からそのつもりでいたわけじゃない。まずは条件に見合う妻を捜そうとした。そうするうちに、ひとりの女性を愛するようになった。つまりは、単についていたというだけのことさ」ジャスティンはまたしてもアラベラに答える隙を与えなかった。「それはともかく、話がわき道にそれてしまったようだ。ぼくが驚いているのは、あんなにやさしい気持ちがきみのなかにもあったということだ」

アラベラは唇を固く結んだ。爆発寸前だった。目のまえにいる男を完膚なきまでに言い負かしたくてうずうずしていた。

ますますおもしろくなってきた、とジャスティンは思った。

そうして頭を傾げた。「何を考えてるのかな、アラベラ？」

アラベラは訝しげに目を細めた。「言わせていただきますけど」精一杯慇懃無礼に言った。「そんなことをあなたが知りたがる必要など微塵もないはずですわ」

「それでも、知りたいと言ったら？」

「では、夜明けまえの草原で」アラベラは食いしばった歯のあいだから言った。「これだけ言えばおわかりになるかしら？」

「決闘というわけか」ジャスティンはゆっくり言った。「おもしろい。とはいえ、きみがどんなふうに攻撃しようかじっくり考えていたことに気づくべきだった」

実際、とジャスティンは歪んだ喜びを覚えながら思った――アラベラの鋭い目を見れば、本気でその可能性を模索しているのがわかる。もしアラベラが肉を喰らう獣だったら、いまごろ自分は食いちぎられて骨だけになっているはずだった。

「申し訳ないが、きみはついさっき自分のことを心やさしい女性だと言ったはずじゃなかったか？　驚いた、つまりきみはウォルターをまんまと欺いたというわけだ、ちがうかい？」

「なんてことを」アラベラは歯ぎしりした。「いまこの手にピストルがあったら、すぐにでもあなたを撃ってるわ、ええ、そうですとも」

「なるほど、ぼくの魅力もきみにはまるで通用しないというわけか」

「魅力なんて、あなたにはこれっぽっちもあるもんですか」

「アラベラ！」ジャスティンはショックを受けたふりをした。「紳士に向かって無礼なことを！」

「サー、あなたは紳士なんかじゃありません」

いやはや、これほどのはねっかえりだとは……ジャスティンは思った。短気で、気が強いのも相変わらずだ。さらに、ゆうべと今夜のこのやりとりは、このところで最高の気晴らしになった。たっぷり楽しめた。実のところ、アラベラの機知に富んだことばと、このちょっとした言い争いがおもしろくて、ギデオンとの軽はずみで馬鹿げた賭けのことは束の間忘れていた。今度ギデオンに会ったら、ぜひともこのことを話さなければ。

妙なことに、ふいに気持ちが沸きたった。いままでになくうきうきした。

「ウォルターからの求婚を断わったのは賢明だった」よどみなく言った。「きみの辛らつな舌にウォルターが太刀打ちできるはずがない。だが、言わせてくれ、ぼくとはいい勝負だ。いずれきみもそれに気づくことになる」

アラベラは訝しげに目を細めた。「あらまあ、どういう意味かしら？　それに、なぜあなたは不敵な笑みを浮かべているの？　まるで、わたしの知らないことを知っているとでも言いたげに」

　ずばりと核心を突いてくる。「さあ、なんの話かな。とはいえ、きみと一緒にいるのが楽しいから笑っているんじゃないことだけはたしかだが」

「いまのことばは聞かなかったことにしておくわ」とアラベラは言った。「それでは、あらためて話を聞かせてもらえるかしら？　わたしをこそこそ見張っていたことについて――」

「見張ってなんかいないさ。そのことは、もう決着がついたはずだ」

「決着なんてついていないわ。でも、ひとつだけ約束してちょうだい、盗み聞きした話を人に言ったりしないと」

「どうして？」

「どうしてって、噂になるなんてまっぴらだからよ」

　ジャスティンは眉を上げた。「つまり、〝難攻不落のきみ〟という名誉ある称号を、きみは喜んでいないとでも？」

「あたりまえよ」アラベラは不満げに言った。「今日、もし誰かにもう一度でもそのおぞましい呼び名で呼ばれたら、わたしはまちがいなく金切り声をあげるわ」

　ジャスティンの口が歪んだ。「だが、となると噂好きの面々がさぞかしがっかりするだろう」

アラベラはジャスティンの目を見て、語気を荒げて言った。「誰にも話さないと約束してちょうだい」

「なるほど」とジャスティンはつぶやいた。「そうしないこともない」

「どういうことかしら？」

口づけをさせてくれたら――そのことばがジャスティンの喉まで出かかった。実際、ぎりぎりのところで、予想もしていなかった衝動を抑えた。

ふいに自分自身に腹が立った。アラベラ・テンプルトンとの口づけ――いったいどんな感情がそんな荒唐無稽《こうとうむけい》な考えを呼びおこしたのか……。

不幸にして出会ってしまった最高に気持ちを掻きたてられる女。アラベラのことをそんなふうに思うとは信じられなかった。けれど、よく考えてみれば、それは驚くことでも、荒唐無稽なことでもないのかもしれない。

ジャスティンの視線が下がって、アラベラの唇に向けられた。屈託のない笑みが似合う唇。男を幸福にするためだけに作られた唇。ふっくらと官能的で、優美な唇――それを言うなら、アラベラのあらゆる部分がそうだけれど。肌をひときわ輝かせるバター色のドレスを選んだアラベラを、すでに心の奥で賞賛していた。

気づくと、アラベラとの口づけを思い描いていた。くそ、いったいどうしたんだ？とはいえ、それは少なくとも刺激的にはちがいない。アラベラが問い詰めるように近づいてきた。それもまずかった。さらには、じっと見つめられていることも。アラベラは一心にこっちを見て、返事を待っていた。唇が開いて、小さな白い歯が見えていた。あ、知りたくてたまらない……アラベラはどんな味がするのか。

「あなたは答えていない。答えないつもりなのね？」

邪な男。それが自分の真の姿だ。アラベラとの口づけを夢想するほど邪な……。

音楽が始まった。ジャスティンははっとして眉を上げた。「踊ろう」わけもわからずそう言っていた。「そうしてくれれば、考えよう」

ジャスティンはアラベラをすばやく舞踏室に連れていった。

5

唐突なターンに、アラベラは思わずジャスティンの肩をつかんだ。「ジャスティン！」ほんとうに驚いてそう言っていた。名前で呼んだのに気づいたのは、口にしてしまってからだった。「どういうつもりなの？」

「尋ねるまでもない、そうだろ？」

ふたりはターンを繰りかえしながら、ウィルミントン家の令嬢アビゲイルとルシンダのまえを通りすぎた。そのふたりがジャスティンに見とれているのは誰の目にも明らかだった。ジャスティンは頭を傾げて、にこやかな笑みをふたりに投げた。アビゲイルが扇で顔を隠しながらにっこり笑い、ルシンダがこれ見よがしにまばたきをした。

アラベラの口元が引き締まった。「誰にも教えてもらわなかったのかしら？　ダンスを踊っているときに、ほかの女性を見るのはいちばんのマナー違反だってことを」

「妬《や》いてるのか？　そうだろう？」

「とんでもない！」

ジャスティンは頭をのけぞらせて笑った。「アラベラ、きみはほんとうに楽しい人だ」

もちろん、それが本心であるわけがない――アラベラは充分承知していた。そのことばが意味することは、それとは正反対なのだ。

「言っておきますけど、あなたを許したわけじゃないわ」アラベラはきっぱり言った。

「許してないって、何を？」

アラベラは歯を剝きだした。

太く黒い眉が高く上がった。「おや、どうしたんだい？　晩餐に出たクリームソースに使われていたバジルが歯についているか見てほしいのか？　だったら、安心してもいい、そんなものはついていないから」

アラベラは金切り声をあげたかった。それをどうにか堪えて、小さな声で言った。

「これは復讐《ふくしゅう》ね、そうなんでしょう？　子どものころにわたしがしたいたずらの仕返しをしてるつもりなのね」

「これはまた、きみがそんなに疑り深いとは。いったいどうして、そんなふうに思うんだ？」

「どうしてって、ほんとうならあなたはわたしを避けるはずだもの。疫病神みたいに」

「なぜ、きみを避けなくちゃならない？　それじゃあまるで、ぼくがきみを恐れてるみたいじゃないか」

「もちろん、あなたは怖いもの知らずですものね。たったひとりの女性を恐れるなんてそんなことは絶対にないはずよね」

ふたりの目が合った。ジャスティンの目に意味ありげな光が浮かんでいるのにアラベラは気づいた。読みとれない何かが。わかっているのは、それがなんであれ、鵜呑《うの》みにしてはいけないということだけだった。

「じろじろ見るのはやめてちょうだい」

「悪かった」ジャスティンはすらりと謝った。「そんなつもりはなかったんだ。ただ、いまのいままできみのそばかすに気づかなかったから」

いつも周囲にいる上品で華やかな女の人たちと比べているのだ――アラベラはそう思った。それでいて、いまほど自分のそばかすが憎らしいと感じたことはなかった。そう、子どものころは肌がすりむけるほどごしごし顔を洗ったものだ。それより少し大人になると、毎晩欠かさずゴーランド・ローションを顔にたっぷりとつけた。効果はまったくなかったけれど。

さきに目をそらしたのは、アラベラのほうだった。そうして、黙りこくった。ああ、ジャスティンとなんて無様なの……。ダンスは好きでなかった。より正確に言うなら、踊るのは。ひとつには、ジャスティンがあまりにも魅力的すぎるから。ジャスティンを妙に意識してしまう自分が腹立たしかった。そう、女なら誰だってジャスティンを意識しないわけがない。腰に触れるジャスティンの手の力強さをはっきりと感じた。肌に火がついたかのようだ。それに、反対の手――自分の手を包むその手は、大きくて、小麦色で、たくましくて……。体のなかにいままでに感じたことのない痛みが走った。

ジャスティンのリードでまたターンした。その拍子によろけて、転びそうになり、思わずジャスティンにつかまった。

「ジャスティン、やめてちょうだい」鋭い口調で言った。脚が二本の杖になってしまったかのようだ。顔が真っ赤になっているはず。それは確かめなくてもわかった。

「おや、ダンスなんだからしかたないだろう?」

「体をこんなにくっつけなくても踊れるはずよ!」

「そうかな?」

口調は穏やかだったけれど、ジャスティンの表情は穏やかとは言えなかった。ゆうべ、ジャスティンはなんと言ったかしら? 〝きみのようにか弱くかわいいお嬢さまを食い荒らすことでぼくは有名だからね〟

アラベラは自分に腹が立った。走ったあとのように心臓がどきどきしている。といっても、息が切れているのは、ジャスティンの手がウエストに張りついているからではなかった。それよりも、唇がすぐそばにあることのほうがはるかに気になった。こめかみに温かい息を感じるほどすぐそばにあることのほうが。それに、ジャスティンの背の高さ……いまいましいことに、そのせいで自分が華奢で、繊細になったような気がする。それを些細なことと無視するわけにはいかなかった。それに……そのせいでこれほどわくわくしているなんて！　信じられない、本気で喜んでいるなんて！

でも、相手はジャスティン・スターリングだ。この世でいちばんの遊び人。正真正銘の無礼な男。

自分の反応に戸惑い、ジャスティンがすぐそばにいることに狼狽《ろうばい》しながら、アラベラはもう一度警戒心を呼び起こした。背筋をぴんと伸ばして……うっかりジャスティンの足を踏んづけた。

ジャスティンが唸った。「ダンスが得意じゃないとは聞いていたが、いまのはわざとなんだろう？」

「ちがうわ！」アラベラはかっとした。

ジャスティンはさらに力をこめて手を握った。

「ジャスティン！　お願いだから――」

「きみは気づいているのかな、この数分のうちに三度もぼくの名前を呼んだのを？　どうやら、きみのなかでぼくの占める割合が大きくなりつつあるようだ」

「そんなこと数えているはずがないわ」アラベラは歯を食いしばりながら言った。「ねえ、手を緩めてちょうだい」

ジャスティンは臆するそぶりもなかった。「ワルツはまだ終わってないよ」

「ジャスティン――」

「四度目だ」さらりと言った。

アラベラはジャスティンの顎に頭がぶつかりそうなほど勢いよく顔を上げた。そうして、多くの男性をたじろがせてきた表情を浮かべてジャスティンを見た。信じられないことに、ジャスティンはたじろがなかった。唇に笑みのようなものを浮かべながら、じっと見返しているだけだった。

「わかったわ」アラベラは精一杯厳しい口調で言った。「わたしは醜聞の種になるようなことはしたくない。あなただってきっと――」

そのとたんにジャスティンが笑いだした。

アラベラの目がきらりと光った。「何がそんなにおかしいの?」

「それはおかしいさ。醜聞だって? そうだった、きみはご両親と一緒に長いこと外国で暮らしていたんだったな。実のところ、スターリングという苗字そのものが醜聞なんだよ。知らなかったのかい?」

「それはあなたの名前だけかと思っていたわ」アラベラは言い放った。

「ぼくを傷つけるつもりなら、アラベラ、その程度じゃだめだ」

信じられない、ああ言えばこう言うんだから！　最高の防御は口をつぐんでいること、アラベラは自分に言い聞かせた。ジャスティンがターンした。アラベラはよろけて、フロアの傍らに置かれた大きな壷にぶつかりそうになった。

ジャスティンがため息をついた。「体の力を抜いて、ぼくのリードに従いさえすれば楽しめるのに。ぼくのダンスは超一流なんだから」

アラベラは口元を引き締めた。たしかにジャスティンの言うとおりだった。軽やかな足の運びに、巧みなステップ。ジャスティンほど完璧な男性に、これ以上何を望むというのか？

アラベラはうっかりしてまたジャスティンの足を踏んだ。

「おいおい」ジャスティンが不満げに言った。「ぼくをまた歩けなくして、ひねくれた良心の呵責《かしゃく》でも感じたいのかい？」

アラベラは顔が赤くなるのがわかった。昔のことはあまり思いだしたくなかった。

まもなく音楽が終わり、アラベラが息をつくまもなく、傍らにひとりの男性が現われた。金色の髪に血色のいい頬。ジャスティンに負けず劣らず背が高く、たくましかった。顎を上げてジャスティンを見るしぐさがどことなく傲慢で、アラベラは興味を覚えて、その男性をじっと見た。

「スターリング」その人が声をかけた。「こんなところで会えるとは嬉しいな」

そのことばの聞きまちがいようのないスコットランド訛《なま》りに、アラベラも気づいた。

ジャスティンはそっけなくうなずいた。

「やあ、マックエルロイ」

マックエルロイと呼ばれたその男性の目がアラベラに向けられた。「きみのダンスのお相手に会えるとは、これまた信じられないほど嬉しいな。親切なきみのことだから紹介してくれるだろう?」

「もちろんだ。ミス・テンプルトン、こちらはパトリック・マックエルロイ卿。マックエルロイ、こちらはミス・アラベラ・テンプルトン」

おかしなことに、ジャスティンはちっとも嬉しそうではなかった。

マックエルロイがお辞儀をした。「すてきな方だ」

アラベラは笑みを浮かべて、膝を軽く折って挨拶した。「お会いできて光栄ですわ、マックエルロイ卿」

背後で楽士が曲を奏ではじめた。

マックエルロイはアラベラのほうを向いた。「ミス・テンプルトン、今度はぼくと――」

そのことばは途中で遮られた。「悪いな、友人」ジャスティンがごく自然に割ってはいった。「ミス・テンプルトンは次の曲もぼくと踊ると約束してくれたんでね」

抗うまもなく、アラベラは舞踏室の真ん中に連れていかれた。

アラベラは呆気にとられて、ジャスティンをぽかんと見あげた。「どういうことなの？　わたしは彼と踊ってもよかったのに」

「言っておくが」有無を言わさぬ口調だった。「それは絶対にやめておいたほうがいい」

アラベラはさきほどのジャスティンのことばを借りることにした。「あら」ちょっと得意げに言った。「妬いているのね、そうなのね？」

ジャスティンがきっぱり否定しないことにアラベラは心底驚いた。ジャスティンが目を見つめてきたときにもまだ、なぜ否定しないのかと考えていた。

「こう考えてくれ、アラベラ。やつと一緒にいるより、ぼくと一緒にいたほうがいい」

「それを決めるのはわたしのはずよ」

ジャスティンが顔をしかめた。唇は不穏なほど薄くなり、顎はいつになく引き締まっていた。どういうこと？　いったいぜんたい、なぜジャスティンはきゅうに不機嫌になったの？

「無垢で世間知らずのお嬢さまへの慈善活動だよ」とジャスティンはきっぱりと言った。「やつは危険だ」

「あらまあ！　あなたより危険なのかしら？」アラベラは皮肉たっぷりに言った。ジャスティンと話していると、なぜか喧嘩《けんか》腰になってしまう。あとになって、なぜあんなにきついことを言ったのかと自問することになったが、いまこの瞬間はそんなことはまるで頭のなかになかった。

「それこそきみは知らなくていいことだ」ジャスティンはアラベラに顔を近づけた。「きみは無垢で世間知らずのお嬢さまなんだから、ちがうかい？」

アラベラは息を詰まらせながら言った。「それこそあなたには関係のないことよ」

ふいにジャスティンの顔に笑みが浮かんだ。アラベラは思った――どうやら機嫌が直ったらしい。よりによって、わたしをからかって憂さを晴らすなんて！

その後は、ふたりとも無言のままダンスを続けて、やがて曲が終わった。

ジャスティンは深々と頭を下げた。「少しは上達したようだな」そうつぶやくジャスティンの息がアラベラの耳をかすめた。「今度は一度も足を踏まれずにすんだからね」

ジャスティンはアラベラを舞踏室の端に連れていった。そこでも、アラベラの手袋をはめた手を放そうとしなかった。ゆうべのジャスティンの無礼な行為を思いだして、アラベラは手を引っ込めたかったけれど、あえてそうせずにいた。けれど、ジャスティンの笑みには何か不穏なものが、何か油断ならないものが漂っていた。ジャスティンが手を唇に近づけると、さらにその何かがはっきりと感じられた。

「今日は噛みついたら許さないわ！」とアラベラは鋭く言った。「お返しにわたしも噛みつきますからね」

おかしくてたまらないとでも言いたげな緑色の目がアラベラの目に向けられた。「それはぜひとも試してみたい」

ジャスティンは黒い頭を下げた。たしかに、嚙みつきはしなかった。けれど、いままさに唇が手に触れるという最後の瞬間に、アラベラの手を裏返した。ジャスティンの親指がアラベラの手首の内側――手袋から肌が出ている部分――をかすめた。そしてその場所に、生温かく湿った舌が……。

アラベラは絶句した。信じられない、今度は舐《な》めるなんて！

家に帰るとまっさきに、アラベラはレースの白い手袋を簞笥《たんす》の奥に押しこんだ。二度とその手袋ははめないと誓った。まっすぐ洗面台へ行って、子どものころにそばかすをごしごし洗ったように、汚された手を洗った。ジャスティンの顔など二度と見たくない！　それさえかなえば、それだけで、ええ、幸せよ！

もし運がよければ、と腹立ちまぎれに思った。ジャスティンは大陸だかどこだかの、以前旅した場所に帰ってくれるかもしれない。といっても、そんなことはありそうにないけれど……。

よりによって、二晩続けてジャスティンに会うなんて。こんな災難が三度も続いたりするかしら? でも、わたしに何ができるというの? 今年の社交シーズンのあいだ、ジャスティンを避けて過ごせるはずがない。

ジャスティンにまた会うかもしれない、そう思うと憂鬱《ゆううつ》だった。次の日になっても、そのことが頭を離れなかった。その夜は、ヴォクソール・ガーデンズでレディー・メルヴィル主催の仮面パーティーが開かれることになっていた。招待状が届いたときのグレース伯母の喜びようといったらなかった。伯母の話によれば、千人もの客が招待されているということで、アラベラもそのパーティーに行けると思うとわくわくした。ちょっとまえのある午後に、ヴォクソールから気球が上がるのを見かけたが、陽が落ちてからのその場所の壮大な眺めはまだ目にしたことがなかったのだ。

けれど、そんなふうに思えたのも、ジャスティンが現われるまでだ。

いまは声をあげて泣きたい気分だった。ジャスティンもパーティーに来るの? そうでなければいいのに。お願い、そうでありませんように。

ジャスティンとまた顔を合わせると思うと、今度は何をされるのだろうと思うと、ぞっとした。ゆうべはダンスをした……たしかにジャスティンの話は嘘ではなかった。群を抜いてダンスが上手で、それにひきかえ、わたしは自分がどうしようもないほどのろまに思えた。ジャスティンは必要以上に強くわたしを抱いていた。ウエストにまわされた手の感触ならいまでもはっきりと憶えている。ぴたりと張りつくその手のぬくもり。

体のなかにまで鮮明すぎるほど広がっていったぬくもり。肌を滑るジャスティンの温かい舌も……いいえ、冗談じゃないわ、よりによって舌だなんて！　とにかく、ジャスティンはあまりにもハンサムで、行動はあまりにもスマート。おまけに、まったく予測がつかない。

ジャスティンを信用してはだめ。きっと、わたしをいじめて喜んでいるのだ。そうに決まっている。わたしをからかうのが楽しいのだ、絶対にそう。

もちろん、もう一度ジャスティンに会うのが楽しみであるはずがない、ええ、そうですとも。ほんとうはいやでたまらない……。

そう思いながらも、ジャスティンのことが頭から離れず、さらに苛立つばかりだった。

その日の午後、客間を覗いたグレース伯母は、窓際の大きな戸棚のうえに坐って庭を見つめているアラベラに気づいた。

「おやおや、アラベラ、ずいぶん不機嫌そうね」

アラベラは顔を上げた。「伯母さま！　お戻りになっていたのね、気づかなかったわ」伯母は友人と一緒に買い物に出かけていたのだった。アラベラは傍らのクッションを軽く叩いて、そこに坐るように伯母を促した。

グレース伯母は脚が隠れるようにふわりとしたスカートを整えながら、アラベラの隣に坐った。「アラベラ、戸口のところからゆうに五分は見ていたのよ、あなたが顔をしかめて、不機嫌そうに思いにふけっているのを。何を考えていたの？」

アラベラはひとつ息を吸った。「いいえ、何も」

伯母はしばらくアラベラを見つめてから、唇をすぼめた。「今日の午後、どなたか男の人が訪ねてきたのかしら？」

アラベラは首を振った。

伯母の薄墨色の目が和らいだ。「あら、それなら――」

「いいえ、まさか！　そんなことじゃありません。ほんとうにひとりになりたかっただけで、そのひとときをじっくり味わっていただけです」そのひとときとはつまり、ジャスティン・スターリングのことを考えないでいられる時間を意味していた。

グレース伯母はアラベラの強い口調に驚いた。「アラベラ、あなたがそんなに悲しんでいるとは知らなかったわ」

「とんでもない！　悲しくなんてありません」アラベラはあわてて伯母を安心させようとした。「伯母さまとジョセフ伯父さまと一緒にここで暮らせて幸せです。それに、ロンドンにいられることも。にぎやかな集まりも、パーティーも。でも、人から〝難攻不落のきみ〟と呼ばれているのは……ええ、不快です。ほんとうにいやでたまらない。わたしは人から注目されるのが大嫌いなんですもの」

グレース伯母は頭を少し傾げて、アラベラを見つめた。「それはちょっとむずかしいかもしれないわね、アラベラ。たしかに上流社会は気まぐれよ。でも、いまのところ、あなたは今年の社交シーズンの注目の的ですもの。しばらくはそれが続くでしょう。あなたが花婿となる人を決めないかぎりは」

アラベラは我慢できなかった。「グレース伯母さま、これ以上求婚者が現われないでこの社交シーズンが終われば、それだけでわたしはほんとうに幸せです」

「あなたは少し大げさに考えすぎているんじゃないかしら？」

アラベラは弱々しい笑みを浮かべた。

「知っているかしら？　わたしたち、つまり、わたしとあなたのお母さまが若かったころには、玄関のまえに求婚者が列を成したものよ。あなたのおじいさまが、わが家が自分の家ではなくなってしまったようだとこぼしたほどだった」伯母は昔の楽しい光景を思いだしたのか、いまにもくすくすと笑いだしそうだった。「それに、あなたの従姉妹たちにも似たようなことがあったわ。それがうちの家系なのよ」

アラベラは微笑まずにいられなかった。若かりしころの伯母はさぞかし美しかったはずだ。いまでもふっくらした頬は薔薇《ばら》色で、明るい瞳はくるくるとよく動く。笑うと両頬にえくぼができて、若々しく輝くその顔を見れば、誰もが微笑みたくなるほどだった。

「月日はグレース伯母さまにやさしかったのね。伯母さまはいまでもとても魅力的ですもの」

グレース伯母の顔が華やいだ。「ありがとう、アラベラ。あなたはほんとうにやさしい子ね。でも、何人もの男の人があなたの足元にかしずいているんですもの、少しは喜んでもいいんじゃなくって?」

アラベラは唇を噛んでから、素直に答えた。「そうね、そうなんでしょうね」

「ええ、ええ、わかってますとも。それでもやはり、花婿を真剣に捜さなくてはね」

アラベラはひとつ息を吸ってから、慎重に切りだした。「グレース伯母さま、どんなふうに言えばいいのかしら――」

「あなたの気持ちはわかっているつもりよ、アラベラ」グレース伯母はまたもやきっぱりと言った。「いま思えば、求婚者のなかからひとりを選びなさいとしつこく言いすぎたのがいけなかったのかもしれない。せっつきすぎたようね」

アラベラはほっとした。

「そう、たしかに心配しすぎていたわ。でも、それは結婚式の計画を立てられると思って、わくわくしていたせいでもあるの。あなたの従姉妹のイーディスが結婚してもう二年も経ってしまったんですもの。でも、どうやらあなたは母親に似て、自分の人生は自分で決めるのかもしれないわね。いいでしょう、約束するわ、あなたの未来の旦那さまについてはもう何も言いません」

アラベラは黙っていた。頭のなかでは答えが出ないままの疑問が渦巻いて、ふいに気持ちが揺らいだ。

　伯母にはっきりと言う勇気がなかった。結婚式の計画を立てられない可能性のほうがはるかに高いことを。なぜなら、一生結婚しないだろうから。わたしは従姉妹たちのように美しくもなければ、華やかでもない。みんなとはちがうのだ。かといって、両親に倣《なら》って伝道活動に人生を捧げればそれだけで幸せだと思えるはずもなかった。敬虔《けいけん》なクリスチャンとはいえないし、聖戦の戦士でもないのだから。さらには、いつまでも両親のそばを離れず、足手まといになるのもいやだった。

いったいわたしは何を望んでいるの？　それを言うなら、自分に何が向いているのかもわからない。わかっているのは、何をしたくないかだけ……。

それでも、わたしは幸せ者だ——そう思うと、胸がずきんとした。愛されているのだから幸せでないはずがない。これまでずっと自分を愛してくれる人たちに囲まれて生きてきたのだから。そうして、気づいた——伯母と一緒に過ごす時間がいつでも大切に思えたのはなぜなのかということに。いまこのときほど、伯母への愛情を感じたことはなかった。

自然に両手が伸びて、伯母の手をそっと握った。

「憶えていらっしゃるかしら？　わたしがまだ子どもで、学校に通っていたころ、両親と離れているのが寂しくてしかたなくなったのを」感情が一気にこみあげてきた。胸が潰れそうになって、ことばがうまく出なかった。けれど、いったん堰《せき》を切ったようにことばが流れだすと、もう止まらなかった。

「そんなとき伯母さまのことを思い浮かべると、とたんに寂しさが和らいだの。わたしはひとりぼっちじゃない、グレース伯母さまがいるんだって。お母さまの代わりに、伯母さまがぎゅっと抱きしめてくれて、ほんとうの母親のように接してくれたんですもの。それがわたしにとってどれほど心強かったことか、いままで伯母さまにことばで伝えたことがなかったわ」

グレース伯母の目に涙があふれた。とたんにアラベラの目も潤んだ。伯母のやわらかな手が、アラベラの耳のうしろの巻き毛を撫でた。

「アラベラ! ああ、アラベラ、そんなことを言ってくれるなんて、口では言い表わせないほど嬉しいわ。わたしはいつでもここにいるわ、あなたがわたしを必要とするときにはいつだって。だって、あなたのことが大切だから、それはわが子と何ひとつ変わらない。わかっているわよね?」

「ええ、伯母さま。もちろんですとも!」感極まって、ふたりは抱きあった。

グレース伯母が身を引いて、アラベラの頬を撫でた。「でも、約束してちょうだい、アラベラ。もう苛々したり、不安になったりしないと。あなたの年頃は幸せで、華やかでなくてはならないの……ああ、いまはこんなことを言うべきじゃないのかもしれないわね。花婿についてはもう口出ししないと誓ったばかりですもの。でも、わかってちょうだい、言わずにはいられないの……。ふさわしい男の人が現われたら、そのときはあなたも気づくはず。ここで気づくはず」伯母は片手を胸にあてて、微笑んだ。「あなたのお母さまも、わたしもそうだったように」

アラベラは目をしばたたかせた。「でも、伯母さまとジョセフ伯父さまは……おふたりの結婚は親が決めたものでしょう?」

「あら、それはちがうわ! 愛する者同士が結ばれたのよ」グレース伯母はそこでも目をきらりと光らせて、くすりと笑った。「ここだけの話、わたしは男の人の心を操る術を心得ていたのよ。だから、ジョセフを夢中にさせて、わたしを追いかけさせたの。ジョセフはわたしの心を射止めるために、ライバルを蹴落とさなければならなかった。でも、ライバルをすべて蹴落としたときには……」

アラベラは驚いて伯母を見つめた。信じられない、グレース伯母が頬を赤らめているなんて!

伯母は咳払いをした。「いずれにしても、まもなくわたしもジョセフが運命の人だと気づいた——とだけ言っておきましょう」そうして、立ちあがると、ドレスを揺すって皺を伸ばした。頬のえくぼが深くなった。「実はね、ジョセフは誰もが認める遊び人だったのよ。そう、あなたのジョセフ伯父さまね」

アラベラは呆気にとられた。ジョセフ伯父は家族はもとより誰からも、その行動は決然として品格に満ちていると言われていた。さらには、いまや頭のてっぺんの髪が寂しくなりつつある。そんな伯父が遊び人だったとは想像すらできなかった。

若かりしころの伯父の姿を思い浮かべようとするうちに、ジャスティン・スターリングのことが頭に浮かんだ。

視界の隅に、扉のほうへと歩きだすグレース伯母の姿が見えた。アラベラも立ちあがった。部屋の中ほどで伯母が立ち止まった。

「アラベラ、今夜の仮面パーティーのことは忘れていないでしょうね？」

「ええ、もちろんよ」

「よかった。あなたの入浴の準備をするようにアニーに言っておきますからね。今夜のような催しに遅刻は禁物よ」さらに三歩進んだところで、また立ち止まって、肩越しにちらりとうしろを見た。

「ところで、アラベラ。ゆうべ、ジャスティン・スターリングとワルツを踊っていたわね」

アラベラは息を呑んで、弱々しい声を漏らした。「えっ？」伯母はジャスティンの名前をほんとうに口にしたの？「ああ、ええ、グレース伯母さま、そうよ。どうやら、社交界にダンスの達人が戻ってきたようね」

「いえ、わたしが言おうとしたのはね、アラベラ、あなたたちが一緒にいるととても目立っていたということよ。実際、あなたたちに気づいたのはわたしだけではないのよ。キャリントン公爵未亡人もそうおっしゃっていたわ。黒っぽい髪と浅黒い肌のジャスティンと、あなたのように明るい色の女性が並んでいるとお互いが引きたつわ」

アラベラはことばが出なかった。ジョージアナにも同じようなことを言われた。まさか、グレース伯母まで……。

「ゆうべ、わたしも早い時間にジャスティンと少し話をしたのよ。彼のお兄さま、つまり侯爵さまとわたしは古くからの知り合いですからね。それはあなたも知っているわね。そうそう、来週には、その侯爵さまのお屋敷でパーティーが開かれるのよ。それにしても、ジャスティンは……正直なところ、ずいぶん魅力的な若者ですこと」

「グレース伯母さま、ジャスティンほど自堕落な人はいませんせん！　噂では――」

「ええ、知ってますとも、かなりの醜聞があるということは。でも、アラベラ、正直におなりなさい。いままでジャスティン以上の美男子に会ったことがあって？」

「伯母さま！」アラベラは喘《あえ》ぐように言った。

グレース伯母はいかにも嬉しそうに眉を上げた。「いい、アラベラ？　わたしももういい年かもしれないけれど、この目にはまだ狂いはないのよ」そう言って、ウインクした。「ここだけの話だけれど、ジャスティンは三十年前のジョセフ伯父さまによく似ていてよ」

伯母はくすくす笑いながら、そよ風のように音もなく部屋を出ていった。アラベラは伯母のことばに意表を突かれて、ショックからすぐには立ち直れなかった。扉が閉まったときにも、まだ呆然としていた。あまりにも驚いて、崩れるように椅子に坐りこんだ。大きな声をあげて笑えばいいのか、両手に顔を埋めて泣けばいいのかわからなかった。

ジョージアナ……グレース伯母、さらには、キャリントン公爵未亡人まで。恐れ多くて身がすくむほど威厳に満ちた公爵未亡人までが……。若かろうが老いていようが関係ないの？　ジャスティンは魔法使いか何かなの？　ジャスティンの非の打ちどころのない容姿と人の心を簡単に虜にしてしまう魅力に、抗える女性などこの世にはいないの？

ジャスティンの魔力に惑わされないのは、どうやらわたしだけらしい。そうよ、あんな魔力に屈してたまるものですか。

6

階段へ向かう途中、アラベラはグレース伯母の部屋のまえで足を止めそうになった。仮面パーティーには行かないと言おうと思った。頭が痛いと言えばいい。さもなければ、今夜はひとりで過ごしたくなったと。

けれど、それから三十分も経たないうちに、浴槽のなかで湯に浸かっていると、さきほどとはちがう考え方ができるようになった。たとえジャスティンに会ったとしても、ひるんだりしない。言い負かされもしない。ジャスティンをやりこめるだけの知恵がわたしにはあるのだから。

それに、ジャスティンのせいで家に引きこもっているのもいやだった。そんなことをしたら、ますますジャスティンが図に乗るだけだ。

そうして、ヴォクソール・ガーデンズに着くと、アラベラはやはり来てよかったと思った。ヴォクソール・ガーデンズの正面入口であるグランド・ウォークに着いたのは、まさに絶好のタイミングだった。馬車から降りてひと息つくと同時に、楽団が大きな音で楽器を奏ではじめて、夜の宴が華やかに始まった。木の枝に据えつけられた星形や半月形のランタンがきらきらと輝いていた。嬉しくなって、アラベラは思わず声をあげた。ここでしか見られない光景だった。

庭園への入場を待っていると、さきほどの決意とは裏腹になんだか落ち着かなくなった。とはいえ、夜のパーティーは始まった瞬間から盛りあがりを見せていた。そしてまた、ジャスティンの姿はどこにもなかった。パーティーをぞんぶんに楽しもう——アラベラはそう思った。

参加者はほぼ全員、仮面をつけて、服装にも細心の注意を払っていた。どれが誰なのか推測するのはおもしろくてたまらなかった。ギリシャの女神の姿のすらりとした美女。ロミオとジュリエットに扮したカップル。アラベラが今夜のために選んだドレスは、透ける薄い絹を幾重にも重ねたスペイン風のドレスだった。さらに、巻き毛が隠れるようにと、薄手の黒いレースのベールをかぶった。

カントリーダンスが終わると同時に、勇猛な海賊に投げキスをされて、アラベラは笑った。その海賊は会場の中央に作られたダンス・フロアの反対側にいたけれど、それがジャスティンでないのはすぐにわかった。ジャスティンほどの背丈はなく、痩せていたからだ。ダンスのせいで速くなった心臓の鼓動を鎮めようと、アラベラはダンス・フロアとは少し離れたところにある人気《ひとけ》のないミニチュアの神殿に入った。休んで、息を整えるにはちょうどいい。頭をうしろに反らして、近くで滴っている水の音に耳を澄ました。

立ちあがろうとしたそのとき、高く澄んだ女の人の声が聞こえた。

「あなたもご存じだとは思うけど、彼は愛人が絶えたことなどまずないわ」とひとりの女性が言った。

「そうでしょうとも」とべつの女性が答えた。「それにしても、今度の幸運な淑女は誰かしら?」

アラベラは身を縮めた。ほぼまうしろで、ふたりの女性が立ち止まった。

「彼はとっかえひっかえ愛人を変えるのよ。誓ってもいいわ、今夜ここにいる女性のゆうに半分は彼とベッドをともにしたはずよ、ねえ、そう思うでしょう?」

さらに高く澄んだ笑い声がした。アラベラの口角が下がった。とはいえ、動くわけにはいかなかった。話を盗み聞きしたと思われたくなかった。

「ええ、そのとおりよ。彼が通ったあとには、いくつもの傷ついた女の心が残される」

「あなたの心もそのひとつというわけね」と最初に話した女性が言った。「でも、心の傷は癒える、そうよね? となれば、もう一度立候補してみたら?」

「そうね、彼がこっちを向いてくれるなら、それも悪くないかもしれないわ」もうひとりの女性があっさり言った。「でもね、アガサがまた彼を狙っているのよ。何年かまえにふたりはつきあっていたでしょ――たしか、アガサがダンスブルックと結婚した直後だったと思うけど。といっても、あれから彼女は何人の男性とおつきあいしたのかしら？　一ダースほど？」

「それを言うなら、彼のほうは？　ゆうにその三倍にはなるでしょうね」

アラベラは体に火がついたようだった。なんて下品な話をしているの！　戯れの恋、不道徳な恋、不貞の話をするなんて。恋や愛人の話を軽々しく口にするなんて――信じられない、隠れてこそこそとくだらない噂話をするなんて！

いま話をしているふたりの女性が生きている世界など、わたしには絶対に受けいれられないし、理解もできない。腹立たしいだけの世界だ。それに、話題になっている男性……ええ、その人にぴったりのことばがあるわ。世界一最低な男。

愛は誠実で神聖で、永遠に貫きとおすもの。愛はわたしの両親がわかちあっているもの。そして、グレース伯母とジョセフ伯父を結ぶもの。伯母の話を聞いたからには、それはまちがいなかった。

「ええ、アガサが取り乱したのを憶えているわ。彼がレディー・アンとつきあっていると知って、アガサが手がつけられないほど嫉妬《しっと》したときのことは、いまでもはっきり目に浮かぶわ。ほんとうに、あのときの取り乱しようったらなかった！　きっと彼が初恋の人で、ただひとり愛した人だったんでしょうね。もちろん、ジャスティン・スターリングは愛人としては……とびきり優秀よ。といっても、そういう男性は彼だけじゃないけれど」

話題の男性はジャスティンだった。ああ、なんでそのことにもっと早く気づかなかったのか……。

「ところで」最初に話を切りだしたほうの女性が皮肉めいた口調で言った。「彼の次のお相手になるはずがないのが誰かってことだけははっきりしているわ、そうじゃなくって？」

「ええ、あの〝難攻不落のきみ〟でしょう」

「ご名答」

「誰にだってわかるわ！　ゆうべのベニントン家のパーティーでの彼女を見たでしょう？　ほんとうに不恰好……まるでウマのようだったわ、そうじゃなくって？　きっと、彼女のことを哀れに思って彼は踊ってあげたんでしょうね。なんでそんな気になったのかはよくわからないけれど」

それを聞いた女性があざけるように言った。「ほんとうにそうよ。殿方が彼女のどこに魅力を感じるのか見当もつかないわ。きっとみんなふざけているのね、陰では彼女のことを笑っているのよ!」
ひどすぎる。さっきまでの楽しい気分はあっというまにしぼんでしまった。幸福感は粉みじんに砕け散った。床に叩きつけられた繊細な陶器のように。鬱々として、どうしようもなく気分が悪くなった。つい数時間前の伯母のことばを思いださずにいられなかった——上流社会は気まぐれだということばを。

今年の社交シーズンでの注目の的。とんでもない、最後には今年いちばんの笑いものにされるのだ。

もう一瞬たりとも堪えられなかった。ほとんど無意識のうちに立ちあがって、何も考えずに歩きだした。歩みがどんどん速くなり、知らず知らずのうちに小走りになって、曲がりくねった小道をすばやく駆け抜けた。

心臓の鼓動が激しくなると、ようやく足を止めた。舞踏会の広場の明かりがはるかうしろに見えた。無我夢中で逃げだして、いつのまにか森の奥に迷いこんでしまったのだ。どうしようかとあたりを見まわした。怖くないと言えば嘘になる。パーティー会場からはずいぶん離れてしまった。森のなかでは盗賊が無防備な女性をてぐすね引いて待っている——そんな噂を耳にしたことがあった。そして、それがただの噂でないことはまちがいなかった。まったく、ひとりきりでこんなに遠くまで来てしまうなんて。

すぐそばで砂利を踏む足音がした。アラベラは暗がりをさっと見た。スカートを握りしめて、いつでも逃げられるように身構えた。その瞬間、力強い手に体をつかまれて、くるりとうしろを向かされた。目のまえに黒い影が立ちはだかっていた。アラベラは口をあんぐりと開けるしかなかった。気絶しそうなほど驚いていた。

「おっと」苛立たしげな声が聞こえた。「叫んだりしないでくれよ。ぼくだ」

体をつかんだ男性が仮面を取った。アラベラは息を呑んで、顔を上げた。ふたつの鋭い緑色の目と、そのあいだにある形のいい高い鼻。

「あなただとわかったからには、なおさら叫ばなくちゃならないわ、きっと」

ジャスティンの目がアラベラの目をすばやくかすめた。「こんなところで何をしてる？　ここには盗賊や追い剝《は》ぎが——」

「それに、放蕩者や遊び人もいる？」アラベラは皮肉を効かせて言った。

ジャスティンは答えなかったが、口元を引き締めた。

「わたしのあとをつけていたのね？　どうして？　どうしてわたしだとわかったの？」

「愛しのアラベラ」ジャスティンは落ち着きはらって言った。「仮面があろうとなかろうと、きみの場合は」アラベラを見て、視線をその髪で止めた。「すぐにわかるよ」

アラベラはかちんときた。ジャスティンが言わんとしていることはよくわかった。長身にこの髪。非の打ちどころのない容姿のジャスティン・スターリングに、わたしがいままでどれほどの屈辱に堪えてきたかわかるはずがない。冷やかされて、笑われて、馬鹿にされるのがどれほど傷つくことか、わかるはずがなかった。

わたしはまるでサーカスの幕間《まくあい》に登場する奇人のよう……。いまほどそれを痛感したことはなかった。

ベールが頭から滑り落ちて肩で止まった。アラベラはそれをもとに戻して、頭のてっぺんにピンで留めてまとめてある豊かな巻き毛を隠した。怒りと、いままでに感じたことがないほどの苦痛が喉にこみあげてきた。

「わたしを侮辱しているのね」声を荒げて言った。

「とんでもない、侮辱する気などこれっぽっちもない」

「でも、あなたがいましていることはまぎれもない侮辱よ！　わたしは自分の……欠点ならいやというほどわかっているわ、わざわざ人に指摘してもらうまでもない。この髪がどれほど見苦しいかはよくわかってる。でも、どうしようもないのよ――」

「見苦しいだって？　とんでもない、それとは正反対だ」意外にもそれが本心であることに、そのことばを口にした本人が驚いていた……いや、驚くことではないのか？　ジャスティンにはよくわからなかった。わかっていたのは、アラベラに会いたいと願いながら今夜ここに来たということだけだった。アラベラはいつのまにか機知と知性にあふれる大人の女になっていた。この自分と互角に渡りあい、皮肉の効いた軽妙な答えを即座に返せるほど賢かった。正直なところ、再会したときに――それを言うなら二度目に会ったときもそうだが――不本意ながらも賞賛の念を抱かずにいられなかった。となれば、今度もそれを期待するなというほうが無理な話だった。

「それは……ああ、それこそがまさにきみ……きみなんだよ」なんともぎこちないことばだった。信じられない！　女を口説くことにかけては誰にも引けを取らず、いちいち憶えていられないほど多くの女を口説き落として、みごと寝室に招かれることになった男が、あろうことかしどろもどろになっているとは。いつもの滑らかな甘言はどうした？　経験を積んで身に付けて、いまでは第二の天性となった冷静さは？

アラベラに驚いているそぶりはなかった。これっぽっちも心を動かされなかったようだった。目を光らせて、アラベラは顎を上げると冷ややかに言った。「失礼させていただくわ」

「いや、だめだ。まだ話さなければならないことがある」

「あなたと話さなければならないことなんてひとつもありません」

「そうかな？　憶えているだろう？　ぼくたちにはまだ未解決の問題がいくつか残ってる。きみとぼくのあいだには」

「なんですって？」アラベラは鋭い口調で尋ねた。

「きみは忘れっぽいのかな？　ゆうべ、きみの親愛なる求婚者ウォルターについてぼくは誰にも話さないと約束したが、その代償としてきみは何をしてくれるのか決めていなかった」

「わたしはウォルターを愛していないのよ。それはあなたも知っているでしょう」

ジャスティンは返事の代わりに、意地の悪い笑みを浮かべて見返してきただけだった。

「あなたはどうしてもわたしをいじめたいのね、そうなんでしょう、ジャスティン？ わたしの子どものころのいたずらの仕返しをするつもりなのね」

「おやおや、これはまたずいぶんご機嫌斜めだな、ちがうかい？」

アラベラは答えずに、うつむいた。ジャスティンがさらに近づいてきた。ふたりの距離はアラベラの手のひらひとつ分しかなかった。

「アラベラ？」ジャスティンが声をかけた。

アラベラは思った――こんなに近くにジャスティンがいると敵意が萎《な》えてしまう。胸がざわついて、平常心が保てない。どこまでも男らしいジャスティンには太刀打ちできそうになかった。そう思ったとたんに、もう何も考えられなくなった。心臓が高鳴って、息もろくに吸えなくなった。

「きみは気分がふさぐ病を患っているわけじゃないんだろう？」

からかうようなその口調に、アラベラは勢いよく顔を上げると、きっぱり言った。

「そんな病にはかかったこともないわ」

「そうだろう。どう見たってそうは思えない」ジャスティンはアラベラを見つめた。口調がふいに冷ややかになった。「どうして、そんな目でぼくを見る?」ぶっきらぼうな物言いだった。

「そんな目って?　どんな目だと言いたいの?」

「いまにも殴りかかりたくてうずうずしている目だ。ぼくを見るきみの目に浮かぶのは軽蔑だけだ」ジャスティンの口調は刺々《とげとげ》しく、不穏なものが感じられた。

「軽蔑しているのはお互いさまでしょう」アラベラはそっけなく言った。「取り繕う必要なんてないわ」

ジャスティンの目が細くなった。「きみはまだぼくの質問に答えていない」

「答える気なんてないわ」

「なぜ?　怖気づいたのか、アラベラ?」

「とんでもない!」

「だったら、なぜ答えない?」

「なぜあなたはわたしを放っておいてくれないの?　あなたがわたしを追いまわしているのを誰かが見たら……」

「誰かが見たら?　なんだと言うんだ?」

アラベラは唇をぎゅっと結んだ。訊かなくても答えはわかっているはずだ。ジャスティンはからかっているのだ、そうに決まっている。それでも、わざわざわたしに言わせたいなら、ええ、希望をかなえてあげるわ。

「あなたの名前と一緒にわたしの名前が人の口にのぼるのがいやなの」

ジャスティンの目が冷たくなった。「ほんとうに？」

「ほんとうよ」

「なぜ？」

「なぜって、あなたという人がまさにあなただから、それだけよ！　あなたがまさにみんなが言っているとおりの人だから！」

「つまり、ぼくが評判どおりの男だと言いたいわけだ」

どうしてこれほど大胆なことをジャスティンに言ってしまったのか――あとになって思い悩むことになるのはアラベラにもわかっていた。「そうよ。あなたのような人をわたしは軽蔑するわ」

「アラベラ、それはひどいな。ぼくの人格を否定するとは」

「人格ですって？」アラベラは厳しい顔でジャスティンを見た。「そんなものあなたにはないわ！」

「おいおい、勘弁してくれ。ぼくには特筆に値する長所がひとつもないと言うのかい？」

ジャスティンはアラベラをからかっているだけでなく、自分自身も茶化していた。

「そうね、特筆に値するほど誤った考えなら持っているでしょうけど」とアラベラはつぶやいた。

ジャスティンは頭を傾げた。「これはまた、おもしろくなってきた。正直に言ってくれ、きみはぼくをどんな男だと思っているんだい？」

「それは聞かないほうが身のためよ」

「頼むよ。言ってくれ」

アラベラはジャスティンを睨んだ。「遊び人」

ジャスティンは眉を上げただけだった。「なんだって？　それだけかい？　だから、ぼくが嫌いなのかい？」

アラベラはまた睨みつけた。さっきよりさらに鋭い目で。

「そんなことなら、言われなくてもよくわかっているさ。さあ、ほかには？」

アラベラは訝しげに目を細めた。「あなたがどんな人かはお見通しよ、ジャスティン・スターリング」

「おっと、ぼくのことならなんでも知っているというわけか。具体的には？　いったい何を知っている？」

「わたしが知らなくてはならないことはすべて！」

「たとえば？」

「あなたには道徳心が微塵もないこと」とアラベラは言った。

「それから？」

「礼儀知らず。道楽者」

ジャスティンの唇にゆっくりと笑みが浮かんだ。「なるほど。でも、それだけのはずがない」

「あなたのご婦人たちとの型破りな行ないがわたしの耳に入っていないとでも思っているの？」

「わかるよ、そのせいできみが不機嫌なのは」

信じられない、なんていやな男！　これっぽっちも反省する気がないなんて。身も世もなく泣いていた哀れなエマリーン・ウィンズローの姿が目に浮かんだ。信じられない、ジャスティンはなぜこれほど冷淡でいられるの？

「あなたは悪人よ。無法者よ」

ジャスティンの形のいい眉がぴくりと動いた。「ぼくが相手にしてきたのは、誘惑されたがっているご婦人だけだ」

「ご自分ではすばらしい功績だと思っているんでしょうね」アラベラは顎をぐいと上げた。冷静すぎるジャスティンに我慢ならなかった。「あなた、自堕落卿――」

「自堕落卿？　なんと、すばらしい、きみからそんなふうに呼んでもらえるとはね、ミス司祭！」ジャスティンは天を仰いだ。「で、それだけかい？」

アラベラの目が怒りに燃えた。「とんでもない！」

「なるほど、だったら、続けてくれ」

「あなたは卑劣漢よ」

ジャスティンの眉は高く上がったままだった。「もちろん、それだけのはずがない」

アラベラは深く息を吸った。「あなたは卑劣漢よ――」

「それはいま言ったばかりだよ、お嬢さん」

「卑劣漢で癪《しゃく》に障る男。気分が悪くなるほどいやな人。どうしようもなく不愉快で――」

「妙だな」ジャスティンが口をはさんだ。「そんなふうに思っているのはどうやらきみだけのようだ」

アラベラは甲高い声で言った。「汚らわしい人。粗野で――」

「レディーのまえでは粗野なことなど決してしない」

「こんな話をしてあなたは楽しんでいるんでしょう。でも、言っておきますけど、いつもあなたのことをちらちらと盗み見て、口元を扇で隠してくすくす笑っているしとやかなご婦人たちとはちがって、わたしは曇りのない目であなたを見ているの。慎みのある女性なら、あなたのことなど絶対に相手にしないわ。きっと、この世にはひとりもいないんでしょうね、あなたが本気で愛せる女性は。あなたが――」アラベラはジャスティンの胸を乱暴に指さした。

「心から愛せる女性？」とジャスティンが助け舟を出した。

「あら、びっくり！　あなたに心なんてあるのかしら？」

「言いたいことはそれだけかい？」ジャスティンはこともなげに言った。「つまり、きみはぼくが美しい女性を好むから、ぼくを嫌っているわけだ？」

「あなたの評判は呆れるほどひどいものよ。それをきちんと自覚するべきね」

「手に入る愉楽はすべて活用することにしているからね。いずれにしても、ぼくの評判の大半は自分の行動の結果だときちんと自覚しているよ」

「あなたは女たらしの、ろくでなしよ、ジャスティン・スターリング。それに、わたしはあなたが大嫌い！　というわけだから、この話はこれぐらいにしておきましょう」アラベラはジャスティンを避けて歩きだそうとした。

ジャスティンはそれを許さなかった。長い腕をさっと伸ばして、すぐさまアラベラの歩みを止めた。

「手を放して」アラベラはきっぱり言った。

「いやだね」

アラベラはジャスティンを見た。とたんに、全身に鳥肌が立った。そのとき初めて、ジャスティンの顔から笑みが消えているのに気づいた。その目は氷のように冷たかった。

それでも、語気を荒げて言った。「いったい何をするつもり？」

癪に障る笑みが、ジャスティンの唇をかすめた。「訊くまでもないだろう、お嬢さん」

アラベラには返事をする暇もなかった。動くことも、ことばを発することもできないうちに、髪を覆っているベールを剝ぎとられた。

アラベラは思わず頭に手をやった。「ジャスティン！　どういうつもり？」

「ベールをきみの愛の証ということにしよう、どうだい？」

ジャスティンは身をよじって、アラベラと向かいあうと、空いているほうの手で乱暴に抱きよせた。アラベラの胸から空気が一気に吐きだされた。

アラベラはジャスティンのブロンズ色の顔をまっすぐ見た。ジャスティンに見つめられて、どうすればいいのかわからなかった。なんて軽率なことをしてしまったのかと思ったが、あとの祭りだった。いまさら後悔してもはじまらない。わたしはジャスティンに挑んだ。ジャスティンのような人がそんなことをされて黙っているわけがなかった。口にしたことが事実だろうが、そうでなかろうが、わたしは愚かにもジャスティンをひどいことばでなじってしまったのだ。

ジャスティンの瞳がめらめらと燃えていた。そのなかに、アラベラには判読できない感情が浮かんでいた。怒り？　いいえ、欲望かもしれない。まさか、そんな。欲望であるはずがない。だけど……。

「ベールを返して」冷ややかに言った。

「きみは命令できる立場じゃないんだよ、アラベラ」

たしかにそうだ。どうしよう――まさか自分がこんな立場に立たされるとは思いもしなかった。ジャスティンがこれほど近くにいるというだけで気圧されていた。胸にあたっているジャスティンの胸が、息を吸うたびに上下しているのがわかった。ジャスティンは岩のように硬く、たくましかった。すぐそばにいると、自分が小さく、か弱い生き物になってしまったかのようだ。

「わたしにかまわないで」アラベラは精一杯尊大な口調で言った。不安でたまらないのが声に滲みでていないか心配だった。「あなたがしようとしていることなどお見通しよ、ジャスティン」

「だったら、言ってくれ。ぼくは何をしようとしてる?」落ち着きはらった口調だ。

内心どぎまぎしながら、アラベラは唇を舐めた。心とは裏腹に必死に虚勢を張った。

「わたしを怖がらせようとしているんでしょう?」

ジャスティンの顔に意地の悪い笑みが浮かんだ。「それで? その企みは成功してるのかな?」

「とんでもない!」アラベラは嘘をついた。

嘘だということは、ジャスティンにもわかっているはずだった。ジャスティンの顔にゆっくりと広がっていく笑みと、夜の闇のなかで熱く燃えるエメラルド色の炎のような目を見れば一目瞭然だった。

「きみは怖くてたまらないはずだ」ビロードのようにやわらかな声なのに、胸に突き刺さる口調だった。「ああ、まちがいない、きみは怖くてたまらないんだ」

ジャスティンは舐めるようにアラベラの体を見た。その目が胸のあたりでやけに長く留まった。アラベラの心臓が飛びはねた。胃がすとんと落ちてしまいそうだった。

「やめて」アラベラはぎこちなく言った。「ジャスティン、あなたは女性を利用するだけ。そうして、なんの思いやりも見せずに、ぽいと捨てるのよ。まるで古靴のように。でも、わたしにはそんなことはさせない」

「お嬢さん、ぼくを止めることはできないよ」

「何を言っても無駄よ！」

「きみが言ったことをわざわざ思いださせる必要があるようだ。ぼくは礼儀知らずで、卑劣な男だ。だから、炎をもてあそぶようなことはやめたほうがいい。ぼくをあなどらないほうがいい。ぼくときみの名前が一緒に噂になったら、名声に傷がつくのはどっちかな？　いま、きみがぼくとふたりきりでこの暗い場所にいて——恋人たちの散歩道と呼ばれているこの場所にいて、こうしてぼくに抱かれているのを人に見られたら？　ああ、傷がつくのは、どう考えてもぼくのほうじゃない。だが、きみは……」ジャスティンはわざとことばを濁した。

ああ、そんな！　いったいわたしは何をしてしまったの？　ジャスティンの心のなかにある何かを呼び起こしてしまったの？　荒々しく、粗野な何かを。いままでわたしが見たこともない何かを……わたしにはとうてい制することなどできない何かを。アラベラは恐怖におののいた。ジャスティンはまるで獲物を狙う獣のようだった。

「そんなことはさせないわ」とアラベラは小さな声で言った。

「ほんとうに？」ジャスティンが浮かべたかすかな笑みは敵意を帯びていた。「アラベラ、ぼくが言わんとしていることは、きみもよくわかっているようだ。今夜、きみが結婚できる可能性はついえたというわけだ。慎みのある女性ならぼくのことなど絶対に相手にしない、ときみは言った。ああ、そのとおりだ。否定する気はない。だが、残念ながら、これからは慎みのある男性は二度ときみを相手にしなくなる。哀れなほどのぼせあがったあのウォルターでさえ」

ふたりの目が合った。そこには火花が飛び散りそうなほど激しく張りつめたものがあった。ジャスティンの顔は忌まわしい仮面のようだった。その表情は憎悪に満ちて、その口から飛びだすあらゆることばは振りおろされる拳のようだった。

たしかにジャスティンの言うとおりだ、とアラベラは思った。わたしはこのさき一生辱められることになる。人目を避けて生きることになるのだ。

いまさらながら、とんでもない過ちを犯してしまったと気づいた。ジャスティンが危険な男だということは初めからわかっていたのに。けれど、どれほど危険かということまではわかっていなかった。まさか、ジャスティンがこのわたしを相手に自分がいかに危険な男であるかを証明してみせようとするとは……。

全身が震えた。アラベラは頭を小さく振った。ジャスティンの目をもう一度見て、すぐに目をそらした。「やめて！」押し殺した声で言った。「お願い、わたしをめちゃくちゃにしないで」

めちゃくちゃにしてやりたい、とジャスティンは思った。心に巣くう邪悪なものが、アラベラに思い知らせることを望んでいた。アラベラを傷つけたかった。〝慎みのある女性なら、あなたのことなど絶対に相手にしない〟――そう言ったアラベラに立ち直れないほどの罰を与えたかった。

父にも同じようなことを言われた。息を引きとったその夜に。息子――このおれ――に命を奪われたそのときに。

アラベラはなんて女だ！　本気で腹が立った。これほど鼻っ柱が強いとは！　上品ぶって、お高くとまって！　ヒステリックで、ふてぶてしいほど頑固で、無鉄砲。おまけに、面と向かって人を馬鹿にするとは！

アラベラの背中にまわした腕に思わず力が入った。アラベラが身を固くした。けれど、抗いはしなかった。ジャスティンは心に巣くう邪悪なものが欲するがままに行動したかった。頭のなかを満たし、体のなかで男としての本能が目覚めはじめていた。アラベラが肉欲に火をつけた。怒りを煽った。胸の奥にひそむ悪魔が叫んでいた——アラベラを押し倒して、滑らかで熱い唇をたっぷりと味わえ！ アラベラの純潔など知ったことか！ 良心の呵責など忘れてしまえ！ アラベラの脚を開かせて、自分自身を幾度となくそこに押しこんで、愉楽の深紅の靄《もや》のなかへ自分自身を解き放つんだ！

くそっ、自分がこれほど卑劣な男だったとは！

「こっちを見るんだ」とジャスティンは言った。

アラベラがゆっくり顔を上げた。顔をそらそうとはしなかった。けれど、ほんとうはそうしたがっているのがひしひしと伝わってきた。アラベラがはっと息を呑むのがわかった。大きく見開かれた目が潤んで光っていた。震えながらもゆっくりと息を吸って、なんとか感情を抑えようとしていた。

心の奥の何かが告げていた——おれの目のまえで、いまにも泣きだしそうになりながら立っているのが、アラベラにとってどれほど辛いことか。それに、アラベラにとって絶対に涙を見せたくない相手はこのおれで……おまけに、泣かせるようなことをしたのもこのおれだと。

「お願い」アラベラが聞きとれないほどの小さな声で言った。「お願い、わたしの評判を汚すようなことはしないで。そんなことになったら……グレース伯母さまは生きていられないわ」

その瞬間、ジャスティンはアラベラを呪い、自分自身を呪った。ジャスティンはいまのいままでアラベラを怖がらせようとしていた。打ちのめそうとしていた。

そして、その企みは成功した。

ジャスティンは手を放した。

「行けよ」鋭い声で言った。「気が変わらないうちに、さっさと消えてくれ」

アラベラにはもう言うことはなかった。スカートをつかんで、ジャスティンのわきをすり抜けると、広場に向かって駆けだした。

振りむきもせずに。

7

ロンドンの自宅に戻ったジャスティンは、ブランデーを一本飲み干した。目が霞《かす》み、かろうじて起きているような状態で、よろよろと階段を上って寝室に入ると、服を着たままベッドにうつ伏せに倒れて、意識を失った。

朝になって目が醒めたときには、頭のなかで一ダースほどの金槌《かなづち》が打ち鳴らされているかのようだった。手にはアラベラのやわらかなベールをまだ握りしめていた。

唸りながら寝返りを打った。胃のなかで吐き気が渦巻いていた。ちくしょう、救いがたい男とはまさにこのおれだ。やっとのことでベッドを出て、酒瓶に手を伸ばした。いつになったら気づくのか……惨めな気分で思った。酒では何も変わらないということに……自分がいままでしてきたことも何ひとつ変わらないということに。

アラベラは——あの〝難攻不落のきみ〟は、信じられないようなことをした。

なんと、このジャスティンさまにプライドを捨てさせるとは。どういうわけか、あの小娘に心を大きく揺さぶられた。いままで一度だって、いまの自分を、いや、自分のこれまでの行ないを後悔したことなどなかったのに。この世で最悪のろくでなし、それはよくわかっていた。けれど、決してうしろを振りかえらないのが、自分が定めたルールだった。それなのに、アラベラのせいで自己嫌悪に埋もれそうになるとは。いままでそんなことができたのはセバスチャンただひとりだけで、しかも、それさえごくまれなことだった。

もちろん、ジャスティンはそんなことをしてくれたアラベラに感謝する気など毛頭なかった。そうして、その後の数日間を費やして、今回の出来事と、アラベラのことをどうにか心から追いはらおうとした。

けれど、何をやっても無駄だった。

自分に苛立ち、ある夜、いよいよひとりでいるのに堪えられなくなると、馬車を呼んで、〈ホワイト〉へ行った。そうして、まっすぐサイコロ賭博のテーブルへ向かった。

まもなく、ギデオンがぶらぶらと歩いてきて、隣に立った。ジャスティンは挨拶代わりに唸るような声を出した。

「これはまた、ずいぶん虫の居所が悪そうだ、ちがうか?」

自分の腹黒さと同じぐらい気分も真っ暗だった。ジャスティンはギデオンを睨みつけた。「だとしても、おまえにどんな関係がある?」

ギデオンはサイコロを見ながらうなずいた。「友人が財産を失うところを見たくないんだよ。白状してしまえば、かなりの財産の一部が転がりこんでくるのを楽しみにしてるんでね」

ジャスティンは訳がわからないと言いたげにギデオンを見つめた。二日、いや、三日だったか酔いどれて、頭のなかの靄はまだすっかり晴れてはいなかった。「いったいぜんたい、何の話だ?」

ギデオンは肩をすくめた。「どうやら、こっちに分があるらしい。いま、おまえがここにいて、バーリントン家のパーティーでたったいま見かけてきた、とある若いご令嬢のダンスのお相手を務めていないってことは。先刻承知だとは思うが、おまえがいないあいだに、競争相手が問題のお嬢さまに取りいってるかもしれない。噂じゃあ、昨日も今日も、求婚者が続々と彼女のもとに押し寄せたらしい」

眉根を寄せて、ジャスティンはギデオンの肘をつかむと、部屋の隅に連れていった。ジャスティンは陽気な酔っ払いではなかった。これまでも、これからも決してそうではなかった。

「賭けは中止だ」ジャスティンはきっぱりと言った。「そもそも賭けなどするべきじゃなかった」

ギデオンは引かなかった。「それにはもう遅すぎるよ、友人。はいそうですかと中止にするわけにはいかない」

ジャスティンはひと息吐いた。「何を言ってるんだ、ギデオン――」

「賭けのルールを思いださせてやらなくてはならないのか？　いまさら下りるなんて卑怯だぞ」

「ああ、もちろん卑怯な真似をする気はない」ジャスティンはあっさり言った。「明日の朝には、一枚の小切手がおまえのもとに届くだろう」

ギデオンはすんなり受けいれる気などさらさらないようだった。「それは約束違反だ」きっぱりと言った。「おまえはひと月と断言したはずだ。ぼくは公正な男だからな」そう言って肩をすくめた。「だが、残念なことに、これからひと月ほどパリに行かなければならず、おまえがどんなふうにことを運ぶのか見守ってはいられなくなった。あるいは、おまえがにっちもさっちもいかなくなるのをと言うべきか」

ジャスティンは顎を引き締めただけで、ギデオンの興味津々な視線を感じながらも、わざと答えずにいた。

「嘘だろう？　もう尻尾を巻いて逃げだすのか、ええ？　ということはつまり、彼女はおまえが口説いても屈しない鉄のお嬢さまだったというわけか？　いや、まさかとは思うが、おまえの黄金の手練手管が錆《さ》びついたわけじゃ……」

ギデオンがにやりと笑っても、ジャスティンの気持ちは揺るがなかった。アラベラにこれからさきも毛嫌いされつづけるのはわかっていた。このまえの晩にそれを確信した。けれど、そんなことをギデオンに打ち明けるつもりなどなかった。「余計なお世話だ」語気を荒げてそう言っただけだった。

少なくとも、親友は引き際を知っていた。ギデオンは頭を傾げた。「では、しばしの別れだ。帰国して、また顔を合わす日が楽しみだ」

ジャスティンは賭けのテーブルへと大股で戻った。すでにかなりの大金をすってしまったその場所へ。愚かなアラベラがどんな男を初めての相手に選ぼうが知ったことか——自分にそう言い聞かせた。そんなことがいつ起ころうと、どんな理由でそんなことになろうと、自分にはこれっぽっちも関係のないことだ。

けれど、一時間もしないうちに、ジャスティンはバーリントン家の舞踏室の端に立ち、バーリントン卿に挨拶していた。

そして、そこにはアラベラが……。

飲み物が置かれているテーブルからそう遠くないところに、アラベラが坐っていた。今夜は緑色のドレスに身を包み、四角く開いた胸元から、丸い胸の膨らみがはっきり見えていた。頭のてっぺんに高くまとめられた豊かな髪からおくれ毛がこぼれ落ちていた。よく似合う髪型だ——ジャスティンはそう思わずにいられなかった。髪型のせいで、長く細い首がさらに際立っていた。うなじにかかるほつれた巻き毛をそっとわきに押しやって、そこに唇を埋めたら――うなじの感じやすい窪みに口づけたらどんな気分だろう……想像せずにいられなかった。アラベラの肌は温かく、やわらかく、ビロードのように滑らかにちがいない。

何を考えてるんだ！ 自分に苛立った。いったいぜんたい、なんだってこんなところにのこのこやってきたんだ？ なんだって、恋煩いの呆けた若造みたいにアラベラを追いまわしてるんだ？ 遊びなれた男じゃなかったのか？ 相手にするのは経験のある女だけ、そう決めていたはずだ。ふたりの関係をきちんとわきまえて、おれが女に望むことと女がおれに望むことが一致する、そんな相手としかつきあわない、そうじゃなかったのか？ 互いの欲望を満たすだけの関係――それだけで、厄介なものはいっさい排除した関係。だからこそ、いままで、処女を疫病神のように避けてきたのだ。

アラベラのまえに男がふたり立っていた。ギデオンの言うとおりだ、とジャスティンは苦々しく思った。ふたりの顔はすぐにわかった。あの夜、〈ホワイト〉にいたドラモンドとグレゴリー・フィッツロイ。なるほど、オオカミが獲物を追い詰めようとしているわけだ……。情け容赦ない感情がジャスティンの胸に湧いてきた。とっとと失せろ！ あのふたりの頭にあるのはアラベラのことじゃない、ろくでもないあの賭けだ！ あいつらはアラベラを誘惑して、あっさり捨てる気だ。アラベラ以外の女なら、このおれだってそうするように。

アラベラに忠告しなければ。いや、待てよ、とひねくれた心が囁いた。それは考え直したほうがいい。アラベラはまた馬鹿にされたと思うかもしれない。

通りがかった給仕がワインを差しだした。ジャスティンはグラスを受けとると、ひと息にあおった。

もう一度アラベラに目を戻すと、彼女の右肩のあたりにもうひとりべつの男が立っていた。チャールズ・ブレントウッド。ジャスティンは手にしたグラスを傍らのテーブルに乱暴に置いた。ブレントウッドはアラベラの隣に立って、上からの眺めを楽しんでいた。大きく開いたドレスの胸元から覗く胸の谷間を、いやらしい目で見ている。あのドレスは肌を露出しすぎだ、ジャスティンはふいにそう思った。たしかに、あんなふうに覗きこむのは男がよく使う手ではあるが、なぜか燃えさかる炎よりも熱い怒りが胸にこみあげてきた。たしかに、ああいうドレスが流行ってはいるが、それがなんだというのか?

ひとり悦に入っているブレントウッドの顔から、にやけた表情が消し飛ぶようなことをしてやりたくてたまらなくなった。

同時に、いままで感じたことのない痛みを覚えた。劇薬を飲みこんだかのように、痛みは全身に広がって、ついには視界が深紅の霧に覆われた。耳のなかで重く鈍い音が響いていた。舞踏室をまっすぐに横切って、アラベラにまとわりつく男どもをひとり残らず引き裂いてやりたかった。いや、そんなことを考えるのはワインのせいだ——最初はそう思った。すでに今日はずいぶん飲んでいる。けれど、まもなく、いままで一度として抱いたことのないその感情がなんなのか、ようやくわかった。

刺すような痛みは嫉妬だった。

くだらない！　靄がたちこめた頭でぼんやりと思った。嫉妬だって？　このジャスティン・スターリングが？　この街で名うてのプレイボーイで、この国で洗練された女ばかりをものにしてきたこのおれが？　まさか、身悶《もだ》えするほどの嫉妬を感じているとは……。

いったいなんだってこんなことになったんだ？　よりによって、なぜアラベラなんだ？　世間知らずのお嬢さまのアラベラに、なぜこれほど惹かれているんだ？　いままでほかの女がひとりとして成し遂げられなかったことを、なぜ赤毛のじゃじゃ馬にできたのか？　ヨーロッパじゅうで誰よりも妖艶で美しい女たちがこぞって嫉妬させようとしても、いままでそれに成功した者はいなかった。そう、ひとりとして……アラベラ以外は。

ジャスティンはアラベラがほしかった。猛烈にほしかった。ヴォクソール・ガーデンズでのあの夜に彼女を欲したように、いまこの瞬間も、体のなかで熱く激しい欲望が燃えさかっていた。感情を抑えるには拳を固く握りしめるしかなかった。それでも、あと少しでもこの場に立っていたら、欲望が下腹部を執拗に攻めたてていることが、この舞踏室にいる全員に知れわたってしまう。

相手がアラベラでなくほかの女なら、欲望のままに奪っていたはずだ。たったひとつの目的を果たすために、女の築いた防壁を粘り強く攻めたてて、最後には自分が望む場所へと女を巧みに誘いだすはずだった。欲望に突き動かされて、あとさき考えず、熱に浮かされたようになって……。女に対する欲望を抑えることにジャスティンは慣れていなかった。生まれてこのかた、そんなことは一度もしたことがなかった。欲望を剝きだしにして強引に迫らなくても、女はつねに自分のものになったのだから。何もしなくてもあっさりと。

けれど、相手はアラベラだった。あのアラベラだ。

アラベラには嫌われている。会いたくもないと思われているはずだ。

無慈悲な闇に体が包まれるのを感じた。愚かな男だ、のこのことやってくるなんて。いますぐにこの場を離れれば、ここに来たことをアラベラに知られずにすむ。けれど、実際にはここを出ていけないのはわかっていた。少なくとも、いまはまだ。もしかしたらこれは、自分なりにわが身を罰しているのかもしれない。ああ、罰されてあたりまえの男だ！　どれほど苦しくても、言い寄る男たちとアラベラが親しくしているのを、指をくわえて見ていなければならない。男たちがそろいもそろってかすみたいな連中だと知りながらも。こめかみがずきずきと痛んだ。最後の一杯がいけなかった……舞踏室に立ちこめる空気に、ふいに喉が詰まりそうになった。

無言のまま、ジャスティンは踵を返すと、テラスへ向かった。

ジャスティンが舞踏室に入ってきた瞬間に、アラベラは気づいた。なぜなら、体に不可解なことが起きたから。まずは胸の鼓動が速くなった。それから、なぜかうなじがむずむずした。まるで、誰かがそこに触れているかのように……。

そして、気づいた――ジャスティンが現われたのだと。

案の定、ジャスティンがいた。バーリントン卿と話していた。背が高く、すらりとしたジャスティンは夜会用の服をりゅうと着こなして、両手首は雪のように真っ白なレースのカフスに覆われていた。この世にジャスティンほど凛とした男の人がいるだろうか……そんなことを考えているのに気づいて、アラベラは苛立った。

そうして、ジャスティンから視線をそらした。さきほどからそばを離れずにいる男性のひとりが何か訊いてきた。それに応じる自分の声が聞こえたけれど、何を訊かれてどう答えたのかまったく記憶になかった。周囲の人の顔がぼやけていた。ジョージがいる……それとも、グレゴリー？　ワインのおかわりを持ってこようかと声をかけてきたのはどっち？　いったいわたしはどうしたの……すぐそばにいる人たちの名前さえきちんと思いだせないなんて。

思いきってもう一度ジャスティンのほうに目をやると、彼の背中が見えた。テラスのほうへと向かっていた。自然に身に付いた華やかな気品……まちがいなくそれもジャスティンの一部だった。

アラベラは弾かれたように立ちあがった。「ちょっと失礼」

「ミス・テンプルトン！」

「どちらへ――」

アラベラは振りかえると、きっぱり言った。「みなさま、ワインはもうけっこうです。レモネードも、食べ物も。いまはひとりきりにさせてください」

そう言うと、まとわりつく男たちをその場に残して、部屋の反対側へと向かった。こんな態度を取って、相手になんと思われるのかはわからなかったけれど、そんなことは気にしなかった。自分がどんな感情に突き動かされているのかということもことばでは表わせなかった。とにかく、ジャスティンしか頭になかった。なぜ、ジャスティンはわたしに気づかなかったの？　自分を戒めることばが頭のなかで響いていた。ジャスティンを追うなんて愚かな真似はやめなさい。ジャスティンは卑劣な男よ。それでも、気持ちも抑えられなければ、歩みも止められなかった。それは、アラベラが地球の自転を止められないのと同じだった。

テラスに人気はなかった。背後では、楽士たちが奏でる曲がワルツに変わっていた。三方を高い石の壁で囲まれた庭のなかを、曲がりくねった小道が通っていた。アラベラは舞踏室から漏れてくる眩《まばゆ》い明かりを頼りに小道をたどった。しばらくすると、遠くの隅のほうにジャスティンの姿が見えた。勢いよく水を吐きだす噴水のまえに立って、魅せられたように空を見あげている。

魅せられた——それこそがまさにアラベラが抱いている気持ちだった。いったいわたしはどうしてジャスティンを追ってこんなところまで来てしまったの？　ジャスティンを見つけたとたんに、体の内側が小刻みに震えて、膝ががくがくした。

それでも、どうにか落ち着いた口調で言った。「こんばんは、ジャスティン」

「これはまた、ミス司祭じゃないか」

ミス司祭……。アラベラは顔が熱くなった。

ジャスティンがゆっくりと背を向けた。アラベラはその場に立ち尽くした。戸惑っていた。どうすればいいのかわからなかった。ジャスティンはわたしを無視することにしたのかもしれない。だからといって、それは責められない。それでもやはり傷つかずにいられなかった。

「これは驚いた！　まだそこにいたとは」ジャスティンが肩越しにちらりとうしろを見

て言った。

とたんに、アラベラは口のなかがからからになった。そうして、唐突に、つっかえながらも話を始めた。「それは、その……ただ、ちょっと……何日かあなたを見かけなかったから。具合でも悪かったの?」

「いや」

ジャスティンは振りかえって、アラベラの顔を見た。

その場から逃げださずにいるには、アラベラは持てる勇気のすべてを振り絞らなければならなかった。「部屋のなかであなたに気づいたの」やっとの思いで言った。「わたしに挨拶もせずに、帰るつもりだったの?」

「そうだ」

これほどきっぱりとした返事はなかった。

「ねえ、ジャスティン、顔を合わせないようにするというのはむずかしいんじゃないかしら? だから、ある種の、そう、協定のようなものを結んではどうかしら。少なくとも、お互いに礼に反しない程度のことはするべきよね」

「同感だな。だが、ぼくを自分の意見に従わせたとほくそ笑むつもりなら……それはやめたほうがいい。それに、今夜もまた痛烈な皮肉を言ってやろうと、ここまで追ってきたのなら、わざわざそんなことをしてくれなくてもけっこうだ。ぼくのことはもう充分に非難したと思ってくれ」

ジャスティンの態度はよそよそしく、口調は冷ややかだった。アラベラは良心の呵責を感じた。このあいだの夜に辛らつなことばを口にしてしまったことをどれほど後悔していても、その気持ちがジャスティンに伝わるはずがなかった。

「ジャスティン」アラベラは低い声で言った。「このあいだの夜は……よく考えもせずにしゃべりすぎたわ――」

「きみは思っていることを言っただけだろう」

「いえ、そんなつもりじゃ――」

「いや、そんなつもりだったんだよ」ジャスティンはアラベラのことばを遮った。「お互いにそれはわかっていた」

アラベラはジャスティンを見つめた。ジャスティンの肩に力が入っていた。まるで、いまにも……。

「わたしのことばに傷ついたなんてことはないわよね――」アラベラは口ごもって、ジャスティンを見つめた。ジャスティンはどうしてしまったの? 様子がおかしかった。いつもの目ではない。それに、焦点が定まっていない……信じられない、酔っているのだ!

そしてまた、ジャスティンは話を切りあげるつもりはなさそうだった。

「驚いてるのか、アラベラ？　びっくりしてるんだろう？　答えなくてもわかるさ。たしかにぼくは悪党だが、感情はある。それに、きみの見解とは異なるが、心もある」

アラベラは驚いて、ことばも出なかった。

「ぼくにも説明ぐらいはさせてもらえるだろう。きみがぼくを毛嫌いしているのには、きっとそれなりの理由があるんだろう。そもそも最初からきみはぼくを嫌ってた。信じられないことに、子どものころからぼくを嫌ってた。ぼくはきみに何もしていないのに」

「そうね、わたしには何もしていないわ、でも――」

アラベラはふいに口をつぐんだ。こんな話はしたくなかった。ましてや、酔っているジャスティンを相手に。

「ジャスティン」アラベラは戸惑いながら言った。「わたしはあなたを毛嫌いしているわけじゃないわ――」

「だったら、なぜそう取れるようなことを言ったんだ？」咎《とが》めるような口調だった。

ジャスティンが歩みよってきた。ワインと蒸留酒のにおいが押しよせてきた。それを嗅いで酔わずにいるのが奇跡だと思えるほど強いにおいだった。

「きみを好きだと、ぼくが言ったら？　きみを愛してると言ったら、どうする？」

「あなたは女の人なら誰でもいいのよ！」

「それはちがう。女にかんしてぼくの好みがとりわけ厳しいことは、誰もが知ってるよ。さもなければ、最初の夜にきみと踊ったりしない。あるいは、二度目の夜にも。それに、いまここにいることもない」

アラベラは無言のままジャスティンを見つめた。そうするしかなかった。なぜか心が激しく揺れていた。いったい、何と答えればいいの？　いったい、ジャスティンのことばの裏にはどんな意味があるの？　ここへ来たのは、ジャスティンに謝るためだった。ジャスティンにたっぷりと皮肉られるのを覚悟していた。傲慢な態度で棘《とげ》のあることばを投げつけられるのは承知の上だった。けれど、まさかこんな……。

いくつもの感情が四方から押しよせてきた。戸惑い、警戒心。それなのに、うっとりしていた。そんな場合ではないというのに、嬉しくてたまらなかった。意思とは裏腹に……。ジャスティンはいままで、こんなふうにして何人もの女の人を口説き落としたの？　油断させて、抗えなくして、星ほどの数の女の人を手に入れたの？　いいえ、そんなはずはない！　ジャスティンほどの容姿があれば、女の人をベッドに誘うのに、無理強いしたり甘言でおだてたりする必要もない。

「きみにキスしたいと、ぼくが言ったら？」

すでに悪化していた状況が、最悪になった。

心臓の鼓動が乱れた。同じように息遣いも。ジャスティンは自分が何を言っているのかわかっていないのだ、そうに決まっている。

「ジャスティン」とアラベラは言った。「今夜はどれぐらい飲んだの?」

「浴びるほど」時刻を尋ねられて答えるかのような口調だった。「だが、きみはまだぼくの質問に答えていない」

「答えるつもりなんてないわ!」

「どうして? ぼくとキスしたくないのか?」

「あたりまえよ。あなたは酔っ払ってるわ」男の人がなぜこれほど酒に目がないのか、アラベラには理解できなかった。

「おや、ぼくはイングランド一の美男子だぞ」

アラベラはわざと不快な顔をした。「いまのあなたはイングランド一不愉快な人よ」

それが本心であるかのように装った。

「おいおい。噂では、ぼくは——」

「自慢話なんて聞きたくない。あなたの噂ならよく知っているわ。あなたが部屋に入ってきただけで、女の人はいっせいにあなたを見て、気を引こうとするのよね。少なくとも、あなたはそう思っているのよね」とはいえ、それはまぎれもない事実だった。ジャスティンのほうからわざわざ気を引こうとするまでもないのだ。

「それで、きみはどうなんだい、アラベラ?」

「わたし？」

「きみはぼくに気があるのかな？」

アラベラの顔から血の気が引いた。ジャスティンがさらにじわじわと近づいてくる。

アラベラの心臓は早鐘を打っていた。

「ほかの女の人は――」

「ほかの女など関係ない。きみのことを知りたいんだ。きみがどう思っているのか。ぼくのことをどう思っているのか」

アラベラはあとずさった。けれど、逃れるどころか、テラスの隅に追い詰められただけだった。目のまえにジャスティンが立っていた。背が高く、たくましく、力強い男性が。もう逃れようがなかった。

ふたりの目が合った。ジャスティンが笑みを浮かべて、片手を上げた。その手が手首に触れて、肘へとゆっくり動くのを感じて、アラベラは途方に暮れた。その手がたどった場所が熱く燃えているようだった。

爪が手のひらに食いこむほど、拳を握りしめた。酔っていても、ジャスティンの魅力は圧倒的だった。「やめて」ぎこちなく言った。

ジャスティンはやめなかった。その目はすでにアラベラの顔に向けられていた。酔っていようがいまいが、アラベラが自分に魅力を感じているのはお見通しだとでも言いたげに。ジャスティンがそう思っているのは、アラベラにもはっきりとわかった。ジャスティンの口をついてすらすらと出た質問が、それを裏づけた。「ぼくにキスされたらどんな気持ちがするか、きみはいままで想像したことがあるかい？」

　男の人にキスをされたらどんな気持ちになるか考えたことぐらいあるわ——アラベラはうっかり口を滑らせそうになった。

「わたしがあなたにキスを許すなんて、そんな考えがいったいどこから出てきたの？」気づくと、そう言っていた。わたしはキスを拒んでいるの？　挑発しているの？　助けて、わからない……。

「ぼくがきみにキスをしないなんて、そんな考えがいったいどこから出てきたんだ？」

　信じられない、ジャスティンに気持ちを見透かされているなんて。「あなたって人は……救いようがないほど傲慢だわ」

「そして、きみって人は、傷ひとつない評判の持ち主だ」顎の下に置かれた指に顔を持ちあげられて、アラベラはジャスティンの顔を見るしかなかった。そうして、息を呑んだ。美しすぎるジャスティンの唇から目が離せなかった。ジャスティンが身を屈めると、唇と唇が触れそうになった。いまにも触れそうに……けれど、ほんとうに触れてはいなかった。

　アラベラの体のなかで、あらゆる神経が悲鳴をあげていた。心臓が激しく波打っていた。動きたくても動けなかった。しかも、動きたいと思っていないことがショックだった。

ジャスティンの視線が唇に注がれた。「さあ、正直に言うんだ、アラベラ。きみはまだ誰からもキスされたことがない、そうだろ？」

無言のまま、アラベラは首を振った。

ジャスティンの目に影が差した。そうして、囁いた。「だったら、いまこそそのときだ」

アラベラには考える暇もなかった。説き伏せて思いとどまらせる暇もなかった。ジャスティンの唇が近づいてきて、唇に触れた。熱く、ゆっくりと、たっぷり時間をかけて確かめるようにキスされた。体が蜜蝋《みつろう》になってしまったようだ。腰にジャスティンの腕がまわされていなければ、その場で溶けてしまいそうだった。

ジャスティンとのキスは、思い描いていたものとはまるでちがう……それでいて、望んでいたものすべてがある。何を望んでいるのかいままで気づいていなかったものまですべてが。自分という存在が消えてしまったかのようだ。何もない世界に落ちていく。あるのは、ふたりの唇が重なっているという幸福感だけ。ジャスティンのキスは特別で、女なら誰もが酔ってしまう……。アラベラはふいに、美酒のようなその味をたっぷりと味わっていることに気づいた。

ジャスティンが不明瞭なことばをつぶやいた。舌が絡みあうと、体に震えが走った。もう抗えなかった。抗いたいとも思わなかった。いままで感じたことのない感情が押しよせてくる……信じられない、もしかして、これが感じるということなの……。なんであれ、いままでに抱いたことのない感覚だった。血管のなかで火花が散っている。胸の先端でも……とくにそこで。

ジャスティンに執拗に求められて、アラベラの唇がさらに少し開いた。心臓がひとつ鼓動を刻むあいだに、ジャスティンが感じている不可解なほど逸《はや》る気持ちがアラベラにも伝わってきた。けれど、それがどういうことなのかは理解できなかった。同じように、自分のおなかのなかで絶え間なくざわついているものがなんなのか理解できずにいた。ジャスティンの首に抱きつきたかった。つま先立ちになって、体をジャスティンに預けて、その感覚をたっぷり楽しみたかった。けれど、怖かった。そうする勇気がなかった。そして、お互いにぎりぎりのところまで来たとアラベラが思った瞬間――何がどうぎりぎりなのかはわからなかったけれど……何か……何かさらなるものが押しよせてくるとしか言いようがなかったけれど……アラベラがそう思った瞬間、ジャスティンが頭を起こした。

抗うようにアラベラはか細い声をあげた。これで終わりなの？

「アラベラ？」

まだ少し頭がふらふらしたけれど、アラベラは目を開けた。

ジャスティンは指でアラベラの鼻をたどった。「愛しのミス司祭に忠告しておこう。今夜、きみは取り巻きの伊達男たちと楽しくおしゃべりをして、笑っていたね。でも、あいつらを信用しちゃだめだ。ただのひとりも。あいつらが狙っているのは、きみの貞節だけなんだから」

アラベラは目をしばたたかせた。

「それに、今度ぼくがきみにキスしようとしたら……」

「そうしたら？」アラベラは息を切らして言った。

「走って逃げるんだよ、スイートハート。全速力で逃げるんだ……決してぼくにつかまらないように」

8

「アラベラ? アラベラ、今朝はどうしたの?」

伯母の声がはるかかなたで響いているようだった。

アラベラはどうにか明るい笑みを浮かべた。「どうかしたの、伯母さま?」

グレース伯母は大げさにアラベラの皿を指さした。「アラベラ、まず最初に、あなたはトーストにオレンジ・マーマレードをたっぷり塗ったのよ。そして、次にベリーのジャム――たしかにコックの作ったこのジャムはとてもおいしいけれど……。それから、その上にさらにマーマレードをたっぷり塗ったわ」

アラベラは自分の皿を見た。一瞬、ことばも出ないほど驚いた。トーストがとろりとした甘いもののなかに埋もれていた。

それはジャスティンにキスをされたときに抱いた気持ちと同じだった。

「おまけに、ホット・チョコレートには砂糖を十個は入れたわよ」

「いやだ、伯母さま、まさか」そう言いながら、ホット・チョコレートに口をつけたとたんに、むせそうになった。胸がむかむかするほど甘ったるかった。

それは朝食室での食事中の出来事だった。普段は朝食のあいだはずっと、目のまえに広げた〈タイムズ〉とにらめっこしているジョセフ伯父まで、新聞を下ろして、もじゃもじゃの眉毛の片方を上げてアラベラを見ていた。

「アラベラ」と伯父が言った。「どこか具合でも悪いんじゃないのか?」

「いいえ、伯父さま」アラベラはあわてて答えた。「でも、ゆうべはあまり眠れなくて」

少なくともそれは事実だった。

そう、ゆうべは寝返りばかりを繰りかえした。そうして、ゆうに五回はベッドの上で弾かれたように起きあがった。あんなことがほんとうに起きたとは信じられなくて。

初めてのキス――その相手が未来の旦那さまではなかったなんて。乙女が夢見る魅惑的な出来事の相手が、ロンドン一名うてのプレイボーイだったなんて。

なぜ、あんなことになったの? 何をしてでも、拒むべきだったのに。もっと警戒するべきだったのに。そう、拒めるだけの平常心を保っていなくてはいけなかった。そもそも、あんなことになるような状況を作るべきではなかったのだ! さらには、最後にあの場を支配したのが自分の意思ではなくジャスティンの意思だと認めるのは悔しかった。もし、わたしが主導権を握っていたら、ジャスティンにもっと長く、いつまでもキスを続けさせていたはず……。それに、あの言語道断な淫《みだ》らな考え――頭のなかでいまだに渦巻いている考え――を、もしジャスティンに知られていたら……。ジャスティンの驚くほど温かな唇は、罪作りなほど芳醇《ほうじゅん》だった……。

ミス司祭だなんて、聞いて呆れるわ。

頭のなかに、あのときのことが鮮やかすぎるほどによみがえった。頬がかっと熱くなった。ジャスティンの魔力に負けてしまった。ジャスティンにすっかり魅了されてしまった。たしかに、ゆうべは満月だった。迷信を信じる性質《たち》なら、それを淫らな行動の言い訳にできただろうに。

いいえ、とアラベラは苦々しく思った――理由はひとつしかない。わたしはジャスティンのキスの虜になったのだ。ジャスティンの唇――ああ、あの感触！　弾力があって、温かくて、まぎれもなく男を感じさせるあの感触は、抗いようがないほど魅惑的だった。たった一度のキスが、あれほど人を酔わせるものだとは思いもしなかった。またしてみたくてたまらなくなるとは。ジャスティンとのキスは夢見るように心地よく、もう一度、もう一度だけでいいから、キスしてみたいと願わずにいられない……。

膝の上に広げたナプキンをぎゅっと握りしめた。いいえ、あんなことは二度と起こらない――身を切られるように辛かったけれど、自分にそう言い聞かせた。ジャスティンがキスをしたのは、酔っていたから。ただそれだけだ。

さらには、酔っていようがいまいが、ジャスティンとまた会いたいと願うわけにもいかなかった。ゆうべの出来事を、ジャスティンはある種の勝利だと考えたにちがいない。そうして、またわたしを馬鹿にするはず。そうして、最後には決まってわたしが怒りを爆発させることになる、あの傲慢で鼻につく物言いで、ジャスティンはわたしの脆《もろ》さをあざけるのだろう。

やはり、わたしの負けだ。うぬぼれていたわたしの負け。含み笑いをしながら上目遣いにまばたきを繰りかえして、ジャスティンのまえに身を投げだすようなお馬鹿さんたちとはちがうと、うぬぼれていたわたしの。

そう、それがただのうぬぼれでしかなかったことをわたしに思い知らせて、ジャスティンは大笑いしているにちがいない。

ジャスティンにとっては、ゆうべの出来事など取るに足りないことなのだ。ジャスティン・スターリングという男は、いままでに星の数ほどの女性の唇を奪ってきたのだから。けれど、わたしにとっては……ジャスティンとのキスは体の芯《しん》にまで響くものだった。一夜が明けて朝になっても、些細なことまですべてが記憶に刻まれている。驚くほど広いジャスティンの胸。唇を重ねられて自分の唇が開いて、ジャスティンの息遣いがどんなふうに喉の奥をくすぐったかということまで。

そんなことを考えているのが、なんとなく態度に表われていたのかもしれない。ジョセフ伯父は新聞に目を戻したけれど、グレース伯母はタカのように鋭い目で相変わらずこっちを見ていた。そうして、厳しい口調で言った。「アラベラ、あなたはまた帽子をかぶらずにお庭に出たのね？」

とんでもない！　といっても、ジャスティンと一緒に庭に出たけれど。

アラベラはほんとうのことを言ってしまいたかったが、澄まして答えた。「いいえ、グレース伯母さま」

「だって、ずいぶん顔が赤いわよ。それに、何も食べていないし」伯母は心配そうに言った。「熱などないといいのだけれど」そう言うと、ふっくらした手を伸ばして、アラベラの頬に触れた。「よかった、熱はなさそうね。考えてもごらんなさい、熱を出している場合ではないのよ。憶えているでしょう？　明日の朝にはここを発たなければならないのだから」

アラベラは伯母を見た。「ここを発つ？」明るい声で尋ねた。ああ、きっとバースへ行くのだ、そう思うと気分が明るくなった。これこそ天からの救いと、素直に感謝した。バースは大好きだった。グレース伯母とジョセフ伯父はバースにすてきな別荘を持っていて、アラベラはそのあたりの丘で長い散歩をするのが何よりも好きだった。それに、揺れる心を落ち着かせるには最適の場所でもある。

そして何より、ジャスティン・スターリングから遠く、まぎれもなく遠く離れていられる。そうすれば、偶然だろうがなんだろうが、顔を合わせることはもうない。そう思うと、心からほっとした。頭のなかでしつこく響いている小さな声は無視することにした。ゆうべは自分からジャスティンに会いにいったくせに、と囁いている声は。

「ええ、そうよ」とグレース伯母が言っていた。「朝早くに発たなければね」

アラベラはにっこり笑った。その日、初めてのほんとうの笑顔だった。「行き先はどちらだったかしら、伯母さま？」

グレース伯母が紅茶を飲み終えた。「憶えているでしょう、サーストンの侯爵ご夫妻がご邸宅でパーティーを開かれるのよ。だから、サーストン邸――サーストン家の田舎のお屋敷へ行くの」

「えっ？」アラベラは愕然《がくぜん》とした。あまりに驚いて、悲鳴をあげそうになった。サーストンの侯爵ならもちろん知っている。ジャスティンのお兄さまで、名前はセバスチャン。すてきな方だ……。

「そうよ、アラベラ」グレース伯母は坐っている椅子をテーブルから離した。「先週、招待状をいただいたわ。たしか、あなたにも言っておいたはずだけれど。あなたはきっとうっかりしていたのね」伯母が上機嫌だということは口調にも表われていた。「一週間をサーストン家のお屋敷で過ごすのよ……それはもうすばらしいお屋敷でね、アラベラ。ああ、いまから楽しみでしかたがないわ」

アラベラはそんなふうには思えなかった。グレース伯母がテーブルを離れても、長いことその場に坐ったままでいた。伯母が言っていたように、招待されたことをうっかり忘れていた。いいえ、すっかり忘れていた。ようやく立ちあがると、止めたままだった息を吐きだした。

ジャスティンがパーティーに出席しませんように——そう祈るのはあまりにも無茶かもしれない。

アラベラは自分の愚かさを笑った。いさぎよく諦めるしかない。ジャスティンはパーティーに出席するはずだ。いつものようにさっそうと、危険なほどの男のにおいを漂わせて。

聞きたくもない小さな声がまた頭のなかで響いて、ゆうべの自分のことばを思いだした。

〝顔を合わせないようにするというのはむずかしいんじゃないかしら？　だから、ある種の、そう、協定のようなものを結んではどうかしら。少なくとも、お互いに礼に反しない程度のことはするべきよね〟

得意げにあんな馬鹿なことを言ってしまって、ジャスティンはどう思っただろう？　あんなことを言ったら、あとで自分の首を絞めることになるとなぜわからなかったの？

ジャスティンはまたわたしをいじめる格好のネタができたと思ったにちがいない。

ええ、そうに決まっている。そう、少なくともひとつだけはたしかなことがある。少なくとも、ジャスティンにもう一度キスをされる心配だけはしなくていい。ゆうべのような出来事は二度と起こらない。

もしかしたらいつの日か、わたしが結婚するようなことがあれば、いつかは孫に話して聞かせるかもしれないけれど。遠い昔にイングランド一の美男子からキスをされたと……。

といっても、孫だってそんな話を真に受けたりはしないだろう。誰がそんな話を信じたりするものか……自分だって信じられないというのに。

バーウェル家の馬車はスプリングが効いていて、旅には最適だった。馬車に乗って狭く騒々しいロンドンの通りから郊外へ向かうあいだ、グレース伯母がほとんどひとりで話しつづけて、アラベラとジョセフ伯父は半分うわの空だった。途中で街道沿いのパブにわずかな時間立ち寄って昼食を取ったが、すぐにまた旅路についた。

その後まもなく、伯母と伯父はうとうとしはじめた。そんなふたりの姿は、アラベラの目に微笑ましく映った。グレース伯母は口を開けて、かすかにいびきをかいて、ジョセフ伯父の肩に寄りかかっている。伯父は陽の光が目に入らないように、シルクハットを目深にかぶっていた。伯母が体を動かすと、伯父は手を伸ばして、妻のふっくらとした小さな手をそっと撫でた。

ついこのあいだまで自分が何も知らずにいたことに、アラベラはあらためて驚いた。グレース伯母とジョセフ伯父が愛しあっていることはつねに感じていた。とはいえ、てっきりふたりは結婚してから愛しあうようになったのだとばかり思っていた。けれど、この数日で、いままでまったく見えていなかったものが見えるようになった。ちょっとしたスキンシップ、吐息、囁き、かすかなうなずき、さりげなく交わす笑み……すべてが愛の証だ。ふたりが誰よりも愛しあい、人のまえでもその愛を堂々と表現しているのがはっきりとわかった。

おかしなことに、ふいに喉が締めつけられるような気がした。そう、両親もそうだった。外見は似ても似つかないふたりなのに……母はどこから見ても可憐《かれん》で華奢で、父はがっちりとした天をつくほどの大男なのに、それでいて、あのふたりほどすべてが調和している夫婦はいない。まさにふたりでひとりということばがぴったりだった。母が口にしたいくつのことばが、〝お父さま〟ということばで締めくくられただろう？　それに、両親は見つめあいながら、いつでも幸せそうに笑っていた。娘がいることを忘れているのではないかとアラベラが思うほどだった。そんなときには、アラベラの心も愛で満たされたけれど、ときにはなんとなく傷ついたような気分になった。口ではうまく言い表わせないけれど……。もちろん、両親が娘をかわいがっているのはわかっていた。両親に心から愛されていると感じながら成長したのだから。その愛情を疑ったことは一度もなかった。けれど、ときどきなんとなく感じていたのだ……孤独を。ひとりぼっちのような気がして、両親が分かちあっているものがうらやましくて、自分もそれを手に入れたいと思った。

ああ、もういや。いまいましい！　胸の奥にあるこのセンチメンタルな気持ちはなんなの？　アラベラにはわからなかった。こんな気持ちなど消えてしまえばいいのに、と心から願った。

憂鬱な気分を追いはらおうと、窓の外を見た。ロンドンの北の遮るものが何もない田舎の風景に目を向けた。点々と散らばる風車、牧草地を縁取る色とりどりの花。

いつのまにか眠っていたのだろう、次に気づいたときには、グレース伯母に体を揺すられていた。「アラベラ」伯母が小さな声で言った。「着いたわよ」

アラベラは顔を上げた。とたんに、目を大きく見開いた。サーストン邸は左右に大きく広がる威風堂々たる大邸宅で、正面には白い柱がそびえていた。まさに壮観だった。

深紅と金の制服を着た従僕が、馬車から降りるアラベラたちに手を貸して、すぐに屋敷のなかへと案内した。正面玄関を入ったところで、侯爵に出迎えられた。背が高くがっちりしたセバスチャン・スターリングが、その大きな体からは想像もつかないほど洗練された身のこなしで歩みよってきた。「ジョセフ、グレース。サーストン邸へようこそ！」

「また会えるとは嬉しいな、セバスチャン」ふたりの男性は握手をした。それから、セバスチャンはグレース伯母を見た。

「グレース、相変わらずお綺麗ですね」そう言うと、アラベラのほうを向いて、手を取った。「これはまた、アラベラ！　何年ぶりだろう、ほんとうに久しぶりだね」

アラベラは微笑んで侯爵を見あげた。落ち着いていて誠実なセバスチャンのことは、子どものころから好きだった。

「お久しぶりです、侯爵さま」

「ここでは堅苦しい呼び名はなしだ。セバスチャンでいいよ」

「では、おことばに甘えて、セバスチャン」アラベラは小声で言った。

「噂に聞いたが、きみは街で評判だそうじゃないか。ぼくは何年もまえから、きみがいずれ社交界の人々を虜にすると思っていたんだよ」

「ええ、そのとおりなんですよ」グレース伯母が代わりに答えた。「お耳に入っているかしら？　もう三人も求婚者が現われたんですから」

伯母は鼻高々だった。アラベラはウォルターのことを考えながら、口から唸り声が漏れそうになるのをこらえた。求婚者が実は四人だと知ったら、伯母はどうするのかしら?

セバスチャンがくすくすと笑った。「つまり、アラベラは眼力があるというわけだ。すばらしい」

そのとき、ひとりの女性が部屋から出てきて、玄関の間にやってきた。小柄なその女性の、明るい金色の髪が陽の光を浴びて輝いていた。それに、目——近づいてきた女性を見てアラベラは気づいた。その目は髪と同じ色だった。

「グレース。それに、ジョセフ!」その人が澄んだ声で言った。「またお会いできるなんて、ほんとうに嬉しいわ」両手を差しだして、伯母夫婦を温かく出迎えると、夫と腕を組みながら、アラベラに笑みを向けた。「この愛らしいお嬢さまはどなたかしら?」

セバスチャンが紹介した。「アラベラ、これは妻のデヴォンだ。デヴォン、こちらはミス・アラベラ・テンプルトン。アラベラのお母上のキャサリンはグレースの妹なんだよ」

デヴォンの目が大きく見開かれた。「アラベラ!」感嘆の声をあげてから、セバスチャンをちらりと見た。「これがあのアラベラなの? 昔、ジャスティンに手痛いいたずらをしたお嬢さんなの?」

アラベラは唇を噛んで、伯母を見た。そのことはおそらく伯母が唯一知らない、アラベラの幼いころのいたずらだった。

「ジャスティンをやりこめた女の子ね」デヴォンは甲高い声で言った。目がきらきらと光っていた。「残念だわ、わたしもそのときその場にいたかった。いずれにしても、あなたとは大の仲良しになれそうね」

アラベラは返事の代わりに笑みを浮かべた。デヴォンの温かく、飾り気がないところに好感を抱いた。とはいえ、あとでグレース伯母からいくつか質問されることになりそうだったけれど。

とりあえずいまは、グレース伯母の注意はデヴォンに向いていた。「お子さまが生まれてから、ロンドンではほとんどお会いしなかったわね」と伯母は言った。

「ええ、あのふたりが生まれてから、わたしたちはロンドンへはあまり行っていないんです。こちらのほうが居心地がよくて。田舎暮らしを心から楽しんでますわ」デヴォンはきっぱりと言った。「ここで双子を育てるつもりでいますから」

アラベラは驚いた。尋ねずにいられなかった。「双子をお産みになったんですか？」尋ねながらも信じられずに、デヴォンの小さな体に視線を走らせた。「いったい――」

アラベラは頬を赤くして、口ごもった。「ごめんなさい。失礼なことを言ってしまって」

「あら、ちっとも失礼じゃなくてよ」デヴォンが笑いながら言った。「信じられないかもしれないけれど、わたしはウシのように大きくなったのよ」

「それは大げさだ」夫のセバスチャンがくすくす笑いながら、妻の手を握った。「とはいえ、なんの問題もない。きみはみごとに双子を産んだんだから」そう言いながら、妻を見おろした。セバスチャンの目も明るく輝いていた。デヴォンが夫に応えるように、眩いばかりの笑みを浮かべた。

アラベラはなんとなく落ち着かなくなった。ここにもまた、うらやましいほど幸せな夫婦がいる。このところ見せつけられてばかりだった。

アラベラが咳払いしようとしたそのとき、デヴォンが夫から目を離した。

「ジェーンを呼んで、お部屋に案内させましょう」とその侯爵夫人は言った。「晩餐は八時半に始まりますから、それまで、お客さまにはゆっくり休んでいただこうと思っているんです。ロンドンからは長旅ですもの、さぞかしお疲れになったでしょう」

そのとおりと言わんばかりに、グレース伯母があくびした。「お昼寝させていただけるなら申し分ないわ、そうでしょう、アラベラ?」

アラベラはそうは思わなかったけれど、口には出さなかった。疲れてなどいなかった。とはいえ、晩餐の時刻までひとりで部屋にいるのはちっとも苦ではなかった。獣のねぐらのなかにいて、獣と顔を合わせるのをさきに延ばせるなら、それほど喜ばしいことはなかった。もしかしたら――期待がふくらむのを表に出さないようにしながら思った。神さまがわたしに味方して、ジャスティンはお兄さまのお屋敷で開かれるパーティーに出席しないかもしれない。

アラベラは広々とした階段を上った。自分のうしろ姿を、デヴォンが何かを考える顔つきで見つめていることには気づきもしなかった。

「デヴォン、何か企んでるんだろう」セバスチャンが厳しい口調で言った。「顔を見ればわかるよ」

「いやね、企んでなんていないわ。ただ、あのアラベラといううら若きお嬢さまはとても元気がよさそうだと思っていただけよ」

セバスチャンは片方の眉を吊りあげた。「アラベラがうら若きお嬢さまだって？」強調するように言った。「いや、きみよりはるかに若いというわけじゃないよ、デヴォン。とはいえ、そうだな、元気なのはまちがいない」

デヴォンはにっこり笑った。その笑みに夫の頭のなかで警鐘が鳴った。

セバスチャンはひと息吐いてから言った「デヴォン、何を考えてる？」

デヴォンは目を大きく見開いた。「セバスチャン！　そんな目で見ないでちょうだい。わたしはただ……」

「ただ？」

「……ジャスティンにぴったりのお相手が現われたんじゃないかと」

「デヴォン」セバスチャンはそっけなく言った。「きみはわかっていないようだ。わが愛しの弟ジャスティンにしかけたアラベラのいたずらは、たしかに痛快だった。だからきみにも話したんだよ。だが、ジャスティンは一度だって痛快だなんて思ったことはない。〝司祭の娘は悪魔の娘〟――ジャスティンは口癖のようにそう言ってたよ。それに、もしきみがあのときのジャスティンのしかめ面を見ていたら――」

「そうは言っても、アラベラはもう子どもじゃないのよ、セバスチャン。あなただってたったいま見たでしょう」

「それは関係ない。ぼくに言わせれば、ジャスティンにとってまちがいなくあのアラベラ嬢は――」

「あら、まさに運命の人かもしれないわ」いたずらっ子のように輝く琥珀《こはく》色の瞳が、セバスチャンに向けられた。「わたしたちをご覧なさい」

セバスチャンは訝しげに目を細めた。「夫人はもう到着されたのかな？」唐突に尋ねた。

それはキャリントン公爵未亡人のことだった。「ええ、もういらっしゃってるわ」

「そして、きみは公爵未亡人ともう密談を交わしたんじゃないか？」

「あらまあ、どういう意味かしら？」

「どういう意味かって？　ぼくだって知っているんだぞ、公爵未亡人の趣味が縁結びだってことぐらい。どうやら、きみも公爵未亡人に倣うことにしたらしいな」

「まあ、失礼ね！」デヴォンは不満げに言った。「あなたとわたしは結婚してもう二年になる。それなのに、わたしはあなたの妹にも弟にも、お相手を見つけられずにいるのよ」

「しかたがないさ、きみもぼくもジュリアンナの結婚に対する考え方を知っているからね。ジャスティンとアラベラについては――」セバスチャンは首を振った。「デヴォン、ジャスティンはアラベラのことをいまだに手に負えないいたずらっ子だと思っているんだよ」

デヴォンは両方の眉を上げた。「わたしなら、あなたの弟のほうをそう呼ぶでしょうね」

「たしかに。とはいえ――」

セバスチャンはそこでことばを切った。妻がスカートの裾を持ちあげて、自分のわきをするりとすり抜けたのだ。

セバスチャンは顔をしかめた。「どこへ行く？」妻のうしろ姿に声をかけた。

デヴォンが肩越しに振りかえった。顔には何かを企む少女のような表情が浮かんでいた。それを見て、セバスチャンはますます怪訝《けげん》に思った。「晩餐の席順を確認してくるわ」

「それは何日もまえにすませただろう」

デヴォンは夫に投げキスをした。「わかってるわ」と甘い声で言いながら。

アラベラは昼寝をしようとしたけれど、眠れなかった。どうにも落ち着かなかった。おなかのなかで無数のチョウが羽を震わせているかのようだった。晩餐の一時間前に、メイドが着替えを手伝いにやってきた。けれど、アラベラはすでに支度をほぼ終えていて、あとは髪をピンでまとめて、コルセットを締めて、ドレスの背中にずらりとついたボタンを留めるだけだった。

これからしばらく滞在することになる部屋のなかで鏡のまえに立って、アラベラは無表情のままそこに映る自分の姿を見つめた。それなりに美しいと思った。薄い紗のドレスは薄紅色で、そのせいで印象の強すぎる髪の色が和らいでいた。デザインはシンプルで上品。襟ぐりとハイウエストの切り替え部分に、玉虫色のビーズがずらりと縫いつけてある。あれこれ考えてやはりこのドレスにしたのだ。いちばんのお気に入りのドレスだったから。今夜は落ち着いて、堂々としていなければならなかった。なんであれ、自分を奮い立たせなければならない——敵とあいまみえるには守備を固めておかなければならなかった。

部屋から廊下に出るまえに、まずは廊下の右を見て、それから左を見た。顔には恐々とした表情が浮かんでいたはずだ。

廊下をはさんで向かいの部屋の扉が開いて、明るく軽快な声が響いた。「あら、こんばんは」

アラベラは目を上げた。正面に、豊かな栗色の髪をした、目を見張るほどの美女が立っていた。

「こんばんは」と挨拶を返した。「もしかして、あなたはジュリアンナ？」

「ええ、そうよ。そして、あなたは……アラベラ、そうでしょ？」

アラベラはうなずいた。侯爵夫人と同じように、ジュリアンナも小柄だった。背丈が自分の顎ぐらいまでしかないのに気づいて、アラベラはがっかりした。ジュリアンナの瞳はジャスティンの目と同じぐらい鮮やかだったが、色は青だった。それに、ジャスティンとはちがって、氷のような鋭さはなかった。

「そうだと思ったわ。ひと目でわかった、だって――」

「ええ、わかってるわ。わたしの髪でしょう？　わたしのことを忘れる人はいないのよ。そう、赤い髪というのは忘れられないものなのね、きっと」

「あら、昔のちょっとした出来事のせいで、あなたのことを憶えていたと言うつもりだったのよ」ジュリアンナの目がきらりと光った。「ジャスティンとのあの一件のせいでね――」

「ああ、そうだったの」アラベラは思わず笑みを浮かべた。「残念ながら、あなたのおうちではわたしはずいぶん悪名高いようね」

「ジャスティンはときどき鼻っ柱が強いだけのろくでなしみたいな真似をするから。あのあと、ジャスティンは何日も腹立ちまぎれに荒々しく歩きまわっていたのよ！　セバスチャンとわたしは何週間も笑い転げたものよ」ジュリアンナは頭を傾げた。「そろそろ、みんなのところに行きましょうか？」

「ええ、そうしていただけると助かるわ」アラベラはジュリアンナの申し出に感謝した。晩餐が行なわれるダイニングルームまでひとりで行くことになったら、まちがいなく迷いそうだった。そうして、ジュリアンナに連れられて、左に折れると、果てしなく続く廊下を歩いていった。

「このお屋敷には驚いたわ」とアラベラは言った。「広さはどれぐらいなの？」

ジュリアンナは笑った。風に揺れる鈴の音のような笑い声だった。「部屋は全部で百二室。広すぎるわよね。わたしはロンドンにある小ぢんまりした自分の家のほうが好きよ」

アラベラは目に好奇心を浮かべてジュリアンナを見た。「ひとりで住んでいらっしゃるの？」深く考えるよりさきに、口をついて出たことばだったが、ジュリアンナは差し出がましい質問を気にするそぶりもなかった。

「ええ、そうよ。以前は、わたしもセバスチャンとジャスティンと一緒に暮らしていたの。セバスチャンがデヴォンと結婚するまではね。ちょうどいい頃合いだったのよ、ジャスティンとわたしが独り立ちするには。噂によれば、わたしは行き遅れだそうだから」ジュリアンナの美しい目が翳った。「といっても、わたしには理解できないの、なぜ女は二十一歳を過ぎたとたんに、婚期を逃したことになるのか。男の人には有閑人という称号が与えられて、誰も眉をひそめたりしないのに。結婚しないのはわたし自身の問題で、ほかの人には関係のないことよ。どうしてわたしが世間が望むとおりの生き方をしなくちゃならないのかしら？　あなたもわたしもそうしなくてはならないの？　誰もがこぞってそうしなくてはならないの？」

アラベラは目をぱちくりさせた。ジュリアンナの熱のこもった口調に驚いていた。ジュリアンナもそれに気づいたようだった。「ごめんなさい。お説教をするつもりじゃなかったのよ」

「もちろん、お説教だなんて思ってないわ」アラベラはあわてて言うと、笑みを浮かべた。「正直に言うわ、自分のことをきちんと考えている女の人に会えて嬉しくてたまらない。残念ながら、わたしの口は慎みが足りないの、口をつぐんでいなくてはならないときにかぎってそうなの。そのせいで頑固者だと思われてる。まあ、たしかにそのとおりなんだけど……」いつものように、アラベラは両手を大きく動かしながら話していた。

「ほんとうに不公平よね」ジュリアンナが言った。「ほんとうに頭に来るわ！」

「ええ、同感よ！　まるで、女にとっては結婚して、子どもを産むことだけが人生の目標だと言われてるみたいで……もちろんそれが悪いとは言わないけれど、でも、自分のことは自分で決めたいわ。いつでも世間に監視されて、何かにつけて人に評価されるんじゃなくて」

「よかった！」ジュリアンナが大きな声をあげた。「共感してくれる女の人に会えて。でも、あなたはじっくり考えてみるべきよ、人から〝難攻不落のきみ〟と――」

アラベラは片手を上げた。「申し訳ないけれど、そのことばは使わないで」

客間に着くころには、ふたりは古くからの友人のように夢中でおしゃべりをしていた。アラベラの不安も少し和らいで、気持ちがやや上向いて、昨日以来初めて、このお屋敷でのパーティーもさほど悪くはないかもしれないと思えてきた。ジョージアナが両親と一緒に出席しているのを知るとさらに気持ちが明るくなった。部屋のなかをいそいそと歩いているジョージアナを見つけて、アラベラは手を振った。

それに気づいて、ジョージアナの顔がぱっと輝いた。「アラベラ、あなたも来ていたのね、ほんとうに嬉しいわ！　実は、あなたは来ないのかもしれないと心配していたの」アラベラがいさめるような表情を浮かべたのを見て、ジョージアナはいったん口をつぐんだ。「ごめんなさい、お行儀が悪かったようね。アラベラ、こちらはあなたのお友だち？」ジョージアナはジュリアンナに微笑んだ。

アラベラはふたりを引きあわせた。「こちらはジョージアナ・ラーウッド。こちらはレディー・ジュリアンナ・スターリング」

ジョージアナは膝を折ってお辞儀をすると、あわてて言った。「レディー・ジュリアンナ、お目にかかれてほんとうに光栄です」

けれど、ジョージアナとアラベラが目配せしたことに、目ざといジュリアンナが気づかないはずがなかった。

「渋々参加したせいで、ここでの晩餐会をあなたが楽しめないなんてことにならないといいけれど」

「渋々だなんてとんでもない」アラベラはぎこちなく言った。「実を言うと、このパーティーに招待されたことを忘れていたの。昨日の朝、グレース伯母さまに言われるまで」

ジュリアンナの愛らしい頰にえくぼが浮かんだ。

「それを聞いて安心したわ。あなたが渋々やってきたなんて思うと悲しいもの。それとも、それはわたしの兄のジャスティンと何か関係があるのかしら。ジャスティンはときどき手がつけられないほど傲慢なことをするから。おふたりのようにかわいらしいお嬢さまに失礼なことをしていないといいのだけれど」

「とんでもない、あなたのお兄さまはわたしをうっとりさせただけですわ」ジョージアナが明るい声で答えた。

アラベラはその気になれば、笑顔でジョージアナの口を押さえることもできた。けれど、何も言わずにおとなしくしていた。

ジュリアンナの穏やかだけれど何かを見極めようとするような視線は、まだアラベラに向けられていた。「ああ、まさか」ジュリアンナが悲しげに言った。「アラベラ、ジャスティンがまた失礼なことをしたなんてことはないわよね?」

ジュリアンナにほんとうのことを打ち明けられたらどんなにいいだろう……。けれど、アラベラにできたのは、唇にそっと手をあてたくなるのをこらえることだけだった。ジャスティンとのキスを思いだして、ちくちくする唇に。

「ええ」アラベラは考えもせずに言った。「ジャスティンにはもうそんなことはさせないわ、二度と」

ジュリアンナがくすりと笑った。「その意気よ。ジャスティンが何をしたにしろ、どうしようもなくふとどきなことじゃないといいのだけど。でも、よかった、あなたはひとりでは何もできないお嬢さまとはちがうもの。正直なところ、ジャスティンに身のほどを思い知らせることができる女の人はあなたしかいないはずよ」

ちょうどそのとき、部屋の奥のほうから誰かがジュリアンナに会釈した。ジュリアンナは片手を上げてから、アラベラとジョージアナに視線を戻した。「キャリントン公爵未亡人がお呼びだわ。お相手をしにいかなくちゃ」そう言うと、目のまえのふたりを包みこむようなやさしい笑みを浮かべた。「お嬢さまがた、会えて嬉しかったわ。サーストン邸へようこそ。ぞんぶんにお楽しみください」

ジュリアンナが立ち去ると、アラベラとジョージアナは顔を見合わせた。「すてきな方ね」ふたりで同時にそう言って、笑った。「なぜ、ご結婚されないのかしら？」ジョージアナが不思議そうに言った。

同じ思いが、さっきからアラベラの頭のなかを離れずにいた。

「一緒にここまで下りてきたのだけれど」とアラベラは言った。「ジュリアンナさまはご自分のことを行き遅れだとはっきりおっしゃったのよ。ずいぶん独立心旺盛な方みたい。ロンドンにご自分の家を持っているともおっしゃってたわ」いったんことばを切ってから、さらに言った。「いえ、批判しているわけじゃないの。でも、いったいおいくつなのかしら」

「二十五、六、そんなところだと思うけど。あんなにお綺麗なのに、結婚されていないなんて意外だわ。初めての社交シーズンでは求婚者が何人も現われたでしょうに」

アラベラは唇を噛んだ。「はっきりおっしゃってたわ、ご自身で結婚しないと決めたのだと。それに、そういうことはほかの誰でもない、自分自身が決めることだと」

ジョージアナの顔に不可解な表情が浮かんだ。

「どうしたの、ジョージアナ？」

「実は、ここへ来る途中で、お母さまとお父さまがジュリアンナさまのことを話しているのを聞いてしまったの。ふたりともわたしが眠っていると思っていたみたいで」ジョージアナは声をひそめた。「お父さまは、ジュリアンナさまの身に起きたことがお気の毒だと言っていたわ。それに、お母さまは、ジュリアンナさまに一生消えない傷ができてしまったと言っていた」

アラベラはふと思いだした。ベニントン家でのパーティーの夜に、ジャスティンは声をあげて笑いながら、スターリングという苗字そのものが醜聞という意味だと言っていた。そう、まちがいない。でも、それはいったいどういうことなの？

ふいに苛立った。「いやだ、わたしたちは何をしているの？　わたしもあなたも噂話が大嫌いなはずなのに、自分たちが人の噂をしているなんて！」

「ほんとだわ」ジョージアナも即座に言った。「まったくなんてことかしら」

そうして、話題を変えた。話しながら、アラベラは部屋のなかを見渡した。

思ったより小ぢんまりとした晩餐会だった。ざっと数えて三十人ほど。大半の人とロンドンで顔を合わせたことがある。部屋の奥にいる長身の、たくましい金髪の男性が軽く会釈してきた。アラベラは眉間に皺を寄せた。たしかにどこかで会った気がするけれど……。ああ、そう、パトリック・マックエルロイ——ベニントン家でのパーティーでダンスを申しこんできた人だ。アラベラはすばやく頭を傾げて挨拶を返すと、ジョージアナに向き直った。

そうして、気づいた。ジャスティンがいることに。

それまで、おなかのなかで百匹のチョウが羽を震わせていたとしたら、その数が一気に千匹にまでふくれあがった。

ジャスティンは兄の傍らに立っていた。スターリング家の兄弟の背丈はほぼ同じだった。けれど、ジャスティンのほうが痩せていて、色の濃い髪もセバスチャンに比べると一段明るかった。卑劣な人ではあるけれど、それでもやはり非の打ちどころがないほどハンサムだ。黒の夜会服に身を包み、上着はぴたりと体に合っていて、余分な肉などひとつもない引き締まった背中と肩のラインがくっきりと見えた。そのとき、ジャスティンが笑った。小麦色の肌に白い歯がきらりと光った。そうして、何気なく視線を移した。

ふたりの目が合った……といっても、ほんの一瞬のことだけれど。

アラベラは息を呑んだ。ジャスティンはちらりとこちらを見ただけだ。それでも、ジャスティンに気づかれたと思っただけで、全身に戦慄が走った。意思とは関係なく、体のなかにあるものすべてがふいに目覚めて動きだしたかのようだった。心臓の鼓動が激しくなって、脈が速くなり、すぐに荒れ狂ったように脈打ちはじめた。なぜ、こんなおかしなことが……。これではわたしが彼を、いけ好かない男を必死になって捜していたと、ジャスティンに勘違いされてしまう。

みっともない――心の声がたしなめた。ほんとうにみっともない。

ジャスティンがセバスチャンに何か言い、それから、ゆっくりと部屋のなかを歩いて近づいてきた。

まもなく、アラベラの隣に立った。「ミス・ラーウッド、また会えるとは光栄です。それに、ミス・テンプルトン、いつものように魅力的だ」

それもいやみだろうか？　ジャスティンのような人が言うことだ、そうに決まっている。内心の動揺が表に微塵も表われていないことを祈りながら、アラベラは顔を上げた。にっこり微笑みさえした。そして、何か言おうとしたが、何を言うつもりだったのかはわからずじまいだった。なぜなら、ちょうどそのとき晩餐会の始まりを告げる鐘の音が響いたから。

「ミス・テンプルトン、恐れながら、晩餐の席までお連れしましょう」

アラベラが返事をするよりさきに、手がジャスティンの肘へと持っていかれて、その手にしっかりと包まれた。

アラベラは声も出なかった。ジャスティンも尋ねなかった。素直に従うに決まっていると自信満々なのだ。アラベラは拒めるものなら、そうしていたはずだった。けれど、それでひと悶着《もんちゃく》起こしたくなかった。

苛立ちながらも、ジャスティンに連れられてダイニングルームに入るしかなかった。

9

実のところ、ジャスティンは晩餐会の席に着くそのときまで、自分の席がアラベラの隣だということを知らなかった。ほかのゲストが客間からダイニングルームへと入ってくるあいだも、アラベラはまさかこんなことになるとは思わなかったとジャスティンに抗議した。

アラベラは頭を傾げて、声をひそめて言った。「こんな小細工をしたのはあなたね？　わたしを苛立たせようとして。これで何度目かの同点に持ちこんだというわけね、悪徳卿」

「おやおや、ミス司祭、席を決めたのはたぶん、義理の姉のデヴォンだ。デヴォンはぼくが妻をめとれば、その妻が放埒《ほうらつ》で邪なぼくの言動を正してくれるだろうという、愚にもつかない幻想を抱いているからね」

「分別のある女性があなたを相手にするはずがないわ」

アラベラから毛嫌いされているのはジャスティンにもわかっていた。これほど明白な事実がほかにあるはずがない。いまにもアラベラの歯ぎしりが聞こえてきそうだった。ジャスティンは努めて感情を抑えて、明るく応じた。「思えば、きみは以前にも同じようなことをはっきりと言ってくれたよな」

そう言いながらも、ジャスティンの心はひりひりと痛んでいた。アラベラに軽蔑されるのは、魂を焼かれるようだった。そしていま、手袋が叩きつけられた――さいは投げられた。アラベラには手加減するつもりはなく、ジャスティンも同じだった。

極めてふとどきで、良識に反する態度を取った。といっても、もちろん、晩餐の席だということは忘れずに、それなりの節度を守りながら。周囲の会話が芝居から天気へ、ロンドンからここへ来る道の悪さへと移るあいだ、ジャスティンは長い脚を幾度となくアラベラの脚にもたせかけた。そうして、そのたびにアラベラが身を固くするのを楽しんだ。アラベラがワインのおかわりを求めると、彼女のためにワインをグラスに注いで、そのグラスをわざと手渡ししようとした。しかたなくアラベラが手を伸ばすと、その手の甲をわざと指先で撫でた。

視界の隅に、アラベラの頬が赤く染まるのが見えた。なんて美しいんだ――意に反してそう思った。頬の色は今夜のドレスと同じ色だった。そのドレスについても、アラベラがジュリアンナと一緒に客間に入ってきたときに、目を見張らずにはいられなかった。ドレスは位置の高い豊かな胸にぴたりと張りついて、アラベラの体を優雅に包んでいた。とはいえ、それに気づいたのはジャスティンだけではなかった。アラベラが客間に入ってくると同時に、パトリック・マックエルロイの視線が彼女の体に注がれた。それを見たとたんに、ジャスティンの全身に独占欲がふつふつと湧いてきた。いま、マックエルロイは遠くのほうで自分やアラベラと同じ側の席についていた。ゆえに、マックエルロイにはこちらが見えず、こちらからもマックエルロイの姿は見えない。ジャスティンにはそれが愉快でしかたなかった。

実はその日、馬車から降りてくるマックエルロイに気づいたとたんに胸騒ぎがして、すぐさまセバスチャンになぜ招待したのか訊きにいったのだ。セバスチャンはそもそもマックエルロイの父親である伯爵宛てに招待状を出したということだった。マックエルロイの父親とは仕事の交渉中で、セバスチャンはその件にけりをつけたいと思っていたのだ。ところが、伯爵からの返事は、その週はすでに予定が入っているので、代理として息子のパトリックを出席させたいというものだった。セバスチャンは承諾した。パトリック・マックエルロイについてセバスチャンが知っているのは、上流社会での表の顔だけだった。

たしかに、マックエルロイは物腰がやわらかく、愛想がいい。だから、それが真の姿だと多くの人が思いこんでしまう。けれど、実は裏の顔があり、ジャスティンはそれがどうにも許せなかった。マックエルロイの口はときに、聞くに堪えないほど粗野で下品になる。さらには、手がつけられないほど性質《たち》が悪い。数カ月前に、ボクシングの試合でジャスティンはそれを目の当たりにしていた。マックエルロイは対戦相手を完膚なきまでに打ちのめそうとしたのだ。相手がふらふらになって、鼻血を出して倒れているのに、それでもパンチを浴びせようとして制止されていた。

とはいえ、いま、マックエルロイはテーブルの端――はるか遠くにいて、ジャスティンは隣にいる美女に気持ちを集中できた。

三番目と四番目の料理のあいだに、アラベラの膝からナプキンが落ちた。ジャスティンはそれをすばやく拾って、彼女の膝に戻すと、そのままそこに手を置いておいた。アラベラは狼狽するだろうか？　そうなることを願いながら。

秘密を耳打ちするように、頭をアラベラのほうに傾げると、はっきりとわかった。いまにも飛びあがりそうなほどアラベラは狼狽していた。

アラベラがさっとこちらに顔を向けて、冷たい視線を注いできた。「わたしを口説くつもりなら――」

ジャスティンはさりげない笑みを浮かべて見返した。自分の唇がアラベラの可憐な耳に息がかかるところにあるのはわかっていた。

せんので」

デヴォンが愛らしく鼻に皺を寄せた。

ジャスティンの隣で、アラベラが立ちあがった。「ショールを取ってきます」と冷ややかに言った。「少し冷えるので」

そうして、すばやく扉へ向かった。ジャスティンはちょっとのあいだその場に立ち尽くして、部屋のなかを遠ざかっていくアラベラを見つめた。上品なお嬢さまなら滑るように歩くところだが、アラベラはちがった。まちがいない、アラベラの体には折れてしまいそうな細い骨など一本もない——少し皮肉混じりにジャスティンは思った。アラベラは背筋をぴんと伸ばして胸を張り、さっそうと歩いていた。その立ち振る舞いはきびきびとして威厳さえ感じられた。ジャスティンはひそかに賞賛せずにいられなかった。アラベラは高い背丈を隠そうともせず、それを自分の長所にしていた。

アラベラが立ち止まって、伯母と話しはじめた。アラベラの背後の縦溝のある壁でランプの火が燃えていた。くそっ、彼女はいまの自分の姿に気づいているのか？　ドレスの半透明の布地は紙のように薄く、長く形のいい脚がうっすらと透けている。とたんに、驚くほど長いその脚が自分の腰に絡みつく場面が頭に浮かんだ。まちがいない、アラベラはまさに理想の女だ……。

おい、いったいどうしちまったんだ？　アラベラとの夢想にふけるなんて！

そう思いながらも、不道徳な場面がはっきりと次々に頭に浮かんできた。現実かと見まちがうほど鮮明に。ちぢに乱れて枕の上に広がるアラベラの巻き毛。艶《なまめ》かしく半分閉じられた至福の瞳。差しだされる腕……。

アラベラが……このおれに手を差しだす？　それこそ幻想だ。ジャスティンは自嘲して、唇を歪めた。そうして、立ちあがると、音楽室へ向かった。

いくつかの奇跡が重なって、アラベラは迷路のような廊下を無事に通りぬけると、自分の部屋にたどり着いた。そこで、ちょっと立ち止まって、ほてった頰に手をあてた。ほんとうは寒くはなかった。ショールなどいらなかった。気持ちを鎮める時間がほしかっただけだ。ジャスティンはどうにも手に負えない。なんという図々しさだろう。ダイニングルームを離れるときに、ちらりと振りかえってジャスティンを見たけれど、そのときだって、わたしの全身にすばやく目を走らせた。それと同時に、とてつもなく馬鹿げた考えが頭に浮かんできた――ジャスティンはドレスを透かしてわたしの体を見ているのではないかと。それに、ジャスティンはぬけぬけととんでもないことをのたまった。わたしのほうが彼を誘惑しているだなんて！　とんでもない！　荒唐無稽もはなはだしい。

わたしがあんなごろつきの心をつかもうとしているだなんて。

わたしがあんなごろつきを自分のものにしたがっているだなんて。

頭のなかでしつこく響いている小さな声は無視した。ジャスティンがこの地球上を歩く男性のなかで、誰よりも神々しいほどハンサムだということを思いださせようとする声は。

たしかに、あの一瞬は危なかった。ジャスティンがわたしに向かって頭を傾げたときには、キスされるのかと激しく動揺してしまった。自分たちがどこにいるのかすっかり忘れていた。少なからぬ招待客に囲まれているということを。頭からすべてが抜け落ちてしまった。ジャスティンがプレイボーイだということ、女たらしだということも。唇のすぐそばにジャスティンの温かく湿った唇がある、それだけで頭がいっぱいだった。心の片隅で囁く声がした——わたしがほんの少し顔を動かしていたら……。ありがたいことに、怒りに助けられた。

気を鎮めようと、部屋のなかを行ったり来たりした。ジャスティンがそばにいると、何をすればいいのか、何を言えばいいのか、何を考えればいいのかわからなくなる。ジャスティンの何に、わたしはこれほど動揺しているの？　けれど、動揺を気取《けど》られるわけにはいかなかった。そう、絶対に。どうにかしてジャスティンを無視する方法を見つけなければ。ジャスティンはわたしを困らせて喜んでいるのだから——それはまちがいなかった。そして、わたしはいつだってジャスティンの意のまま……手のひらの上で転がされてしまう。

レースのショールを持って、唇を固く結んだ。この次はそんなことはさせないと誓った。ジャスティンに惑わされたりしない。どんなに挑発されようと。

固く決意して、部屋を出て、階段を下りた。

客間には誰もいなかった。部屋でぐずぐずしすぎたのだと気づいた。おまけに、音楽室がどこにあるのか訊くのも忘れていた。廊下に出て、片側を見て、次に反対側を見た。遠くのほうで笑い声が響いていたけれど、玄関の間はあまりにも広くて、笑い声は四方でこだましていた。

「何かお探しですか？」背後で男性の声がした。

アラベラは振りむいた。「ああ、驚いた」

男性は両手を広げた。「失礼しました」

アラベラは明るい笑みを浮かべた。「音楽室はどこかご存じですか？　それとも、あなたもわたしと同じように迷っていらっしゃるのかしら？」

男性は歩みでて、アラベラの肘に手を添えた。「ご案内しましょう」滑らかに言うと、アラベラを連れて玄関の間を抜けて、廊下を右に曲がり、扉を開けた。

「おさきにどうぞ」礼儀正しく言った。

アラベラは部屋に入った。見ると、そこは広く、暗く、がらんとした部屋だった。

「おまちがえになったようですわ。ここは――」

背後で、扉がかちゃりと閉じた。

アラベラは振りかえった。パトリック・マックエルロイが胸のまえで腕を組み、大きなマホガニーの扉に背をつけて立っていた。

「いったい、どういうことですか？」とアラベラは語気を荒げた。

マックエルロイの唇に余裕の笑みが浮かんだ。「きみとふたりきりになるのにずいぶん手間取った」と穏やかに言った。「とはいえ、ようやくふたりきりになれたようだ」

マックエルロイが近づいてきた。

アラベラはあとずさった。背筋がちくちく痛んだ。ベニントン家でのパーティーの夜にジャスティンに言われたことを思いだしたけれど、あとの祭りだった。

〝無垢で世間知らずのお嬢さまへの慈善活動だよ。やつは危険だ〟

マックエルロイは危険な男には見えなかった。けれど、その目に浮かぶ光がなぜか気に入らなかった。いいえ、マックエルロイという男自体が気に入らない、ええ、絶対に。

「愛しのアラベラ、きみをここに連れてきたのは、話を聞いてほしかったからだ――」

「話を聞いてほしいですって？　ご自分の頭がおかしくなったとでもおっしゃりたいの？　あなたがいまなさっていることは、まさにそうとしか思えないわ！」

「おや、ぼくにはまったく魅力を感じないとでも？」

「魅力なんて――」信じられない！　この無骨者はジャスティンよりもうぬぼれている。脈が速くなった。もっと用心しなければいけなかったのだ。この卑劣な男はわたしをみんなから引きはなそうと企んでいたのだから。ああ、わたしはなんて愚かなんだろう、こんな男の策略にまんまと引っかかるなんて。

アラベラは扉を見た。鍵はかかっていなかった。不意をついて、マックエルロイの傍らをすり抜けようとした。

マックエルロイに腕をつかまれた。「あわてることはないよ、お嬢さん。きみとキスがしたいだけなんだから」耳障りな笑い声が響いた。「そう、キスと、もしかしたらもう少し」

アラベラはぎょっとして、身をよじって腕を振りはらおうした。「なんて失礼なことを！　放して！」

「それはこの世でいちばん熱烈な崇拝者に言うことばじゃないだろう」マックエルロイは両手でアラベラを扉のわきの壁に押しつけた。アラベラはもがいた。全身に恐怖が走った。たしかに、アラベラは女にしては力があるほうだったが、いくらなんでも男の人にはかなわなかった。マックエルロイの体はびくともせず、アラベラ自身も動けなかった。そのとき初めて、ほんとうの危険を感じた。

「放して！」両手を上げようとしたけれど、逆にマックエルロイの万力《まんりき》のような手につかまれて、背中へ持っていかれた。のしかかられて、身動きが取れなくなった。

マックエルロイのじっとりと湿った唇を避ける術はなかった。この男とのキスはジャスティンとのキスとは天と地ほどもちがう、そんな思いが頭を駆けぬけた。ジャスティンのキスは甘く、魔法のようだ。けれど、マックエルロイは閉じた唇を舌を使って無理やりこじ開けようとしている――そんなキスには嫌悪しか感じなかった。

アラベラは一瞬口を開いて、すぐに歯を食いしばった。

マックエルロイが悪態をついて、体を離した。「なんて女だ！」もう一度アラベラに手を伸ばしたが、そのときにはもうアラベラは必要な分だけ体を離していた。そうして、マックエルロイの股間めがけて膝を蹴りあげた。

マックエルロイが唸りながら体をふたつに折った。アラベラはその腕の下をすり抜けて、勢いよく扉を開けた。

次の瞬間、目のまえに現われた広い胸にぶつかった。

10

力強いふたつの手が肩に下りてきて、目のまえに立ちふさがる体をどかそうとしているアラベラを落ち着かせた。ジャスティンは瞬時に状況を見て取った。ジャスティンの視線がアラベラの傷ついた顔からマックエルロイへとすばやく移った。マックエルロイはうずくまって、血が出た唇を片方の手で押さえ、反対の手で股間を押さえていた。

「とんでもないじゃじゃ馬だ」マックエルロイが喘ぎながら言った。「この女が何をしたか見てみろ」

ジャスティンの表情が石のように硬くなった。「荷物をまとめて出ていけ」食いしばった歯の隙間から言った。「いますぐに」

マックエルロイは背筋を伸ばして立ちあがろうとしながら、鋭く言った。「冗談じゃない。ぼくはきみの兄上に招待されたんだ」

「その招待はたったいま取り消された」セバスチャンが部屋に入ってきた。灰色がかった目は氷のように冷たかった。そうして、マックエルロイの襟首をつかんで、部屋から引きずりだした。まるで子犬か何かのように。

セバスチャンは戸口のところでふと足を止めた。「お嬢さまの世話を頼んでもいいか？」

「ああ」ジャスティンは険しい口調で応じた。「だが、余興が終わったら、彼女の伯母上に伝えてほしい、アラベラは自室に引きあげたと」

扉が閉まる音が聞こえると、アラベラはわずかに頭を動かした。「マックエルロイはもう行った？」声がジャスティンの胸にぶつかってこもっていた。アラベラの手はまだジャスティンのベストをつかんでいた。

ジャスティンはうなずいた。あまりにも腹が立って、アラベラを直視できないほどだった。アラベラは顔を上げた。引き締まったジャスティンの顎が見えただけだった。

「なぜ、そんな顔をしているの？　わたしはこんなことになるなんて思わなかった。それなのに、マックエルロイに……キスされそうになったのよ！」

ジャスティンの目が翳った。アラベラを責めるわけにはいかなかった。自分もマックエルロイをあなどっていたのだから。まさかこの家のなかでアラベラにちょっかいを出すほどの度胸が、あの男にあるとは夢にも思っていなかった。ジャスティンは音楽室でいちばんうしろの席に腰を下ろして、アラベラが戻ってくるのを待った。そうして、ジュリアンナが歌を歌いはじめたそのとき、部屋のなかにマックエルロイの姿がないのに気づいたのだ。ジャスティンが弾かれたように立ちあがったことに、セバスチャンが気づいて、あとを追ってきた。そうして、ジャスティンはアラベラの顔をひと目見て、慄《りつ》然《ぜん》としたのだった。

アラベラが身をよじって体を離そうとした。けれど、ジャスティンはそうさせなかった。彼女の体に腕をまわして、そっと抱きしめた。「きみのせいじゃない、アラベラ。ああ、決して」はっきりとそう言って、腕に力をこめて強く抱きしめると、アラベラがいくらか落ち着くまで、その背中を撫でていた。

それから、アラベラの顎に手をあてて、目と目を合わせた。確かめるように顔をたっぷりと見つめて、親指で丸い頬を撫でた。「怪我はなかったかい？」そう尋ねる声は低かった。

アラベラはぎこちなく、けれど深く息を吸ってから、首を振った。「マックエルロイにはその隙を与えなかったから。わたしは彼に噛みついて、それから……」アラベラの頬が赤くなった。

ジャスティンはほっとした。アラベラの美しい青い目から翳りが消えていた。そして、たったいま聞かされたことばに、にやりとせずにいられなかった。部屋に入ると同時に目に飛びこんできたマックエルロイの無様な姿が頭に浮かんだ。これからはあの卑劣漢も、嫌がる女に言い寄るまえにはじっくり考えることだろう。

「正直なところ」とジャスティンはさりげなく言った。「きみがなぜ〝難攻不落のきみ〟と呼ばれているのかわかってきたような気がするよ」

アラベラはむっとして、大きな声で言った。「やめてちょうだい！　あなたってほんとうに癪に障る人ね。まじめな話はできないの？」

「おいおい、アラベラ。怒るなよ。きみはほんとうに勇敢だ」アラベラが首を傾げて、いつもとはちがう表情を浮かべてジャスティンを見た。ジャスティンは気づいた。自分がまるで赤ん坊をなだめるような口調で話していることに。

次の瞬間、アラベラが体を離そうとした。ジャスティンは腕を緩めて、体のわきに下ろした。

アラベラが周囲を見まわした。「ここはなんのためのお部屋なの？」

「父の――」言いかけて、ことばを呑みこんだ。「セバスチャンの書斎だよ」胸がぎゅっと締めつけられて、息が詰まった。この部屋のすぐ外で……ここからほんの数歩のところで……。

その思いを無理やり頭から追いはらった。もう思いだすつもりはなかった。絶対に。あのときの怒りと傷心のすべてを心の奥に押しこめたままで、この屋敷にいるのは苦しくて堪えられなかった。神はこのおれにしかわからない地獄に、おれを落とすという罰を与えたのだ。十二年というものつねに罪の意識を抱きつづけても、それでもまだ自分が犯した罪は贖《あがな》えないらしい。

その罪は一生背負っていかなければならないのだ。

放射状の桟《さん》で仕切られた背の高い窓から月光が射しこんでいた。カーテンが開いていた。アラベラが窓へ歩みよった。ジャスティンは数本のキャンドルに火をつけると、窓のほうを向いた。

「アラベラ」

アラベラが振りむいた。厚い深紅の布地を片手でもてあそんでいる。

「きみに知っておいてもらいたいことがある」とジャスティンは真剣に言った。「マックエルロイの今夜の行動には訳があるんだ」

アラベラの目が光った。「ええ、わかっているわ。マックエルロイは正真正銘の女たらしですもの」

「それだけじゃない」

「それ以外のことなんて――」ジャスティンが首を振っているのに気づいて、アラベラは口をつぐんだ。

「ファージンゲール家で舞踏会があった夜のことだ。その夜、〈ホワイト〉で五人の男が賭けをした。きみにかんする賭けを。マックエルロイはその五人のひとりだった」

ジャスティンの顔を見つめるアラベラの顔に訝しげな表情が浮かんだ。「何を賭けたの？」

ジャスティンはアラベラの目をまっすぐに見つめた。「バーリントン家のパーティーの夜にぼくが言ったことを憶えているかい？　きみにつきまとっていた男たちについて」

「あのときは、たしかフィッツロイがいたわ。それにブレントウッドとドラモンドも」とアラベラはゆっくり言った。その瞬間、アラベラがはっとしたのがジャスティンにもわかった。「あなたは……その人たちを信じるなと言ったわ。ひとりも信じるなと」アラベラの気持ちが昂ぶった。「あの人たちがわたしにつきまとっていたのは……」気持ちが昂ぶって、それ以上ことばが出なかった。

「きみの貞節を狙っていたんだ」ジャスティンは静かに話を引き継いだ。「五人の男の賭けは、アラベラ、〝難攻不落のきみ〟を落とした者が三千ポンドを受けとるというものだった」

アラベラの目は大きく見開かれ、顔は青ざめていた。「それはつまり……」

「そうだ」ジャスティンはきっぱり言った。

その場が静まりかえった。アラベラはジャスティンの目を見た。「でも、いま名前が挙がっているのは四人だけ」弱々しい声だった。「もうひとりは誰なの、ジャスティン？　その賭けのためにあなたはファージンゲール家の舞踏会に来たの？　何が賭けられているのか見るために？　〝難攻不落のきみ〟を見るために？」アラベラは椅子のうしろに立つと、指の関節が白くなるほど、背もたれを握りしめた。声がどこまでも冷ややかになった。「もうひとりはあなたなの？」

ジャスティンの顎の筋肉が引き締まった。暗く激しく不穏なものがジャスティンの胸にこみあげてきた。そうだ……いや、ちがう。ちくしょう、もうひとつの賭けのことをアラベラに話せるわけがない――ギデオンとの不用意で愚かな賭けのことなど。あんなのは正真正銘のろくでなしがすることだ。ああ、話せるわけがない！　まさか、こんなふうにアラベラに惹かれることになるとは、夢にも思わなかった。これほど皮肉なことがあるか？　自分が悪人でもあり善人でもあるとは……ジャスティンはそう考えてがっかりした。自分勝手だとは百も承知だが、どうしようもない。これ以上アラベラに嫌われるわけにはいかなかった。

アラベラの言うとおりだ。この胸のなかには良心というものがないらしい。この期に及んでも、自分を守ろうとしているのだから。

「いや」気づくとそう言っていた。「もうひとりはウィリアム・ハーダウェイだ」

「ハーダウェイ。そういうことだったのね。この一週間で、彼は二度も訪ねてきたわ」

アラベラが顎を上げるのが見えた。そうして、背を向けるのが。

ジャスティンは訝しげな目をした。「アラベラ?」

「何?」声はいつもどおりだった。ずいぶん元気になったようだ。ついさっき、マックエルロイに襲われたにしては。

「何か言おうとしたんじゃないのかい?」

「わたしが何を言うと思ったの?」

アラベラが振りむいて、ジャスティンを見た。体のまえで両手を合わせたその仕草に気持ちが表われていた。それでも、話しだすと、落ち着きはらっていた。「わたしの貞節を守ってくれたあなたにはお礼を言わなくてはならないわ。とにかく、それはどれほどのお金にも換えられないもの。まさかあなたが守ってくれるなんて……。そうでしょ? わたしたちがお互いに対して抱いている感情を考えれば。もしかしたら、すべてはあなたにとっておもしろくてたまらないことなのかもしれないけれど」

ジャスティンは苛立たしげに、息を吸った。そこまで卑劣な男だと、アラベラは本気で思っているのか?「ぼくはただ、きみに用心するように言っただけだ。きみを嘲笑《あざわら》うつもりなんてこれっぽっちもなかった」

「もちろん、そうでしょうとも」よそよそしい口調でそう言うと、アラベラはサイド・テーブルへ歩みより、立ち止まって、ジャスティンを見た。テーブルの上の銀の盆にはデカンタとグラスがふたつ置かれていた。

「いただいてもいいかしら?」

黒い眉の片方が高く上がった。「もちろんだ」

アラベラの手が二個のグラスの上をさまよった。「あなたも?」

ジャスティンは断わった。「残念ながら、ウイスキーは飲まない。少々きつすぎるからね。ぼくの好みはブランデーだ」

さりげなく忠告すれば、アラベラが耳を傾けるだろうとジャスティンは考えていたけれど、見当ちがいだった。アラベラはグラスの上で、デカンタの首を傾けた。そうして、その中身をたっぷりとグラスに注ぐと、一杯のお茶を楽しむかのように上品にグラスを口元に持っていった。

グラスが傾き、中身がひと息に飲み干された。アラベラは手の甲を口に押しあてた。目は潤んでいたものの、意外にもむせもしなければ、吐きだしも、喉を詰まらせもしなかった。アラベラが口にしたのは、まちがいなく最高級のウイスキーだった。セバスチャンのお眼鏡にかなうのは逸品だけなのだから。

アラベラはグラスにおかわりを注いだ。ジャスティンの眉がさらに高く持ちあがった。

「これはまた」つぶやくように言った。「ミス司祭に悪癖があるとは」

アラベラは火がついたように目を光らせて、ジャスティンを鋭く見た。「馬鹿にしないでちょうだい、ジャスティン・スターリング！」

ジャスティンは降参の合図に両手を上げてみせた。「きみの楽しみを邪魔しようとは夢にも思っていないよ」

アラベラは窓辺に置かれた椅子へ歩みよって、外の闇を見つめた。ジャスティンは黙って立ち尽くしたまま、その姿を見ていた。いつものアラベラとはちがうおかしな雰囲気だった。ジャスティン自身もおかしな気分だった。何かが嚙みあわなかった。アラベラは傷ついているのだ。そして、その傷を癒してやれるのは自分ではない。そう思うと、身がよじれるほど苦しかった。ますます気分が暗くなった。偉そうに忠告するなんて、自分を何様だと思っているんだ？　それに、アラベラは忠告なんて望んでいない。まして、毛嫌いしている男からの忠告など。けれど、アラベラをひとり残して部屋を出るわけにもいかなかった。

「ジャスティン？」

「なんだい？」

アラベラはクリスタルのグラスを掲げた。「おかわりをいただける？」

ジャスティンはデカンタをちらりと見た。嘘だろう？　中身が半分まで減っている。セバスチャンになんと言われるか……。

「もう充分だろう、アラベラ」

「わかったわ」アラベラはつっけんどんに言った。「だったら、自分で注ぎます」

ジャスティンは腰に手をあてて、アラベラを見つめた。彼女の足取りはおぼつかなかった。

ジャスティンはサイド・テーブルのまえに立った。アラベラが避けて通ろうとすると、彼女のグラスに手を伸ばした。それでわかったのは、グラスを手放す気などアラベラにはさらさらないということだけだった。それでも、どうにか手からグラスをもぎ取った。

「もっと飲みたいの」アラベラはすねたように唇を突きだした。

「だめだ」

アラベラは親の敵のようにジャスティンを睨みつけた。「どうして?」

「淑女は酒など飲まない」とジャスティンはそっけなく言った。

「あなたは飲むんでしょ?」咎めるような口調だった。「酔っ払って、バーリントン家のパーティーに現われたくせに」

「ぼくは男だ」

アラベラは鼻を鳴らした。「だから?」

「男はちがう」

「どうして、男にできることが女にはできないの?」アラベラは食ってかかった。「男と女でルールがまるでちがうなんてどう考えても不公平よ。ジュリアンナとわたしは一緒に客間へ向かいながら、まさにそのことで意見が一致したんだから」

ジュリアンナ。ジャスティンは唸りそうになった。見た目はあれほど女らしいのに、ジュリアンナはときに歯に衣着せぬことを言い、手がつけられないほど頑固になる。

アラベラはジャスティンを見ながらまばたきした。目の焦点を合わせようとした。そうして、ふいに片手を上げた。「あなた、口がへの字になってるわ」そう言って、甲高い声で笑った。「ええ、そうよ、あなたはイングランド一の美男子なんかじゃない、そうでしょ、ジャスティン？」

アラベラに顔を触れられて、ジャスティンは身を固くした。すぐにでもその手を振りはらいたいという衝動に駆られた。いままで人に顔を触らせたことはなかった。そう、一度だって……。それでも、どうにかその衝動をこらえた。

「スイートハート、そこは口じゃない。鼻だよ」

アラベラは手を離すと、思いきり顔をしかめてみせた。「スイートハートですって？なぜそんなふうに呼ぶの？　たしか、まえにもそう呼んだわ。あなたにとって恋人はみんなスイートハートなの？　といっても、ジャスティン・スターリング、わたしは大勢いるあなたの恋人のひとりなんかじゃない」

そのとおりだ、とジャスティンは思った。ああ、そうだ、そんなことがあってたまるか。

アラベラの体が大きく揺れていた。ジャスティンはアラベラの腰に腕をまわした。

「ほっといて」アラベラが大きな声で抵抗した。「わたしはひとりじゃ何もできないお嬢さまとはちがうのよ。一度だって気を失ったことなんてないわ。正直なところ、すぐに気絶するご婦人を心から軽蔑してる」

たしかに、アラベラは気を失ってはいなかった。千鳥足なだけだ。アラベラが――司祭の娘が酔っ払っていた。そのせいでずいぶん喧嘩腰だった。ジャスティンは口元に冷ややかな笑みを浮かべた。生まれて初めてセバスチャンに感謝したくなった。何年ものあいだ文句も言わずに、酔っ払った自分を幾度となく介抱してくれたセバスチャンに。

アラベラの視線がジャスティンの背後の扉に注がれた。「ほかの人はどこにいるの？」

「音楽室だ」パーティーは相変わらず大いに盛りあがっていた。誰かがピアノを弾いていた。少なくともあと数時間は続きそうな勢いだった。「残念だが、アラベラ、きみはパーティーに参加できるような状態じゃない」

驚いたことに、アラベラはその意見を素直に受けいれた。「ええ、そうなんでしょうね」視線がジャスティンの顔に注がれた。「酔っ払うってこんな気分なの？」

「そうだよ、スイートハート」ジャスティンは穏やかに言った。「それに、きみはもう自分の部屋に戻ったほうがいい。部屋は四階だったね？」

アラベラはうなずいた。「あなたの妹さんの向かいの部屋よ」そろそろろれつが怪しくなっていた。

「となると、音楽室のまえを通らなくちゃならない。静かに通るんだぞ、いいね？」

アラベラの顔が曇った。ふいに気分が変わったのが、ジャスティンにもわかった。アラベラが戸惑っていることが。

細いウエストに腕をまわして、ジャスティンはアラベラを連れて廊下に出た。アラベラが身を寄せてきた。足元がおぼつかなかった。この分じゃ、階段を上れるかどうか……つまずいて、足首をくじいてしまうかもしれない。ジャスティンはアラベラの膝のうしろにすばやく腕を差しいれると、さっと抱えあげた。

アラベラが息を呑んで、しがみついてきた。「下ろして。わたしを抱いたまま階段の上まで行くなんてできっこないわ」

「見くびってもらっちゃ困る」ジャスティンの首にまわしたアラベラの腕に力が入った。

「とはいえ、きみに首を絞められるかもしれないと覚悟しておく必要がありそうだ」

「いやだ、わたしったら」アラベラはつぶやくように言うと、首にまわした腕を少し緩めた。

ジャスティンはアラベラを抱いたまま、楽々と階段を上った。そうして、部屋の扉のまえで立ち止まると、ノブに手を伸ばした。

「ジャスティン、待って」

「どうした?」

アラベラはジャスティンの首を見つめて、小声で言った。「メイドが……アニーが、部屋のなかでわたしを待っているわ。だから、えっと……こんな姿をアニーに見られるのはいや」

「なんとかするよ」

扉を開けると、アラベラのメイドが部屋の隅に置かれた椅子から立ちあがった。「お嬢さまは気分がすぐれないそうだ」ジャスティンはよどみなく言った。「だが、おまえはさがってよろしい。まもなく、介護の者が来ることになっているからね」

メイドは膝を折ってお辞儀をすると、部屋を出ていった。

壁に据えつけられた燭台《しょくだい》の上でキャンドルの炎が揺れていた。ジャスティンは部屋を横切って、ベッドまで行くと、アラベラを下ろした。アラベラは背後のベッドを片手で探りながら、そこに坐った。

顔には見るからに戸惑った表情が浮かんでいた。ジャスティンは隣に腰を下ろした。「どうした?」すぐに尋ねた。「どうかしたのか?」

アラベラは顔を上げて、ジャスティンを見た。アラベラの顔は蒼白だった。「誰にも言わないで、ジャスティン。マックエルロイがしたことを人に話さないで。身の毛もよだつ賭けのことも……」そう言って、身震いした。「みんなの笑いものになるわ」

「アラベラ」ジャスティンは困惑して言った。「きみの気持ちはよくわかるよ」

「わかるわけないわ！」アラベラは吐き捨てるように言った。「どうしてあなたにわかるの？　人に笑われたことなんてないくせに。あなたは……何もかも完璧だもの！」

アラベラは両手で顔を押さえた。肩に力が入ったかと思うと、泣きだした。

ジャスティンは驚いて、両腕でアラベラを抱きかかえた。「アラベラ、何を馬鹿なことを言ってるんだ？　きみは社交界の花じゃないか。誰もきみのことを笑ったり――」

「みんな笑ってるわ！」アラベラは叫んだ。「いつだってそう。これからもそう。わたしのことを話しているのを聞いたことがあるもの。ひそひそ声で話しているのを。子どものころからいつもそうだった。もういや、こんな……隠しようもない赤い髪。もういや、たいていの男の人より背が高いなんて。いつだってそうだった、いつだって。そうよ、いままで気がつかないふりをしていただけ。気にしていないふりをしていたのよ。人から……化け物を見るような目で見られても。そして、いまは？　みんながわたしのことを噂して、おぞましいあだ名で呼んでいる……〝難攻不落のきみ〟だなんて」胸が張り裂けそうなほど悲しげなアラベラの泣き声が、ジャスティンの心に剣の切っ先のように突き刺さった。

「子どものころからずっと、ほかの女の子と同じになりたかった……ほかの女の子と同じような姿に。鏡を見るたびにがっかりするのよ、それがどんなことかあなたにわかる？　鏡に映る自分の姿がいやでたまらないのに、それは絶対に、一生、変わらない、それがどんなことかあなたにわかる？」

ジャスティンの喉が詰まった。ああ、そうだ、同じことをおれだって感じていた。理由はちがうが、自分が嫌いだった……。

ジャスティンの腕に力が入った。アラベラの泣き声に胸が痛んだ。

アラベラがあふれる感情をそのまま口にしているのは、ウイスキーのせいだ――それはジャスティンにもわかっていた。さらには、マックエルロイに襲われたショックと、男たちが賭けをしたのを知ったせいだ。ちくしょう、原因はその三つだ。

アラベラの震える体を抱きしめた。アラベラの痛みを、苦しみをひしひしと感じた。こんな状態でなければ、アラベラがほんとうの姿をさらすはずがなかった。揺るぎない誇りがそんなことを許すわけがなかった。夢にも思わなかったようなアラベラの一面を、たったいまジャスティンは垣間見ていた。アラベラの胸の奥深くに秘められていた繊細なものを。

胸が痛んだ。いままでに経験したことのない痛みだった。「聞いてくれ、アラベラ。きみはほんとうに美しいんだよ。たしかに、ほかの人とはちがう。でも、なぜ気づかないんだ？　それがきみの魅力なんだよ。だからこそ、きみが部屋を歩くと、そこにいる男たちはみんなきみに釘づけになるんだ。美しい異国の花、それがきみなんだよ」

アラベラはジャスティンの首の付け根の窪みに頭をもたせかけた。「心にもないことを言わないで」

アラベラの強情さに、ジャスティンは微笑みたくなった。この期に及んでも反論をやめないとは。けれど、それもまた魅力のひとつだった。いずれにしても、少なくともアラベラは泣きやんだ。

ジャスティンは片方の口角を上げて、アラベラの眉にすばやくキスをした。「スイートハート、安心していい、ぼくは淑女に対して心にもないことを言うような男じゃないからね」

「お願い」とアラベラは不満げに言った。「そんなふうに呼ぶのはやめて、スイートハートだなんて――」そう言いかけて、手で口を押さえた。「気持ちが悪い」体がぐらりと揺れて、ジャスティンの腕をすり抜けて、ベッドの傍らの床に膝をついた。

ジャスティンはすぐにアラベラの隣にしゃがみこんだ。

そのときにはもう、アラベラは床の上に倒れていた。「何か悪い病気にかかったんだわ」苦しげな目でジャスティンを見た。

「そうじゃない」とジャスティンはきっぱり言った。「ゆっくり深く息を吸って、そんなことは考えないようにするんだ。言わないようにするんだ。そう、その調子だよ、スイートハート。そのまま続けて。ああ、そうだ……」しばらくすると、ジャスティンは一本の指でアラベラの頬をたどった。「さあ、気分はどうだい？」囁くように言った。「起きあがれるかい？」

アラベラは不安げに目を見開いた。まだ少し青ざめた顔のまま、激しく首を振った。

ジャスティンはその場に坐って、ベッドに寄りかかると、アラベラの頭を自分の膝の上に載せた。

アラベラは顔をしかめた。「頭が痛い」苦しげな声だった。

「この邪魔なピンのせいだ」ジャスティンはアラベラの髪からピンを次々に抜いては、傍らの床に落としていった。ピンの山ができた。最後の一本を抜くと、豊かな髪を手で梳《す》いて、束ねて丸めてある滑らかな髪をほぐしていった。そんな単調な作業をしていると心が安らいだ。

「これでもう痛くないだろ？」とジャスティンは囁いた。

「ええ。ありがとう」アラベラは全身の力を抜いて、ジャスティンに体を預けていた。唇さえうまく動かなかった。

ジャスティンは下を見た。下腹部に力が入った。アラベラの信じられないほど長く、やわらかな髪が、自分の脚の上から床へと広がっていた。光り輝く深紅の滝のようだった。意志にも、希望にも反して、股間にあるものが硬く大きくなるのを感じた。とたんに、欲望が容赦なく、その場所に一本の矢を放った。まるで、その部分が意思を持っているかのようだった。アラベラが頭を動かすと、思わず息を止めた。アラベラが眉をしかめながら、硬くなったものの先端に頰を載せた。やめてくれ！　アラベラの口がこれほど近くにあるなんて……。アラベラがため息をついた。ズボンをとおして、温かい息を感じるようだ……。ジャスティンはぎこちなく息を吸った。硬くなったものがどくどくと脈打つのがわかった……心臓の鼓動に合わせて脈打つのが。くそっ。まさかこんなことになるとは。自分の意志ではもうどうにもならなかった。

「アラベラ。ベッドに寝たほうがいい」考えもせずに、そう言っていた。うめき声を漏らしそうになるのをどうにかこらえた。

「いやよ、ジャスティン、ベッドには行きたくない。もう動けない」

「それでも、そうしなくちゃならないんだよ、アラベラ。ぼくはこのまま朝までこうしてこの部屋にいるわけにはいかない、わかるだろう？　さあ、手を貸すよ」

「ああ、ぐるぐるまわってるわ」

「よくわかるよ、お嬢さん。そういう経験は数えきれないほどしているからね、きみも知ってるだろう？」

「ええ、そうでしょうね。これはすぐに治るのよね」

「もちろんだ」ジャスティンは嘘をついた。といっても、この会話をアラベラが憶えているとは思えなかった。

濡れ布巾のようにだらりとしているアラベラを、ジャスティンはどうにか立たせた。てきぱきとドレスの背中のボタンをはずして、コルセットの紐《ひも》を解いた。そのふたつがアラベラの足元に落ちた。目のまえに、シュミーズ姿のアラベラが立っていた。

「ネグリジェを着なくちゃ」とアラベラが苛々しながら言った。

「いや、お嬢さん、その必要はない。ひと晩ぐらい、その格好で寝たってどうってことはない」ジャスティンは意志の力を駆使していた……少なくとも、そうしていると自分に言い聞かせていた。

　アラベラを抱きかかえるようにして、自分のほうに向かせた。アラベラが着ているシュミーズはなんの役にも立たなかった。裸でいるも同然だった。背後で燃えるキャンドルの炎のせいで、豊満で官能的な体の線がくっきりと見えていた。胸はメロンのように丸く、ふっくらして、かぶりつきたいほどだ。色濃く、ぽってりとした丸い乳首が、薄い絹を押しあげていた。すぐにでも目障りな下着を剝ぎとって、一糸纏《まと》わぬ姿にしたかった。その乳首に思うぞんぶん舌を絡ませたかった。温かい蜜の味がするはずだ。気持ちを抑えきれずに、ジャスティンはアラベラの全身にすばやく目を走らせた。脚の付け根のほの暗い三角の茂みも、髪と同じように赤く縮れているのだろう……そんなことをぼんやり考えながら。

「来るんだ」ジャスティンはそっけない口調で言った。「ベッドに入るんだ」アラベラを抱きあげて、マットレスの上に載せた。上靴とストッキングをすばやく脱がせて、体に上掛けをかけた。

アラベラはすぐさまウエストまで上掛けを下げて、文句を言った。「暑いわ。それに、ネグリジェを着ないでベッドに入るなんておかしな気分」

「すぐに慣れるさ。ひと晩だけのことだ」

「いやよ」アラベラは唇を尖《とが》らせた。「パジャマを着ないでベッドに入っても、あなたはへんな気がしないの?」

「そんなものは普段から着ていないからね」

「だったら、何を着て寝るの?」

「何も」

アラベラは目を丸くして、息を呑んだ。「なんですって?」か細い声で尋ねた。「寝るとき、あなたは……裸なの?」罰当たりなことばでも口にするような口調だった。

「ああ、そうだよ」とジャスティンはそっけなく言った。「いつも裸で寝てる」

「いやだ。そんなのおかしいわ、ジャスティン」

非難するアラベラを見て、ジャスティンは笑いだしそうになった。けれど、なぜか笑えなかった。

笑わずに、苦しげにひとつ息を吸った。これまで女に手を出さずに寝かしつけたことなど一度もなかった。とはいえ、いまはこんなことをしているけれど。このことを社交界の伊達男たちに知られたら、さぞかしやじられるだろう。

股間でじりじりと燃えている欲望と戦いつづけるには、意志の力を総動員しなければならなかった。生まれてこのかた、胸が痛くなるほど女を意識したのはこれが初めてだ。目のまえにいる女――自分には決して手に入らない女！――を求めるように、いままで女を求めたことはなかった。アラベラにはそれだけの魅力があるということか？　アラベラが自分に椙突く唯一の女だから、そのせいなのか？

「ジャスティン？」

「なんだい、スイートハート？」

「マックエルロイとのことは人には話さないと言ってくれたわよね？」

「もちろん、話さないよ」

「でも、約束はしていないわ」

ジャスティンはため息をついた。アラベラのことばは不明瞭だったが、そこがまたどうしようもなく魅力的だった。「約束するよ」とジャスティンはまじめに言った。

「それに、ウォルターのことも。ウォルターから求婚されたことを誰にも言わないって、あなたは約束していないわ」

「だったら、いま約束しよう。ウォルターのことも誰にも言わない」

アラベラは細い眉をしかめた。「どうしたらあなたのことばを信用できるの？」訝しげに言った。「信用なんてできないかもしれない、そうでしょ？　悪人を信用する人なんていないわ」

「たしかにそのとおりだ。きみはぼくを信用できないかもしれない。でも、誓うよ、ぼくはきみの秘密を守る」

アラベラもようやく満足したようで、枕にゆったりともたれた。ジャスティンはアラベラの手を取って、その指先を何気なくもてあそんだ。まもなく、アラベラは目を閉じたが、すぐにその目をぱっと開いた。

「あなたはわたしになぜなのかって訊いたわね」唐突に言った。

「なぜなのか？　なんの話だい？」

「仮面パーティーの夜のことよ。どうして、あなたのことを嫌っているのかって尋ねたでしょ」

ジャスティンの体の芯が凍りついた。「どうして、ぼくのことが嫌いなんだい？」声に出してそう言うのは苦しかった。

「エマリーン・ウィンズローよ」

「エマリーン・ウィンズロー？」ジャスティンは訳がわからなかった。エマリーン・ウィンズローとは誰だ？

アラベラがうなずいた。「キャリントン公爵未亡人の別荘で、あの日……わたしがあなたの椅子の下にもぐりこんで、足を針で刺したあの日よ。そのまえに、わたしは……家のなかで、あなたたちが話しているのを聞いてしまったの。あなたはエマリーンに言ったわ。きみ程度の美人ならいくらだっているって。それに、こんなことまで言ったわ、きみは無数の真珠のひと粒で、ぼくはそのすべてを試してみたいんだって。そうして、彼女を泣かせたのよ、ジャスティン。あんな冷酷なことをするなんて信じられない。おまけに、あなたはさっさと立ち去った……泣いている彼女をひとり残して」

なるほど、そういうことだったのか。そう思うと同時に、ジャスティンは体が痺れて、身じろぎもできなくなった。一瞬にして、そのときのことが頭によみがえってきて、疑問がすべて解けた。

「でも、いまは嫌いじゃないわ」アラベラは本心を口にした。その目はジャスティンの顔にまっすぐ向けられていた。「それでもかまわない？」

「かまわないよ」ジャスティンはかすれた声で答えた。それだけ言うのがやっとだった。

「よかった。わたしが眠るまでそばにいてくれる？」

ジャスティンはうなずくと、見つめた。アラベラが五本の指を自分の指としっかり組みあわせて、目を閉じて、その手をおなかの上に載せるのを。

ジャスティンは目が乾くまで、月が空高く昇るまで見つめていた。その間ずっと、百ものさまざまな感情が胸のなかでぶつかりあっていた。

ふたりのあいだの何かが変わった。すべてが変わった。それがなんなのかはわからなかった。そして、わからないことに、まるでわからずにいることに苛立った。

けれど、もうもとには戻れなかった。

それが恐ろしかった。いままでどんなものも、どんな人も恐れたことのないジャスティンが、初めて恐れというものを知ったのだった。

11

翌日、アラベラは朝寝坊して目を醒ました。カーテンの隙間から陽光が射していた。光を避けようと、唸りながら寝返りを打って横向きになった。瞼《まぶた》を閉じていても、陽の光の刺すような熱さを感じた。口のなかに木綿の布が詰まっているかのようだ。喉がサハラ砂漠の砂のようにからからだった。頭のなかが鍛冶屋が住んでいるようにがんがんした。顔に枕をかぶせて、もう一度寝てしまいたかった。けれど、何かがそれを許してくれなかった。

記憶の断片が脳裏をよぎった。マックエルロイ。書斎に入ってきたジャスティン。それ以外ははっきりしない。ふと思いだした。窓辺に坐って、クリスタルの美しいカットグラスを手に……。

ああ、そうだ、だからこんなに気分が悪いのだ。あんなに強いお酒は二度と口にしない――アラベラは誓った。いいえ、どんなお酒も二度と口にしない。

そのとき、扉をノックする音が響いた。

「どうぞ」声は低くかすれていた。

明るくはつらつとしたグレース伯母が部屋に入ってきた。「おはよう、アラベラ」歌うように声をかけた。「朝食にホットチョコレートとペストリーを持ってきたわ」そう言うと、ベッドサイドのテーブルに盆を置いて、ベッドに腰を下ろした。「気分はいかが？」

アラベラは寝返りを打って、どうにか起きあがると、弱々しい笑みを浮かべた。「元気よ」と小さな声で言った。

「ちっとも元気そうには見えないわ。ひどい顔よ」伯母はアラベラに繊細な陶器のカップを手渡した。「かわいそうに、こんなに具合が悪いなんて。きっと、食べたものが合わなかったのね」

どうしよう、もし伯母にほんとうのことを知られたら……。

「でもね、具合が悪くなったのはあなただけではないのよ。パトリック・マックエルロイもきゅうに帰ることになったの。きっと、あなたと同じ病気のせいね」

マックエルロイ！　その男のことを考えただけで怒りがまたふつふつと湧いてきて、つい声が大きくなった。「パーティーの余興に参加できなかったのは残念だったわ」

グレース伯母はアラベラの手を撫でた。「とにかく、いまのあなたにとって大切なのは、早くよくなることよ。ゆっくりお休みなさい。そうすればきっと、今夜の晩餐に出席できるぐらいには回復するでしょうから」

アラベラは伯母に感謝しながら微笑んだ。「ありがとう、伯母さま。わたしに代わって、侯爵さまと奥さまにお詫びしておいてちょうだい。おふたりの計画をわたしが台無しにしたなんてことがなければいいのだけれど」

「大丈夫よ、アラベラ。たったいま、デヴォンと話してきたけれど、あなたを気遣っていらしたわ」

「なんてご親切なんでしょう」アラベラは小さな声で言った。「伯母さま、部屋を出るまえにカーテンを閉めてくださる？　陽の光が眩しすぎるから」

「ええ、もちろんですとも」窓に歩みよると、グレース伯母はカーテンを閉めながら振りかえった。「ゆうべはひどい雨だったわね。雨音に気づいたでしょう？」

「いいえ、ぜんぜん」信じられない、雨などほんとうに降ったのだろうか？

「あら、そうなの？　とにかく、外をごらんなさい」伯母は鳥がさえずるような声で言った。「いまはずいぶん気温も上がって、空も晴れ渡っているわ」伯母はベッドサイドで立ち止まると、アラベラの眉にそっとキスした。「早くよくなってちょうだいね、アラベラ」そう言うと、ふいに顔を曇らせた。「アニーはネグリジェを着せなかったの？」

アラベラは自分の体を見たとたんに、凍りついた。いまのいままで、シュミーズしか着ていないことに気づいていなかった。もうひとつの忌まわしい記憶がよみがえってきた。滑るように背中に触れる男性のほっそりとした手……ジャスティンの手。ジャスティンが手馴れた様子でドレスを脱がせてくれたのを思いだした。考えてみれば、不思議はない――ジャスティンはいままでに数えきれないほどの女性のドレスを脱がせてきたのだから。

グレース伯母が返事を待っていた。「えっと、いえ、ちがうのよ、伯母さま。ただ……わたしがネグリジェを着る気になれなかっただけで」アラベラは顔をしかめた。なんとも苦しい言い訳だった。

けれど、グレース伯母はうなずいただけで、部屋を出ていった。ひとりになると、アラベラはもう一度ベッドにもぐりこんだ。恥ずかしくてたまらなかった。今度はほんとうに顔を枕で隠した。笑えばいいのか、泣けばいいのかわからなかった。ジャスティンがベッドに入れてくれたのだ。ジャスティンが……。このさき、彼と顔を合わせるのを恐れずにすむ日など来るのだろうか?

そんな日は決してやってこない。

とはいえ、一日じゅうベッドに寝ているわけにはいかなかった。グレース伯母が承知してくれたとしても、客として人のお屋敷に招かれているのだから、寝室にこもっているなんて失礼だ。けれど、意外なことに、いつのまにかまたまどろんでいた。

次に目を醒ましたときには、昼を過ぎていた。慎重に枕から頭を上げた。ほっとした──鍛冶屋が鉄槌《てっつい》を振るっているような頭痛はもうしなかった。伯母が持ってきてくれたペストリーを食べると、さらに気分がよくなった。すばやく顔を洗い、髪を梳《と》かして、青い小枝模様の木綿のドレスを身に着けた。

家のなかに人気はなかった。通りがかったメイドに訊くと、ほとんどの人が乗馬に出かけているとのことだった。さらに、お茶は薔薇園のそばの庭に用意されると聞かされた。

ちょっと散策してみることにした。また階段を上がらなければならないと思うと気が重かったけれど、ボンネットと手袋なしで外に出ているのをグレース伯母に見つかったら、くどくどと小言を言われることになる。もう一度階段を上って部屋に戻り、旅行鞄からボンネットを取りだした。けれど、手袋は持たずに外へ向かった。

グレース伯母の言うとおりだった。すばらしいお天気だった。この数日間でいちばん暖かかった。サーストン邸を取り巻く大地はさらにすばらしかった。アラベラは気の向くまま、足の向くままに散策した。ひとつの丘を上り、またべつの丘を下った。陽射しが強く、暑いほどだった。丘をゆっくり下っていくと、林のなかを勢いよく流れる細い小川にぶつかった。下流に目をやると、小川はやがて曲がって見えなくなっていた。

梢《こずえ》の頂《いただき》から陽光が降りそそいでいた。まるで無数の金色のクモの糸のようだ。アラベラは足を止めた。額に吹きでた小さな汗の粒を手の甲で拭った。唇を嚙んで、周囲をすばやく見まわした。屋敷からはずいぶん離れていた。あたりには人っ子ひとりいなかった。誘惑に負けそうだった――衝動が抑えられなかった。じっくり考えもせずに、ボンネットを脱いで草の上に落とした。上靴、ストッキング、ガーターリングがそれに続いた。身を屈めて、ドレスの裾をつかんでボディスにたくしこむ。膝の上まで脚があらわになった。

躊躇《ちゅうちょ》せずに小川に入った。水は冷たかったけれど、それがまた心地よかった。立ち止まって、ふくらはぎの中ほどにぶつかる水をうっとりと見つめた。なんてことをしているのかしら、わたしは上流階級の由緒正しいお嬢さまのはずなのに。こんな格好で小川に入るなんて、はしたないにもほどがある……。

そう思ったとたんに、またべつの考えが頭に浮かんで、いたずらっ子のような笑みが唇をかすめた。両親と一緒にアフリカで過ごしたある夏の出来事がよみがえった。たしか、あれは十五歳ぐらいのときで、あの夏は堪えられないほど暑かった。そこで、ある夜、小屋を抜けだして、川のほとりへ行った。そうして、誰も見ていないのをいいことに、誰も気にしていないのをいいことに、服を脱ぎ捨てて……。

裸で泳いだ。

世間の人になんと思われるだろう、わたしが、司祭の娘であるアラベラ・テンプルトンが全裸で、水を撥《は》ねあげて思うぞんぶん泳いだと知られたら……ましてや、一度きりでなく、その後も何度もそんなことをしたと知られたら。グレース伯母さまが知ったら、頭から湯気を立てて怒るだろう。ええ、そうよ、いまわたしがこうして脚をあらわにしているのを見ただけでも、怒るに決まっている。アラベラは頭をのけぞらせて笑った。愉快でたまらず、大きな声で笑わずにはいられなかった。

そのとき——まさにそのとき、はっとした。

そばに誰かがいる。

ジャスティンだ、決まっている。まちがいない——頭のなかでそう言う声がこだました。ジャスティン以外の人であるわけがない。ああ、できることなら気づかないふりをしていたい。どうしよう、ボンネットと靴とストッキングを脱ぎ捨てたまさにその場所にジャスティンが立っていた。心臓が飛びはねた。ジャスティンは軽装だった。ゆったりとした白いシャツに、ぴったりとしたなめし革の半ズボン。足元はブーツ。激しく脈打つ心臓を、アラベラはどうにかしてなだめなければならなかった。

あろうことか、ジャスティンが笑みを浮かべながら、視線をアラベラの顔から細くすらりとした脚へゆっくりと移した。同時に、アラベラの頭にいくつもの考えが押しよせた。すぐにスカートを下ろしなさいと品性が命じていた。けれど、それではスカートがびしょ濡れになってしまう。そんな状態で屋敷に戻ったら——まさか暗くなるまで待って、こっそり帰るわけにもいかない——濡れたドレスをいったいどう説明するのか……。ジャスティンにはわかっているのだ。ええ、そう、抜け目ない彼のことだもの、わたしが困っているのを知っているはず。口元に漂う癪に障る笑みがそれを物語っていた。そのとき、ジャスティンが首を振った。「アラベラ、きみの考えていることが手に取るようにわかるよ」

「あら、そうなの?」アラベラは挑むように言った。「わたしは何を考えているのかしら?」

「逃げだしたほうがいいのかどうか考えてる。あるいは、スカートを下ろして、脚を隠そうかと」

「残念ながら、サー、どっちもはずれよ」

ジャスティンの癪に障る笑みがさらに輝いた。「いや、あたりだよ」

アラベラは頭にかっと血が上って、頬が焼けるように熱くなった。「どうやらあなたは、最高に迷惑なときに、わたしのまえに現われるのがご趣味なようね」

アラベラの取り澄ました口調に、ジャスティンは大声で笑いたくなった。ああ、アラベラはなんてかわいいんだ。

「おかしなものだな、きみがそんなふうに思っているとは」あっさりと言ってのけた。

「ぼくとしては、自分がきみにとって救いの神なんじゃないかと思いはじめたところなのに。きみが助けを必要としていると、かならずぼくが現われる、ちがうかい？」

「救いの神ですって？」アラベラは心底ぎょっとした。

ジャスティンは片方の眉をぴくっと動かした。「ぼくの勘違いだったかな？」

「そのとおりよ！　わたしを困らせることを人生の最大の目的にしているくせに」

「これはまた、なんの根拠があってそんなことを言う？」そう言って、視線をアラベラの体に沿ってゆっくりと動かした。

アラベラは口をへの字に曲げた。「そんなふうに見ないで！」

「そんなふうにというのは？」アラベラは訴えるように、困ったようにジャスティンを見つめた。ジャスティンはぼんやりと思った――アラベラの言うとおりかもしれない。たしかにアラベラを困らせている。それでも……なぜだか、もう少しからかってみたくなる。

「愛しのアラベラ、永遠にそこにいるわけにはいかないだろう。それでもきみがそうしていたいというなら、言わせてもらおう――ぼくとしては、この世でいちばんの眼福《がんぷく》となる眺めをこのままずっと見ていてもいっこうにかまわない」

「よくもそんなことを！」アラベラの頬が髪の色と同じぐらい真っ赤になった。

ジャスティンはアラベラがかわいそうになった。「さあ、もういいだろう。死んでしまうまえに、出ておいで」

　そのとおりだとアラベラは思った。永遠にこのままでいるわけにはいかない。早くも足が痺れはじめていた。

「うしろを向いてちょうだい」

　驚いたことに、反論はなかった。ジャスティンはうしろを向いた。

　唇を噛みながら、アラベラは川のなかを歩いて、ジャスティンのいるほうへ向かった。けれど、足元の石は滑りやすかった。足元に気を遣いながら、慎重に川岸へ向かったので、ジャスティンが肩越しにうしろを見ていることには気づかなかった。鋭い緑色の目が、アラベラの動きを追っていた。もう少しでジャスティンのところまで行くというときに、アラベラの足が滑った。

「きゃ！」アラベラは悲鳴をあげた。

　長い腕がさっと伸びてきて、ウエストにまわされて、高く抱きかかえられた。気づいたときにはもう、足の裏が乾いた地面に触れていた。

　低い笑い声が耳をかすめた。「さあ、これで安全だ、もう大丈夫。美しいドレスをびしょ濡れにする心配はこれっぽっちもない。ぼくが紳士の端くれでもないことに、感謝したくなっただろ？」

　心臓がひとつ鼓動を刻むあいだ、アラベラはジャスティンのシャツをつかんだままでいた。ジャスティンのぬくもりを感じた。たくましさを。男らしい引き締まった体に秘められた力強さを感じると、体の芯が小刻みに揺れるような気がした。

それでも、すばやく自分を取り戻して、手を離した。「あなたはやっぱりろくでなしよ」熱のこもらない口調になった。「でも、ありがとう」

ジャスティンは男らしくお辞儀をした。「このぼくはいつだって、きみの慎み深く従順な僕《しもべ》だからね」

「ジャスティン・スターリング、慎み深いと言ったわね?」アラベラはにっこり笑った。「だったら、その証拠を見せてちょうだい」

またもや、ろくでなしが顔を出した。「それに、いまのきみの顔は、このシーズンでぼくが見た最高にすばらしい笑顔だな」臆面もなく言ってのけた。「いや、それよりもっとすばらしいのは、きみがぼくに向かって初めて微笑んだことだ」

アラベラはジャスティンを見て、鼻に皺を寄せた。そうして、上靴とストッキングの傍らの芝の上に腰を下ろした。脚がまだ濡れているのはなんとなくわかっていた。ストッキングを穿《は》くまえに、脚に風をあてて乾かすことにした。そして、そのときようやく気づいた……食事をするとき以外には、淑女は決して男性に手を見せてはいけないことに。それなのに、いまのわたしはジャスティンの目のまえで、手袋もはめず、さらには素足のままでいる……しかも、まるでそうするのがごく自然であるかのように。

隣にジャスティンが坐るのを見つめた。「いつから見ていたの？」と小さな声で尋ねた。

「きみがぼくに気づくよりずっとずっとまえからだよ。きみが考えていることがわかるなら、全財産を差しだしてもかまわないと思うぐらい長いあいだ。アラベラ、きみの顔に浮かぶ表情はたまらなく魅力的だった。きみを見ていると、無邪気な幼い子どもを思いだすよ」

アラベラは気持ちを隠しきれなかった。体がほてって、それが首から顔へと上っていくのがわかった。

「おや、顔が赤くなってるぞ」ジャスティンは目ざとく気づいて言った。「どうやら、何かぞっとするほどひねくれたことを考えているようだな」

「たしかに、あなたがぞっとするようなことかもしれないわ」とアラベラは即座にやり返した。

「ああ、きっとそうなんだろう」ジャスティンは片腕をうしろについて、背を反らせた。「ぼくたちはそっくりだ、きみとぼくは」

アラベラは息を吞んだ。「そんなわけないわ！」

ジャスティンは草を摘んで、それをもてあそびながら、輝く目でアラベラを見た。「そんなわけないだって？」悠然とした口調だった。

アラベラは口をぎゅっと結んだ。「ゆうべのことを言っているのね」そう言うと、そっぽを向いた。「でも、わかっているはずよ。わたしはいつもなら……お酒なんて飲まないわ」

「少しは気が楽になるかもしれないから言っておこう、きみはいつもと変わらず理屈っぽかったよ」

「そう、それはよかった」アラベラはそっけなく言った。「それに、わたしを馬鹿にしておもしろがるのはやめてちょうだい」

「そんなことをしようとは夢にも思っていないよ。とはいえ、きみにも奔放な一面があるわけだ。それがわかったよ。それを感じるよ。残念ながら、ぼくたちは……気が合いそうだ」

アラベラは歯を食いしばった。「馬鹿なことを言わないで」

「きみは腹を立ててる。でも、ぼくにはきみのことがわかるんだよ、お嬢さん。まわりに誰もいないと思って、きみは小川に入った。誰にも見られないと踏んで」ジャスティンの目がきらりと光った。「脱ぐのを靴とストッキングだけにしておいたのは、まあ、きみにとって幸運だったというわけだ。もしぼくが見たのが、泳いでいるきみの姿だったら……しかも全裸で……愛しのアラベラ、世間の人は司祭の娘のことをどう思うだろう……」

アラベラの口が開いて、閉じた。まるでジャスティンの手が伸びてきて、頭のなかにある考えをつかまれたかのようだった。ジャスティンの言うとおりなの？　ジャスティンが考えているように、わたしにも奔放なところがあるの？　子どものころの無鉄砲な行動が次々に頭に浮かんできて、アラベラは顔をしかめた。

「これは驚いた、どうやらぼくはいまだかつて誰にもできなかったことをしてしまったらしい。アラベラ、きみの口を封じるとは。でも、教えてくれないか？　それは、ぼくが言ったことが正しかったからなのかい？　それとも、まちがっていたからなのかい？」

「申し訳ないけれど、その質問に対する答えは控えさせていただくわ」アラベラはきっぱり言った。

「いずれにしても、少なくともぼくは正直に認めるよ。いまの自分がまさにぼくの真の姿だ。きみがぼくにつけた呼称すべてにあてはまる。女たらし。遊び人。ろくでなし」

「ふざけないで」

「いや、大まじめだよ」

アラベラはジャスティンを見つめた。「自分がどんな人間なのかわかっているなら、自分を変えることだってできるはずよ」

「ぼくが変われる？　きみも変われるのかな？　冗談だろ、アラベラ、それはとうてい無理だ」ジャスティンはふいに母がいかにふしだらだったかということを思いだした。いくつもの不貞を重ねていたことを。やるせなさに胸が締めつけられて、憂鬱な気分が襲ってきた。けれど、必死になってそれを押し戻した。

アラベラは頭を振った。「ジャスティン、そんなことないわ」

「なんとも情け深いことばだな！」ジャスティンは茶化した。「ご親切なことだ。きみはぼくを悔い改めさせようとしてるのかい？」

「どうかしら」アラベラは真剣に言った。「もしかしたら、そうかもしれない」

ジャスティンが迫るように身を寄せてきた。その目に邪悪な光が浮かんでいた。ふっと怒りをたぎらせて、ゆっくりと値踏みするようにアラベラを見た。「このぼくを改心させようというわけだ」

ジャスティンの声は低かった。物憂く、人を惑わす口調だった。アラベラの胃がぎゅっとねじれた。ジャスティンから目が離せなかった。微風がジャスティンの黒っぽい髪を乱した。美しいその顔に、アラベラはいままでに感じたことのない胸の高鳴りを覚えた——誰がなんと言おうとそんなものには惑わされないという自信があったのに。ジャスティンの顔の非の打ちどころのない造作を目でたどった。わずかに高すぎる鼻梁《びりょう》を。上唇より厚みがある下唇を。ひげで少し黒ずんだ顎を。

すぐそばにいるジャスティンと肩が触れあっていた。アラベラは思った——なぜ、目のまえにいるこの男の人のせいで胸の鼓動が速くなるのだろう？　ジャスティンのことはよくわかっているというのに、それでも、禁じられた欲望が体の隅々にまで広がっていく。ジャスティンがどんな人かわかっているというのに、これまでの不道徳な行ないを知り尽くしているというのに。

「ジャスティン」とアラベラは唐突に言った。「大勢の女の人とおつきあいしてきたんでしょう？」

そのことばにジャスティンは驚いたようだった。まじまじと見つめてきた。「いったいどこからそんな質問が出てきたんだ？」

アラベラは舌で唇を湿らせた。「ヴォクソール・ガーデンズでの仮面パーティーの夜、ふたりの女の人があなたのことを話しているのを聞いてしまったの。ひとりがこう言っていたわ、愛人としては——」なんてことだろう、全身に火がついたかのようだ。「とびきり優秀だって」

心臓が鼓動をひとつ刻むあいだ、ジャスティンがまっすぐに目を見つめてきた。ジャスティンはいまのことばをきちんと聞いていたの？　アラベラは落ち着かない気分になった。まさか自分がこれほど大胆なことを口にするとは信じられなかった。もしかしたら、ジャスティンの言うとおりかもしれない。もしかしたら、わたしも奔放で、おまけに、この体にも冷酷な血が流れているのかもしれない。

「なるほど」一瞬のまがあって、ジャスティンが言った。「そして、きみはそれが事実かどうか気になってるわけだ？」

「だって……もしあなたがほんとうに不道徳で、自堕落で、ふしだらだとしたら、なぜそんな人を大勢の女の人が相手にしたりするの？」ことばがふいに口をついて出ると、もう止められなかった。「わたしもこの目で何人もの女の人を見たのよ。みんなそろいもそろって口では同じことを言っているのに、あなたを見るときには、誰もが誘惑されたがっているみたいだった」

ジャスティンにできたのは、笑いださずにいることだけだった。取り澄ましてお高くとまったアラベラが、大胆にもそんな話題を切りだすとは夢にも思わなかった。アラベラのあとを追ってここへ来るときにも、まさかこんな話をすることになるとは予想もしていなかった。

それに、アラベラはまだ言いたいことがあるようだった。

「あなたはいままで不埒なことをしてきたの？」おずおずとした口調だった。

「そうだと言ったら？」

「そうだとしたら、尋ねるわ……不埒なことをして……楽しいのかと」

ジャスティンの眉がすばやく上がった。「なぜそんなことを尋ねる？ゆうべ、きみは言ったじゃないか、ぼくと戯れの恋をする気などないと」

「ええ、そのとおりよ。でも、わたしはただ……」アラベラはことばを濁した。「知りたかった？」

「ええ」アラベラは息を詰めて言った。「それに、こんなことを訊ける人なんてほかにいないもの」

「それは光栄だな」ジャスティンはさりげなく言った。「お褒めのことばと受けとっておくよ」

アラベラの細い二本の眉の真ん中に皺が寄った。「答える気はないの？」

「そのとおり」ジャスティンは立ちあがると、片手を差しだした。

アラベラはその手を取ると、ジャスティンの助けを借りて、立ちあがった。「どうして？」

傍らの木の幹にアラベラが寄りかかると、その体のすぐわきの粗い樹皮にジャスティンはわざとゆっくりと片手をついた。さらに、反対の手も。

アラベラがジャスティンの片方の腕を見て、次に反対の腕を見て、それからすぐに彼の目に視線を移した。その瞬間、ジャスティンにもわかった――二本の腕に捕らえられたとアラベラが気づいたのだと。

ジャスティンはわざとプレイボーイを気取って話した。「愛しのアラベラ」冷静に言った。「いまぼくは美しい女性とふたりきりでいる。ここなら誰にも見られない。きみ

は不埒な行ないについて話したがっていて、ぼくはむしろ不埒なことをしたがってい
る」話しながら、さらに身を寄せた。
アラベラは飛びあがりそうなほど驚いて、ジャスティンの腕をさっとくぐり抜けた。
ジャスティンが振りむいたときにはもう、靴とストッキングを拾いあげて、楯か何かの
ようにそのふたつを胸のまえで抱えていた。戸惑いと激しい怒りが混ざったアラベラの
表情を見て、ジャスティンは感情を爆発させそうになった。
眉を上げて言った。「どうした？　キスでもされると思ったのか？」
アラベラは鼻を鳴らした。「そんなことはさせないわ！」きっぱりした口調だったが、
あわてて木のうしろに隠れると、ストッキングと靴を身に着けた。
「ほんとうは腰を抜かしそうなほど驚いているんだろう？」とジャスティンが冷ややか
に言った。
「そんなことないわ」アラベラは鼻を鳴らした。
ジャスティンは笑みを浮かべた。「安心しろよ、アラベラ。ぼくがどんな不埒なこと
をしてきたにせよ、その相手が無垢なうら若き未婚のお嬢さまだったことはない」そう
言って、屋敷のほうを見た。「そろそろ戻ったほうがよさそうだ。もうすぐお茶の時間
だ」
ジャスティンが差しだした腕にアラベラは手をかけた。ボンネットは手にぶらさげた

ままだった。そうして、ふたりで屋敷に向かってゆっくり歩きだした。「数えきれないほどの浮名を流してきたわりには」とアラベラは言った。「あなたは驚くほど口が固いのね。男の人ってそういうことを自慢したがるものだと思っていたわ」

地面から飛びだした木の根をまたごうとするアラベラに、ジャスティンは手を貸した。「自慢するのはたいてい、男同士でいるときだ。だが、相手が――」

「ええ、わかってるわ」アラベラは目を丸くした。「相手が無垢なうら若き未婚のお嬢さまだったら、そんな話はしない、そう言いたいんでしょう？　でも、わたしは若くないわ。もうすぐ二十一歳だもの。だから、安心して、あなたがどんなことを言ったって驚いたりしないから」

ジャスティンは穏やかに笑った。「忠告しておこう、アラベラ。きみの清らかな耳はほてって火がついたようになるはずだ。その煙がロンドンじゅうに広がるほど」

「わたしは子どものころから早熟だったのよ」アラベラはジャスティンの長い脚の歩みにもなんの苦もなくついていった。ふいに、何かを指さした。「見て！　あれは何？」

ジャスティンはアラベラの指のさきを目で追った。「見晴台だよ」

「すてき！」アラベラは感嘆の声をあげた。「ちょっと寄っていきましょう」そう言うと、返事も聞かずにスカートの裾を持ちあげて、丘の上の小さな白い建物へと駆けだした。

ジャスティンも歩みを速めた。「ああ、なんて愛らしいの！」アラベラは嬉しそうに言った。ジャスティンにちらりと笑みを見せてから、見晴台の入口の二本の柱に巻きついた薔薇の枝に咲いているピンク色の可憐な花に身を寄せて、その香りを楽しんだ。

「わたしは薔薇が大好きなの」

ジャスティンは階段の下で立ち止まった。アラベラのことばはまちがっている、と心ならずも思った。愛らしいのは薔薇ではなくアラベラのほうだ。しきたりに無頓着なのも実に魅力的だった。ボンネットは手にぶらさげたままだった。走ったせいか、陽射しのせいか、頬がほのかに薔薇色に染まっている。キスを求めているとしか思えないような唇から、ジャスティンは無理やり視線を引きはがさなければならなかった。まったく、なんだってこれほどアラベラに惹きつけられるんだ？　まるで好みではないのに。それでも、この午後のあいだアラベラと一緒にいて……信じられないことに、まさに捜し求めていた相手だと……。

アラベラが振りかえってジャスティンを見た。階段の一段目に立っているアラベラとジャスティンの目の高さは同じだった。「さてと」とアラベラははっきり言った。「どこまで話したかしら？　ああ、そうだった、あなたは秘密をすっかり打ち明けると言おうとしていたのよね」

「だったら、お互いに秘密を打ち明けあうことにしてはどうだい？」

「正直なところ、あなたはわたしの秘密をすべて知ってるわ」とアラベラは不満げに言った。「大きな秘密はすべて」

ジャスティンはくすくす笑った。「それはさぞかし不満だろうな」

アラベラは口を尖らせて、つぶやくように言った。「そのとおりよ。あなたの秘密をひとつでも教えてもらわなくちゃ気がすまない。このままじゃ不公平すぎるもの」

「不埒な行ないにかんする秘密？」

「まあ、そうね……それを教えてもらえば公平になるわ、そうでしょう？　不埒で、淫らで、不品行な。その三つを兼ね備えているのは？」

「ぼく自身だ、きっと」

アラベラはまばたきした。「さすが、わかっているのね」ジャスティンを褒めると、明るい笑みを浮かべて、勝ち誇ったように階段の上に立って、ジャスティンを見おろした。まったく、ほんとうにきざで、うぬぼれているんだから。アラベラは一度でいいから優位に立ってみたいという夢がかなったような気がした。

とはいえ、結局、勝利は束の間のものだった。ジャスティンが眉根を寄せた。「きみの魂胆はわかっているよ。それに、そんな企みなど成功しないということも」両手でアラベラのウエストをしっかりつかんで、見おろしているその場所からアラベラをすばやく降ろした。

「なんて乱暴な人なの」アラベラは文句を言った。

「口うるさい女だな」ジャスティンも言いかえした。「でも、認めよう、きみの不屈の精神だけは見あげたものだ。だが、言っておくよ、どんなにがんばったところで、きみが知りたがっていることを話す気はさらさらない」

「どうして？　そうするのが人としての道理でしょう？」

「道理なんてくそ喰らえだ。これ以上きみに見下されるつもりはないから、口をぴたりと閉じておくことにする。それはともかく、きみがこれほどしつこく訊いてくるのは、知りたいからというより、もっと些細な理由があるような気がするな」

アラベラは眉根を寄せた。「どういうこと？　何が言いたいの？」

ジャスティンは歩きはじめた。「簡単だよ」横目でアラベラを見た。「きみはどうすれば子どもができるか知ってるのかい？」

「もちろんよ。お母さまから教わったわ。それにグレース伯母さまからも。それに――」アラベラはふいに口ごもった。

ジャスティンは両手を腰にあてた。アラベラの表情には明らかな罪悪感が見て取れた。

「それに？」ジャスティンは催促した。

アラベラの顔が真っ赤になった。「従姉妹のハリエットの結婚式のまえの晩に、グレース伯母さまがハリエットに話しているのを聞いたから……」アラベラは舌のさきで唇を舐めた。「初夜のベッドでどんなことが行なわれるのか」

ジャスティンは大笑いした。「なるほど！　きみはまた扉の陰に隠れて、盗み聞きしたわけだ！」

アラベラはジャスティンを睨んだ。「盗み聞きなんてしてないわ」

ジャスティンはさらに高らかに笑っただけだった。「嘘をつくなよ」

「お楽しみのところ水を差すようで申し訳ないけれど、サー」アラベラは目のまえの小道を大げさに指さした。前夜の雨で大きな水溜《たま》りができていた。

「なんだい？」

「ここに水溜りがあるわ」わざとらしく言った。

ジャスティンはにっこり笑って、素直に認めた。「そのようだね」

アラベラはさらに鋭い目で睨んだ。「傍らにはひとりの紳士がいて、目のまえにはわたしひとりで渡るには大きすぎる水溜りがある。紳士はブーツを履いていて、わたしは薄い上靴だけ。となれば、どんな紳士だって、水溜りの向こうまで抱きかかえてお渡ししますと言うはずよね」

「おや、きみはぼくのことをいくつものあだ名で呼んだが、そのなかに〝紳士〟というのはなかった気がするな」ジャスティンはさらににっこりと微笑んだ。「それはともかく、きみがそこまで言うなら……」

そう言うと、身を屈めてアラベラを肩に担《かつ》ぎあげ、大股で水溜りを歩いた。肩から降ろされたときにもまだ、アラベラはぶつぶつ文句を言っていた。

そうして、顎をつんと上げて言った。「やっとわかったわ」精一杯の皮肉をこめた。「サー、あなたは紳士なんかじゃない。これからも絶対に紳士にはなれない」

すたすたと歩き去るアラベラを見ながら、ジャスティンは頭をのけぞらせて笑った。こうでなくちゃと思った。これこそアラベラだ。

12

ふたりが屋敷に戻るとちょうどお茶が供されているところだった。アラベラはしばらくジョージアナとジュリアンナとおしゃべりをしてから、伯母と伯父の隣に腰を下ろした。そうして、最後にほかの人たちから少し離れた場所へ向かった。木陰に坐り心地のよさそうなふたりがけのソファが二脚置いてあるのを見つけて、そこへ歩いていった。ジョセフ伯父はセバスチャンを相手に、賞を取った自分の猟犬の話をしていて、グレース伯母は客から客へとせわしなく飛びまわっていた。

その間も、アラベラはジャスティンのことを意識せずにいられなかった。ジャスティンはどこにいるのか、誰と一緒にいるのかと、彼のすべてが気になってしかたなかった。そんな自分に困惑していた。落ち着かなかった。それ以上に腹立たしかった。

ゆうべの出来事で何かが変わってしまった。そしていま、ジャスティンに夢中になるなどという奇妙な感覚にとりつかれている……。

そんなのは愚の骨頂だ。

どうしようもなく馬鹿げている。

おまけに、いつのまにか、自分の力では抑えようのない感情を必死に抑えこもうとしているなんて。ジャスティン・スターリングから交際を迫られる――しつこく追いまわされる――のはどんな気分だろう、そんな思いが胸の奥から消えなかった。

わくわくするに決まっている。

それに、どうしようもなく危険。

ジャスティンのせいでロンドンの貴婦人の半分が心に傷を負った――注意を促す声が頭のなかで響いていた。ジャスティンを受けいれたりしたら、わたしも心に傷を負うことになる。

いままでは軽蔑しか感じなかった類の男性――それがジャスティンだ。ジャスティンはわたしの信念すべてに反する。これまで大切にしてきたものすべてに。

それなのに、ジャスティンの姿がちらりと視界をかすめただけで、どういうわけか息が苦しくなる。いままで経験したことがないほど心臓の鼓動が速くなる。ジャスティンはその気になれば、誰よりも華やかで、誰よりも魅力的になれる。嘘でしょう？　このわたしがあんな人に魅力を感じているなんて。

ゆうべの出来事すべてが頭に浮かんできて、アラベラは顔をしかめた。マックエルロイに言い寄られた——なんて卑劣な男なの！　それに、〈ホワイト〉でのあのいまいましい賭け。考えただけでぞっとする。

とはいえ、ジャスティンがそのことを話してくれたのは、悪意や意地悪からではない。どういうわけか、そう感じるのだ。頭のなかに霧のように漂う不可思議で神秘的な感覚が、ジャスティンはわたしを守ろうとしたのだと告げている。あんな人がそんなことをするなんて、まるで理屈に合わないけれど……。

ジャスティンを信頼するなんて笑止千万だ。とはいえ、ゆうべは信頼してしまった。細かいことはまだ靄がかかったままだけれど、胸の内をすべてさらけだしてしまったのは憶えている。心の奥にしまっておいた恐れや痛みを全部ぶちまけて、ジャスティンの肩にもたれて泣いてしまった。

それで、ジャスティンは？　ぎょっとすることも、うんざりすることもなく、ただ抱いていてくれた。抱かれていると、わたしは天にも昇るほど心地よくなって、そのままずっとそうしていたいと思った。そして……この午後も抱かれたいと思った。あの小川のほとりで。キスしてほしかった。その結果がどうなろうとかまわない、そんなふうに思うほど……。

信じられない、なんて愚かなの！　たしかに一度はキスされたけれど——ええ、一度だけよ！　あんなことは二度と起こらない。誰もが知っているとおり、ジャスティンの心を永遠につなぎとめておける女性などひとりもいないのだから。

でも、なぜジャスティンはわたしを美しいと言ったの？　本気だったの？　まさか、そんなはずはない。胸がぎゅっと締めつけられた。ジャスティンは言っていたのだから、自分は女たらしだと——小さな声がアラベラの頭のなかでしつこく響いた。美しいというあのことばに意味はない。ただの口癖のようなもの。口が滑っただけ。わたしのことをスイートハートと呼ぶのと同じように。

不可解な悲しみが胸にあふれた。でも、もしかしたら……。

胸にあふれる感情が幾度となく叫んでいた。けれど、ジャスティンのことばにもひとつだけ真実がある。わたしは奔放だということ。向こう見ずで、少し厚かましくて、偽善的！　ジャスティンにお説教までするなんて……そう、分別という点ではわたしは大きな問題を抱えている。ふたりで小川のほとりに坐っていたときの、自分の無鉄砲さにはいまでも呆れてしまう。なぜ、ジャスティンにあんなことを訊いたりしたのか……。

ジャスティンの不埒な行ないについての無数の噂話は事実に決まっているはずなのに。今日の午後、本人がそのとおりだと素直に認めたのだから。取り繕おうともしなかった。ろくでなしの人でなし。女たらしの遊び人だと。

それでも……。ジャスティンは非情なふりをしているけれど、ほんとうはちがう——

頭の片隅でそう囁く声がした。誰からも非情な男だと思われているけれど……。

視界の隅に、ジャスティンがジュリアンナの頬に軽くキスしているのが見えた。喉が詰まるような気がした。家族と一緒にいるときのジャスティンはいつもとはなんとなくちがう。家族と一緒だと屈託《ケアフリー》がない。いいかげん《ケアレス》な人には見えなかった。わたしが最初に思いこんでいたような、傍若無人で無神経な人とは程遠い。ふとあることに気づいて、動揺した。そうよ、ゆうべ、それがはっきりと証明された。

なぜ、そんなことになったのかわからなかった。ジャスティンが何者なのかわからなかった。

そのとき、甲高い声が聞こえたかと思うと、さらに似たような声が続いた。セバスチャンとデヴォンの双子がぷくぷくした短い脚で、芝生を一生懸命駆けていた。走りながらうしろを振りかえっては、追ってくるジャスティンを確かめていた。そのまたうしろを、乳母と思しき女の人がついていく。その光景を頭から振りはらうように、アラベラは首を振った。

さらに見ていると、ジャスティンが双子をつかまえて、笑いながら片方の腕にひとり、反対の腕にひとりと抱えあげた。アラベラが想像もしていなかった光景だった。自分が知るジャスティンとはまったくちがう姿を目の当たりにして、もう少しで口をあんぐりと開けそうになった。その瞬間、ジャスティンが顔を上げた。

ふたりの目が合った。アラベラは目をそらせなかった。たとえ、足元の大地が崩れ落ちても目をそらせそうになかった。そんなふうに感じているのは、まちがいなくジャスティンのせいだ——そんなことをぼんやりと思った。

長い脚がふたりの距離を縮めた。アラベラの目のまえでジャスティンが足を止めたときにも、幼い双子はまだ嬉しそうにきゃっきゃと笑っていた。ジャスティンの唇にかすかに笑みのようなものが浮かぶと、アラベラはその表情になぜか怖気づいて、一瞬にして敵意が萎えた。

「きみはまだぼくの甥《おい》と姪には会ったことがなかったね」

「ええ、まだよ」息が切れているような口調になった。ジャスティンに気づかれていないといいのだけれど……。

「だったら、紹介するよ。ジェフリー・アラン・スターリングとその妹ソフィア・アメリアだ。家族はみんなソフィーと呼んでいるけどね」ジャスティンはアラベラの傍らのふたりがけのソファを見た。「坐ってもいいかな？」

「もちろんよ」

アラベラは双子に笑いかけた。ふたりとも愛らしかった。丸々とした頬に、ちっちゃな鼻。

「なんてかわいいの！　まるで小さな天使ね」アラベラは頭を傾げて、双子を見つめた。

「ジェフリーの髪はお父さま譲りで、目はお母さま。ソフィーの髪はお母さま譲りで、目はお父さまね」そう言って、首を振った。「色がまるでちがうわ。信じられない、双子なのに」

「みんながそう言うよ」ジャスティンはソファに腰を下ろした。双子を両腕に抱えていては少し窮屈そうだった。

「わたしがひとり引きとるわ」アラベラは即座に言うと、膝の上を叩いた。ジェフリーがすばしっこくジャスティンの膝から下りて、アラベラの膝の上に載った。ソフィーはジャスティンの首にぎゅっとしがみついていた。叔父の腕のなかという安全な場所を離れるつもりはなさそうだった。

「一歳になったばかりでね」とジャスティンが言った。「ことばはまだママとパパぐらいかな……あとは、〝ジャスティン叔父さん〟ぐらいだ、言うまでもないけど」

「そうでしょうとも、言うまでもないことよね」アラベラは笑いたくなるのをこらえながら、ジャスティンのことばを真似た。それから、指をしゃぶりながら、灰色の大きな目で見つめているソフィーにうなずいてみせた。「ああ、なんてかわいいの」

ジャスティンはさらに輝くような笑みを浮かべて、姪を見た。「ソフィーは大きくなったらさぞかし美しくなって、男を虜にするにちがいない。ここにいるミス司祭のようにね」

アラベラは唇を噛んで、目をそらした。まただ。ジャスティンはまたわたしを美しいと言った。心にもないことを、事実でもないことを言うのはやめてほしかった。なんと答えていいのかわからずに、黙っていた。その間、ジェフリーがドレスのまえを止めてあるリボンの結び目をいじっているのに気がつかなかった。ふいに、ジャスティンが咳払いした。目を下に向けて、さっとそらした。その仕草を見て初めて、アラベラも小さな紳士がリボンをほどいてしまったことに気づいた。ドレスのまえが開きそうになっていた。

アラベラは驚いた。「まあ」あわてて大きな声をあげた。「たいへん！」

「わずか一歳にして」ジャスティンがからかった。「レディーに気をそそられるとは」

アラベラはすばやくリボンを結びなおした。笑いごとではなかったけれど、笑いが止まらなかった。「きっと、一緒にいる叔父さまの影響ね」

ジャスティンがくすりと笑った。「そうかもしれないな。いずれにしても、この小さな紳士がほかに楽しめそうなものを見つけてやろう」そう言うと、ズボンのポケットから懐中時計を取りだして、ジェフリーの目のまえにぶらさげた。ジェフリーはすぐに懐中時計をつかんだ。

そのうちに、幼いソフィーの瞼が重くなってきた。あたりが心休まる静寂に包まれた。ジェフリーはジャスティンの懐中時計で遊び、ソフィーはうとうとと眠っていた。

小さな女の子を抱いているジャスティンの腕にかすかに力が入った。それとも、わたしの目の錯覚？　アラベラがそんなことを考えていると、ジャスティンがソフィーの巻き毛にそっとキスをした。そんな光景を目の当たりにして、アラベラの心臓が奇妙な鼓動を刻んだ。ジャスティンの顔は浅黒く端正で、その顎の下にソフィーの金色の頭がすっぽりおさまっていた。ブーツを履いた足を片方だけまえに伸ばしている。アラベラの体のなかで何かががくんと大きく揺れた。

一週間前には、ジャスティンのことを誠実さや愛情のかけらも持たない遊び人だと言い捨てた。けれど、子どもを抱いている姿を見ていると……甥や姪に対する愛情がはっきりと伝わってくる。そして、それに応じるかのように、双子の兄と妹はジャスティンにほんとうになついている。ジャスティンにこんな一面があるとは、夢にも思わなかった。まさか、こんな一面を目にすることになるとは……。

頭がくらくらした。わたしは大きな誤解をしていたの？　ジャスティンには世間の人に見せているプレイボーイとしての顔とはちがう、もっとすばらしい何かがあるの？　あの傲慢さは人の目を欺く仮面で、皮肉な物言いは身を守る楯なの？

けれど、考えている時間はなかった。キャリントン公爵未亡人が目のまえで立ち止まった。ジャスティンとアラベラを見比べるように、夫人の真っ白な頭が最初は片側に、次に反対側に傾いた。そうして、口元にゆっくりと笑みが広がった。ふたりが声をかけるよりさきに、公爵未亡人は話しはじめた。

「わたしにはよくわかっていましたよ」夫人が笑うと、ショールの下で骨ばった肩が揺れた。「ファージンゲール家の舞踏会であなたがたがダンスをしているのを見たあの最初の晩に気づいたわ」

ジャスティンが眉を大きく上げた。「奥さま?」と小さな声で言った。

夫人はアラベラを見つめていた。「ウォルターはあなたには不釣合いよ。ウォルターが相手ではひと月もしないうちに、あなたは退屈してしまうでしょう」

アラベラは驚いた。

公爵未亡人は杖で体を支えながら、さらに言った。「でも、あなたとジャスティンは……そうですとも、ついさきほど、あなたの伯母さまにも言ったのよ。あなたたちはまさにお似合いだと。おやまあ、いまにもウエディングベルが聞こえてきそう!」含み笑いをこらえながら、夫人は視線をジャスティンに移した。そうして、杖を上げて、おどけながらそれをジャスティンのほうに振った。「さてと」きびきびとした口調だった。「あとは、ジュリアンナにぴったりのお相手を見つけるだけね。とはいえ、いまのところ、ジュリアンナは手の施しようがないほど頑固だけれど」

公爵未亡人はゆっくりと立ち去った。その間、アラベラは口もきけずにいた。啞然《あぜん》としたまま、視線をジャスティンに移すと、ジャスティンの目がいたずらっ子のそれのように嬉しそうに輝いているのが見えた。信じられない、笑っているなんて！　どうしてそんなことができるの？　たったいま、公爵未亡人にウエディングベルがどうのこうのと言われたのに。

アラベラは口もきけずにいたのに、ジャスティンはちがった。「聞いただろう？」と穏やかに言った。「公爵未亡人は思ったことをはっきり口に出すご婦人だからね。さらには、男女の仲をとりもつことにかけては誰にも負けないと自負している」

アラベラはジェフリーの頭越しに、ジャスティンを見た。「なぜウォルターのことをご存じなのかしら？　彼から求婚されたことは、誰にも言わないとあなたは約束したのに！」

「ぼくは言ってないよ」

「だったら、なぜ夫人が……」

「愛しのアラベラ、ウォルターがきみに首ったけなのは誰だってひと目見ればわかる」

けれど、ジャスティンがわたしに首ったけということはありえない。それなのに、なぜ公爵未亡人はあんなことを言ったの？　それに、なぜジャスティンは公爵未亡人にあんなことを言われて、すぐさま否定しなかったの？　いったいぜんたい、わたしもなぜそうしなかったの？

アラベラは目をそらした。唾《つば》を飲みこんだ。これ以上、ジャスティンのいたずらっ子のような目を見つめてはいられなかった。

心臓がぎゅっと縮んだ。自分が無力に思えた。なんてことだろう。そんなはずはない……冗談じゃない……ジャスティンのような人に恋するなんてとんでもない。

それでも、不可解な思いが頭のなかをぐるぐるとまわっていた。どうすればいいの？

もう手遅れだったら……。


晩餐の席順はマックエルロイがいないだけで、あとは前夜と同じだった。晩餐がすむと、男性はポートワインと葉巻を楽しみ、女性は客間に移った。それでも、アラベラは落ち着かなかった。しばらくジョージアナと一緒に外を散歩して、戻ってくると、肖像画が並ぶ広々とした廊下で足を止めて、重厚な金色の額縁に収められたスターリング家代々の人々の肖像画を一枚一枚丁寧に観ていった。実のところ、ジョージアナの他愛ないおしゃべりは、右から左へと耳を抜けていくだけだった。そんなとき、ジョージアナがふいに大きな声をあげた。「見て、セバスチャンとジャスティンとジュリアンナよ」

アラベラは興味津々でその肖像画に歩みよった。スターリング家の三人の子どもたちはひと目で見分けがついた。もちろんいまは三人とも成長して面変《おもが》わりしていたが、その変化はさほど大きなものではなかった。

「信じられない、ジャスティンを見て！　お母さまにそっくりだわ」

アラベラは息を呑んだ。ジョージアナの言うとおりだった。三人の母親は絶世の美女で、その外見をジャスティンが受け継いだのは明らかだった。どちらも体つきはほっそりとして優雅で、印象的な髪は黒く輝き、みごとに均整の取れた顔立ちは非の打ちどころがなかった。けれど、何よりもアラベラの目を釘づけにしたのは、母親の目だった。明るく鮮やかな緑の瞳と、長い睫《まつげ》。対照的な髪の色とあいまって、その目はさらに際立っている……それを見ていると、ジャスティンの目を見つめているような気分になった。けれど、父親である先代の侯爵は……アラベラは背筋が寒くなった。唇は薄く、厳しい。嫌悪感しか覚えなかった。

「こんばんは、お嬢さまがた」

肖像画に見入っていたアラベラとジョージアナは同時に飛びあがった。

ジャスティンだった。黒い夜会服に身を包んだその姿はあまりにも美しすぎて、アラベラは息が止まりそうになった。ジャスティンの視線が不安を掻きたてるほど長いあいだアラベラに留まってから、やがてジョージアナに向けられた。そうして、ジャスティンは頭を傾げた。「ミス・ラーウッド、客間でみなさんがお待ちかねだよ。ジェスチャー・ゲーム《シャレード》をやることになったらしい」

ジョージアナが両手をぱちんと合わせた。「まあ、わたしの大好きなゲームだわ」いそいそと立ち去ろうとして、ふと足を止めた。「アラベラ、あなたは行かないの？」

アラベラは小さく首を振った。「あとで行くかもしれないわ」そう言ってから、ジャスティンに視線を戻した。困惑して、顔をしかめた。晩餐のあいだ、ジャスティンは明るく楽しく饒舌《じょうぜつ》だった。けれど、さっきまでの温かな雰囲気はすでに消えていた。ふいによそよそしくなったように思えた。冷ややかと言ってもいいほど。

アラベラは気まずくなって、無理に話しかけた。「たったいまジョージアナと話していたところよ。あなたがお母さまにそっくりだって」

「ああ、よくわかってるよ。だが、うちの家族はみんな呪われてる」

ジャスティンの口調は氷のように冷たかった。顔に浮かんだ表情は人を寄せつけないほど厳しく、眉間に深い皺が寄っていた。そうして、にこりともせずに肖像画を睨みつけた。

アラベラは戸惑った。「ごめんなさい。ジョージアナと一緒にここに入ったのがいけなかったみたいね――」

「いいや、そんなことはない。この場所は立ち入り禁止じゃないんだから」ジャスティンは肩に力を入れて息を吸い、それから息を吐きだした。

「悪かった、アラベラ。実はこの肖像画が大嫌いなんだ。セバスチャンはこれをここに飾っておくのは当然だと思っている。むしろ、この家の家長としての務めだとかなんだとか」そう言って、顔をしかめた。「ぼくたちがまだ子どもだったころ、父はこの絵をはずしたんだ。これはわが家の名折れとなる事件が起きる直前に描かれた絵だからね、これを目にするのが堪えられなかったんだろう」

アラベラは眉間に皺を寄せた。「事件？」

「いいんだよ、気を遣わなくて。知らないふりをしなくたっていいよ、ぼくの母が愛人と駆け落ちしたことを」

アラベラは目をぱちくりさせた。「愛人？」

ジャスティンはあざけるように笑った。「無邪気なアラベラ。そうだよ、ぼくの母には愛人がいた……たぶん何人も。そして、愛人と一緒に海峡を渡っているときに死んだんだ」

「そんな」アラベラは小さな声で言った。「ごめんなさい、知らなかったわ」

ジャスティンはアラベラを見た。「ほんとうに？」

「ええ」そう答えながらも、ふと思いだした。ベニントン家での舞踏会の夜に、ジャスティンが自分の家族の醜聞がどうのこうのと言っていたことを。

「知らなかったとは驚きだな。こういうことはしょっちゅう人の口に上るのに」

「ほんとうに知らなかったのよ。わたしが生まれるまえの話でしょうし。それに、幼いころは、両親と一緒にほとんど外国で暮らしていたから」

「そうだったね、忘れていたよ。でも、これだけは言わせてくれ、幼いころのジュリアンナとぼくには、セバスチャンが親代わり——父親と母親の両方の代わりだったんだ。ほんとうの親よりはるかにその役目を果たしていた」

「お気の毒に」アラベラは小さな声で言った。

「同情なんていらないさ」ジャスティンの口調はまだ少しそっけなかった。そうして、もう一度母親の肖像画を見つめた。

アラベラはいままで経験したことがない状況に陥って、言うべきことばを必死に探した。「だから、あなたたちきょうだいは仲がいいのね」穏やかにそう言った。「わたしは子どものころ、両親に弟か妹がどうしてもほしいとせがんだことがあるわ。でも、わたしを産んでまもなく母は伝染病にかかって、子どもができない体になったの。もちろん、わたしが両親にきょうだいがほしいと言ったのは、そういう事情をきちんと理解するまえのことだけれど」

それでも、ジャスティンは何も言わなかった。肖像画から目を離さなかった。その場に立ち尽くして、傷ついたような、怒ったような顔でその絵を見つめていた。アラベラは奇妙な感覚を抱いた——ジャスティンはわたしが隣にいることをすっかり忘れているのかもしれない。

ジャスティンの沈黙にアラベラはいよいよ堪えられなくなった。

そこで、意味ありげにその場を見まわした。「でも、ここで育ったなんてあなたはほんとうに幸せだわ。わたしの父は伝道活動で人生の大半を異国で過ごしているの。たしかにインドやアフリカを旅するのは楽しかったけれど、わたしたち家族には家と呼べる場所がないわ。家族でイングランドにいられるときや、わたしが学校に通っているときは、グレース伯母さまの家にお世話になった。居心地はよかったけれど、従姉妹たちとは年が離れていたから、わたしはいつもひとりで遊んでいたの。わたしも田舎にこんな家がほしかったわ。もちろん、こんなに大きくなくていいから、くつろげて――」

ふいにアラベラは口をつぐんだ。少なくとも、ジャスティンの気持ちをそらすことには成功したようだった。「くだらないおしゃべりをしすぎたかしら？」

「そのとおりだよ」ジャスティンの返事はそれだけだった。

人を寄せつけないほど張りつめたものが、その態度にはっきりと表われていた。アラベラは喉にことばが詰まったような気がした。体が石のように固まってしまったかのようだ。「その上、とんでもないことばかり言っていた？」

ジャスティンが息を吸い、それを吐きだす音がした。どうにか気を鎮めようとしていた。そうして、頭を振った。アラベラと目を合わせようとしなかった。「いいや、きみのせいじゃない。ぼく自身の問題だ。きみは何もしていない。ときどき、ぼくは手がつけられないほど残酷になるんだ」

「そうね、悪徳卿さん」とアラベラは冗談めかして言った。「ほんとうにときどきそうなるわ」

驚いたことに、ジャスティンにいきなり両手を握られた。そうして、まっすぐ彼のほうを向かされた。「一緒にテラスへ行ってくれるかい？　これ以上この家のなかにいたら……息が詰まりそうだ」

アラベラは唇を開いた。ジャスティンを見あげた。ジャスティンは身を固くして、口を真一文字に結んでいた。たったいまその口から出たことばも、いつになく切羽詰っていた。アラベラはジャスティンの気持ちをすべて理解したとまでは言えなくても、それでも、ジャスティンの神経が昂ぶっているのがわかった。手に取るようにわかった。それを感じた。その原因がどこにあるのかはわからないけれど、そんなことはもう問題ではなかった。わかっているのは、自分がそばにいることでジャスティンの気が休まるなら、ぜひともそうしたい、それだけだった。

アラベラはジャスティンの手を握りしめた。「あなたがそれを望むなら」

「心から望んでいるよ」アラベラはジャスティンに手を引かれて、すばやく肖像画が並ぶその場所をあとにすると、廊下を通り、家の裏手に出る扉を抜けた。ジャスティンの歩みについていくには、小走りになるしかなかった。外に出るとようやく、ジャスティンが歩みを緩めた。

そこからはゆったりと歩いた。テラスは屋敷の端から端までつながっていた。アラベラの手は相変わらずジャスティンの手のなかにしっかりとおさまっていた。それを考えただけで、アラベラの脈が恐ろしいほど速くなった。ジャスティンは気づいているの？　がっかりして胸がちくんと痛んだけれど、それは無視した。ジャスティンは手を握っていることさえ忘れているようだ。何かべつのことに心を奪われて、それ以外のことはほとんど気づいていないはずだった。けれど、アラベラは自分の手とつながっているジャスティンの手の感触が心地よかった。温かく、力強いジャスティンの手に自分の手が包まれているのが。

空気の澄んだ、気持ちのいい夜だった。暖かく、ショールも必要なかった。満月ではなかったが、屋敷から漏れる光がふたりの足元を照らしていた。

「見て！」果樹園の端の桜の木のシルエットをアラベラは指さした。「ほら、あの木。木登りにはちょうどいいわ。低いところに枝が広がっているでしょう？　あれなら簡単に枝に飛びついて、脚を引っかけて登れるわ」

ジャスティンがふいに足を止めた。「愛しのミス司祭、子どものころはよく木登りをしたなんて言わないだろうね」そう言って、眉を思いきり上げた。「まさか、そんなことはないだろう？」

アラベラは鼻に皺を寄せた。「やめて、驚いたふりなんて」

束の間の沈黙ができた。「いや、実は、昔ぼくはあの木から落ちて、手首を折ったと言おうとしたんだよ」

ジャスティンの表情が一瞬だけ翳った。けれど、アラベラにはそれが見えなかった。

「わたしはそんな失敗はしなかったわ」とアラベラは明るい声で言った。「ジョセフ伯父さまのヨークシャーのお屋敷にあれとよく似た木があったの。一生忘れられないわ……お母さまが外に出てきて、木にさかさまにぶらさがっているわたしを見つけた日のことは。裏返しになったスカートが顔のまわりでゆらゆら揺れていたのよ」

「どんな母親だって、娘のそんな勇姿を見たいとは思わないだろうね」

アラベラはちらりとジャスティンを見て、ほっとした。その顔からは刺々しさがいくらか消えていた。「そうね。お母さまもぞっとしたみたい。そして、お父さまは……誓ってもいいわ、お父さまはこの世でいちばんやさしい心の持ち主よ。わたしの記憶にあるかぎり、お父さまがわたしに向かって声を荒げたのはそのとき一度きり。といっても、両親が怒るのもあたりまえよね」アラベラは思いにふけりながら言った。

「ご両親はきみがいまやみんなの憧れの的だってことをご存じなのかい？」

アラベラは天を仰いだ。「両親への手紙にはそういうことは書かないから」そっけなく言った。「でも、グレース伯母さまが書いているんじゃないかしら」

ふたりはさらに歩いて、高い石の壁を通りすぎた。あたりには薔薇の香りが立ちこめていた。ジャスティンが大きな石のベンチを背にして立ち止まった。そこからは客間が近く、窓からこぼれる細く淡い光の筋が、ジャスティンの横顔を銀色に縁取っていた。ジャスティンが手を離すと、アラベラはいつになく自分が頼りなく思えた。ふたりは並んで立っていた。ジャスティンの香りが薔薇の香りに勝ろうとしていた。男性的で、ジャコウのような、ぴりっとした香り。その三つが混じりあった香りを感じると、アラベラの体に震えが走った。なんてこと、胸が苦しくなるほど、ジャスティンが凛々しく思えるなんて。

ジャスティンの唇に笑みらしきものがよぎった。

「どうしたの?」アラベラは囁くように訊いた。

「ある夜、ロンドンからこの家に戻ってきたときのことを思いだしていたんだ。この場所にセバスチャンとデヴォンがいた。そして、ぼくは思った。いや、確信に近いものを抱いたと言ったほうがいい。ぼくがここに来たとき、ふたりはキスをしていたと」

「それがどうかしたの?　だって、あのおふたりのあいだには双子がいるくらいですもの」

さらにかすかな笑みがジャスティンの顔に浮かんだ。「当時、ふたりはまだ結婚していなかったんだよ」

「まあ」アラベラは頬が薄紅に染まるのを感じた。

ジャスティンが低い声で笑った。「そんなに驚かないでくれよ、ミス司祭。ふたりが結婚することになったいきさつを、今度話して聞かせるよ。それはもう夢のような物語だ」

「そうなの？　あのおふたりはまさにお似合いのご夫婦ですものね。心から愛しあっているのは誰が見てもわかるわ」

「ああ、そのとおりだ」とジャスティンも素直に認めた。

アラベラは目を大きく見開いた。「あなたがそんなことを言うなんて意外だわ」

「どうして？」

「だって……あなたは愛なんて信じていないとばかり思っていたわ」

ジャスティンは答えなかった。

「わたしの両親も愛しあっているわ」アラベラは声をひそめて、正直に言った。「ふたりで見つめあうのよ、まるでこの世にはほかの人などいないみたいに。自分たちしかいないみたいに。でも……両親が深く愛しあっているせいで、わたしはときどき……自分がのけ者になったみたいな気がするの」

「きみのご両親は娘を心から愛しているはずだよ」

「ええ、そうよ。それはわかっているの。でも……わたしったら、さっきからへんなことばかり言ってるわね」アラベラは困ったように笑った。「何が言いたいんだか、自分でもわからなくなってしまったわ」

「きみはウォルターに言ったね、愛する人としか結婚しないと」とジャスティンは唐突に言った。「ご両親の影響かな？」

アラベラは両手を上げて、それからその手を体のわきに下ろした。「そうね、たぶん。愛してもいない人と結婚するなんて想像もつかないわ。あなたは？」

ジャスティンは眉を上げただけだった。

アラベラは唇を嚙んだ。「ええ、そうよね、わかってるわ。そんなことをあなたに尋ねるなんてまちがっているわよね。あなたのような男の人は、大人になってからというもの、結婚を避けつづけてきたんでしょうから」

ジャスティンは胸のまえで腕を組んだ。「おや、ミス司祭がだんだん苛立ってきたようだ。だったら、妻となる女性には何が求められるのか一緒に考えよう」

「もちろん、見目麗しいお嬢さまであること」

「当然だな」

「なるほど。ということは、あなたは美しくて、素直で、従順なうら若き乙女を求めているのね」

「美しくて、素直で、従順、まあそうかもしれない。でも、うら若き乙女？」

「あら、だったら、中古がお好み？」アラベラはふざけて言いかえした。

ジャスティンはアラベラに向かって歪んだ笑みを浮かべてみせた。「中古なんてとんでもない。いくらなんでも、そのことばは下品すぎる。どうせなら……経験豊かな女性と言ってくれ」

少なくとも、アラベラはジャスティンを微笑ませることには成功した。「なるほどね、そういう女性ならあなたは自由に遊びほうけられるものね。でも、はっきり言って、あなたは夫としては最低よ」

「たしか、兄にも同じようなことを言われた気がする」

アラベラはジャスティンのことばなど聞かなかったかのように話しつづけた。「でも、あなたはすばらしい父親になるかもしれない」

「なんだって？　本気で言ってるのか？」ジャスティンはわざとらしく驚いてみせた。「信じられない、ミス司祭に褒められるとは！」

「やめてちょうだい」アラベラは鋭く言った。「あなたはとても面倒見がいいもの。それに、子どもがそばにいるときだけはいい人になる。今日、ジェフリーとソフィーと一緒にいるところを見て、それがはっきりわかったわ」

「だったら、きみは？」その声は暗かったけれど、その目は明るかった。「どんな夫を望んでいるんだい？」

「そうねぇ、女性は男性に外見以上のものを求めるわ」今度はアラベラがジャスティンをからかう番だった。「男の人は野心がなくてはね。怠惰ではだめよ」

「なるほど、哀れなウォルターにはそれが足りなかった《ショート》のか」

「ちがうわ」とアラベラは小声で言った。「それを言うならフィリップ・ウォッズワースよ」

「なんだって？」

アラベラは歯を食いしばった。「小さかった《ショート》の。だって、ジャスティン、フィリップはわたしより小さいんですもの。あなたはわたしにそう言わせたかったんでしょう？　フィリップの頭はここまでしかなかったわ」そう言って、自分の顎のあたりに手をやった。

ジャスティンは笑った。

アラベラの目が光った。「そんなのはたいしたことじゃないと言いたいんでしょう？」アラベラはそっぽを向いた。ジャスティンの挑発するような笑みは見ずにすんだ。

夜の闇のように濃厚で重い沈黙がふたりのあいだに流れた。

「悪かった」ジャスティンは静かに言った。「きみの悩みを茶化すつもりはなかった」

黙ったままでいるアラベラに、少し歩みよった。「また泣くつもりじゃないだろうね？」

アラベラは無言のまま首を振った。

「だったら、こっちを見てくれ。お願いだ、スイートハート、ぼくを見てくれ」

またスイートハート……低くやさしい口調にアラベラの体が震えた。アラベラはゆっくり目を上げて、ジャスティンの顔を見た。ジャスティンの顔からは笑みが消えていた。圧倒的に大きく温かい手がウエストにかかって、引きよせられた。

心臓が飛びはねた。目を大きく見開いた。ジャスティンの瞳は深く、情熱的だった。

「ジャスティン」アラベラは息を吞んだ。「何をするの?」

「震えているね。怖がらなくていいんだよ」

震えが全身に広がった。手や足にも。つま先の先端にまで。戸惑いながらもうっとりとジャスティンを見あげた。以前ジャスティンに言ったことばを思いだした。〝もしあなたのせいでわたしが頭からつま先まで震えるようなことがあれば、それは吐き気がするほどぞっとしたからよ〟――けれど、いま胸にこみあげてきた感情はそれとはまるでちがっていた。

ジャスティンが頭を下げた。まるで……まるで……。

「ぼくは頭がおかしくなってしまったのかもしれない」とジャスティンがつぶやいた。

「どうして?」アラベラは夢中で尋ねた。

「もう一度きみにキスしようと思っているから」

ジャスティンの熱く燃える瞳に、アラベラの瞳は焦げそうだった。

「そんな……」アラベラは弱々しく言った。

「なぜ、そんなことを言う?」ジャスティンが鋭く言った。「どうしてそんな顔をする?」

肌が沸きたっていた……ジャスティンの手が触れている部分が。けれど、どこよりも沸きたっているのは胸の鼓動だった……。

「なぜって……あなたにそうしてほしいから」

13

ジャスティンの熱い視線がアラベラを絡めとった。「きみはこんなことをしてはいけない。ぼくはろくでなしだ。女たらしだ。きみがつけたどの呼び名もぼくにぴったりだ」

アラベラの指先がジャスティンの上着の胸のあたりをたどった。「そんなことどうでもいいの、ジャスティン。ほんとうにどうでもいい」

くそっ、アラベラをここに連れてきたのがまちがいだった。彼女がこれほど相反するものを持ちあわせているとは……。取り澄ましていて、どうしようもなく無垢なのに、これほど官能的で、これほど男の気をそそるとは。そして、傷つきやすい……ものすごく傷つきやすい。髪や身長をアラベラがどれほど気にしているかということを、いままですっかり忘れていた。ゆうべ、彼女はそのことで涙を流した。それを思いだして、ジャスティンの胸が痛んだ。誇り高く、頑固なアラベラは……自分がどれほど美しいかわかっているのか？

月光を浴びて輝くサファイアのような瞳。肩にこぼれ落ちる艶やかな赤い巻き毛。その髪を手に絡ませて、アラベラを引きよせたくなる。そして何よりも、唇……色は幾重にも重なる薔薇の花びらに似て、露が降りたようにしっとりしている。

とたんに体のなかに火がついた。この数日は身悶えするほどだった。アラベラのすぐそばにいながら、触れずにいるのがますます辛くなっていた。彼女を求めずにいるのが。そしていま、この暗い場所で、月明かりの下で、もう自分を止められないと気づいた。悪魔に魂を奪われても、止められなかった。

苦しげな声を漏らしながら、アラベラをさらに引きよせた。唇を近づけた。

欲望に燃える唇がアラベラの唇と重なった。かすかな吐息のような声を漏らしながら、アラベラが唇を開いた。数日前にアラベラにキスをしたあの魅惑的な瞬間に一気に引きもどされた。けれど、そのときの記憶より、いまのほうがはるかにすばらしかった。自分は酔っていないし、アラベラもショックを受けていない。今夜のアラベラは蜜のようだ……どこまでも甘い蜜のようだった。

勇気を出して、アラベラの顔をちらりと見た。目は閉じられていた。三日月の形をした長く密な睫が下瞼にぴたりとくっついている。けれど、瞼が開けば、その瞳がどれほど光輝くかはわかっていた。神々しいほどに青く……ああ、まちがいない、アラベラは女神のようだ……罪作りなほど魅力的でかぐわしい。愉悦の楽園へと一気に落ちていくのを感じた。身も心も魂も。

止まることも、速度を緩めることもできなかった。血がふつふつと沸きたって、自分を制する術はもうなかった。それでも、アラベラがショックを受けている様子はなかった。

目のまえにいるのがアラベラではなくべつの女なら、いまこのベンチの上ですべてを奪っているはずだ。ズボンを下ろし、いきり立つものをあらわにして、またがって、破裂しそうなほどの欲望を、互いが恍惚《こうこつ》の叫びをあげるまで何度も何度もその体に押しこめるはずだった。艶かしいそのイメージに体の芯が激しく揺れた。

それでもどうにか、ひとかけらの理性が残っていた。相手はうら若く、どこまでも無垢なアラベラだ。良心が心のなかで叫んでいたけれど、もう止められなかった。

アラベラのうなじを手でしっかりと包んで、顔をさらに自分のほうへと傾けさせた。むさぼるように激しく口づけた。大胆にも反対の手の指先が、アラベラの大きく開いたドレスの胸元のクリーム色のレースをたどっていく。ああ、なんてことだ、欲望を掻きたてる胸のふくらみがはっきりとわかる。

アラベラの唇から漏れた吐息を喉の奥に感じた。舌でアラベラの舌を絡めとり、歯をたどった。アラベラが身をのけぞらせると、その胸が自分の胸に押しつけられるのがわかった。はちきれそうなほど豊かな乳房が。やわらかく、それでいて張りのある乳房が。その矛盾にさらに刺激されて、脈のなかで欲望が弾けた。体が疼いた。アラベラを味わいたかった。触れたかった……すべてを感じたかった。

いつのまにかアラベラの名前を囁いていた。低くかすれた声で、懇願するように。

「きみに触れさせてくれ、アラベラ。きみを見せてくれ」

ドレスの胸元に手を差しいれて、胸を包んだ。豊かな乳房を握った。硬くつんと尖った乳首が手のひらにあたる。思わず胸の奥で苦しげな声をあげた。アラベラの体が震えている——それがぼんやりとわかった。

唇でアラベラの首筋をたどった。「アラベラ」途切れ途切れにつぶやいた。「きみのせいで自分を見失いそうだ。ぼくを止めてくれ」

喘ぐような返事が返ってきた。「なぜ?」

ジャスティンはアラベラの耳たぶを噛んだ。「きみは純潔だ」

「ええ……」

「これ以上こんなことを続けたら、きみの純潔を汚すことになる」

「そうね、やめなくては」その声は弱々しかった。

けれど、ジャスティンはやめられなかった。アラベラもやめられなかった。

唇がふたたび重なると、アラベラが身を預けてきた。もはや空想だけでは我慢できず、アラベラのドレスを肩から引きさげた。肌があらわになった。触れたかった。アラベラが愉悦に声をあげるまで、彼女のすべてを味わいたかった。

近くで扉が開く音がした。敷石に足音が響いた。「アラベラ?」女らしい明るい声がした。「テラスにいるの? わたしたちは負けてばかりだから、あなたに助けてほしいの、お願い――」

腕のなかでアラベラの体が凍りついた。目を見開いて、アラベラがまっすぐに見つめてきた。「ジョージアナだわ!」息を呑んで言った。ジャスティンがすばやく体を離すと、アラベラはドレスを肩まで引きあげた。

遅かった。ジョージアナが一メートルも離れていないところに立っていた。驚いて目を丸くしている。あまりの驚きに、可憐な小さな口が開いたままになっていた。

けれど、それだけではなかった。

ジョージアナのすぐうしろにグレース伯母が立っていた。

この数年のあいだにアラベラはいくつもの窮地に立たされたけれど、いまこの瞬間の気持ちは何とも比べようがなかった。

グレース伯母はひとこともなく踵を返した。途方に暮れて目を丸くして、口もきけずにいるジョージアナはうつむくと、あわててグレース伯母のあとを追って客間へ戻っていった。

「グレース伯母さま」アラベラはすぐに伯母のあとを追おうとした。けれど、ジャスティンに腕をつかまれて、引きとめられた。

「待つんだ」とジャスティンが言った。「ここにいたほうがいい」

まもなく伯母が戻ってきた。雷雲のような暗い表情のジョセフ叔父と一緒に。

「アラベラ！　なんてことだ、分別を忘れたのか？　これから永遠に恥をさらして生きるつもりか？」

伯父は怒りにまかせて怒鳴りつけるような人ではなかった。めったに耳にしたことのない伯父の激しいことばに、アラベラの心が粉々に砕けた。

隣でジャスティンが身を固くするのが、アラベラにもなんとなくわかった。「恥をさらしている者がいるとすれば、サー、失礼ながらそれはあなたです。もう少し小さな声で話してはどうですか？」

ジョセフ伯父の顔が紫色になった。「そう言うきさまは、わたしの姪から手を離したらどうなんだ？」

「もちろんですとも」ジャスティンはアラベラの腕を離した。

「さあ、ふたりともどんな申し開きをする？」

ジャスティンは口を歪めた。「なんと、申し開きがほんとうに必要だとお思いですか？」

「皮肉など聞きたくないわ、この若造が！」ジョセフ伯父はぴしゃりと言った。

ジャスティンは目をしばたたかせて、あっさり言った。「何事もなかったのですから」

「そうなのか？　聞いたところによると、きさまのその手がわたしの姪の――」

「ジョセフ伯父さま！」とアラベラは叫んだ。

恥ずかしくてたまらなかった。死んでしまいたかった。地面に埋もれてしまいたかった。そうして、誰にも会わず、声も聞かずにいられればいいと思った。大地の奥深くに消えてしまいたかった。どこかへ行ってしまいたい。ここでなければどこでもいいから。最高の恥辱を全身で感じていた。グレース伯母がいまにも気を失いそうになっているのがわかった。

そのころには、セバスチャンもテラスに出てきていた。「何かありましたか？」ジョセフ伯父からジャスティンへと視線を移しながら、セバスチャンが尋ねた。

「不本意なことが」とジャスティンがよどみなく言った。

ジョセフ伯父が喉の奥で唸った。両手を固く握りしめて、いまにも怒りを爆発させそうになっている。

ふたりのあいだにセバスチャンが割ってはいった。「みなさんは騒動を起こしたいとは思ってもいないはず」と冷静に言った。「ですから、話し合いの場を書斎に移したい、そう願っているのではないですか？」

「いまはいけません」そう言ったのはグレース伯母だった。涙ぐんで、声が低くかすれていた。「ジョセフ、いまのわたしには話し合いなどとうてい無理です。お願い、明日の朝にいたしましょう」

「グレース、それは妙案だ」セバスチャンはあらゆる点で有能な仲裁役だった。「ぐっすり眠れば、みなさんの気持ちも少しは落ち着くことでしょう。では……明日の朝、七時ちょうどにということでよろしいですか？　お客さまの朝食は八時半からですから、その時間なら話を人に聞かれることもないでしょう」

「では、そうしよう」とジョセフ伯父が冷ややかに言った。

グレース伯母が夫の腕を握った。「ジョセフ、部屋まで連れていってちょうだい」

ジョセフ伯父は妻の手を取った。「もちろんだよ、グレース」そう言って、顔を上げると、ジャスティンを睨みつけた。「逃げるなよ。このけりはきっちりつけてもらうぞ」

「どうぞご心配なさらずに、サー」ジャスティンは冷静な口調で言った。「かならずまいります」

アラベラは唇を嚙んだ。グレース伯母はまだ目を合わせようとしなかった。目を合わせるつもりなど毛頭ないようだった。おずおずと振りかえって、アラベラはジャスティンを見た。その顔は険しかった。その場から一歩も動いていなかった。

「アラベラ！」伯父に鋭い声で名を呼ばれた。

アラベラは打ちひしがれた。伯父に従うほかなかった。

客間ではジェスチャー・ゲームが最高潮を迎えていた。けれど、アラベラたちが部屋に入ったとたんにゲームが途切れた。全員の視線を感じて、ジョセフ伯父が咳払いした。

「申し訳ないが、妻と姪は疲れてしまったらしい。早々に部屋に引きあげさせてもらうことにした」

そのことばを信じた者がいるだろうか？　アラベラは誰の顔を見る勇気もなかった。少なからぬ好奇の視線を背中に感じながら、部屋をあとにした。誰かが小声で何か言っていたけれど、声の主が誰なのかはわからなかった。ジョージアナがその場所にいる気配もなかった。

伯父と伯母のあとについて階段を上がりながら、胃がねじれそうになった。わたしの評判は地に墜《お》ちた。わたし自身も地に墜ちた。あのとき伯母はジョセフ伯父を呼びに客間に戻った。そうして、ふたりはあわててテラスへ出てきたのだ。そのことに誰も気づかなかったはずがない……ふたりは唐突にパーティーから抜けたのだから。あの部屋にいた人たちの頭には無数の疑問が浮かんでいるはずだ。そうして、誰もが声をひそめて話しているはず……。アラベラはよろよろと自分の部屋に入った。とたんに、ヒステリックな笑いが喉にこみあげてきた。

そうよ、喜ぶべきことなのよ。〝難攻不落のきみ〟がたったいま落ちたのだから……。部屋にたどり着いたばかりだというのに、誰かが扉をノックした。アラベラは恐る恐る扉を開けた。

ジョージアナが立っていた。

「アラベラ！　大丈夫なの？　何があったの？」ジョージアナはアラベラの手を取って、ベッドへと連れていった。「あなたの伯母さまが伯父さまに耳打ちして、ご一緒にテラスへ出ていくのが見えたわ。わたしはあまりにも動揺していて、その場に留まって成り行きを見守ることもできなかった」

アラベラは喉がぎゅっと締めつけられた。「伯父さまはかんかんだったわ」と正直に言った。「セバスチャンが何かまずいことが起きたとすぐに気づいたんでしょうね。テラスに出てきたわ……。明日の朝食のまえに話をすることになったの」苦しげに首を振った。「ほんとうに愚かなことをしてしまったわ。まさかこんなことになるなんて……そもそもジャスティンと一緒にテラスに出たのがまちがいだったのよ。伯母さまは気絶しそうなほどショックを受けていたわ。わたしのことを見ようともしなかった。テラスを離れてからは、伯父さまも伯母さまもわたしにはひとことも口をきかなかった。ああ、なんて恥ずかしいことをしてしまったの……」それが正直な気持ちだった。「どうすればいいのかわからない。このお屋敷にいる誰もが何かがおかしいと思っているはず……ああ、ジョージアナ、わたしは家族の顔に泥を塗ってしまったのよ」

ジョージアナはアラベラの手を握りしめた。「すべてはわたしの責任よ。わたしがあんなふうにいきなりテラスに出ていかなければ。もしわたしが感づいていれば、あなたたちが……あんなふうになっていると……」

アラベラは弱々しい笑みを浮かべた。「わたしとジャスティンがキスしていたこと？」

ジョージアナの頬が真っ赤になった。「ええ、まあね……そうとわかっていたら、アラベラ、邪魔なんてしなかったわ。ごめんなさい。すべてはわたしが悪いのよ」

「そんなことないわ、何を言ってるの」アラベラは即座に否定した。そして、思った――わたしはあのときいったい何を考えていたの？　心を奪われるほど熱いキスを、体がとろけてしまいそうなほどのキスをジャスティンに許すつもりでいたの？　そればかりか、ジャスティンのまえで胸まであらわにするつもりでいたの？　あのときは体がほてって、火がつきそうだった。ジャスティンに触れてほしかった。もう少しで……。

「アラベラ？」

ジョージアナの顔を見れば、声をかけたのはそれが初めてではないとわかった。

ジョージアナが探るように見つめてきた。「ねえ、尋ねてるのよ、どんな気持ちだったの？」

「何が？」アラベラはか細い声で言った。

「だからあれよ」ジョージアナは気持ちを抑えきれないようだった。「キスをされるのは」

キスをされる？　それとも、ジャスティン・スターリングにキスをされるのは、ということ？　相手がジャスティンなのか、ほかの人なのかで答えはまるでちがってくる——アラベラにはそれがはっきりとわかっていた。ジャスティンのキスは夢の魔法のようだ。あれほどの至福のときは……。

ジョージアナははっとして、両手で頬を押さえて、叫んだ。「いやだ、なんてこと！　わたしったら、信じられない、そんなことを訊くなんて。ああ、ごめんなさい」

アラベラは思わず笑った。ジョージアナも笑った。そうして、しばらくしてから、アラベラはジョージアナを見送りに部屋の戸口まで歩いた。そこでふいにジョージアナにぎゅっと抱きしめられた。

「考えすぎないようにね、アラベラ。明日の朝、どんなことが待っているにせよ、かならずうまくいくはずよ。わたしにはそれがわかるの」

アラベラの目が和らいだ。親友におやすみの挨拶をして、扉を閉めた。そうして、扉に寄りかかってため息をついた。ジョージアナのように、うまくいくと思えればどれほどいいか……。

そういえば、ジャスティンはセバスチャンになんと言っただろう？　不本意なことが起きたと言っていた……。いままでに感じたことのない小さな痛みを胸に覚えた。ジャスティンは何が不本意だと思っているの？　わたしにキスをしたこと？　それを人に見られてしまったこと？

考えてもわからなかった。ふいに、そんなことはわかりたいとも思わない、そんな気がした。

起きてしまったことはしかたがない。いまさら変えられないのだから。明日の朝にかんしてわたしにできるのは、ジョージアナのことばが正しいのを祈ることだけ……すべてがうまくいくように祈るだけ。

そのころ、屋敷のべつの部屋で扉を叩く音が響いていた。ジャスティンはちょうど部屋のカーテンを閉めたところだった。扉を開けると、戸口にセバスチャンが立っていた。手にした盆には、酒瓶が一本と、繊細な模様が施されたクリスタルのグラスがふたつ載っていた。

ジャスティンは扉を大きく開いて、セバスチャンを部屋のなかへ招きいれた。「なるほど」とジャスティンはゆっくり言った。「忠告をしにきたわけだ」

セバスチャンは暖炉の傍らに置かれた二脚の椅子の中央にあるテーブルに盆を下ろし

た。「いや、忠告というわけではない。ただ、おまえが話をしたがっているんじゃないかと思ってね」

目をぐるりとまわしながら、ジャスティンは椅子に腰を下ろした。「忠告も話もいらないさ。でも、ブランデーを断わる理由はない」

セバスチャンが小さな声で笑った。「そうだと思ったよ。おまえにとっての好物で——ぼくにとっての逸品だ」

ジャスティンはクラバットをぐいと引いてはずすと、わきに放った。そうしながら、セバスチャンがふたつのグラスに酒瓶を傾けるのを見つめた。瓶の中身をそれぞれのグラスにたっぷりと注ぐのを。セバスチャンは片方のグラスをジャスティンに手渡してから、椅子に坐った。

ジャスティンはグラスの中身をひと息で飲み干すと、空になったグラスを膝の上に載せて、ちらりと兄を見た。「明日の朝、どうするつもりなのかと訊きたいんだろう?」

「あれこれ指図するつもりはないよ」セバスチャンは礼儀正しく言った。「でも、これだけは言っておく」窓に向かって頭を傾げた。「あのテラスには何かがある。月夜……そして、自分にふさわしい女、そう思わないか?」

ジャスティンは唸った。「勘弁してくれ、まるで公爵未亡人が言いそうなことだ」

セバスチャンは口を歪めて、つけくわえた。「さらには、わが妻が言いそうなことだ」

「こうなったのを、内心おもしろがっているんだろう?」眉をしかめて、ジャスティンは空のグラスを差しだした。

セバスチャンがたっぷりとおかわりを注いだ。「まさか」

ジャスティンは琥珀色の液体を見つめて、つぶやいた。「どうかしてた。すべてはぼくの責任だ」

「残念ながら、今回ばかりは適当にすませられるような問題ではないぞ。何しろ、アラベラは世故に通じた婦人ではないようだからな」

「たしかに」とジャスティンも素直に認めた。

「それにくわえて、バーウェル家は高貴な家柄だ」

ジャスティンは顔をしかめた。「兄さんはいつもそんなに論理的なのか?」

セバスチャンは肩をすくめた。「思うところ、おまえの取るべき道はふたつにひとつ、アラベラと結婚するか、しないかだ。考えてみれば、単純きわまりない」

どこが単純なものか! ジャスティンは言いかえしそうになった。

「だが、おまえがアラベラと結婚する気がないのなら」セバスチャンが明るい声でさらに言った。「彼女はまもなく誰かと結婚することになる。すでに三人も求婚者がいるそうだからな」

三人じゃない、四人だ。そのことばを呑みこんで、ジャスティンはうんざりしたようにセバスチャンを睨んだ。

歯を食いしばった。冗談じゃない、人の言いなりになるなんていやなこった。どんな男だってそうに決まっている。とはいえ、セバスチャンに言ったことは真実だ。ほんとうにどうかしていた。その上、自分に対しても正直になれない。あのとき、月光の射すほの暗い場所で、アラベラを腕に抱いたとき、この世のどんな力をもってしても自分を止められなかった。頭を下げて、彼女の顔に近づけて、うっとりするほど甘くやわらかな唇に口づけるのを止められなかった。味わって……触れずにはいられなかった。もしグレースとジョージアナが現われなければ、さらに口づけを続けていたはずだ。アラベラに触れつづけていたはずだ。やめたいとも思わず、やめることもできないまま……。

ブランデーをあおった。喉が焼けた。「セバスチャン」目を合わさずに、兄に話しかけた。その声は限りなく低かった。「アラベラを傷つけてしまったのだろうか？」

「そんなことは考えなくていい」セバスチャンはきっぱり言った。

ジャスティンは首を振った。「考えずにはいられない。セバスチャン、この自分が……」口をつぐんだ。頭がくらくらしていた。これまで感じたことのない不安が胸に渦巻いて、ことばが出なかった。

セバスチャンの目のなかで何かが光った。「父上のことを考えているんだな、そうだろう？」静かな声だった。

「ああ」そう答えるだけで、息が詰まりそうだった。セバスチャンに話さなければ。ああ、いまこそ打ち明けるべきだ、そうだろう？　この自分が——このジャスティンという男が——父を殺したということを。暗く冷たい何かが、体に染みわたっていった。焼けるような痛みが全身に広がって、ことばは口から出るのを拒んだ。

「おまえの心に何があるにせよ」セバスチャンが穏やかな口調で言った。「考えてもしかたのないことだ。父上と母上は自ら地獄を作ったんだよ。ぼくたちきょうだいにはなんの関係もない。それをしっかり胸に刻んでおくんだな」

〝ぼくたちきょうだいにはなんの関係もない〟ジャスティンの胸がぎゅっと締めつけられた。セバスチャンのそのことばがまちがっているとしたら？　自分たちにも大いに関係があるとしたら？

「セバスチャン」ジャスティンは感情のこもらない声で言った。「考えたことはないのか……もし母上が……もし父上が……もし自分たちが、三人が、兄さんとジュリアンナとこのぼくが——」ジャスティンの顎がこわばった。「ああ、くそっ。いや、いいんだ。忘れてくれ。いま言ったことはすべて」

セバスチャンは長いあいだジャスティンを見つめていた。「おまえが何を悩んでいるにせよ、ジャスティン、それはぼくにもおまえにも解決できない。ひとつとして解決できることはない。若いころには、忘れてしまいたい出来事があった。これからも決して忘れられない出来事が。けれど、子どものころのことを思うと、ひとつだけたしかなことがある。ぼくたちは幸福だった。ぼくたちが三人だったことは――きょうだいがいたことは」そう言って、うっすらと笑みを浮かべた。「過去は過去だ。過ぎ去ったことだ。いまこそ未来に目を向けるんだ。おまえの未来に。おまえには幸せになる資格があるんだよ、ジャスティン。まだそれがわからないのか？」

ジャスティンは喉が軋むような気がした。「だったら、ジュリアンナは？　ジュリアンナにも幸せになる資格がある。ジュリアンナが自分のことをどんなふうに言おうと、それが本心かどうかはわからない」

セバスチャンの顔に影が差した。「ああ、たしかに」とつぶやいた。

ジャスティンの顔が険しくなった。「あの卑劣なトーマスがジュリアンナにしたことを考えると……あの男に果たし状を叩きつけたくなる――」

「だが、それでは何も解決しない」セバスチャンは言い含めるように言った。「だが、おまえの気持ちは痛いほどわかる。それでも、ジャスティン、いつの日かジュリアンナも幸せになるよ。ときに人は、自分の力以上に大きな力を信じなければならないこともあるんだ」

ジャスティンは片方の眉を上げた。「兄さんの忍耐力にはいつも驚かされるよ」

セバスチャンは小さく笑った。「もしここにわが妻がいたら、そのことばに断固として異を唱えるだろうな」そう言って、立ちあがると、盆に手を伸ばした。

ジャスティンは早くも空になったグラスをすばやく掲げて、言った。「酒は置いていってくれ」

セバスチャンは大きな声で笑った。「肝に銘じておくんだぞ、わが弟よ。明日の朝、七時きっかりに書斎に姿を現わさなければ、ジョセフは二度と寛容な心を示そうとしないだろう。それに、ぼくもとくにおまえの味方をするつもりはない」

そのとおりだ、とジャスティンは閉まる扉を見つめながら思った。自分がどんな男であろうと、いままでどんな男であったとしても、これ以上アラベラを窮地に立たせるわけにはいかない……絶対に。

それだけではない、セバスチャンの言うとおりだ。もし、アラベラと結婚しなければ、ほかの誰かが彼女を妻にする。アラベラがほかの男と一緒になる……いや、だめだ、そんなことは許さない。

結婚……。そのことばをじっくり考えた。結婚か……。

気づくと、体が石のように固くなっていた。だが、アラベラがこの体に火をつけたのは事実だ。この体に流れる血に、そして、魂に。アラベラをつねに意識せずにはいられない。アラベラの香りを、ぬくもりを。アラベラがそばにいると、今夜のようなやり方で触れたくなる。いつまでも触れていたくなる。

ファージンゲール家の舞踏会で再会したあの夜から、一日たりともアラベラのことを考えない日はなかった。今夜のように、ずっと一緒にいたかった。自分のものにしたかった。独り占めしたかった。自分の体の下にアラベラのやわらかな体を感じたかった。そんなふうに――望みどおりに――アラベラと一緒にいると考えるだけで、肌の下で血が沸きたった。けれど、そんな状態がどれほど長続きするというのか？

忠誠と貞節……それはこのおれが恐れをなすほど、不可思議なものなのだろうか？ そういう道徳的なことには――いや、どんな道徳的なことにも――いままでほとんど見向きもせずに生きてきた。そこに理由などなかった。それに……おれはセバスチャンとはちがう。母親にそっくりなのだ。あの母親に……。

けれど、アラベラが傷つくと考えるだけで身悶えするほど苦しかった。ああ、絶対に傷つけるわけにはいかない。

この気持ちはほんものだ、と自分に言い聞かせた。心の底からアラベラを欲している。それでも、アラベラの愛には手が届かない。現実的になるんだ、と何度も自分に言い聞かせてみる。こんなろくでなしをアラベラが愛するはずがない。だが、愛されないとしても、熱い欲望は得られるかもしれない。ああ、そうだ、そうに決まっている。

それに気づいたとたんに、求めていた答えが頭にひらめいた。心の平安と呼べそうなものが訪れた。

何をすべきか、ジャスティンははっきり悟った。

14

　翌朝の七時五分前に、アラベラとグレース伯母とジョセフ伯父はセバスチャンの書斎に腰を下ろした。重苦しい空気がたちこめていた。アラベラは椅子の端に坐り、膝の上で両手を握りしめた。グレース伯母とジョセフ伯父は向かいの長椅子に坐った。ジョセフ伯父の唇は固く結ばれて、表情は厳しかった。ジョセフ伯父のことだから、怒りにまかせて怒鳴り散らすようなことはしないだろうが、できることならそうしてほしいとアラベラは願っていた。そして、グレース伯母は……目が赤く、腫れていた。一夜を泣きあかしたのだろう。

　すべてはわたしのせいだ。

　扉が開いた。ジャスティンが部屋に入ってきて、隣の袖つきの安楽椅子に腰を下ろした。

ジョセフ伯父はわざわざ挨拶することもなく、ジャスティンに向かって切りだした。「アラベラの両親が不在のいま、わたしと伯母であるグレースが親代わりだ。そして、どうやらわたしたちは窮地に陥っているらしい」

アラベラが身を乗りだした。「伯父さま、ジョージアナは人に話したりしないわ。わたしの親友ですもの——」

「ジョージアナが人に話そうが話すまいが、そんなことは関係ない！」ジョセフ伯父の口調は厳しかった。「何があったのか、このわたしが知っているのだからな、アラベラ。それに、おまえの伯母も知っている。今回のことはおまえの子どもじみた取るに足りないいたずらとはちがう。口をつぐんで、水に流してしまえるような問題ではない」

アラベラの隣で、ジャスティンが口を開いた。「この件はアラベラにはなんの責任もありません、サー。すべてはぼくの責任です」きっぱりした口調だった。「ぼくがアラベラをそそのかしたんです」

アラベラの目が大きく見開かれた。「なんですって！」思わず大きな声をあげた。「でも、あなたは——」

「黙っているんだ！」ジャスティンとジョセフ伯父が同時に声を荒げた。

感情を胸に押しこめて、アラベラはしゅんとして椅子のなかで身を引いた。ジャスティンをちらりと見た。冷静で落ち着きはらっているようだった。

ジョセフ伯父の怒りに満ちた目がジャスティンに向けられた。「きみは姪の名声を傷つけた」ジョセフ伯父の指が長椅子の肘掛けを叩いた。「ゆえに、適切な対応を要求する」

ジャスティンは頭を傾げた。「あなたは要求どおりのものを得られますよ、サー」

アラベラの喉が詰まるようなかすかな音を立てた。やめて、そんな馬鹿な。まさか決闘なんて……。

「ぼくはあなたの姪御さんを辱めて、彼女の名声に二度と消えない傷をつけた。わかっています、それを償う方法はひとつしかない。ええ、ぼくはアラベラと結婚します」

ジョセフ伯父の口調はやはり険しかった。「言っておくが、それは早いに越したことはない。無為に引き伸ばすのは許さんぞ」

アラベラは口を開いて、閉じた。ジョセフ伯父とジャスティンはまるでわたしなどこの場にいないかのように話している。わたしの頭がおかしくなっているの？　それとも、ジョセフ叔父とジャスティンの頭がおかしいの？　心臓がいつになく大きな鼓動を刻んだ、きちんと考えられなかった。胸のなかで無数の思いが渦巻いて、息もろくに吸えなかった。話もできなかった。

わたしの耳はおかしくなってしまったの？　ええ、そう、きっとそう。ジャスティンがあんなことを言うはずがない……。

「結婚の許可を得なければならないのはわかっています。あなたの姪御さんとぼくは準備が整いしだいすぐに結婚します」

呆気にとられて、アラベラは見つめるしかなかった。ふたりの男性が立ちあがって、握手するのを。


午後には、パーティーの招待客全員が婚約のことを知っていた。その知らせを聞いたとたんに、デヴォンはアラベラに抱きついた。「ええ、わたしにはわかっていたのよ! あなたがジャスティンの運命の人だと」

セバスチャンは妻ほどは感情を表に出さずに、アラベラの手を取ってお辞儀をしただけだった。そうして、灰色の目に温かな光を宿して、ひとこと言った。「きみでよかったよ」

祝福を受けているあいだ、ジャスティンは微笑むだけで、ほとんど口をきかなかった。アラベラの心が石のように重くなった。自分自身をいさめた。きっと、ジャスティンはわたしのことなどこれっぽっちも愛していないのだ。好きでさえないのかと疑いたくなる。わたしはなんて馬鹿なの、ジャスティンがわたしのことを好きでたまらないように振る舞うんじゃないかと期待するなんて。

いとまごいのことばを繰りかえして、アラベラは伯母夫婦と一緒にすぐさまロンドンに戻った。グレース伯母が声高に言うところの、結婚式の準備のためだ。アラベラにしてみればすべてが夢のようだった。まるで、自分が体から離脱して、すべてを上から眺めているかのようだった。

二日後、ジョセフ伯父から婚姻の許可が下りたことを知らされた。結婚式は三日後だと。

ことここに及んでも、まだ現実だとは思えなかった。

結婚式の前日、アラベラは応接間に坐っていた。頭のなかではさまざまな思いが渦巻いていた。伯母は注文した花を確認するために外出していた。アラベラはぼんやりと思った——実際、目前に迫った結婚式を心待ちにしているのはただひとりグレース伯母だけかもしれない。注いだお茶は盆の上で、手つかずのまま冷めていた。信じられなかった。サーストン邸へ行ったのがほんの一週間前のことだなんて……。

扉を軽く叩く音がした。執事のエイムズだった。「お嬢さま、お客さまです」

「誰にも会いたくないわ」

エイムズはいつもとちがって引きさがらなかった。「いま一度お考えなおしくださいお嬢さま」

アラベラはため息をついた。「エイムズ、お願いよ——」

「あなたさまの婚約者さまです、お嬢さま」

婚約者。アラベラの口のなかがからからになった。まさかジャスティンがそんなふうに呼ばれるようになるとは。胸のなかで、心臓がふいに大きな鼓動を刻んだ。それとは対照的に、気持ちがふいに鎮まった。

「お嬢さま」とエイムズが声をかけた。「やはり、ご気分がすぐれないとお伝えしましょうか？」

そのことばを聞いたとたんに、そんな言い訳などジャスティンには通用しないと思った。いずれにしても、ずかずかと乗りこんでくるにちがいない。

アラベラは深く呼吸して、息を整えた。「お通ししてちょうだい」

「承知いたしました」

まもなく、ジャスティンがゆったりとした足取りで部屋に入ってきた。乗馬服に身を包み、膝下まである黒いブーツを履いていた。もみ革のズボンがたくましい脚を第二の皮膚のようにぴたりと包んでいた。

「いきなり訪ねてきてしまったが、怒らないでくれよ」

「怒ってなんていないわ」とアラベラは小さな声で言った。向かいにある縦縞の絹のダマスクス織りの椅子を手で示した。「どうぞ」

「明日になるまえに、一度ぐらいは顔を合わせておくべきだろうと思ってね」そう言いながら、乗馬用の手袋をはずして、紫檀《したん》のテーブルの上に置いた。

アラベラは胸がざわつくのを感じながら、ぼんやり思った。ジャスティンの手は彼のほかの部分と同じだ。すらりとしていて、繊細だけれど、見るからに男らしい。顔がほてった。気持ちがひとつの方向へと向かうのを抑えられそうになかった。ジャスティンのほかの部分はどうだというの？　そう考えずにいられなかった。洗練された服の下は……？　ジャスティンは驚くほどたくましい。サーストン邸でのあの夜、ジャスティンに抱えられて部屋へ連れていってもらったときにも、あれほど軽々とわたしを持ちあげたのだから……。その記憶は何をしても頭から離れなかった。思いもかけないときに、気づくとそのときのことを考えているのだ。

「アラベラ？」

アラベラはジャスティンの顔にすばやく視線を戻した。「なあに？」小さくか細い声で答えた。

ジャスティンが見つめてきた。「明日の結婚式の準備はできているかと訊いたんだよ」

アラベラは答えなかった。答えられなかった。きゅうに舌の動かし方を忘れて、自分の意志では動かせないものになってしまったかのようだった。頭のなかでは相変わらずいくつもの考えが渦巻いていた。明日のいまごろは、ジャスティンとわたしは夫と妻になっている。わたしは彼の妻になる。ジャスティンの妻に。信じられない、まるで天にも昇るよう……ちがうわ、地獄に落ちるようなものよ。妻がいようといまいと、女性はみんないままでどおりジャスティンを求めるはず。さらに悪いことに、ジャスティンも多くの女性を求めるかもしれない……。

「ええ……いいえ。わたし——自分が何を言っているのかわからない」どうしたの？　何を馬鹿なことを言っているの。「あまりにも現実離れしているから。あまりにも思いもよらないことだから」口調に迷いが表われていた。アラベラは勇気を振りしぼって、ジャスティンの目を見ると、ほんとうの気持ちを口にした。「なぜ？　なぜ、こんなことをしたの？　なぜ、わたしと結婚することに同意したの？」

ジャスティンの片方の眉が高く上がった。「同意した？」穏やかな口調だった。「アラベラ、きみは忘れているのかもしれないが、結婚はぼくが言いだしたことだ、きみの伯父上ではなく」

なぜ、ジャスティンはこれほど冷静でいられるの？　これほど儀礼的でいられるの？　わたしの心はばらばらになりそうなのに。

「あなたはうっかり口を滑らせてしまったのよね。そして、結婚すると言ってしまった。そのことにわたしは気づくべきだったわ」思わずそう言っていた。

ジャスティンがまじまじとアラベラを見てから、慎重に切りだした。「ぼくはいろいろなことをしてきたが、怖気づいたことは一度もない」

アラベラは深く、胸が痛むほど深く息を吸った。「どうしてこんなことになったの？」囁くようなか細い声だった。「わたしたちは……不釣合いよ。あなただってそう思っているはず。それに、わたしは知っているのよ、あなたが誰とも結婚する気がなかったことを。ましてや、わたしとなんて」

ジャスティンに緊張が走った。その声は危険なほど低かった。「なぜ、そんなふうに思う？」

「あなたはロンドンで誰よりも名うてのプレイボーイだもの。誰だって知ってるわ、プレイボーイは罠《わな》にはまって身動き取れなくなるぐらいなら、なんでもすると」

ジャスティンは椅子の背に寄りかかった。歯を食いしばらないようにするにはとてつもなく大きな意志の力が必要だった。これ以上明白な意思表示があるだろうか？　つまりアラベラは、ほんとうは結婚したくないのだ。考えてみれば、それも当然だろう、とジャスティンは鬱々と思った。この身が犯してきた多くの罪に対する当然の報いだ。

「きみは淑女だ、アラベラ。たしかにこれまでぼくは多くの女性と適切とはいえない関係を持った。だが、そのことは、いまのぼくときみにはなんの関係もない。ぼくはきみの名誉を傷つけて、そして――」

「いいえ、あなたはわたしの名誉を傷つけたりしていない。ほんとうにそんなことはしてないわ！　わたしたちは……キスをしていただけだもの」

「いや、それだけじゃない。ぼくは触れてしまった、きみの――」

アラベラの顔が真っ赤になった。「わざわざ思いださせてくれなくてもけっこうよ」

「ぼくの行動は淑女に対する紳士のそれではなかった。ぼくたちはのっぴきならない状況に陥った。きみに取り返しのつかない傷を負わせるわけにはいかない。いや、それ以上に、ぼくはきみのことが大切なんだ」

ジャスティンの口調は明快だった。アラベラは目をしばたたかせた。まさかジャスティンが何かを、誰かを大切に思うとは夢にも思っていなかった。いや、それは少しちがうかもしれない。ジャスティンは兄と義理の姉を大切にしている。少なくともそんなふうに見えた。そう考えて初めて、いま目のまえにいる男性には、自分が目を向けてきた以外の一面があることに気づいた。

それだけじゃない、わたしが知らない部分がまだたくさんあるはず。それがいいことばかりなのか、悪いことばかりなのかはわからないけれど。

「ごめんなさい」アラベラはつぶやくように言った。「あなたを蔑むようなことを言うつもりはなかったの」

そのことばをジャスティンが信じていないのは、顔に浮かんだ表情を見ればわかった。

アラベラはつっかえながら言った。「ただ……わたしのことを嫌いになってほしくないの。わたしを恨んでほしくないの」

ふいにジャスティンの表情が変わった。何をされるのかアラベラが気づくよりさきに、

りしめた。「きみからそんなことを言われるとは思ってもいなかった。なぜなら、それこそぼくがきみに言おうとしていたことなんだから」ジャスティンは歪んだ笑みを浮かべた。「正直に言うよ、ここへ来たのはほんとうはそれを言うためだったんだ」

アラベラは思った——ジャスティンに手を握られていると不思議なほど気持ちが落ち着く。ジャスティンと目が合った。そこには何かまたべつのものがあった。それがなんなのかははっきりわからなかったけれど、胸が高鳴って、脈が速くなった。けれど、次の瞬間には悲しげなため息をついた。「いまここに両親がいてくれたらどんなに嬉しいか。両親のもとにはもう手紙が届いているはずなのに」

ジャスティンがさらに手を強く握りしめてきた。「ああ、ぼくもそう思うよ。それに、きみのご両親がいなくて残念だ。でも、きみの伯父上は結婚式を先延ばしにするのを許さないだろう。もし、少しでも遅らせようものなら、ぼくの首をはねかねない。それに……ぼくもこのままことが運んでほしいと思ってる」

アラベラは訝しげな顔をした。「どうして?」いいえ、訊かなくてもわかっている、結婚を先延ばしにしたら、気持ちが変わるかもしれない、ジャスティンはそう思っているのだ。そんなことになったら、わたしはどうなるの?

ジャスティンの唇にゆっくりと笑みが広がった。「どうしてって、きみとこのまま結婚できるならそのほうがまちがいなく簡単だからさ、きみに求婚することから始めるよりずっと。それに、少なくとも、のべつ幕なしにきみに群がろうとする男たちを追いはらう必要もなくなる」

アラベラは鼻に皺を寄せた。「あなたが訪ねてきてくれたのはこれが初めてね」すねたように言った。

「そして、明日からはその必要もなくなる。ぼくがきみを求めているときにはいつでも、きみはぼくの家にいるんだから」

〝ぼくがきみを求めているときにはいつでも……〟――そのことばが正確には何を意味しているのか、アラベラにはわかっていなかった。ふと不安になった。何を意味するのかあれこれと思いをめぐらす心の準備もできていなかった。

「わたしはあなたがどこに住んでいるのかさえ知らないわ」とアラベラは不満げに言った。

「ぼくの家はバークリー・スクエアにある。きみもきっと気に入るよ」玄関の間で、大きな振り子時計がときを告げた。「できればこのままもっと話をしていたいが、行かなければならない。仕事の約束があるんでね」

アラベラの眉が高く上がった。「あなたに？　仕事の約束？」

アラベラの訝しげな表情を見て、ジャスティンはくすりと笑った。「実のところ、ぼくは有能な実業家でもある。もっとも最近手に入れたのは、スコットランドのとある銀行だ。わかったかな？　要するに、きみは仕事をしている野暮な紳士と結婚するわけだ」

野暮ですって？　ジャスティン・スターリングにはまるでそぐわないことばだった。アラベラは口を歪めた。「それは残念」と穏やかに言いかえした。「わたしはいままで、ならず者をどうやって手なずけようか楽しみにしてたのに」

「そういうことなら、ぼくのなかにはまだそういう部分がたっぷり残ってるよ」ジャスティンは負けずに言いかえした。アラベラはジャスティンの目が意地悪くきらりと光ったことに注意するべきだった。ジャスティンのような男に挑むのは愚かだと知るべきだった。それに気づくよりさきに、力強い腕に引きよせられて、膝の上に載せられた。片方の手でウエストをしっかり押さえられて、反対の手で顎を支えられた。ジャスティンの唇が近づいてくると、驚きながらもうっとりして唇を開いた。ふたつの唇がぴたりと重なると、周囲の景色がぐるぐるとまわっているような気がして、思わず息を吐きだした。肺のなかが空っぽになるほど。

ジャスティンが立ちあがった。支えられながらアラベラも立ちあがったけれど、まだ頭がくらくらしていた。立っているには、ジャスティンの腕につかまるしかなかった。

ジャスティンは支えてくれた。ウエストにまわされた手は大きくて、温かかった。

「大丈夫かい？」

アラベラはうなずいて、渋々と目を開いた。

驚いたことに、ジャスティンの顔からはおおらかな笑みが消えていた。笑みとは対照的な真剣な表情に、アラベラは息を呑んだ。「どうしたの？」

「考えていたんだ」

「何を？」

ジャスティンはアラベラの顔をじっと見た。顔の造作をひとつひとつ見て、最後にアラベラの唇で目を止めた。「今度きみにキスするときは、きみはぼくの妻になっているんだね」

15

翌日の午後三時ちょうどに、バーウェル家で結婚式が始まった。列席者は花嫁《ブライド》の付添い人《メイド》を務めるジョージアナと、ジョージアナの両親、あとは親族だけだった。セバスチャン、デヴォン、ジュリアンナ、双子、アラベラの伯母夫婦、従姉妹たちとその夫と子どもたち。いや、もうひとり、キャリントン公爵未亡人も列席した。新郎の付添い人《ベストマン》はセバスチャンが務めた。さらに、式はアラベラの父の旧友であり、アラベラを幼いころから知っているリンチ司祭が執りおこなった。

アラベラはジョセフ伯父に連れられて客間に入った。膝ががくがく震えて、自分が歩いていることさえ信じられなかった。伯父と一緒に戸口で立ち止まると同時に、目を丸くした。グレース伯母は部屋を赤と白の香り高い薔薇の花で埋め尽くしていた。

そして、次の瞬間にはジャスティンを見ずにいられなかった。エメラルドのように明るく光る瞳が、こげ茶色の正装のせいでさらに際立っていた。正装用のスーツをみごとに着こなしているジャスティンは、いつも以上に肌が浅黒く、いつも以上に背が高く見えた。誇らしげに背筋をぴんと伸ばしていたけれど、その表情からは心が読めなかった。微笑んでもいなければ、顔をしかめてもいない。真剣そのものの顔を見て、アラベラは動揺した。まだ結婚もしていないのに……もしかして、ジャスティンはもう後悔しているの？

わたしは決して愛してくれない人と一生をともにするの？　そんなことができるの？　そう思うと絶望さえ感じた。そんな毎日にどうやって堪えればいいの？　今日はわたしの結婚式。今日、わたしは結婚する。結婚を考える歳になってからというもの、この日からは夫を一途に愛して……夫も同じようにわたしを愛するのだと信じてきた。けれど、この結婚はいままで胸に描いてきたような愛のある結婚ではない。考えていたものとはまるでちがうのに、わたしはこうしてここに立っている。これから一生添い遂げることになる人のすぐそばにいながら、新たな人生のスタートラインに立ちながら、こんなに動揺しているなんて……。

一週間前、ジャスティン・スターリングを愛することなど絶対にないとわたしは誓った。ジャスティンのような人を愛せるはずがないと。ふいに自信がなくなった……。わたしはジャスティンを愛しているの？　ほんとうに？　これほど激しく動揺していては、これほど無数の感情が入り乱れていては、上も下も、右も左も、月も星も見分けがつかない。

それでも、ひとつだけたしかなことがあった。ジャスティンに愛されることはないと思うだけで、胸が潰れそうになる。いままでに感じたことのない痛み……これからも感じるはずがない痛みだった。

くるりとうしろを向いて、叫びながらここを飛びだしたい——そんな衝動に駆られた。それでも、三歩歩いて、ジャスティンとの距離を縮めた。わずか三歩歩くだけで、人生が一変する。それは、いままで生きてきて何よりもむずかしい——同時に何よりもたやすい——歩みだった。

リンチ司祭が咳払いした。「愛する者たちよ」と詠唱した。「われわれはこの神の家に集まり……」

それからさきはすべて霞んでいた。次にアラベラが気づいたときには、リンチ司祭はジャスティンのほうを向いていた。

「汝《なんじ》はこの女子を妻として、神の定めに従い、神聖な縁を結ぶことを誓いますか？　ふたりが生きているかぎり、病めるときも健やかなるときも、妻を愛し、慰め、あがめ、守り、何をおいても妻に対して誠実であることを誓いますか？」

「誓います」

厳かな口調だった。その根底にある計り知れないほどの誠実さと、明快さと、揺るぎない信念を感じて、アラベラは束の間呆然とした。リンチ司祭がまた話しはじめても、そのことばはほとんど耳に入らなかった。もしジャスティンとジャスティンにかんする噂を知らなかったなら、自分の夫となる人が口にしたあらゆることばをそっくりそのまま信じられるのに……。

リンチ司祭が口をつぐんだ。

まができて、アラベラは自分の番だと気づいた。とたんに手が震えだした。持っていた小さな薔薇のブーケが震えて、手をすり抜けて、シルクのドレスの上を滑り落ちた。その音が静まりかえった部屋にやけに大きく響いた。

アラベラはどうすればいいのかわからずに、すばやくジャスティンの目を見た。ジャスティンもアラベラを見た。黒い眉の片方がいかにも自信満々に上がった。エメラルド色の瞳がきらりと光った。まるで無言で闘いを挑むかのように。

アラベラは顎を上げた。「誓います」あわててそう言う自分の声が聞こえた。言ってしまってから心配になった。怖気づいて、怯えて、それでいて有頂天になっていることが声に表われていたらどうしようと、心配でたまらなかった。

次に気づいたときには、司祭が言っていた。「では、花嫁にキスを」

いよいよだ。

ジャスティンがこっちを向いた。燃えるような緑色の目がちらりと見えたかと思うと、たくましい腕に抱かれていた。ジャスティンの唇が自分の唇に重なった。その口づけに息も心臓も止まりそうだった。肌に無数の漣《さざなみ》が立った。ジャスティンからキスされるたびにこんなふうになるの？　アラベラは必死に考えた。そうであってほしいと願った。そうであってほしいと祈った。

しばらくしてジャスティンが唇を離したときにも、まだ世界がまわっていた。まばたきをしながらジャスティンを見あげた。「なんてこと」無意識のうちにそう言っていた。

ジャスティンが頭を起こして、笑った。ああ、もう、いやな人、すべてを見て、聞いていたのだ。アラベラは相手を戒めるようなしかめ面で――少なくともそういう表情になっていることを祈りながら――ジャスティンにすばやく目をやった。

ジャスティンはひるまなかった。驚いたことに、もう一度キスをしてきた。最初のキスと同じぐらい感動的だった。

次にアラベラが目を開けたときには、拍手が起きていた。

首がかっと熱くなり、熱が上へと上がっていくのがわかった。「あなたはほんとうに女たらしだわ」弱々しく非難した。

ジャスティンはアラベラの片手を自分の肘へといざなった。「ああ、まえもってそう言っておいたはずだ、そうだろう？」

式に続いて、結婚を祝う晩餐会が始まった。ジョセフ伯父のジャスティンに対する堅苦しく形式ばった態度も、メインの料理が運ばれてくるころにはずいぶんと和らいで、それにはアラベラもほっとした。そうして、いつのまにか晩餐会も終わり、お開きの時刻になった。

玄関の扉のそばに列席者が集まって、花嫁と花婿に向かって口々にお幸せにと声をかけた。それはちょっとした騒動だった。双子が甲高い声をあげながら走りまわって、それにアラベラの従姉妹の小さな子どもたちが加わった。さらに笑い声が響いて、ウィットに富んだことばが交わされた。そうして、最後にグレース伯母がふたりに歩みよった。笑みを浮かべていたけれど、その目は潤んでいた。手には美しいハンカチが握られていた。

伯母の涙を見たとたんに、アラベラの胸にも熱く切ない思いがこみあげてきた。思わず手を差しのべて、伯母の帽子に顔を埋めた。「グレース伯母さま」涙ぐみながら囁くように言った。「ごめんなさい、結婚式の計画をじっくりと練る時間をあげられなくて」

伯母はアラベラを強く抱きしめた。「いいのよ、アラベラ」伯母の声も囁くようだった。アラベラの耳にだけ届く声だった。「この埋めあわせに、あなたの最初の子どもの洗礼式の計画を立てさせてちょうだいね」

そのとき、数歩下がってセバスチャンと話していたジャスティンが、ちらりとアラベラを見た。伯母の肩越しにふたりの目が合った。アラベラは思った——ジャスティンの目はどこまでも冷静なのに、それに比べてわたしの目は大きく見開かれているにちがいない。息を吞んで、目をそらした。口のなかがからからに乾いていた。結婚式のあとのことなど、いまのいままで考えてもいなかった。ましてや子どものことなど。ジャスティンは子どもをほしがるの？　まもなくやってくる夜のことが頭に浮かんだ。これからジャスティンは夫としての権利を行使するの？

アラベラの息が乱れた。さっきはキスをしただけで、胸が焼けそうになった。全身が熱くなった。ジャスティンはすこぶる健康で、男らしく、噂では性欲も旺盛らしい。アラベラは慎重に思いをめぐらせた。わたしが何かを見落としていないかぎり、ジャスティンはまちがいなく……。

そんな思いが頭から離れないうちに、ふたりを乗せた馬車はバークリー・スクエアに建つ正面が煉瓦《れんが》造りの家に着いた。

ジャスティンがアラベラのほうを向いて、言った。「今夜はここで過ごすことにした」何気ない、ぞんざいとさえ言えそうな口調だった。「急に結婚することになったから、残念ながら、長期のハネムーンの計画を立てる暇がなかった。きみさえよければ、明日の朝、バースへ発って、そこで一週間ぐらい過ごそうと思ってる。賛成してくれるかい？」

「ええ、バースは大好きよ」アラベラは明るく言った。「この季節は最高だわ」

ちがう、とジャスティンはぼんやりと思った。最高なのはアラベラだ……。

従者が馬車の扉を開けた。

ジャスティンはアラベラの唇から視線をそらした。「行こう。案内するよ、ぼくの――」言いかけて、いったん口をつぐんだ。「きみの新しい家を」

アラベラはなぜかわくわくして、不安が少しだけおさまった。

アラベラはジャスティンの肘に手を添えた。まずは使用人を紹介されてから、家のなかに入った。その家はあらゆる意味ですばらしかった。思っていたより広かった。とはいえ威圧的ではなく、調度品は申し分ないほど上品で、かつ、仰々しくもない。嬉しくなって、思わず声をあげた。ジャスティンは黙っていたけれど、喜んでいるのがはっきりと見て取れた。

最後に案内した場所を、ジャスティンは自分の寝室だと言った。茶系で統一された広々として男らしいその部屋には、四本支柱の大きなベッドが置いてあった。

アラベラはわざとベッドを見ないようにしたけれど、それは無駄な抵抗でしかなかった。

「おなかはすいてるかい？」

アラベラはほんとうに飛びはねた。「ああ、いえ」緊張して、声がうわずっていた。「あんな豪華な晩餐のあとだもの、もう何も食べられないわ」どうにかして、ベッドから目をそらした。

アラベラが緊張しているのは、ジャスティンにもわかっていた。ひしひしと伝わってきた。声からも、こちらを見る目つきからも、アラベラがすぐにでも逃げだしそうになっているのがわかった。笑いたかったけれど、そうしていいものかどうかわからなかった。アラベラが初夜をまえにして神経質になるのは、最初からわかっていた。なんといっても、この自分がめとったのは育ちのいいお嬢さまなのだ。子どもの作り方ぐらいは知っているとアラベラは言っていたけれど、あれはきっと必死に虚勢を張っていたのだろう――ジャスティンは内心疑っていた。

「そうだな、きみもひとりになって、いろいろとすませたいことがあるだろう。アニーを呼ぶよ」

アラベラは目をぱちくりさせた。「アニー？　アニーがここにいるの？」

ジャスティンはうなずいた。「きみの伯母上を説き伏せて、この家で働いてもらうことにしたんだ」

「嬉しいわ、ジャスティン」アラベラはいったん口をつぐんだ。ジャスティンの気遣いにいつになく感激していた。「そこまでしてくれるなんて、ほんとうにありがとう」

ジャスティンは頭を傾げた。「どういたしまして」

ジャスティンと入れ替わりに、アニーが部屋に入ってきて、ウエディングドレスを脱がせてくれた。アラベラの持ち物が入った小さなトランクは、その日早くに届けられたようで、アニーはトランクから、今夜アラベラが身に着けるネグリジェとガウンを取りだした。アラベラにしてみれば、アニーがそばにいてくれたほうが安心だったのに、着替えを手伝い、髪を梳かし終えるとすぐに、アニーは部屋を出ていった。

ひとりになると、アラベラはドレッサーの椅子から立ちあがって、部屋のなかを歩きはじめた。そうして初めて、部屋の隅に置かれた鏡に映る自分の姿を見て、文字どおり口をあんぐりと開けた。ぎょっとしながら、姿見のなかの自分を見つめた。見知らぬ人がこっちを見ているのかと思った。艶やかにうねる赤い髪が肩から背中へと流れおちている。身に着けたネグリジェはごくごく薄いレースでできていた。あまりにも薄くて、グレース伯母が支払った金額に見合うとはとうてい思えなかった。肩とウエストの部分が小さなリボンで結ばれていて、全身が透けている。象牙のように輝く肌も、紅色の乳首も、さらには、脚の付け根にある赤みを帯びた三角のふんわりと盛りあがった部分も。

それは男の人を誘うための服だった。誘惑して、そして、そして……。そこからさきのことばを思い浮かべるのを頭が拒んだ。そして……男の人を刺激するための。そんなの、いや……どうしよう、恥ずかしくてたまらない！　そう思ったとたんに、もうひとつの考えが浮かんできた。

ジャスティンは気に入るだろうか？　気に入ってほしい——自分がそう願っているのに気づいて、胸がずきんと痛んだ。ジャスティンを魅了したかった。胸が苦しくなるほどそれを望んでいた。

そんなことを考えていると、部屋の扉が開いて、そして閉まった。

アラベラは振りかえった。両腕で自分の体を抱きしめたいという衝動に駆られた。それでも、ジャスティンの目から逃れようとはしなかった。その目が頭からつま先まで、すべてを舐めるように見た。体のあらゆる部分を何ひとつ見逃すことなく。アラベラは息を止めて、その場に立っていた。無数の願いと夢が頭に浮かび、胸が高鳴って、いつのまにか口元にうっすらと笑みが浮かんだ。

16

ジャスティンは動かなかった。動けなかった。息もできなかった。アラベラは純白の天使のようで、目は天国のように青く澄み、光輝いていた。アラベラが全身から発している一点の曇りもない純潔さが、ナイフのようにジャスティンの胸を突いた。

なんてことだ。自分は何をしてしまったんだ？　アラベラを妻にした。自分の妻に。ほんとうなら、アラベラはそうなるべきではなかった。おれのように卑しい男には不釣合いだ。剣が振りおろされたように、全身に鋭い痛みが走った。まさか自分にこれほど意気地がないとは……これほど臆病者だったとは。あっというまに自己嫌悪に襲われた。くるりと踵を返して部屋を飛びだしたくなるのを必死にこらえた。この体のなかには邪悪なものがひそんでいる。アラベラが純粋で無垢であるのと同じぐらい、おれの心は黒いのだ。たとえそれをアラベラが今夜知ることはなくても、いつかは知る日が来る。そうして、自分の夫が実はどんな男か知ったら、どんなことをしたのか知ったら、嫌いになるに決まっている。アラベラに嫌われる――それだけは堪えられなかった。

意志の力を掻きあつめて、ジャスティンは目のまえに立っている女から目をそらした。アラベラは何かまずいことが起きていると感じていた。何が起きているのかはわからなかったけれど。ジャスティンの目が翳るのがわかった。まるで雲が太陽を隠したかのように。ジャスティンの顔もこわばっているようだった。アラベラの顔から笑みが消えて……高鳴っていた胸も一気に沈んだ。

なんて馬鹿なことを考えていたの？　わたしの旦那さまになったばかりの人は、イングランド一の美男子。そして、わたしは優雅さのかけらもない無様な女。キスしているのをグレース伯母とジョージアナに見られなければ、ジャスティンが結婚しようなどとは決して思わないような女、そうでしょう？　ジャスティンがわたしを求めるなんて、そんな見当ちがいなことを、よくも願ったりしたものだ。

恐怖にも似た不安が、邪悪なヘビのようにゆっくりと首に絡みつくような気がした。体のまえで両手を関節が白くなるほど強く組みあわせて、アラベラは言った。「ごめんなさい」口調にも戸惑いがはっきりと表われていた。「結婚したから、今夜はてっきり……でも、人に言わなければわからないものね、あなたにその気がないことは……だから、その……わたしとベッドをともにする気がないことは」

「ベッドをともにして初めて、ほんとうの夫婦になったといえるのよね。でも、そうね、そんなことはわざわざ人に話すようなことじゃない、わたしたちふたりの問題ですもの――」

「アラベラ――」

ジャスティンはふいに気持ちが鎮まった。「何をぶつぶつ言ってるんだい？」

アラベラはがらんとして何もない穴のなかに心を閉じこめてしまいたかった。喉が痛くなるほど必死に涙をこらえた。泣くわけにはいかない。絶対に。

さらに言った。「わかっているわ。ほんとうにわかっているの。わたしはあなたがいままでつきあってきた女の人たちみたいに綺麗じゃないってことぐらい。比べものにもならないってことぐらい、よくわかって――」

ジャスティンの表情が一変した。「やめるんだ！」鋭く言った。「何を馬鹿なことを言ってるんだ」

「あなたのことならわかってるのよ、ジャスティン。嘘じゃない！　わたしのこの姿を見て、見るに堪えないと思ったんでしょ」

ジャスティンは喉の奥で低く唸った。「こっちにおいで」

「いやよ」アラベラは奇跡的にもなけなしのプライドを守った。「言ってちょうだい……わたしはどうすればいいのか言ってくれるだけでいいわ。どこで眠ればいいのか」

ジャスティンはアラベラに歩みよった。組みあわされた両手はひとつの拳のように固く、その手を引きはがしたくてたまらなくなった。アラベラの肌は氷のように冷たかった。ジャスティンはその手を自分の手でしっかりと包んだ。アラベラの表情には相変わらず痛々しいほど抵抗の色が滲み、同時に悲しげだった。

すべてはおれのせいだ。ジャスティンは心から思った。どうやって説明すれば、わかってもらえる？　ぴったりのことばは見つかりそうになかった。ことばが見つからないのは、おれを恐れている女がそばにいるからではなく、アラベラを失望させてしまうのではないかとおれが恐れているからだ。アラベラ……。いつどうしてこんな気持ちを抱くようになったのかはわからない。けれど、いつのまにかアラベラがかけがえのない大切な人になっていた。ジャスティンは怖かった。アラベラが去っていってしまうようなことをしでかしてしまうのではないか、そんな気がして。

賢い男なら、いますぐにアラベラの手を離すはずだった。けれど、このジャスティンという男はやはり以前と何も変わっていない。欲深く、傲慢なろくでなしだ。さらに、ひとつだけはっきりと確信していた。アラベラをこの部屋から決して出しはしないと。

ジャスティンはぎこちなく、けれど深く息を吸った。否定しようのない、大きく圧倒的な感情に支配されていた。そして、気づいた。なぜ、アラベラと結婚したのかという ことに。こうなるのを望んでいたのだと。最初から望んでいたのだと。この夜。この瞬間。この女を。

「きみにはなんの落ち度もなかった」とジャスティンは静かに言った。「いまだってそうだ。問題はぼくにある。部屋に入ってくると、そこにきみがいた。まるで天使のように……。そう、きみはぼくの過去を知っている。評判を知っている。ぼくは邪悪な男だ。そのことは誰もが知ってる。きみも知ってる。そして、この結婚がきみが夢見ていたようなものじゃないということはぼくもわかっている。きみが夢見ていた夫がぼくじゃないということも。それでも、ぼくはきみに恥をかかせたりはしない……これからも決して」

ジャスティンの声はずいぶん低くなっていた。「この結婚を白紙に戻すことはできない。すべてをなかったことにするなんてできない。いまとなっては遅すぎる。ぼくたちは結婚した。きみはぼくの妻だ、アラベラ。それに、おかしな話に聞こえるかもしれないが、ファージンゲール家の舞踏室に足を踏み入れて、再会した瞬間から、ぼくたちは今夜に向かってまっすぐ進んできたんだと思ってる」

話しながら、ジャスティンの手がアラベラの手をさすっていた。大きく力強く温かな手が。アラベラはうつむいた。自分の手を包んでいるジャスティンの手に体じゅうの神経が集中していた。ごつごつとして、力強く、浅黒い手に。アラベラは息を呑んだ。意志とは裏腹に、全身の力が抜けていくのを感じながら。

「こっちを見てくれ、スイートハート」

スイートハート。アラベラの胸がぎゅっと締めつけられた。戸惑いながらも上目遣いにジャスティンを見た。

喉が詰まった。思いがけずジャスティンの顔にやさしさを見て、胸が熱くなった。どうしよう、このままでは泣いてしまう……。

「ジャスティン」とか細い声で言った。「ああ、ジャスティン——」

「聞いてくれ、アラベラ。どうしても聞いてほしいんだ。きみのことを言い表わすのにぼくはひとつのことばしか知らない……きみは……魅力的だ。そのことにまだ気づかないのかい？」ジャスティンの指がアラベラの指をたどった。

「いいえ、わたしなんて——」

「いや、きみは魅力的だよ。まちがいない。それに、今夜ぼくがきみとベッドをともにするのは、義務感からなんかじゃない。ほんとうの夫婦になる必要があるからでもない。そんなくだらない理由からじゃない。ベッドをともにするのは、きみがほしいからだ。きみ——ぼくの愛しのアラベラがほしいからだ。全身全霊できみのことを欲してるんだ。わかるだろう？」

アラベラはジャスティンの目を見つめた。「ええ」吐息のような声で答えた。

アラベラが抱いている疑念は、胸に刺さった矢と同じだった。ジャスティンは思った

――アラベラにはもっとはっきりと気持ちを示さなければと。

そうして、額をアラベラの額につけると、かすれた声で言った。「なるほど。その口調から察するに、まだ信用できずにいるんだな。自分の夫が妻と身も心も結ばれたいと本気で願っているのを」いったんことばを切った。「もしかしたら、ぼくたちはしゃべってばかりで、行動が足りないのかもしれない」

アラベラは戸惑いながらも、明るい緑色の目をまっすぐに見つめた。おもしろいことでも思いついたかのように輝いている緑色の目を。「どういうこと？」

ジャスティンの手はすでにガウンの結び目にかかっていた。アラベラが止めるまもなく、薄い布地が足元に落ちた。次の瞬間には、ジャスティンにゆっくりと値踏みするように見つめられて、アラベラは恥ずかしくて真っ赤になった。これほど狼狽することがあるだろうか……しっかり服を着ている夫のまえで、透けたネグリジェ姿で立っているなんて。

「なんともすばらしいネグリジェだ」ジャスティンが砕けた口調で言った。「といっても、普段きみが着ているものではなさそうだな。新しく用意したんだろう？」

アラベラは考えるまもなくうなずいていた。「グレース伯母さまが選んだのよ」蚊の鳴くような声だった。

ジャスティンの顔にゆっくりと笑みが浮かんだ。「伯母上の非の打ちどころのない趣味に、忘れずに礼を言わなくちゃな」力強い手をアラベラの両方の肩に置いて、ジャスティンはゆったりとした口調でさらに言った。「さて、これもないほうがいい……この余分な布切れも」

そのことばが終わらないうちに、アラベラはすっかり裸にされていた。全裸にされてはっと吸った息は、唇に押しつけられたジャスティンのしっとりと温かい唇に吸いこまれた。長く、むさぼるような口づけに、アラベラの心が震えた。いつ抱きあげられて、ベッドに連れていかれたのかもほとんど憶えていなかった。世界も、そのなかにあるあらゆるものも、ジャスティンにキスをされるといつだって消えてしまう。ジャスティンの首に腕をまわして抱きついて、体を押しつけた。けれど、硬いボタンがやわらかな胸に食いこんで、身を引いた。

ジャスティンは渋々と唇を離した。目のまえにあったのは、不満げなしかめ面だった。

「どうかしたのかい？」

「裸でベッドに横になっているなんて恥ずかしくてたまらない」アラベラは言いにくそうにつけくわえた。「あなたは裸じゃないのに」

ジャスティンはくすりと笑った。まったく、アラベラはなんてふしだらなことを言うんだ。ネグリジェ姿を見せつけられて、自制心を大いに試されたけれど、それでもゆっくりとことを進めるつもりだったのに。たっぷりと時間をかけて、アラベラをせかしたりせずに。アラベラの唇に酔って、彼女の香りにめまいを覚え、さらには、しなやかな裸体を押しつけられたときには、手と唇でその体を激しくむさぼらないようにするのが精一杯だった……。あのときは、部屋の真ん中に立ったまま、穿いているズボンを引きちぎるようにして脱いで、自分自身を取りだして、激しく一気にアラベラを攻めたてたい、そんな気持ちを抑えるのに必死だった。

まったく、何も知らない女は扱いづらい。ましてやそれが自分の妻だとは。

「文句の多い花嫁だ」ジャスティンはからかった。「それじゃあまるで、ぼくがずいぶん怠惰な夫みたいじゃないか」

起きあがると、上着とシャツとブーツをすばやく脱いだ。さらに、ズボンも脱ぐと、背筋を伸ばして、振りかえった。

臆面もなくものめずらしそうに見つめているアラベラの目と同じ高さに、ジャスティンの股間があった。

少なくとも、そのときまでは臆面もなくものめずらしそうに見つめていた視線のさきに。アラベラは目を大きく見開いた。その視線を感じたのか、すでに硬く屹立《きつりつ》していたものがさらに大きくなった。ショックのあまり、アラベラの口が開いて小さなOの形になった。無意識のうちに舌を唇に這わせた。信じられない、こんなものを見てしまうなんて。

アラベラの隣に横たわりながら、ジャスティンは努めて明るい口調で言った。「ぼくのせっかちな花嫁は、なぜか突然さほどせっかちではなくなったらしい。どうやら、きみはいままで裸の男を見たことがなかったらしいな、スイートハート。ベッドの上での妻との初めての睦みあいが守備よく進むかどうか、心配でたまらない男のことはもちろんのこと」

アラベラはジャスティンのごわごわとした胸毛に頭をつけて、何やら聞きとれないことばをつぶやいた。ジャスティンはそのとき初めて知った――人は恥ずかしいと、顔ばかりか体まで赤くなるということを。

ジャスティンはひとつ息を吸った。じれったかった。欲望を抑えるなどというのは、未知の経験だ。赤く輝く巻き毛がアラベラの肩から胸へと広がっているのが見えた。シルクのような髪の下で、豊かな胸と薄紅色の乳首が、震えるような呼吸に合わせて上下していた。我慢などとうていできそうになかった。

「サーストン邸で髪を下ろしたきみを見た。マックエルロイがきみに言い寄ったあの夜に。あのときぼくはこれほど美しいものを見たのは初めてだと思ったんだよ」ジャスティンはやさしくそう言うと、手に絡まる赤い巻き毛を持ちあげて、唇に持っていった。そうして、髪に漂う薔薇とラベンダーの香りを深く吸いこんでから、滑らかな肩の上に髪をそっと戻した。「眩しいほど美しい」とつぶやきながら。

「嬉しいわ」アラベラは囁くように小さな声で言った。ジャスティンの手が腰に触れると、飛びあがらんばかりに驚いた。けれど、その手は静かに肌を撫でるだけだった。ジャスティンの裸を見たときには、気を失うかと思うほどショックだった。でも、ジャスティンの体は……みごととしか言いようがない。顔と同じように非の打ちどころがなかった。肩のラインはのみで削ったように鋭角的で、張りのある肌は輝いて、余分な肉がいっさいついていない腕は引き締まっている。そして、胸と下腹部は硬く密な黒い毛に覆われていた。

アラベラはジャスティンの筋がくっきりと浮きでた首から、顔へと視線をゆっくり移した。呼吸が途切れそうなほど遅くなった。無意識のうちに、整った顔の造作ひとつひとつを目でたどった。「あなたもとてもハンサムよ」そう囁いて、かすかな笑みを唇に浮かべた。「グレース伯母さまもそう思っているわ」

ジャスティンは眉をぴくりと上げて、アラベラのことばを繰りかえした。「グレース伯母さま?」

「ええ、そうよ。伯母さまは言っていたわ。たしかにもういい歳だけれど、自分の目にまだ狂いはないって」

ジャスティンが低い声で笑うと、その声にアラベラの心臓は一回転しそうなほど大きな鼓動を刻んだ。アラベラは勇気を出して手を伸ばすと、ジャスティンの顔に触れようとした。

けれど、指先が顔に触れるまえに邪魔が入った。力強い手に手首をつかまれた。ふいに何か悪いことをしてしまったような妙な気分になった。けれど、ジャスティンはアラベラの手のひらに口づけると、その手を自分の胸の真ん中に持っていった。黒く濃い胸毛の上では、手はずいぶん小さく白く華奢に見えた。それを目にしたとたんに、アラベラの全身に戦慄が走った。同時に、なだらかな曲線を描くウエストに、ジャスティンの片手が触れて、引きよせられた。反対の手が髪の下に滑りこんだかと思うと、唇が重なった。

ジャスティンは永遠とも思えるほど長くゆっくりとキスをした。背骨が溶けて流れてしまいそう――アラベラはそう思いながら、ジャスティンの肩を両手で握りしめた。指先に触れる肌は硬く引き締まって、陽光のように温かかった。耳たぶのうしろをジャスティンの舌が這うと、ため息をついて、喘ぐように言った。「あなたのキスが大好きよ。ほんとうにキスが上手なのね。でも、そんなことは言われなくてもわかっているでしょうけど」

唇をアラベラの唇へと戻して、ジャスティンは口づけたまま言った。「ありがとう。そんなことはいままで誰にも言われなかったよ」アラベラにはジャスティンが微笑んでいるのがわかった。「でも、キスをしたい場所がたくさんあってたいへんだ。ここだけじゃなく――」ジャスティンの唇がアラベラの唇の左右の端に触れた。「ここにも……ここにもキスするのは」そう言って、今度は唇の真ん中にキスをした。

アラベラは大胆な気持ちになった。「どれだけキスが上手か試しましょう」

「それはおもしろい」ジャスティンは頭を下げて、開いた口をアラベラの細い喉に押しつけた。そうして、脈の動きに合わせて、踊るように舌を動かした。

「うーん、すごく気持ちがいいわ、ジャスティン」

気持ちがいい？　それを聞いて、ジャスティンは嬉しくなった。けれど、ほんとうに求めているのは、気持ちがいい以上のものだった。

体を起こして、アラベラの美しい体に視線をさまよわせ、脚の付け根の茂みに目を留めた。次に、白くどこまでも滑らかな胸――赤い巻き毛の向こうに見え隠れしている、官能的な丸く豊かな乳房を見つめた。いたずらっ子のような笑みを浮かべて、ジャスティンは赤い髪を払いのけた。つんと立った薄紅色のふたつの乳首は、もう無視できないほど誘惑的だった。アラベラは恥ずかしくてたまらなかった。それでも、ジャスティンの手からも、視線からも逃れようとしなかった。

笑みを浮かべたまま、ジャスティンは頭を低く下げた。片方の胸の硬くなった乳首を唇でたどると、アラベラが大きく目を見開いた。同時にジャスティンの胸にも悦びがこみあげた。乳首の先端で唇を止めると、アラベラの息が荒くなった。

乳首を口に含んで、一心に愛撫した。

アラベラが息を呑んだ。

根拠はなくても、なぜかジャスティンにはわかっていた。アラベラの取り澄ました上品な外見の下には妖婦《ようふ》の体が隠れていると。アラベラは完璧だった。何から何まで完璧だった。欲望のままに、ジャスティンは両手で官能的な乳房を包んだ。手のひらが弾力のある肌で満たされると、アラベラの乳首の淫らな誘惑に勝てなかった。

片方の乳首に口づけた。次に反対側にも。そのまま薄紅色の乳首に舌を絡ませて、ゆっくりとじらすように円を描いて、たっぷりと湿らせると、乳首が艶やかに光って、震えるほど硬くなった。

アラベラが大きく息を呑んだ。

「もっとかな?」ジャスティンはよどみなく尋ねた。

アラベラの唇が開いた。その唇が〝イエス〟と言うように動いたけれど、声はなかった。

ジャスティンは願いをかなえた。

張りつめてつんと立った乳首に唇を近づけて、愛撫した。その様子をアラベラがうっとりと見つめているのに気づくと、全身の血が激しく沸きたった。乳首を吸った。うなじにアラベラの手が滑るように触れたのを感じた。その手に力が入るのがわかった。決して離さず、いつまでもその場に留めておこうとするかのように。

アラベラは声も出せなかった。息さえできなかった。至上の悦びを感じた。これ以上の悦びなどあるはずがなかった。快感に溺《おぼ》れていく。乳首に稲妻が落ちたようだ。全身が熱を帯びる。下腹部にいままで経験したことのない疼きを覚えた。脚をもぞもぞと動かさずにいられなかった。何かが足りない。何かもっと……。それがなんなのかはわからないけれど……。

けれど、ジャスティンにはわかっていた。血が唸り、男根が脈打つと、アラベラを強く抱きしめた。もう一度、激しく唇を重ねた。欲望を剝きだしにして熱く口づけたとたんに、全身が燃えあがる炎と化した。けれど、指でアラベラの窪んだ腹をぎこちなくたどると、アラベラがふいに唇を離した。そうして、手をぎゅっとつかまれた。

「待って」アラベラは必死で言った。「待って！」

ジャスティンは頭を起こした。アラベラの苦しげな小さな叫びが、ジャスティンを包んでいた欲望の深紅の霧を消し去ろうとしていた。

ジャスティンは目を閉じた。血とともに沸きたっている欲望をどうにか抑えた。「早すぎるんだね？」

「少し」アラベラは素直に言った。うろたえ、恥じらい、混乱していた。ジャスティンにされていることは夢のようだったけれど、それでも……。「怖いの、ジャスティン。

怖いのよ」

頭のなかで轟《とどろ》いていた音が徐々に遠のいていった。ジャスティンはアラベラの高潮した頬から乱れた巻き毛をそっと払った。ふいに自分もためらっていることに気づいた。

「痛みがないとは言いきれない。だが、ぼくが知るかぎり――」

「ちがうの。そういうことじゃないの」アラベラはきっぱり言った。

「だったら、何が？」ジャスティンは戸惑いながらアラベラの顔を見た。

〝あなたは女を虜にする〟――アラベラはそう言いそうになった。〝あなたはわたしを虜にしようとしている〟と。「あなたがたくさんの女の人とつきあったのは知ってるわ。わたしは……わたしはそれを知っているし、それを受けいれる」とらえどころのない痛みが胸を貫いた。けれど、アラベラはその痛みを冷静に払いのけた。「あなたは経験のある女の人が好きだと言った。でも、わたしには経験なんてない。キスだって、あなた以外の人とはしたことがないわ。自分が無力に思えるの。何ひとつ満足にできない気がする。もしわたしが情熱的じゃなかったらどうするの？　あなたをがっかりさせたくないの。いやな思いをさせたくないの」

言ってしまった。アラベラは息を止めて待った。

ジャスティンはふいに自分に腹が立った。過去の言動のつけが、あとでわが身に降りかかるとはこのことか？

ジャスティンはアラベラを見た。震えるその唇を。懇願するような、傷ついたような美しい青い目を。とたんに、圧倒されるほど果てしない独占欲がこみあげてきて、心を満たした。同時に、アラベラがほかの男とキスをすると考えただけで、煮えくりかえるような怒りを覚えた。いままでは女を独占したいと思ったこともなく、まさか自分がそんなことを思うとは想像すらしていなかった。そのこともある意味で驚きだったが、さらには、自分が嫉妬していることにも驚いた。妻をめとると、男はみんなこんな気持ちになるのか？　けれど、いっぽうで、アラベラを独占していると思うと気分がよかった。アラベラが自分ひとりのものだと思うと嬉しかった。

親指の腹をアラベラの唇に走らせた。「心配しなくていいんだよ」

「ほんとうに？　わたし……あなたにされていることが嬉しいの。嘘じゃないわ。でも、わたしもあなたを喜ばせたい」

ジャスティンはアラベラの唇の真ん中に指を置いて、ことばを止めた。

「きみはぼくを喜ばせてるよ。いまだってそうだ」

「なぜそんなにはっきり言えるの？」

ジャスティンは口元にちらりと笑みを浮べた。「なぜって、きみのことをここで感じてるからだよ、スイートハート」そう言うと、アラベラの手を取って、ひんやりとしたその手を石のように硬くなった自分自身へとゆっくり持っていった。そうして、ほんの束の間その手をそこに押しつけた。ジャスティンはにっこりと笑って、アラベラは目を大きく見開いた。

すぐに、ジャスティンの顔から笑みが消えた。そうして、アラベラの目を覗きこんだ。「でも、何よりも」その声に、アラベラの体がまた震えた。「きみをここで感じてるからだ」アラベラの反対の手にキスをしてから、その手をまっすぐ胸へ持っていった。「正直に言うよ、スイートハート。ほかの女ではこんな気持ちにならなかった。きみだけだ」

アラベラの目が涙で霞んだ。「ジャスティン」吐息のような声だった。「ああ、ジャスティン」すらりとした腕がジャスティンの首に巻きついた。心の奥で無数の感情を揺らめかせながら、アラベラはジャスティンにキスをした。

しばらくしてアラベラが身を引くと、ジャスティンは赤い髪を撫でた。アラベラの口元にかすかな笑みが浮かんだ。

「白状するよ」

「白状?」

「ぼくも怖いんだ」

「あなたも?」アラベラは少しだけ意地の悪い笑みを浮かべた。「信じられないわ」

「でも、ほんとうなんだ」ジャスティンは真剣に言った。「知ってるだろう、ぼくは処女と寝たことがない。今夜は忘れられない夜にしよう。ぼくたちふたりにとって」

アラベラはジャスティンを見つめた。その顔に浮かぶ表情にうっとりして、やさしい口調に驚いていた。まるでジャスティンがするりと心のなかに入りこんで、すべてを引きだしてくれたかのようだ。

「ジャスティン」と弱々しい声で言った。どこまでも甘い感情で胸が満たされていた。

「わたし、自分が特別の存在になったみたいな気がするわ」

「きみは特別だよ。この世にひとりしかいない。それに……愛しのアラベラ、ぼくはきみみたいな人にいままで会ったことがない」

〝愛しのアラベラ〟――ジャスティンの低くとろけるような声で名前を呼ばれると、アラベラの心が幸福感であふれた。

「きみがほかの男とキスしたことがないとわかってほっとしたよ」低く砕けた口調に、アラベラはつま先までぞくぞくした。「きみがほかの男の裸を見たことがないとわかって、きみにとってぼくが初めてベッドをともにした男だとわかってほっとした」ジャスティンはふいに口をつぐんだ。「さっき中断したところから、そろそろまた始めてもいいんじゃないかな。賛成してくれるかい、愛しの奥さま?」

アラベラの目が輝いた。「ええ、旦那さま。もちろん、賛成よ」

そのことばは水門が大きく開かれたようなものだった。アラベラの髪のなかで両手を組みあわせて、ジャスティンは荒々しく唇を重ねた。真っ赤な巻き毛がふたりの体の上で絡みあった。ジャスティンのキスは魂が焼けるようだった。男の欲望を剝きだしにしたキスに、アラベラの欲望も解き放たれた。ジャスティンの息がアラベラの口を満たした……まるでジャスティン自身がアラベラの体を満たすように。

乳首をもてあそばれて、アラベラは胸の奥から喘ぐような叫びを漏らした。男らしい手が腹の窪みをたどるのを感じた。それが、脚の付け根のすぐ上のやわらかな茂みに入って、大胆なリズムを刻みはじめた。とたんに、体に力が入らなくなった。驚いたけれど、抗わなかった。信じられないほど甘美だった。ジャスティンの手は信じられないほど甘美で、知らず知らずのうちに脚を広げていた。

けれど、それだけではなかった。さらにそのさきがあった。大胆な手がやわらかな襞を幾度となくたどった。何かを目覚めさせるようなその手の動きに、ジャスティンの親指も加わった。小さな肉塊を円を描くように撫でられると、全身に稲妻が走った。その場所は高まってふくれて湿っているようで、悩ましいほどに、狂おしいほどに敏感だった。身も心も震えていた。その部分の感覚だけで頭のなかがいっぱいだった。何かが大きな流れとなって体を駆けめぐり、その一点に集まった。ジャスティンがいま、堂々と所有権を主張して、挑発的に円を描きながら撫でているその場所に。一本の指がするりと体のなかに滑りこんでくると、息が詰まった。その指がまたもや邪な動きをはじめた。

喘がずにいられなかった。身悶えしながら、何かを探した……何かわからないけれど、すぐそばまで来ているものを。そうして、ついにそれがやってきた。愉悦が弾けて、鼻にかかった小さな叫びが口から漏れた。

アラベラは目を開いた。霞がかかったようにぼやけていた。ジャスティンの顔が視界を、目のまえの世界を満たしていた。ジャスティンの熱いまなざしにとらえられ、その顔に浮かぶ身を焦がす欲望に射すくめられて、心臓が大きくひとつ鼓動を刻んだ。同時に、腿《もも》のあいだにジャスティンが膝を割りこませて、脚のあいだでひざまずくような格好になった。片手にいきり立つものを持って身を屈めると、それを赤い茂みに押しつけた。アラベラはジャスティンの手のなかにあるものから目が離せなかった。岩のように硬くそそり立っている……。そう思ったとたんに、それが体のなかに入ってきた。

アラベラは息を呑んだ。

それを聞いて、ジャスティンは身を固くした。処女膜を感じていた。アラベラの純潔を守っていた薄い膜が、自分の体のいちばん感じやすい部分――アラベラが何よりも求めている部分――にあたっていた。思わず、うめきそうになった。苦しくてたまらなかった。深く激しく突き進みたかった。アラベラの熱く湿ってまとわりつく場所に、自分自身を解き放ちたかった。けれど、そのまえに試練があった。恐れていた瞬間がやってきた。ジャスティンはどうやって自分を抑えればいいのかわからなかった。抑えられるのかどうかさえわからなかった。

身を切られるほど辛かったけれど、歯を食いしばって、少しだけ体を離した。無垢でかわいい妻の視界を、悲しげな笑みが横切ったはずだ。アラベラは怯えながらも、うっとりしているようだった。ジャスティンは下を見て、思わず唸りそうになった。太い槍《やり》と化した自分自身がアラベラの熱い液体で濡れて光っていた。欲望が一気に押しよせた。

両肘をついて、キスをした。「痛かったら言うんだよ」つぶやく声がわずかにかすれていた。そうして、アラベラのなかに自分自身を埋めていった。少しずつ、もう一度すべてをすっぽりとおさめようとした。ああ、信じられない……こんな快感があるとは。はちきれそうなほどの男根を、アラベラの体がぴたりと包んでいた。

「ええ」アラベラは答えると、口元にかすかに笑みを浮かべた。「お願い、ジャスティン、わたしを奪って。あなたの妻にして……わたしをあなたのものにして」

ジャスティンはうめいた。すぐにでもそうせずにいられなかった。アラベラの目にはほんものの願いが浮かんでいた。切羽詰った熱い願いのなかに、剝きだしの欲望が感じられた。もう抑えられなかった。何も考えられなくなって、欲望のままに突き進んだ。アラベラのなかにすべてをしっかりと埋めるまで。

「ああ、神さま」アラベラがつぶやくように言った。

ジャスティンの息は荒く、途切れ途切れだった。「神の名など呼ぶな」

けれど、そのことばのなかには激しい不安……激しい愛……激しい感情が横たわっていた。アラベラの肩に頭をつけて、ジャスティンは荒々しく鼓動を刻む心臓を鎮めた。そうやって、熱く燃える場所に深く埋まっているものの感覚にアラベラの体を慣らそうとした。どうしようもなく感じていたのはジャスティンのほうだった。もう破裂寸前だった。

「信じられない」アラベラが小さく頭を振りながら言った。「ジャスティン、こんな気持ちって……こんなことって……」

アラベラのけぞらせた首にジャスティンはキスをしてから、顔を上げた。ふたりの目が合った。「痛くないかい？」そんなことばを口にできるとは奇跡に近かった。

アラベラの笑みは眩いほど愛らしかった。「いいえ」そう言って、息を吸った。「神に誓って……」

その顔から笑みが消えた。そうして、ジャスティンの唇を自分の唇へと誘うと、舌を絡ませて、欲望を掻きたてた。

ゆっくりとジャスティンは動きだした。両手をアラベラの腰の下に差しいれて、さらに体を引きよせた。もう止まらなかった。自分自身を根元まで押しこんだ。アラベラがしがみついてくるのが嬉しかった。爪が肩に食いこむのも嬉しかった。幾度となく夫を求めて、アラベラの腰が動いた。速く、さらに速く、熱に浮かされたようにジャスティンはどこまでも押しこめた。アラベラの腕と脚が体に絡みついて、離れようとしないのが嬉しかった。

ジャスティンは頭をのけぞらせた。首の筋がぴんと張った。アラベラのせいで体の外も内も火がついたようだ。「アラベラ」かすれた声が口から漏れた。そして、もう一度。「アラベラ！」

どこか頭の片隅で、アラベラと初めてキスをした夜のことを思いだしていた。あのときは、自分が感じているのは欲望だと思いこもうとした。熱く燃える欲望だと。アラベラはこのジャスティンという男を拒む唯一の女で、それゆえに、自分が求めるただひとりの女で、わがものにしなければならないただひとりの女だと自分に言い聞かせたのだ。けれど、いまこの瞬間に対しては、何ひとつ準備していなかった。今夜に対して、アラベラに対して、心の準備を何ひとつしていなかった。これほどすばらしいとは……アラベラがこれほどすばらしいとは……。世界に光が満ちた。星が粉々に砕けて落ちていく。

夜が破裂した……そして、ジャスティンも。

17

一週間後、ふたりはバースからロンドンに戻ってきた。

思いやりに満ちたあの夜に、ほんとうの意味でジャスティンの妻になってからというもの、アラベラの胸から後悔や疑念はすっかり消えていた。ジャスティンとの結婚は正しい選択だった、そう思えた。とはいえ、ほかに多くの選択肢があったわけではなかったけれど。いいえ、選択肢の数などたいした問題ではなかった。この世に、自分が求める男性はジャスティンのほかにいるはずがないのだから。愛のある結婚しかしないと決めていたのだから。

そうして、そのとおりになった。

アラベラにはわかっていた。心の奥で気づいていた――ジャスティン・スターリングこそが自分が愛するただひとりの男性だと。

けれど、それは秘密だった。いまでも誰にも打ち明けていない秘密。ジャスティンとのあいだにはゆったりとした友愛のようなものが存在しそうだということはなんとなく感じていたけれど、まさにそのとおりだとわかったのはお互いにとって嬉しい驚きだった。いまはその絶妙なバランスを崩したくなかった。ジャスティンはわたしの愛を求めているの？　わたしの愛に応えてくれるの？　それはわからなかった。

けれど、ジャスティンはわたしを欲している。この二週間ほどの結婚生活でそれを実感していた。その間、愛を交わさずに過ぎた夜は一夜としてなかった。ジャスティンにやさしく誘われて、性の行為にはさまざまな面があるのを知った。戯れたり、熱かったり、やさしかったり。そのすべてを夫となった男性の手によって経験した。そして、それに応じる妻にジャスティンも心から満足しているようだった。幾晩かは、熱く燃えるように抱かれた。怖くなるほどの激情と独占欲をジャスティンは剝きだしにした。また、幾つかの夜は、くるおしいほどゆっくりと、叫びたくなるほどどこまでも甘くやさしかった。けれど、いつでも……どんなときでも、自分がこの世でたったひとりの女性であるかのような感覚を抱かせてくれた。そうして、アラベラも自分を抑えられなかった。抑えたいとも思わなかった。

お互いが胸に秘めていた思いが一気に噴きだした初めてのあの夜に、愛の種が芽を出して、育ちはじめた。そうして、アラベラはひとつの願いを抱くようになった――自分が愛すればジャスティンは不埒なことをしなくなるかもしれないと。

実際にすでに願いがかないつつあると思えることが何度もあった。バースから帰ってくると、意外にも、自分の荷物がジャスティンの寝室に移されていた。ジャスティンの寝室の隣に部屋があったので、アラベラはてっきりそこが自分の寝室になるのだろうと思っていたのだ。両親はいつも同じベッドで眠っていたし、グレース伯母とジョセフ伯父もそうだったけれど、上流階級の夫婦が別々の寝室を持つのはめずらしいことではなかった。それを思えば落胆することはないと自分を慰めるつもりだった。多くのことを望みすぎてはいけない……あまりにも早急に望んではいけないと。

ふと見ると、ジャスティンが胸のまえで腕を組んでこっちを見ていた。

「きみも賛成してくれるといいんだが」ジャスティンはいかにも尊大に片方の眉を吊りあげながら言った。「ぼくは夫婦が別々の寝室を持つという考え方が嫌いでね」口調は堅苦しかったけれど、目にはかすかな光が揺れていた。

アラベラはいたずらっ子のように目を輝かせた。そうして、お辞儀をしながら、ジャスティンの口調に合わせて言った。「旦那さま、異存はございませんわ」

ふたりは階下へ降りた。正午の軽い食事が用意されていた。食事を終えると同時に、執事のアーサーが銀の盆を持って現われて、主人のまえに盆を仰々しく置いた。

「おかえりなさいませ、ご主人さま」

ジャスティンは招待状の束に目をとおしながら言った。「どうやら、ぼくたちが結婚したことはすばやく広まったらしい。ぼくたち夫婦はあちこちから招かれている」そう言うと、金箔の縁取りがされた招待状を取りだして、見つめた。「今夜、ファージンゲール夫妻がパーティーを開かれる。大勢の人が集うだろう。そこで夫と妻としてデビューしてみるかい？」

ファージンゲール家はふたりの再会の場所だった。ジャスティンはそれを思いだしたの？　アラベラにはわからなかった。ジャスティンの口調からも気持ちは読みとれなかった。アラベラはがっかりしながらも、すぐに考え直して、尋ねた。「そうしたほうがいいかしら？」

ジャスティンが問いかけるような視線を送ってきた。

アラベラは真剣な顔をした。「いいえ、大勢の人が集うみたいだから」

「ああ、それはまちがいない。レディー・ファージンゲールはことパーティーとなると中途半端なことはしないからね。誰も彼もがこぞってやってくるだろう」

「なんてすてきなの。そして、誰も彼もがわたしたちのことを話すのね。なんてこと、わたしは噂話が大嫌いなのに」

「噂話をされない唯一の方法がある。いや、たとえそうでなくても、いずれはしなければならないことを、わざわざさきに延ばすことがあるかい？　ぼくたちが一緒にいるところを見せれば、その場にいる誰もがたちどころに、ぼくたちが幸せな結婚をしたとわかる。そうすればたちどころに、よく動くいくつもの舌をおとなしくさせられる」

ジャスティンはからかっているの？　アラベラは鋭い目でジャスティンを見た。見えたのは、冷静そのものの表情を浮かべた顔だった。

「質問されたらどうするの？」

ジャスティンはくすりと笑った。「これほどきゅうに結婚したとなれば、当然いろいろと訊かれるだろう。でも、それにいちいち答える必要などあるかな？」

アラベラは息を吐きだした。「そうね、そのとおりだわ。それにもうひとつ、わたしが嬉しくてたまらないこともあるわ」そう言うと、眩いほどの笑みを浮かべた。

「嬉しくてたまらないこと？」

「二度と〝難攻不落のきみ〟なんて呼ばれずにすむことよ！」

「そのとおりだ」ジャスティンは身を屈めると、アラベラの頬にいつもの軽いキスをした。「さてと、残念ながら、今日の午後は仕事で銀行に行かなければならなくてね。悲しいことに、その仕事は待ってくれない。ぼくはしばらく家を空けて、きみはひとりになってしまうけど、大丈夫かい？」

アラベラはにっこり笑った。「いつも保護者とべったりくっついていなくても大丈夫よ、旦那さま」

「よかった。何か困ったことがあったら、アーサーに言うんだよ」

アラベラはうなずいた。ジャスティンが出かけてしまうと、立ちあがって、とくにこれといった目的もなく家のなかをぶらぶらと歩いた。昼寝をしようかとも思ったけれど、すぐにそれはやめにした。退屈だったからそんなことを思いついただけで、疲れてはいなかった。ふと思った――結婚式の日以来、いつもジャスティンと一緒だった。ジャスティンが外出して、いま、わたしは少し寂しいと思っている。ええ、正直に言えばそう。ジャスティンが恋しい……。そう感じたとたんに、ひとつの疑問が頭に浮かんだ。ジャスティンもわたしを恋しがっているの？

ああ、もう、なんてくだらないことを考えているの！　自分を叱りながら、たったいま上ってきた階段を引きかえした。ジャスティンの書斎の扉のまえで立ち止まった。机を借りても、ジャスティンは怒らない？　両親に手紙を書かなければ――罪悪感を抱きながらそう思った。両親が外国にいるからといって、毎日手紙を書くようなことはそもそもなかったけれど、最後に手紙を書いてからもう一週間以上になる。人の領域に無断で立ち入るような気分で書斎に入ると、革の椅子に坐った。引き出しを開けて、クリーム色の紙を見つけた。小さなインク壷にペン先を浸して、手紙を書きはじめた。

親愛なるお父さま、お母さま

お変わりありませんか？　ジャスティンとわたしはちょうどバースから戻ってまいりました。申し分のないお天気でした。

ペンを止めた。いったい何をしているの？　バースの天気のことなど、両親が知りたがるはずがない。

ひとつ息を吸って、紙を半分に引き裂くと、新しい紙を出してまた書きはじめた。思っていたより、手紙を書くのはむずかしかった。ぴったりのことばが浮かばなかった。書いては破るということを三度繰りかえして、ようやく納得のいくものが書けた。ペンを下ろして、努力の成果に目をとおした。

親愛なるお父さま、お母さま

お元気のことと思います。わたしが結婚するという知らせを受けて、おふたりがどれほど驚かれたかはよくわかります。ほんとうに、きゅうな出来事だったのですから。わたしの夫となった人の噂を、おふたりもご存じでしょう。けれど、わたしはほかの人が知らないことを知っています。ジャスティンはいい人です。わたしにとって最高の男性で、申し分のない夫です。ですからお願いです、どうぞ心配なさらないでください。わたしは断言できます――この世でいちばん幸せな花嫁だと。いずれまた家族みんなが集まって、ここに書いたわたしのことばを、お父さまとお母さまがその目で確かめる日が来ることを心待ちにしています。

おふたりのかわいい娘、アラベラ

さらに二回、手紙を読みかえした。

心が揺れた。とたんに手紙の文字がぼやけた。なんとか焦点を合わせようとしても無駄だった。手紙が涙のカーテンの向こうで霞んでいた。胸が張り裂けそうなほど痛んで、さらに目が潤んだ。涙を押しもどそうと、上を向いて、まばたきをした。涙がひと粒、頬を伝って、手紙に落ちて、インクが滲んだ。悲しい声が口から漏れた。もうこの手紙は送れない……。

ジャスティンがアラベラの姿を見たのはそのときだった。

ジャスティンは妻をじっと見つめた。一瞬、自分の目を疑った。アラベラはうつむいて、肩を震わせていた。その口から漏れる小さな声を聞くと、胸が締めつけられた。歩みよった。夫がすぐそばにいることにアラベラはまだ気づいていないようだった。

ジャスティンはためらいがちに声をかけた。「アラベラ？」

アラベラがぱっと顔を上げて、大きな声で言った。「ジャスティン！　部屋に入ってくる足音に気づかなかったわ」

ジャスティンはアラベラを驚かせてしまったことに気づいて、精一杯穏やかな声で話そうとした。アラベラに会いたくてたまらず、ほんの短時間の外出にも堪えられずに、いそいで帰ってきたのだ。アラベラを抱きしめて、口づけたい、ただそれだけを願いながら。まさかこんなことになっているとは思いもしなかった。

「何があったんだ？」

アラベラはおずおずと言った。「なんでもないの。ほんとうになんでもないのよ。ごめんなさい、書斎を勝手に使ったりして。いそいで手紙を書いてしまおうと思って……お父さまとお母さまに」

ジャスティンは何枚もの破れた便箋《びんせん》に目を留めて、それから、机の端に置かれた一枚の便箋に気づいた。自分が何を考えているのかわからないまま、ジャスティンは手を伸ばして、便箋をつかんだ。

「ジャスティン！」アラベラが声を荒げた。「それはわたしの手紙よ！」

ジャスティンは答えずに、すばやく手紙に目を走らせた。ひと粒の涙にインクが滲んでいた。ハート形の涙に。それを見たとたんに、心がひやりと冷たくなった。

ゆっくりと目を上げて、アラベラの顔を見た。親指でアラベラの頬から涙を拭うと、指をそのままそこに置いておいた。

アラベラの瞳をじっと見つめた。「ぼくは目が見えないわけじゃない」その声はとても低かった。「それに、夫の務めには不慣れでも、これが幸せな花嫁の証じゃないことぐらいはよくわかる」

アラベラはジャスティンの手からさっと手紙を取りあげると、胸に抱えた。ジャスティンを避けて立ち去ろうとして、腕をつかまれた。

冷ややかにジャスティンの顔を見た。唇をぎゅっと結んで。

ジャスティンは困惑した。うろたえて、がっかりしながらアラベラを見つめた。「どうした？　何も言わないのか？」

「わたしに何を言わせたいの？」

「くそっ、決まっているだろう！　いったい何が悲しいのか、それを話してほしいんだ」

「そんなことばは使わないで」

「ちくしょう、わかってる」ジャスティンは感情が抑えきれなかった。「何が悲しいのか、なぜ言ってくれないんだ？」

アラベラがふいに目をそらした。唇が震えていた。その瞬間、ジャスティンは思った

――アラベラが泣きだすのではないかと。アラベラが頭を低く垂れると、ふたりのあいだに空虚な沈黙が流れた。

「なんでもないの」アラベラがあわてて言った。ずいぶん低い声だった。

「なんでもない？」ジャスティンは繰りかえした。「家に帰ってみると、妻が泣いていた。それなのに、なんでもないのか？　くそっ、誰だって何かたいへんなことが起きたと思うに決まってる！　てっきり……くそっ、何がなんだかわからない！」

それでも、アラベラは目をそらしたまま、ジャスティンではない何かを見ていた。「放して、ジャスティン。ひとりになって頭を冷やしたいの、わかって」

自分から離れたいというアラベラのことばが、ジャスティンの胸に突き刺さった。とはいえ、何がまずいのかはわかっていた。どう見てもアラベラは不幸せそうだった。どう見てもこの結婚を後悔しているようだった。両親への手紙には幸せだと書いてあったけれど……それでも、アラベラの言動が真実をはっきりと物語っていた。

口を固く結んで、ジャスティンは手を放した。「わかった、そうするといい」

アラベラはくるりとうしろを向いた。夫から離れたくてたまらないのだ、その姿はジャスティンの目にそう映った。

アラベラが戸口に着くというときに、ジャスティンの声がその足を止めた。「七時半に家を出て、ファージンゲール邸へ行く」

アラベラの背中に力が入るのが見えた。すぐにアラベラが振りかえった。「今夜は家にいたいわ」どこかよそよそしい口調だった。

ジャスティンはすでに首を横に振っていた。「残念ながら、そういうわけにはいかないんだよ、アラベラ。いいかい、さっき外出したときに、偶然にもファージンゲール卿とそのご友人に会ったんだ。そうして、今夜は伺うと話した。それなのに出席しなければ、まちがいなく噂の種になるだろう。きみはそれだけはなんとしても避けたいんじゃなかったか？」

そんなことはわざわざ言われるまでもない――アラベラがそう思っているのは、ジャスティンにもわかっていた。アラベラは憮然《ぶぜん》としてジャスティンを睨みつけた。「では、あなたのおっしゃるとおりにいたします」

八時少しまえに、ふたりの乗った馬車がファージンゲール邸のまえに止まった。アラベラは反対側の窓から物憂げに外を見ていた。

「着いたよ」ジャスティンが感情のこもらない声で言った。

従者が扉を開けて、馬車から降りるふたりに手を貸した。

馬車のなかでは、どちらもひとことも口をきかなかった。息苦しいほど張りつめた沈黙が漂っていた。ジャスティンは冷たく、よそよそしく、書斎での一件以来、ほとんど黙りこくったままだった。

これまでの人生で今日ほど惨めな日はないとアラベラは思った。どうにか涙をこらえていられたのはプライドのおかげで、震えずにいられたのは固い意志のおかげだった。

舞踏室に一歩足を踏みいれたとたんに、大勢の人に取り囲まれた。誰もが〝おめでとう〟や〝お幸せに〟ということばをかけてきたけれど、右のほうで、ひとりだけにやにや笑っている人がいた。

「きみという男はほんとうについているな。誰もが撤退を余儀なくされた〝難攻不落のきみ〟を落としたんだから、そうだろう、スターリング？」

もう二度とその呼び名で呼ばれることはないと思っていたのに……。

隣で、ジャスティンが悠然と笑った。そうして、自分のものだと主張するように、これ見よがしにアラベラの手を自分の肘に絡ませると、その手を握った。「たしかに、ぼくの妻は普通の女性とはちがう。とにかく、できるだけ早く妻にしなければと思った。だから、そうしたんだよ」

「あら、マックエルロイ、何を言っているの？」女の人の声がした。「多くの女性が不思議に思っているのよ。いったい、どうやってアラベラがイングランド一の美男子を射止めたのか」

緑色のドレスに身を包んだ金髪の美人が、含み笑いをしながら応じた。「アラベラに尋ねるなら、どうやって夫をつなぎとめておくのかということでしょう」品のあるターバンを巻いた頭が、そのふたりの貴婦人のほうを向いた。杖が床を叩く音が響いた。「ご婦人がた、たしかにお気の毒ね、あなたがたの結婚がうまくいっていないのは」耳慣れた声が高らかに響いた。「噂に聞いてますよ、あなたがたおふたりとその旦那さまがお互いの名前をまだ憶えているのが奇跡だと言われているのは。それに、わたくしと同じようにあなたがたも、ジャスティンとアラベラが夫婦になって初めて交わした口づけを見るという栄誉を与えられていれば、このふたりが心から愛しあっていることに疑問を呈したりはしないでしょうに」

アラベラは目をぱちくりさせた。キャリントン公爵未亡人に大きな拍手を送りたかった。いっぽうで、小柄な金髪美人につかつかと歩みよって、そのかわいい鼻に拳をお見舞いしたかった。とうてい淑女らしからぬ行動だとわかってはいたけれど。

視線をジャスティンの横顔に移すと、いかにも愉快そうに片方の黒い眉が上がっているのが見えた。ジャスティンは公爵未亡人に小さく会釈すると、身を屈めて、アラベラの耳元に口を近づけた。そっと耳打ちしようとして、その唇がアラベラのふっくらした頬をかすめた。「なんなら結婚式でのキスをもう一度ここで実演してみせようかと思ったけれど、公爵未亡人のことばだけで充分のようだな、そうだろう？　それに、キャリントン公爵未亡人ほど強い味方はいない、そう思うだろ、アラベラ？　さてと、そろそろ今夜のパーティーを開いたご夫婦に挨拶をしにいこう」

ジャスティンと一緒にその場をあとにしながら、アラベラは唇を嚙んだ。「公爵未亡人はほんとうに手厳しいわ」

「それに、そうすることを楽しんでいる」とジャスティンは言った。「きみを守ってくれるご婦人がいるとしたら、それは公爵未亡人をおいてほかにはいないな」ジャスティンは静かに笑った。「夫人は武器のごとく杖を操るからね。あの芸当は誰にも真似できない。忠告しておくよ、アラベラ、あの杖が振りあげられたら、うしろに飛びのいて、その場をあけたほうがいい」

「公爵未亡人の杖?」アラベラは言った。「夫人が武器のように使いこなしているのは口のほうじゃないかしら?」

「たしかに。そのふたつがあるかぎり、手に負えないほど獰猛《どうもう》な相手にあえて挑もうとする者などまずいないだろう」

「でも、わたしは公爵未亡人が好きよ」

「ああ、きみとそっくりだからね」

その晩、ジャスティンはかたときもアラベラのそばを離れなかった。どこからどう見ても、思いやりのあるやさしい夫だった。つねにアラベラの肘に片手を添えて、アラベラが話しはじめると、そのことばをひとことも聞き漏らすまいとするかのように、頭を妻のほうへ傾けた。

とはいえ、どちらもここへ来るまえに口喧嘩をしたことは忘れていなかった。アラベラは何をしていてもそれを思いだして、胸が痛んだ。バースでの仲睦まじさが恋しかった。さらにいけないのは、自分の言動の説明がまるでつかないことだ。そう、自分自身にさえ説明できなかった。なぜ、泣いたのか……。理由はたしかにあったはずなのに。

それでも、どうにか冷静を装った。つねに笑みを浮かべていたせいで、顔の筋肉が痛くなった。けれど、そんなことより、これ以上噂になるようなことをしないでいるほうが大切だった。

ファージンゲール卿が歩みよってきた。「ちょっとご主人をお借りしてもいいかな？今夜ここに集まった紳士たちと一緒に、最高級のブランデーで幸せな花婿に乾杯しようと思ってね」

ああ、ファージンゲール卿がわたしの気持ちをわかってくれていたら、とアラベラは少し苛立ちながら思った。けれど、そんなことはおくびにも出さずにさらりと言った。

「そんなにすばらしい機会をあなたのご友人たちから取りあげるとしたら、わたしはいったいどんな妻でしょう」

ファージンゲール卿はにやりとした。「約束しよう。ご主人を長いこと取りあげたりしないよ」

アラベラは何人かの知り合いとおしゃべりをしてから、舞踏室の奥へ歩いていって、大理石の柱の傍らに立った。ちょうどそのとき、手を振りながらやってくるジョージアナの姿が見えた。

「アラベラ！　ご機嫌いかが？」ジョージアナが笑った。「ほんとうのことを言うと、あなたが結婚しているなんてなんだかとてもおかしな気分よ」

アラベラは叫びたかった。結婚したことについてあとひとことでも言われたら、堪えられなくなりそうだった。それでも、どうにか気持ちを立て直した。言動に注意しなければ、ジョージアナに何かへんだと気づかれてしまう。

「たしかに結婚はしたけれど」とわざと明るく言った。「まだ自分が奥さまだなんて実感が湧かないわ」

ジョージアナが顔をしかめた。「でも、幸せなのよね？」

「それはもう」アラベラは陽気に嘘をついた。「と言っても、まだたった一日しか経っていないのよ。わたしたちは今日のお昼にバースから戻ってきたばかりなんですもの」

しばらくおしゃべりをして、来週には一緒に買い物に行く約束をした。ずいぶん時間が経ったはずなのに、ジャスティンはまだ戻ってこなかった。アラベラは舞踏室のなかを見まわした。

それを見たジョージアナが声をあげて笑って、からかった。「あらまあ、心配性な花嫁さんだこと。ほら、旦那さまならあそこにいるわ」

アラベラは眉間に皺を寄せた。「どこに？」

「こっちに来るわ……あら、ダンスブルック夫人に話しかけられたわ」

アラベラの心臓がぴくんと飛びはねた。「アガサ・ダンスブルック夫人？」

「そうよ。あなたたちが彼女と知り合いだとは思わなかったわ」

「知り合いというわけじゃないの」アラベラはすぐに訂正した。「たしかに名前は聞いたことがあるけれど」

それは嘘ではない、とアラベラはぼんやり思った。ふいに、ヴォクソール・ガーデンズでの仮面パーティーの夜のことがはっきりと頭に浮かんだ。ふたりの女の人の噂話を立ち聞きしてしまったときのことが。ジャスティンと……何人もの愛人にかんする話を。

あのふたりはなんと言っていたの……？

〝誓ってもいいわ、今夜ここにいる女性のゆうに半分は彼とベッドをともにしたはずよ、ねえ、そう思うでしょう？〟

そして、そのなかのひとりがいまそこにいる。

アラベラの胸に鋭い痛みが走った。アガサ・ダンスブルックから目を離せなかった。

アガサより美しい女の人を、アラベラは想像できなかった。頭のてっぺんでまとめられたやわらかな金色の巻き毛。小柄で、背はジャスティンの肩にも届かない。その姿は気品ある美しい淑女の見本のようだった。わたしは逆立ちしてもあんなふうにはなれない……。

グラスを口元へ持っていって、シャンパンをひと息に飲んだ。

「先週、アガサと会ったわ」とジョージアナが言った。「こんなことを言うなんてわれながら心が狭いとは思うけれど、やっぱりどうしても好きになれなかった。ねえ、ヘンリエッタ・カールソンを憶えている？」

「もちろんよ」アラベラは即座に答えた。

「アガサに会って、ヘンリエッタを思いだしたのよ」

それは褒めことばではなかった。たしかに美人なのはすばらしい。そして、ジョージアナは美人で、性格もいい。けれど、美人で、意地が悪いというのは……。

「あら、名前を呼ばれたわ」とジョージアナは言った。「でも、来週にはまた会えるものね、アラベラ」

アラベラはジョージアナに挨拶して別れた。そうして、もう一度ジャスティンに目を戻した。ジャスティンはまだアガサと一緒だった。さらに見ていると、アガサが手をそっと伸ばして、ジャスティンの肘に手をかけた。そうして、身を寄せると、ジャスティンの頰に触れようとした。〝アガサがまた彼を狙っているのよ〟仮面パーティーの夜に聞いたことばを思いだした。

アラベラは自分の目を疑った。あんなことをするなんて、なんて大胆で不道徳なの！　めまいがした。体から力が抜けていく。きっとシャンパンのせいだ――ぼんやりと思った。ひとつ息を吸って、どうにか目をそらすと、気持ちを引き締めた。

同時に、自分に誓った。

軽率なことはしない。向こう見ずなことはしない。けれど、わたしを軽んじたアガサ・ダンスブルックのことは許さない。

三つ数えても、アガサがまだ夫と一緒にいたら――そう、わたしの夫なのよ――彼女のところへ行って、あのピンク色の小さな手を夫の腕からむしりとって、この手で細くて綺麗なあの首を絞めてやる。そう思うと、いつのまにか片方の手を握りしめていた。

一。

二。

三。

顔を上げた。ジャスティンもアガサも見えなかった。

「また酔っ払ったわけじゃないだろうね？」

すぐそばにジャスティンが立っていた。空になったシャンパングラスをアラベラの手から取りあげて、通りがかった給仕に渡した。

アラベラはにこりともせずにジャスティンを見つめた。ジャスティンの目が鋭くなった。「具合でも悪いのか?」

アラベラはゆっくり息を吐きだした。「いいえ、元気よ」首を振りながら言った。「ほんとうに元気よ」

ジャスティンは真偽を推し量るように、アラベラを見つめてから、やさしい声で言った。「きみは気づいているのかな? 先月再会したその場所に立っていることに」

アラベラは唇を噛んだ。「あなたこそ憶えていないと思ったわ」

ジャスティンは片方の眉を上げた。「どうして、忘れられる?」

「あの夜、わたしはウォルターから隠れていたのよ」アラベラは正直に言った。「求婚されないように」

「そうして、ウォルターではなく、ぼくがきみを見つけた。ウォルターの代わりに、ぼくが求婚することになった」

ふたりの目がぴたりと合った。

アガサは忘れ去られた。すべては忘れ去られた。アラベラはジャスティンの胸に飛びこみたかった。そうして、今日という日をもう一度最初からやり直したかった。愚かで無意味な口喧嘩など忘れて……。

ジャスティンはアラベラの手を取った。キスはしなかったけれど、唇のすぐそばまで手を持っていった。温かく湿った息が肌にあたるのが、アラベラにもわかるほどすぐそばまで。

アラベラはかすかな笑みを浮かべた。「あのときみたいに舐めるつもり?」

「きみの記憶はちょっと混乱しているよ」とジャスティンはすかさず言った。「最初は嚙んだんだ。舐めたのはその次だ」ジャスティンの唇の端にいたずらっ子のような笑みが漂った。それでも、アラベラの手を離そうとしなかった。「おや、少なからぬ数の顔がこっちを向いてるぞ。もう一度舐めて、みんなに噂の種を提供してみるか」

「でも、わたしたちはもう結婚しているんですもの」

ジャスティンはアラベラの手の甲に口づけると、その指と自分の指を組みあわせた。

「きみにはそそられるよ、アラベラ。ただし、言っておくが、きみの手首の内側を味見するだけじゃ、もう満足しない。ああ、そうだ、きみの唇まですべてを奪って、たっぷり堪能させてもらうよ」そう言うと、空いているほうの手で、アラベラの熱を帯びた腕を撫でた。肘まであるレースの手袋から出た素肌を。

そのことばにアラベラは頰が熱くなった。「ジャスティン」消え入りそうな声で言った。「あなたが言ったとおりよ、人が見ているわ」

「誰にも見られない場所に行くのが待ち遠しいな」

「そんなことを言うもんじゃないわ」とアラベラは弱々しく抗議した。

「いいじゃないか。きみが言ったとおり、ぼくたちは夫婦なんだから。きみに頰を引っぱたかれることはないとわかっているから、こんなことが言えるんだよ」

「でも……そんな目でわたしを見ないでちょうだい」

「そんな目？」

「まるで……」首から頰へと熱がこみあげてきた。人目にもはっきりとわかるほど、顔が真っ赤になっているはずだった。

「まるできみのすべてをむさぼるように？」

「そうよ！」

「ああ、ほんとうにそうしたい。でも、残念ながら、それはあとでのお楽しみだ」

アラベラは体の内側から力がそっくり抜けていくのを感じた。「あなたはわたしを口説こうとしているの、旦那さま？」

「その質問にはもう答えただろう？　そのときにはきみにもそれがはっきりわかるはずだって」

「そうね、そうして、あなたはほかの旦那さまたちの評判を下げることになるわ。あなたは妻にぞっこんのようだから」

「それは事実かもしれないな」

アラベラは喉がぎゅっと締めつけられた。ジャスティンにこんなふうに見つめられると、いつも胃がすとんと床まで落ちてしまったような気がする。長い距離を走ったように動悸がする。まるで、自分がこの世にただひとりの女になったような気がするのだ。

こんなふうにして、ジャスティンは星の数ほどの女性を虜にしたの？

「正直なところ」とジャスティンが声をひそめて言った。「そろそろいとまごいをしてもいいころだ」

アラベラは反論しなかった。夜は終わりかけて、ふいに家に帰りたくなった。ジャスティンの腕に包まれていたくなった。

玄関の間で、馬車がまわされてくるのを待っていると、背後で誰かが咳払いをした。アラベラとジャスティンは同時に振りかえった。

「ウォルター！」アラベラは驚きの声をあげた。

「やあ、アラベラ」ウォルターの視線はジャスティンにも注がれていた。「おふたりにお祝いを言おうと思ってね。花嫁に祝福のキスをしてもかまわないかな？」

ジャスティンは頭を傾げた。「もちろんだ」

アラベラには同意するまも、反論するまもなかった。ウォルターが手を差しのべて、肘をつかむと、唇に軽くキスした。それから、身を引いて、アラベラを見つめた。ウォルターにはまだ何か言いたいことがありそうで、アラベラの頭に浮かんだのはたったひとつのことだった。万が一ここでウォルターに騒がれたら、恥ずかしくて死んでしまいたくなるにちがいない……。

ウォルターはジャスティンを見て、片手を差しだした。

「きみは幸せな男だな。アラベラのことをしっかり面倒みてやってくれ。彼女にふさわしいやり方で」

一瞬、ジャスティンは何も言わずに、ウォルターの差しだされた手を見つめた。ジャスティンの顔に浮かんだ表情が不可思議で、アラベラの息が詰まった。けれど、すぐにジャスティンはウォルターの手を握ると、すばやくうなずいた。「もちろんだ」さらりと言ってのけた。

「よかった。では、失礼させてもらうよ。次のワルツをミス・ラーウッドと踊る約束をしたんでね」

ジャスティンは無言のまま、アラベラをエスコートしながら馬車に乗った。家へ戻る馬車のなかでは、ジャスティンの態度は穏やかだったけれど、なんとなく心ここにあらずという感じだった。アラベラはがっかりした。ジャスティンとのあいだに築かれた親密さが砕け散ってしまった。まるで最初からそんなものなどなかったかのように。ふいにある思いが稲妻のように脳裏にひらめいた。どれほど否定しようとしても、その思いは消せなかった。

夫婦としてロンドンに戻った今日という日は……どうしようもなく惨めな一日になってしまった。

18

その夜、ひとつのベッドの上で並んで横になっても、どちらも相手の体に触れることはなかった。ジャスティンが妻を抱こうとしないのは、結婚してから初めてのことで、アラベラの心は抑えようのない喪失感でいっぱいだった。

時間だけが過ぎていった。寝室は闇に包まれていた。ゆうに三十分が経って、それからたぶんまた三十分が過ぎた。アラベラは身じろぎもせずにじっとしていたものの、心は揺れていた。まんじりともしなかった。ジャスティンを起こしてしまうのがいやで動きたくなかったけれど、あと一秒でもそうしていたら叫んでしまいそうだった。だから、静かに寝返りを打って、やがてまた寝返りを打った。

それでも、眠りはやってこなかった。少しだけ体を起こして、窺うようにジャスティンを見た。ジャスティンは静かに横たわっていた。たくましい片腕を頭の下に敷いて、顔を反対側の窓のほうに向けていた。アラベラは唇を舐めると、また寝返りを打った。

「ひと晩じゅうのたうっているつもりか？」

アラベラは凍りついた。ジャスティンの声が体の芯にまで響いて、視線が背中に突き刺さる気がした。

それでも、唇を噛んで、答えずにいた。

「どうかしたのか？」ジャスティンは感情のこもらない声で尋ねた。

アラベラは顎の下で毛布を握っている手に力をこめて、そして、緩めた。「いいえ」ぶっきらぼうに答えてから、きちんと考えた。「ちがう、ほんとうは〝そうよ〟と言おうとしたの。ううん、ほんとうは……やっぱり……わからない」

「ぼくが心から愛してるのは自分が何を考えているのかきちんとわかっている女だ」

皮肉、それとも、冗談？　アラベラにはわからなかった。いずれにしても、それを聞いてさらに惨めになっただけだった。

「ごめんなさい」とアラベラは小さな声で言った。「起こすつもりはなかったの」

ジャスティンはため息をついた。「起こしてないよ。ぼくも眠れずにいたんだから」

闇のなかでジャスティンが手探りする音がして、まもなく、キャンドルの明かりが闇を溶かした。アラベラは仰向けになると、天井の漆喰《しっくい》が描く模様を見つめた。隣で、ジャスティンが上体を起こして、ヘッドボードに寄りかかった。

「なぜ眠れないんだ?」

「気持ちがざわついているから」アラベラは正直に言った。「考えずにはいられないの」

「何を?」

「何もかも」考えるよりさきに答えていた。

「なるほど」ジャスティンがそっけなく言った。「そういうことか、よくわかった。だったら、もう一度訊くよ。何が気になるんだ? なんでもないなんて言わせないよ」

アラベラはジャスティンのほうを向いて、夫の表情からその胸の内を読みとろうとした。目のまえにジャスティンのたくましい裸の胸が見えて、一瞬ひるんだけれど、その気持ちはどうにか隠した。

そうして、唇をぎゅっと結ぶと、答える代わりに尋ねた。「あなたはなぜ眠れないの? お願いよ、なんでもないなんて言わないで」

短い沈黙ができた。「たしかに、そのとおりだな」ようやくジャスティンが言った。「きみがどうしても聞きたいなら答えよう。ぼくは——」

アラベラはふいに首を振った。ジャスティンのことばを聞いて、プライドを呼び起さなければと思った。

「待って。わたしが……わたしがさきに言うわ」気を取りなおして、肘をついて上体を起こすと、感情を押し殺した口調で言った。「レディー・アガサがあなたの愛人だったというのはほんとうなの？」

永遠とも思えるような長い沈黙が流れた。アラベラは勇気を出してジャスティンを見た。夫の表情から気持ちを推し量るまでもなかった。ジャスティンの顔は険しかった。

「どこでそんなことを聞いたんだ？」

「ヴォクソール・ガーデンズでの仮面パーティーの夜」アラベラは思いきって言った。「ふたりの女の人が話しているのを聞いてしまったの――」

「ああ、なるほど。そのふたりはぼくのことを愛人としてはとびきり優秀だと言った――そうなんだろう？」

その口調からジャスティンが腹を立てているのがわかった。

「そうよ」アラベラは舌を頬の内側にあてた。「でも、あのふたりが話していたことはほんとうなの？」

「ぼくが愛人としてとびきり優秀かって？」ジャスティンは鋭い目でアラベラを見た。「たぶんそうじゃないんだろう。そうでなければ、きみがわざわざそんなことを尋ねるわけがない」

アラベラは頬が焦げそうなほど熱くなって、あわてて言った。「そういう意味じゃないわ。わたしが訊きたいのは、レディー・アガサが――」

「そうだよ」ジャスティンはアラベラのことばを遮ったが、ふいにためらったようだった。力強いふたつの手でアラベラの肩を包むと、自分の顔のほうへ引きよせた。「なぜそんなことを訊くんだ？」

「なぜって、今夜あなたがレディー・アガサと一緒にいるのを見たから……ええ、ほんとうはこんなこと言いたくないけれど、あなたたちはほんとうにお似合いだった」ふいにことばがあふれてきた。怒りと困惑で胸がはちきれそうだった。「わたしはそれが気に入らなかったの。あなたたちがつきあっていたと知っていたんだもの、彼女と同じ部屋にいるのもいやでたまらなかった。あんな人と顔を合わせることになるかもしれないと思っただけでぞっとするわ！　あなたのこれまでの行動を考えれば、そういうこともあるだろうと覚悟していた。でも、あの人があなたに触れるのを見て、わたしはあの人の頰を引っぱたきたくなった。つかつかと歩みよって、細くて綺麗な首を絞めてやりたくなった――」

ジャスティンの唇がぴくりと動いた。「そういうことか、アラベラ。どうやらぼくは嫉妬深い女性を妻にしてしまったらしい」

冗談めかしたそのひとことで、アラベラの堪忍袋の緒が切れた。

「あなたにとっては愉快でたまらないんでしょうね、ええ、よくわかったわ！」信じられない、皮肉をこれほどはっきりと口にするなんて。声と同じように唇も震えていた。自分の弱さをジャスティンに気取られるまえに、アラベラは身をよじって逃れようとした。

遅かった。ジャスティンに親指と人差し指で顎を押さえられて、目と目を合わされた。

「アラベラ、すまなかった。悪かった。傷つける気はなかったんだよ。きみを傷つけるつもりなんてこれっぽっちもない。アラベラ――」今度は困惑しているのはジャスティンのほうだった。「ぼくは聖人じゃない。でも、手当たりしだいに誰とでもつきあってきたというわけでもないんだ。きみはそう思っているようだけど。レディー・アガサとのことはもう何年もまえの話だ。彼女とのことは、当時のぼくにとっても無意味なことでしかなかった。そして、いまも、ぼくにとって彼女はなんの意味もない。それでも、もしかしたら、きみが彼女と顔を合わせることもあるかもしれない。ぼくがつきあったほかの女性たちとも――」

「まさに今夜、そういうことが起きそうになったのよ」アラベラはぶっきらぼうに言った。

「言わせてくれ、もしそういうことが起きたとして、きみにひとつだけ憶えていてほしいことがある」

「憶えていてほしいこと?」アラベラは惨めな気持ちで尋ねた。

「かつてぼくがつきあった女性が何人いようと、ぼくにとって大切なのはただひとり、きみだけだ。ぼくの目に映るただひとりの女性はきみだ。いま、ぼくの人生にはたったひとりの人しかいない。それはきみだ。アラベラ、ぼくにとってきみより美しい人はいないんだよ」

「ほんとうに?」

「ほんとうだ」熱く燃えるジャスティンの瞳がアラベラの瞳をとらえた。「結婚式の日に交わした誓い……それはぼくの心に深く刻まれている。これからも永遠に。たしかに、きみの望むような夫になれるかどうかはわからない。きみが必要とするような夫に、きみが夢見てきたような夫になれるかどうかは。でも、嘘じゃない、そうなるように努力する」

アラベラはジャスティンの顔を見た。そして、驚いた。その顔にはたったいま口にしたことばに対する真摯《しんし》さと熱意がはっきりと表われていた。それが温かく芳醇なワインのようにアラベラの胸を満たした。体のなかのあらゆる部分が激しく揺さぶられた。ジャスティンが自身の告白にこめた意味以上のものを感じとってしまいそうで怖かった。そしてまた、そうしないでいるのも怖かった。

「さあ、これでお互いの気持ちがわかった、そうだろう?」

幸福感が波のように押しよせてくるのを感じながら、アラベラはうなずいた。けれど、すぐに目に翳りが差した。

ジャスティンが怪訝な顔をした。「どうしたんだ?」

アラベラはジャスティンの腕に手をあてた。「今日の午後のあなたの書斎でのこと

「……まだ怒ってる？」

痛みのようなものがジャスティンの顔をよぎった。「最初から怒ってなんかいないよ」

けれど、アラベラは自分の手の下にあるジャスティンの腕に力が入ったのを感じた。

「説明させてちょうだい。ジャスティン、わたし……自分の気持ちがよくわからないの。なぜあのとき泣いていたのかわからない……でも、ふいに涙がこぼれて……そこへあなたが入ってきたの」ことばがこみあげてきた。「あなたのせいじゃないの。すべてがあまりにもきゅうだったから。きちんと考える時間もほとんどなかった。何もかも普通とはちがっていたせいよ、きっと。わからないけれど、ふいに両親が恋しくなったの……そうして、両親にどうしてもそばにいてほしくなった」声がまた震えはじめた。

ジャスティンは苦しげな声を漏らすと、アラベラを抱いた。「きみの言うとおりだ。すべてが竜巻のように一瞬にして襲ってきたからね。もしかしたら、今日の午後、きみをひとりにしたのがいけなかったのかもしれない。今夜、ぼくたちは出かけないほうがよかったんだ」

アラベラが夫の体に腕をまわすと、ジャスティンはさらに妻を引きよせた。上掛けにもぐりこんで、ひたすら抱きしめた。そうして、しばらくしてから体を離すと、手のひらでアラベラの頬を包んだ。

「もう大丈夫だね？」

アラベラは潤んだ目に笑みを浮かべた。「ええ。今日はおかしな一日だったわ」

「ああ、そのとおりだ」ジャスティンの唇を笑みのようなものがかすめた。「でも、きみに言っておかなければならないことがある」

「言っておかなければならないこと?」

「ぼくも嫉妬したんだよ。ウォルターがきみにキスしたときに。正気ではいられないほど」

「ほんとうに?」アラベラは息を呑んだ。そうして、夫の腕のなかにまたもぐりこんで、大きな声で笑った。

ジャスティンが頭を傾げた。「何がそんなにおかしいんだ?」

「あなたに言っておかなければならないことがあるわ、旦那さま」とアラベラはふざけて言った。

それから、ふいに真顔になって、大きく息を吸った。「公爵未亡人の言うとおりだったわ。ジャスティン、ウォルターじゃ、あなたのようには感じさせてくれない」そう言うと、片手をジャスティンの胸の真ん中に置いて、指を大きく広げた。

ジャスティンはゆっくりと片方の眉を上げた。「夫を誘惑しようとしてるのかい、奥さま?」

「そうよ」アラベラは恥ずかしそうに答えた。「願いをかなえてくださるかしら、旦那さま？」

低く太い笑い声が響いた。「わが妻よ、尋ねるまでもない」

ジャスティンが手を差しだすと、アラベラは小さく首を振ってそれを制して、両手でジャスティンの体を枕に押しつけた。身を屈めてキスをした。最初はそっと、やがていつになく情熱的に。唇を開き、頭を片側に傾げ、次に反対に傾げて。ジャスティンは動かしたくなる両手を体のわきに下ろして、アラベラの好きなようにさせた。激しく無節操なキスがたまらなく心地よかった。

アラベラの舌が深く差しいれられると、ジャスティンははっとした。目を閉じて、肌を這うアラベラの手の感触を楽しんだ。広い肩と、筋肉が盛りあがった腕をたどるその手の感触を。戦慄が走った。これこそアラベラだ、頭のなかでそう褒めたたえる声がした。アラベラに触れられている。求められている……。

滑らかな愛撫のひとつひとつに体が反応した。ひとつひとつが肌に、肉に、骨にまで響いた……まるで心そのものを触れられているかのように。アラベラの指が胸を横切って、密な胸毛がその指に絡んだ。アラベラが震えているのがわかった。止められるのを恐れているように。

ジャスティンには止められなかった。そうするつもりもなかった。

「なんてことだ」思わず口にしたそのことばは、途切れ途切れの息遣いと混じって消えいりそうだった。アラベラの指が引き締まった腹をもてあそび、腰骨をたどって、いちばん敏感な部分の先端をかすめた。ジャスティンの額に汗が吹きでた。アラベラの無邪気な手に血が沸きたった。快感の嵐が全身を駆けめぐり、股間に襲いかかる。そこにあるものがみるみる大きくなって、そそり立ち、アラベラが息を呑むのがわかった。股間を邪な痛みが貫いた。だめだ、ジャスティンは頭の片隅で思った。こんなことをさらに続けていたら、まちがいなく体がばらばらになってしまう。

アラベラの唇がジャスティンの唇に戻ってきた。ジャスティンは両手でアラベラの頭をつかむと、欲望もあらわに口づけた。舌が淫らに絡みあう。アラベラが体をするりと動かして、長い脚をジャスティンの脚に巻きつけた。ジャスティンの腿にアラベラのやわらかな茂みがぴたりと張りついて、絡む舌の動きに合わせて、男をそそる悩ましいリズムを刻みはじめた。ジャスティンにはわかった、アラベラの秘められた窪みが熱く滑らかに湿っているのが……。

堪えられなかった。何も考えられなかった。体のなかで弾けた欲望を止められなかった。我慢できなかった。力強い手でアラベラの体をつかむと、体の上に載せた。自分の脚に沿ってすらりとしたアラベラの脚が伸びるのがわかった。

せっかちな手がネグリジェを引きさげると、豊かな胸があらわになった。上体を起こして、乳首を口に含んで吸った。片方ずつ順番に。アラベラの片手が自分の胸にあたっていた。そうやって体を支えて、アラベラは頭をのけぞらせていた。その喉から、長い歓喜の叫びが漏れた。喘ぎ、悶えながら、激しく求めあう。ジャスティンの舌でたっぷりと湿らされて、つんと立った乳首がキャンドルの光に輝いていた。ネグリジェは腰まで下がって、乳房がすっかりあらわになっていた。その姿は裸でいるよりはるかにエロティックだった。

ジャスティンはアラベラに触れた。彼自身の先端を愛撫している彼女の秘められた場所に。たっぷりと熱を帯びた彼女自身に。欲望に濡れる桃色のビロードのようなその場所に触れた。ぴたりと張りついて、探るように動く指に、アラベラの体がびくんと動いた。ジャスティンももう限界だった。

手を滑らせて、アラベラの丸いヒップを包んだ。「行くよ」張りつめた声で言った。両手でアラベラのヒップをがっちりと押さえて、滑らかな入口に自分自身を持っていくと、そこを満たした。深く、激しく、たっぷりと。アラベラが下を見た。ジャスティンの硬く屹立したものにしっかりとつながっている自分を。その瞬間のアラベラの表情を見て、ジャスティンは笑いだしたくなった。けれど、口から漏れたのは途切れ途切れのうめき声だけだった。

そうして、激しく攻めたてた。真っ赤に輝く幕のような髪が大きく揺れていた。突くたびにアラベラの体から力が抜けて、押しいるたびに体が弓なりにしなった。理解を超えた欲望に突き動かされて、ジャスティンはアラベラと愛を交わしていた。わかっているのはアラベラがほしい、ただそれだけだった。

けれど、それだけでは足りなかった。まるで足りなかった。体を転がして、アラベラを自分の下に敷いた。アラベラのすべてがほしかった。これほど誰かを、何かを欲したことはなかった。そう思った瞬間、心が揺らいだ。何かを感じた……何かを恐れた。どうすればいいのかわからなくなった。

体の下で、アラベラが唸った。ジャスティンの肩を両手でしっかりにぎったまま、目を開けた。激しい欲望に瞳孔《どうこう》が広がっていた。「ジャスティン。お願い……」

「わかってるよ、アラベラ」ジャスティンはキスをした。唇に、喉に。

さらに動きを速めた。アラベラをもっともっと悦ばせるために。腰に添えられたアラベラの手が、荒々しい動きにはずれてしまうほど。

「そう」アラベラの口から声が漏れた。「ああ、それよ」

ジャスティンはひたすら単純なリズムを刻んだ。男としての純粋な満足感に包まれた。

〝そう〟――そのことばが頭のなかでこだました。〝ああ、それだ〟……これこそまさに求めていたときだった。これが求めていたものだ。自分が求めていたのはアラベラだ。

その瞬間、波に呑みこまれた。次々と押しよせる黒く甘い恍惚の波に、ジャスティンはさらわれた。

19

ロンドンに戻った一日はそんなふうにして終わり、その後の数週間はとくに何事もなく過ぎていった。アラベラはさまざまなことを考えてから結論を導きだした——結婚生活はきわめて順調に軌道に乗ったと。行く晩かはふたりきりで家で過ごした。夫婦として外出するときには、ジャスティンはかたときもそばを離れず、アラベラはそれが嬉しくてたまらなかった。まわりに人がいるときも、ふたりきりのときも、ジャスティンは妻をやさしく気遣った。思いやりにあふれて、思慮深かった。

完璧な夫ね——夢見心地でそう思った。

「正直なところ」ある日の午後、グレース伯母が言った。アラベラがお茶を飲みに、伯母の家に立ちよったときのことだった。「あなたは眩しいほど輝いているわ」

アラベラはティーカップにミルクを注いで、応じた。「そんなふうに言ってもらえると嬉しいわ」

「その輝きはきっと、結婚したばかりの旦那さまと関係があるんでしょうね？」

アラベラは頬を赤らめた。グレース伯母が微笑んだ。「ということは、やさしくしてもらっているのね」

アラベラはティースプーンを下ろした。「グレース伯母さま、聞いてくださる？」

「ええ、もちろんよ」

「これまで生きてきて、わたしはいまがいちばん幸せなの」それが正直な気持ちだった。母への手紙にもそう書いた。「夢に描いていたよりもっと幸せよ」

グレース伯母が嬉しそうに笑った。「憶えているかしら？　ほんの六週間前には、あなたは自分には結婚は向かないとわたしを説得しようとしたのよ」

「わたしが変わったのは結婚したせいじゃないわ、自分にふさわしい男の人と結婚したからよ」考えなくても、ことばが自然に口をついて出た。

「あなたからそんなことばを聞けるなんて、何よりも嬉しいわ。あなたが不幸だったら、わたしも悲しくてたまりませんからね」グレース伯母はアラベラの手をそっと握った。そうして、紅茶をひと口飲むと、ティーカップをソーサーに下ろした。伯母の表情を見て、アラベラは思った――伯母はミルクを飲んでいる猫のようだ。

「伯母さま」アラベラはきっぱり言った。「何かおっしゃりたいことがあってうずうずしていらっしゃるのよね。何がおっしゃりたいの？」

「いえね、たいしたことじゃないのよ」伯母は軽い口調で言った。「ちょっと考えていたの、すぐにでも洗礼式の準備を始めたほうがいいかもしれないと」

アラベラは驚いた。「グレース伯母さまったら！」

伯母が嬉しそうに笑った。しばらくして一緒に玄関へ向かうときにもまだ、伯母の目は輝いていた。アラベラは別れの挨拶をしようとして、ふいに口をつぐんだ。

「忘れるところだったわ」と大きな声で言った。「お父さまとお母さまからの手紙は届いている？」

伯母が首を横に振った。「残念ながら」

アラベラは顔をしかめた。娘が結婚したことを知って、両親が手紙になんと書いてくるのか待ち遠しかった。それに、いつも母は少なくとも週に一度は手紙をくれる。なんの便りもないとは、どういうことだろう？

そもそも予測しておかなければならないことを、伯母が思いださせてくれた。「心配はいらないわ、アラベラ。郵便はいつも確実に届くというものではないもの。ましてやアフリカからの手紙となればなおさらよ」

アラベラは肩の力を抜いた。「そうね」とつぶやくように言った。失望をわきに追いやって、笑みを浮かべた。

「でも、それで思いだしたわ。来週の水曜日にあなたとジャスティンを食事に招くつもりでいたのよ。四人だけの家族の晩餐の席に」

水曜日といえば、もう一週間もなかった。「ジャスティンに訊いてみるわ」アラベラは無意識のうちにそう答えていた。「もし都合が悪いようなら、また連絡します」

家に帰る途中で、馬車がたまたまラーウッド家のタウンハウスのまえを通りかかった。ジョージアナが自分の馬車から降りたところで、アラベラに気づいて大きく手を振った。アラベラは馬車を停めて、ジョージアナに家に招きいれられた。そうして、気づいたときにはまもなく八時になろうとしていた。

家に戻ると、ジャスティンがちょうど階段を下りてきた。その顔にかすかに咎めるような表情を浮かべて、最後の段で足を止めた。美しく弧を描く眉を高く上げて、視線をアラベラから、ときを告げはじめた時計に移して、それからまた目を戻した。

「いやだ、たいへん！」アラベラは大きな声で言いながら、日傘とバッグをメイドに手渡した。今夜のジャスティンはとくにさっそうとしていた。上等な夜会服に身を包み、純白のクラバットが小麦色の肌に映えていた。ジャスティンのそんな姿を見たとたんに、いつものように脈が速くなった。

「今夜は外出の予定があったの？」アラベラはいそいでジャスティンのほうへ向かった。「すぐに着替えてきますから。一分ですませるわ、ええ、かならず」

ジャスティンの口の片側がぴくりと上がった。「きみが家への帰り道を忘れてしまったんじゃないかと心配していたところだ」穏やかな口調だった。「教えてくれ、アラベラ、ぼくは嫉妬しなくてはならないのかな?」

「とんでもない」アラベラは笑って、ジャスティンに駆けよった。「遅くなってごめんなさい。グレース伯母さまにお茶に呼ばれたの。そして、家に帰る途中で、たまたまジョージアナと会ったのよ」

「なるほど」ジャスティンは真剣に言った。「もしきみがウォルターと一緒だったと言っていたら、話はまるでちがっていただろうな」

アラベラは目をぱちくりさせた。「まさか、まだウォルターに嫉妬しているなんてことはないでしょう?」

「もし、そうだとしたら?」

ジャスティンの独占欲の強さにアラベラは背筋がぞくっとした。「だったら、その状況を改善するためにわたしに何ができるのか考えなくちゃ」

ジャスティンの目に意を決したような光が宿った。「妙案だ」と妻を褒めた。「だったら、ふたりでいますぐそれを始めることにしよう」そう言って、片手を差しだした。

息を止めて、アラベラは夫の手に自分の手を重ねた。微笑みながらジャスティンを見あげて、エスコートされるままに階段を上り、ふたりの寝室へ向かった。ジャスティンが寝室の扉を大きく開いた。

「おさきにどうぞ、奥さま」

アラベラは部屋に入ったとたんに、足を止めた。驚いて息を呑んだ。部屋じゅうに輝くばかりの深紅の薔薇が飾られていた。それが無数のキャンドルの炎で照らされている。簞笥、マントルピース、ベッドのわきのテーブル、いたるところにキャンドルが灯されて、その効果は絶大だった。暖炉のまえの小さなテーブルには、繊細なクリスタルと陶磁器が置いてあった。

「ジャスティン」呆気にとられて、アラベラは夫の名を口にした。「ああ、なんてすてきなの！」

ジャスティンは扉を閉めて、それに寄りかかると、アラベラのめまぐるしく変わる表情を眺めた。「ぼくもそう思うよ」そう言いながらも、驚きのあまり開いたままになっているアラベラの唇を見つめた。そうして、テーブルを指さした。「料理が冷めないうちに食べよう」

「ええ、そうね」ジャスティンに手を取られて、アラベラは椅子に腰を下ろした。ジャスティンが料理を取りわけてくれた。ふたりきりで食事をしたのはまちがいなかったけれど、アラベラはほとんど憶えていなかった。何を食べたのかまるで記憶になく、気にしてもいなかった。頭のなかにあったのは、ジャスティンがどうやってこれほどロマンティックな演出をしたのかということだけで、その演出に体が震えるほどわくわくした。

食後にワインをひと口飲んだ。グラスの金色の縁越しにジャスティンと目が合った。

「おいしかったわ」そう言って、もう一度部屋のなかを見渡した。「でも、このすてきな演出の理由をまだ聞かせてもらっていないわ」

ジャスティンは肩をすくめた。「夫婦の寝室で、妻とふたりきりで楽しい夜を過ごしたら最高だろうと思ったんだよ」

ジャスティンの熱い視線に、アラベラの胸がときめいた。「おかしなものね」気づくとそう言っていた。「わたしたちは毎晩ふたりきりで過ごしているのに」

「なんだって？　きみはもう文句を言うようになったのかい？」

「いやだ、文句なんてつけようがないわ。いまのところはどこにも」アラベラは茶目っ気のある笑みを浮かべた。

ジャスティンは目を見つめたまま、妻の手からワイングラスを取りあげて、わきに置いた。立ちあがって、テーブルをまわると、アラベラを抱きよせた。「ずいぶん挑発的だな」

「そうかしら？」けれど、アラベラは内心では自分の大胆さに驚いていた。「どちらかといえば、誘惑しているようには思えない？」

ジャスティンの低くかすれた笑い声に、アラベラの心臓が飛びはねた。ジャスティンが笑っただけで、嬉しくてたまらなくなる。といっても、そうしょっちゅうは笑ってくれないけれど。ジャスティンが笑うと、この世に存在しない宝物を見つけたような気分になって、その笑顔を大切にしまっておきたくなる。そして、ふいに気づいた。今夜ほど気を許してくつろいでいるジャスティンを見たのは初めてだということに。

同時に、結婚式の夜に、ネグリジェ姿でジャスティンのまえに立ったときに、言われたことばを思いだした。ゆっくりと、アラベラは二本の指をジャスティンの上着の襟の下に滑りこませた。「これはないほうがいいんじゃないかしら……この余分な布切れは」

胸がすくようなその瞬間、ジャスティンの目に火がついた。それに気づいたとたんに、アラベラの体が熱くなった。

ジャスティンは肩をすくめて上着とベストを脱いだ。「きみが望むならなんでもするよ」シャツもすばやく脱ぎ捨てた。

ズボンまで脱ぎはじめると、アラベラの口のなかがからからになった。ジャスティンは顔はもちろん、体も神々しかった。キャンドルの光がその体を金色に輝く彫刻に変えていた。筋肉と影、情熱と腱《けん》でかたどられた男性そのものだった。

それが事実であることを証明するかのように、アラベラの目のまえでジャスティンの股間にあるものがあっというまに生気に満ちていった。たくましい腿の付け根で、見まちがいようもなくいきり立っていた。

アラベラの喉で息が詰まった。自分がジャスティンの体にそんな変化を起こせること——ジャスティンがそれを望んでいること——には、いまでも驚嘆せずにいられなかった。

アラベラの視線が一点に注がれているのに気づいて、ジャスティンの顔にゆっくりと笑みが浮かんだ。「愛しのアラベラ、裸でここに立っているなんて恥ずかしくてたまらない」笑みが広がった。「きみは裸じゃないのに」

アラベラは頰が燃えるように熱くなった。ということは、ジャスティンも結婚式の夜のことを思いだしていたのだ……。

アラベラはかわいらしく唇を尖らせた。「だったら、手を貸していただけるかしら」くるりとうしろを向いて、ドレスの背にずらりと並ぶボタンにジャスティンの手が届くようにした。

「喜んで」ジャスティンは歩みよった。アラベラが気づいたときにはもう、ドレスが足元に落ちていた。ジャスティンの手が髪をまさぐり、頭のてっぺんのシニョンからピンを引き抜くと、その手の上に髪がこぼれ落ちた。

鋼《はがね》のような腕に体を包まれると同時に、アラベラはうしろから抱きよせられた。やわらかなヒップの窪みに、ジャスティンのたわむことのない男根がぴたりと押しつけられた。髪を横によけて、ジャスティンがうなじに口づけた。

「こんなに甘美なものはほかにはないよ」とつぶやいた。「もう我慢できない」

ふいに腕のなかで体をまわされてアラベラが驚いて声をあげると、ジャスティンの唇に口をふさがれた。幾度となく唇が重なりあった。むさぼりあうように、互いを求めていた。

「触れてくれ」ジャスティンはアラベラの唇に言った。「ぼくに触れてくれ」声は低くかすれていた。「早く」

力強い手がアラベラの手首をがっちりとつかむと、それを下へ……下へと引っぱっていった。アラベラの手の甲がジャスティンの引き締まった腹をかすめた。熱した焼印のような男性自身が、手のひらに飛びこんできた——アラベラにはそんなふうに思えた。

思いもかけないジャスティンの行動に、アラベラは息を呑んだ。けれど、ためらわなかった。ジャスティンを悦ばせたい、それだけを望んで、それだけで頭のなかがいっぱいだった。無意識のうちに指先を這わせていた。欲望の塊と化したものの根元を撫でて、その形に沿ってさすって、丸い先端を確かめてから、もう一度同じことを繰りかえした。その大きさを実感すると、心臓の鼓動がますます大きくなった。ジャスティンは炎より熱かった。そして硬かった。大理石のように硬いのに、ぴんと張った肌の下に拍動する脈が感じられる。それはアラベラの鼓動と同じリズムを刻んでいた。

「これでいい？」とアラベラは囁いた。

ジャスティンが荒く息を吸うのがわかった。ジャスティンの熱い視線に鼓舞されて、勇気が湧いてきた。冷えた手を優美に広げて、彼自身を包んだ。本能のおもむくままに、ジャスティンの口から漏れる称賛の声に導かれて、最初は片手で、次に反対の手で愛撫しつづけた。

ジャスティンは焦げるほど熱いまなざしをアラベラの目に向けながらも、瞼を半分閉じていた。体の内も外も燃えているようだった。「それでいい……」声はかすれて、欲望にか細くなっていた。「そう、それでいい……」

ジャスティンが体を動かした。猫のような動きでアラベラの手のなかにさらに自分自身を深く押しこめた。アラベラは親指で舵柄《かじづか》のような彼自身を探りながら、シルクの布地に包むようによどみなく滑らかにその手におさめた。

応じるように、ジャスティンが息を呑んだ。「アラベラ」笑っているような、悶えているような声で名を呼んだ。「どんなことをしているのか、きみはわかっているのかい？」

アラベラの耳のなかで脈の音が大きく響いていた。わかっているわ――アラベラはぼんやりと思った。手のなかにあるものの先端から、艶やかに輝く真珠のような雫《しずく》があふれているのを感じた。情熱の雫、靄のかかった頭にそんなことばが浮かんだ。ジャスティンはまるで、沸騰しているみたい。思わず、彼自身を包みこんでいる自分の手を見た。

目に飛びこんできた光景に魅了されて、視線をそらせなかった。舌のさきで唇を舐めずにいられなかった。

「ああ、頼む、もうだめだ!」

ジャスティンがふいに体を動かした。アラベラが気づいたときには、力強い腕に腰をがっちりとつかまれていた。体がジャスティンの体にぶつかって、一瞬ふわっと持ちあがったかと思うと、すぐに背中にやわらかなマットレスが触れた。

ジャスティンの体が上にあった。キスされるの? それとも、豊かな胸を愛撫されるの? けれど、ジャスティンがしたのは、どちらでもなかった。唇が腹に触れるのがわかった。「きみにも少しだけお仕置きが必要だ、そうだろう、かわいい悪魔さん?」

ジャスティンはアラベラの脚を大きく開かせると、その真ん中に広く滑らかな肩を割りこませた。そうして、腿の内側をじらすように誘うように舌で愛撫した。さらに、舌が上へ……もっと上へと。

アラベラは頭がくらくらした。ジャスティンがしようとしていることに気づくと、枕に載った頭のわきへと両手が自然に上がった。ジャスティンと愛を交わすたびに新たな驚きがある。この二週間で、愛欲についてジャスティンから多くのことを教わったのはまちがいない。それに……と、うつろな頭で思った。まだまだ学ぶことは山ほどあるはず。

「ジャスティン」満足に話もできなければ、息もろくに吸えなかった。体じゅうの神経が期待に疼いていた。ジャスティンの温かい息があたっているその場所はひときわだった。「わたしたちが結婚した夜……あなたは口づけよりすばらしいものがあると言ったわ。それがこれなの？」

ジャスティンが低く唸った。〝そうだ〟という意味なのだろう。

その場所のすぐそばにあるジャスティンの頭——白い太腿とは対照的な黒い頭が見えると、アラベラは背筋にいくつもの漣が立つのを感じた。

「ああ、なんてこと」消え入りそうな声でつぶやいた。「いま、あなたがしていることは……淫らなことなの？」

ジャスティンは親指で艶やかな赤い毛をよけて、アラベラの桃色の湿った部分をあらわにすると、さらに頭を下げた。そうして、つぶやくように言った。「きみはどう思う？」

けれど、アラベラに考える時間も答える時間も、何をする時間も与えなかった。ジャスティンの口が親密な場所に強引に押しつけられた。しなって、渦を巻きながら愛撫する舌が、どこまでもエロティックに攻めたてて、熱いリズムを刻んだ。アラベラはあっというまに堪えられなくなった。

ジャスティンがゆっくり頭を上げてアラベラを見た。熱を帯びてぎらぎらと光る目で。

「教えてくれ、スイートハート。これが気に入ったのか」

アラベラは両手でジャスティンの髪を握りしめたけれど、自分の体から彼を離そうとはしなかった。「ええ」喘ぐように答えた。「ええ、とても」

もう一度ジャスティンに触れられると、全身に火がついた。身悶えた。至福の悦びへと突き進み、ついにそこへ到達した。意識の向こうで、幾度となく自分が叫ぶ声が聞こえた。

ジャスティンの息も上がっていた。我慢しきれずに、アラベラの上で身を起こした。切羽詰って、抑えきれない欲望に顔がこわばっていた。アラベラの手を強く握りしめた。抗えない激情に突き動かされて、アラベラの唇を奪った。

「アラベラ」かすれて、軋む声で囁いた。「もう待てない」ふたりの腹が触れあった。ジャスティンは自分自身を深く激しく突きたてた。何度も突いては、揺り動かす。危ういほど限界に近づいているとわかっていても、抑えがきかなかった。アラベラの熱い体が、むさぼる肉をしっかり受けとめていた。ふたりとも同じぐらい切に求めていた。すぐにでも絶頂に達しそうになりながらも、ジャスティンは歯を食いしばって、それを押し留めた。アラベラをもう一度悦ばせたかった。いっぽうで、これほどの快感があるとは信じられなかった。まさか、これほどの快楽があるとは……。アラベラのせいで何もかも溶けてしまいそうだ。身も心も。

両手でアラベラの腰をつかんだ。突くたびに、至福のときが迫ってくる。愉悦に悶えるアラベラの声が一抹の自制心まで奪っていく。頭をのけぞらせて、ジャスティンは苦しげに叫んだ。抑えていたものが一気にほとばしった。身を焦がすように熱く、甘美な液体が。

ふたりで同時に果てた。放縦に手と脚を絡ませたまま。どちらも長いこと動けずにいた。しばらくしてようやく、満たされて、すべてを吐きだしたジャスティンは転がるようにアラベラから下りて、横向きに寝そべると、その腕にアラベラを抱いた。

アラベラの顔に笑みが浮かぶのを見て、指先で妻の唇をたどった。

「なぜ笑ってるんだい？」囁くように尋ねた。

「グレース伯母さまのことを思いだしたの」アラベラの声も小さかった。

「またグレース伯母さまか。なんとも喜ばしいことだな」

「そういえば、来週の水曜日に食事に招かれたのよ。都合はいかが？」

ジャスティンはアラベラの頭のてっぺんのやわらかな髪に鼻を埋めた。「愛するアラベラ、ぼくの望みはきみを喜ばすことだけだ」

アラベラはジャスティンの肩の窪みに頭を載せて、夫を見上げた。

黒い眉の片方が高く上がった。「またグレース伯母さまがと言うつもりだね？」とジャスティンは言った。

アラベラはうなずいた。「そうよ」わずかに息が上がっていた。「ジャスティン、伯母さまはパーティーなんかを計画するのが大好きなの。だから、まえもって言っておくわ、伯母さまがどんなことを言いだしても驚かないでね……」

「つまり、もうひとり歯に衣着せぬご婦人がいるというわけか。どうやら、きみの気性は母方の家系から来てるらしいな」

ジャスティンの愛に満ちた軽口に、アラベラの胸から不安が消えた。「やっぱり言っておいたほうがよさそうね。わたしたちはきゅうに結婚することになったでしょう。それで、伯母さまはそろそろ準備を始めなくてはと考えているみたい。わたしたちの初めての……赤ちゃんの洗礼式を」

「それはまた、ずいぶん気が早いな」ジャスティンの顔にゆっくりと笑みが浮かんだ。

アラベラは息を止めた。こんな話をしてもジャスティンはいやな顔をしなかった。アラベラは窺うようにその顔を見つめた。「ジャスティン、子どもについてはどう思っているの?」

ジャスティンは肩をすくめた。「正直なところ」なんとなくそっけない口調だ。「ほんの数週間前までは、子どもはおろか、結婚することさえほとんど頭になかった」

アラベラはひとつ息を吸った。「もし、わたしたちに子どもができたら」真剣に言った。「あなたに似てほしいわ」

ジャスティンは身を固くした。そして、思った――アラベラは自分が何を言っているのかわかっているのか？　この自分に似た子ども……。とたんに、頭のなかが真っ白になった。一瞬、息が止まった。窒息しそうだった。

「サーストン邸であなたのお母さまの肖像画を見たわ」アラベラはうっとりとため息をついた。「あなたはお母さまにそっくりね。ああ、あなたみたいに印象的な瞳や髪や肌の色をした娘がほしいわ。さもなければ、あなたと同じ、とびきりハンサムな息子が」微笑みながら、アラベラはジャスティンの頬に触れた。

ジャスティンは堪えきれず、身を引いた。

「やめてくれ。そんなことを言うのは。そんなことを考えるのは」

ふいに刺々しくなったジャスティンの口調に、アラベラの顔から笑みが消えた。

アラベラは起きあがって、シーツを引きよせて胸を隠した。「子どもを持つと考えただけで、そんなにいやなの？」窺うように言った。「それとも、子どもがわたしに似るのが心配なの？」

ジャスティンは喉から絞りだすように唸った。「何を言ってるんだ、アラベラ、そんな馬鹿なことがあるか。ぼくたちのあいだにどんな子どもが生まれるか心配していたら、そもそもきみと結婚したりしない、そうだろう？」

アラベラはおずおずと尋ねた。「だったら、真っ赤な巻き毛の女の子でもいいの？」

「あたりまえだ」ジャスティンはきっぱり答えた。

それだけでは、アラベラが必死になって求めている確信は得られなかった。よりたしかなものを得ようとするように、ジャスティンの顔に片手を伸ばした。

その手をジャスティンが止めた。手首を握って、それをアラベラの膝に押しもどした。

アラベラは頬を叩かれたような気分だった。裏切られたような気がして、胸が鋭く痛んだ。それでも、どうにか勇気を掻きあつめて顔を上げた。「結婚式の夜にもあなたは同じことをした。そして、いまも。同じことを二度もしたわ」冷静に言った。「ジャスティン、どうして顔に触らせてくれないの?」

ジャスティンはシーツを払いのけて、立ちあがった。まるでアラベラが何もしゃべらなかったかのように、完全に無視して。

アラベラの心が氷のように冷たくなった。頭が麻痺して何も考えられないまま、ガウンに手を伸ばすジャスティンの引き締まった背中の輪郭を見つめた。そして、つぶやいた。「ジャスティン?」

乱暴な仕草で、ジャスティンはガウンの腰紐を結んだ。「子どもの話はまだ早すぎる」アラベラを見ようともせずに言った。言い終わるまえにつかつかと戸口へ向かっていた。

アラベラは静かにベッドを出た。壁のフックから自分のガウンを取った。ガウンの袖に腕を通そうとすると、扉が叩きつけられるように閉じた。

それでも、その場に立ち尽くしたりはしなかった。ジャスティンが書斎に入るときには、すでに三歩も離れていないところまで追いついていた。

ジャスティンは窓辺のテーブルにまっすぐ歩いていって、クリスタルのデカンタに手を伸ばした。妻がそばにいるのを知りながらグラスになみなみと酒を注いだ。アラベラはそれを見て、唇を固く結んだ。ジャスティンはわざと目を合わせなかった。背を向けたまま、グラスを口元に持っていって、窓の外を見つめた。

ジャスティンのうしろに立って、アラベラは胸のまえで腕を組んだ。「あなたの言うとおりだわ」と冷静に言った。「子どもの話はまだ早すぎるかもしれない。といっても、子どもができないようにする努力は、わたしたちは何もしていない、そうでしょ？ と にかく、質問に答えてちょうだい、ジャスティン。なぜ、顔を触らせてくれないの？」

そのことにアラベラは最初は戸惑い、次に傷ついた。そうしていま、決着をつけるつもりでいた。

ジャスティンはグラスの中身をひと息で飲み干して、おかわりに手を伸ばした。

「話をするときにはこっちを見て」

ジャスティンが振りむいた。緑色の目は冷ややかだった。「どうしてもいま話さなくちゃならないのか？」

アラベラの口調もジャスティンの口調と同じぐらい皮肉めいていた。「だったら、いつなら都合がいいの？　そんなときは永遠に来ない？」

ジャスティンの目が光った。「いいかい、アラベラ？　いまはひとりきりでブランデーを楽しみたいんだ」

「ちっともよくないわ」アラベラは燃えるような目で見返した。「わたしが何をしたの？　わたしは何かひどいことを言った？　答えてよ、ああ、もう、こんちくしょう！」

ジャスティンの唇に笑みのようなものが浮かんだ。「司祭の娘にはずいぶん不適当なことばだな」

アラベラは見つめた。ジャスティンの唇は引き締まって、その顔は無表情だった。ジャスティンが遠ざかっていくような気がした。自分の殻のなかに閉じこもって……二度と出てこないような気がした。でも、なぜ？　なぜなの？

胸のなかで心臓が鼓動を刻んでいた。それはまるでがらんとした部屋のなかで時計がときを刻んでいるかのようで、アラベラは叫びたくなった。身じろぎもせずに、その場に立ち尽くした。根本的な何かがまちがっているのに、それがなんなのかわからない――そんな奇妙で恐ろしい状態に陥っているのはわかっていた。ジャスティンのハンサムな顔の下に何かが隠れている。妻にも見せようとしない何かが。

湧きあがってきたときと同じように、怒りがふいに消えていった。けれど、心の平静は大きく揺らいでいた。困惑して、傷ついて、不安で、いまいる場所から逃げださないようにするだけでも、ありったけの気力を掻きあつめなければならなかった。

「なぜそんな顔をしているの？　ジャスティン、何があったの？」

ジャスティンが短く笑った。「なんてことだ、結婚してまだ三週間だっていうのに、ぼくのすべてを知り尽くしてるつもりになっているとは」

アラベラは息が詰まった。信じられない、そこまで意地の悪いことを言うなんて！

「わたしたちは似ていると言ったのはあなたよ」アラベラは首を振った。視線が訴えるそれに変わった。「なぜこんなことをするの？　なぜそんなに冷たいの？」

「アラベラ！」ジャスティンは体のわきで両手を高く上げた。「きみはいま目にしているものが気に入らないんだろう？　いまのこのぼくが。きみはやっぱりウォルターと結婚すればよかったんだ」

そのことばがアラベラの胸に深く突き刺さった。「あなたがしようとしていることはわかってるわ、ジャスティン。わたしを遠ざけようとしているんでしょう？」

「くだらない！　大の男が束の間でもひとりの時間を持てないのか？」

アラベラは何よりも、ジャスティンのそばに行きたくてたまらなかった。抱きしめて、ぴたりと寄り添っていたかった。けれど、ジャスティンが自分を寄せつけようとしないのはわかっていた。どこか遠くへ行ってほしいと願っているのが。始まったときにはあれほどすばらしかった夜が、なぜこんなに悲惨な夜になってしまったの？

アラベラは苦しげに深く息を吸った。「何かがまちがっているわ、ジャスティン。わたしにはそれがわかる。感じるのよ。何かがとても――」

「何もまちがってなどないさ！」

空気は永遠に張りつめたままだった。果てしない絶望感に襲われて、アラベラは自分の体を抱きしめた。寒さから身を守るかのように。実際、ぼんやりと感じていた――氷を詰めた大樽のなかに落ちてしまったようだ。

「これからもこんなことが続くの？」声は低く、くぐもっていた。もう少しで目に涙があふれそうだった。「わたしたちが分かちあえるのは欲望だけなの？　ベッドだけなの？　あなたはわたしに何も話してくれない――」

「アラベラ」よそよそしい口調だった。「出ていってくれ」ジャスティンが背を向けて窓の外を見つめると、くっきりとした横顔が銀色に縁取られた。ジャスティンの態度は頑なだった。顔は石の仮面で覆われていた。

終わりのない静寂に包まれた。まるでアラベラがひとことも話さなかったかのように。まるでその場にいないかのように……ジャスティンにすっかり忘れられてしまったかのように。

まるで、アラベラなどこの世に存在しないかのように。

「ジャスティン――」

罰当たりなことばをつぶやきながら、ジャスティンが振りむいた。「いつまでも文句を並べたてるつもりか?」厳しい口調だった。「ぼくは口やかましい年増女を妻にしたわけじゃない! ベッドに戻るんだ。ぼくのことはほっといてくれ!」

ジャスティンの視線は痛烈だった。口調も痛烈だった。そのふたつがアラベラを焦がした。強く鋭い痛みに胸が引き裂かれた。

アラベラはもうその場にいられなかった。苦しげに小さな声で泣きながら、部屋を飛びだした。

20

アラベラが部屋を飛びだすと同時に、ジャスティンは振りかえった。貫くような痛みを全身に感じた。魔物のように叫んで、怒り狂いたかった。魔物――それが自分の本性なのだから。

目を固く閉じた。それでも、瞼の内側にアラベラの姿がちらついた。真っ青な顔で見つめるアラベラ。アラベラの傷ついた心を思うと、胸を矢で射抜かれたようだった。

「なんてことを」とつぶやいた。「なんてことをしてしまったんだ」

不気味なほどの静けさだけがあとに残された。

このろくでなしが――頭のなかで冷ややかな声が響いた。救いようのないろくでなしが。

腹のなかで自己嫌悪が渦巻いていた。いまこのときほど、自分を忌まわしいと思ったことはなかった。心に悪魔が巣食っているのは昔からわかっていた。けれど、ここまで悪辣《あくらつ》だとは思っていなかった。

神にも負けないほど歳を取ったように感じながら、椅子へ向かった。ぼんやりしながらも、まだグラスを手にしていることに気づいて、火酒をひと息にあおった。

不穏な闇に包まれた。

なんという運命のいたずらだろう——おれの人生にアラベラが導かれてくるとは。おれのベッドに……おれの心に。心の周囲に張りめぐらした壁をアラベラは少しずつ崩していった。ほかの女には崩せなかった壁を……ほかの女が崩そうともしなかった壁を。そこでようやく気づいた。何年ものあいだこの身を苛《さいな》んできた不安を、結婚してからは一度も感じずにいたことを。アラベラと一緒なら毎日が特別で新鮮だった。この世に芽吹いたばかりの若葉に降りた朝露のようだった。自然に慈しまれて、陽射しに輝く朝露のようだった。新たな目で世界を眺めている気分でいた。永遠とも思えるほど長かった闇の世界の旅を終えて、色とりどりの世界に戻ってきたかのようで、そんな気持ちになったのは初めてだった。

そして、いくつもの夜……そうだ、いくつもの夜！　アラベラはおれを求めて、すべてを受けいれた。このおれが求めるものも、さらにはそれ以上のものも差しだした。

そして、このジャスティンという男は何をした？

まさにアラベラが言ったとおりのことをした。追いはらったのだ。思わず唇が歪んだ。これが神の裁きなのか……鬱々と思った。ジャスティンという男が支払わなければならない代償なのか？　いくら考えても、自分が何に駆りたてられていたのかわからなかった。

すべてはアラベラに話したとおりだ。すべてはこのおれが……おれという男だからだ。それは決して変わらない、そう思って心が凍った。変われない。

どうすればいいのかわからなかった。

夜が更けていった。夜空の月が低くなった。

数時間後、ジャスティンは重い足取りで階段を上った。

自分の、いや、ふたりの寝室では、アラベラが眠っていた。ガウンを脱いで、傍らのアラベラを起こさないように静かにベッドに入った。眠っているアラベラが寝返りを打ってこっちを向いた。まるで夫を捜し求めるかのように。といっても、そんなはずはなかった。自分を抑えられないと知りながら、ジャスティンはアラベラを抱きしめた。

アラベラの手が胸の真ん中にあたるのを感じた。ときを超越したその一瞬、その手は心臓の真上に置かれていた。すぐにアラベラの体から力が抜けて、ぴたりと身を寄せてきた。まるでそれだけを心から願っていたかのように。

アラベラに触れたい――欲望に勝てなかった。ジャスティンは手の甲をアラベラの頰に滑らせた。手に涙が触れた。

一瞬、体が凍りついた。

腹のなかに大きな後悔の念が広がった。腕に力が入った。胸が焼けるようだった。

「アラベラ」たどたどしく声をかけた。「なんてことだ」あれほど傷つけまいとしていたのに……それでも、傷つけてしまうとは。アラベラを泣かせてしまった。なんてことをしてしまったんだ。

心のなかの闇がさらに深くなった。アラベラはやさしく、純粋だ。それにひきかえ、おれの心には悪魔が棲んでいる。それは昔からわかっていた。父もそれを知っていた。

やはりこれでよかったのかもしれない、冷めた心で思った。アラベラから邪悪で冷酷な男だと思われていたほうが……それが真の姿なのだから。

たしかにアラベラはおれの人生に足を踏みいれて、この腕に飛びこんできた。けれど、これからもずっとそこに留まっているとはかぎらない。永遠にそこにいるとは。この状況が続いているうちに、手にできるものを享受したほうがいい。

なぜなら、こんなことは永遠には続かないから。

ジャスティンにとって、それは疑いようのないことだった。

それは必然と言ってもいいのだろう……。その夜、ジャスティンは夢を見た。夢のなかでサーストン邸に戻っていた。六月の暖かい夜のことで、頭に靄がかかっていた。けれど、自分がまたもや酔っているのはわかった。父の書斎のまえを千鳥足で通りかかり……。

記憶が鮮やかによみがえった。血痕のように目のまえに広がった。

父が行く手を遮った。

〝いったいどこへ行っていた?〟

〝これはこれは、ご当主さま、夜遊びの報告をお望みですか? あそこで坐って話しましょう。今夜の余興はたいへん興味深いものでしたから、いくらか長い話になりそうです。とはいえ、ご忠告しておきますよ、ご老体には少々刺激が強すぎるかもしれない〟

またもや父の声が響いた。ナイフのように心に突き刺さった。

〝黙れ! ていたらくなおまえの話など聞きたくもないわ……なんてざまだ、ぐでんぐでんに酔っ払って、ろくに立ってもいられないとは! おまけに、安物の香水のにおいをぷんぷん撒き散らしおって! ああ、たしかにおまえはあの母が産んだ坊主にまちがいない! わしに恥をかかせたあの女、あの魔女が! あの女はわが家の名折れだ、あ、そうだ、おまえもだ!〟

眠ったまま、ジャスティンは身を縮めた。父の怒声がまだ聞こえていた。心の壁を打ち砕き、闇のなかで響きわたり、ときと死を隔てているものを引き裂く声が……。そして、また父とふたりきりで、書斎の外に立っていた。

〝何年ものあいだ、わしはおまえを見ていなければならなかった。あの女の目、あの女のほくそ笑む顔で見返してくるおまえを。そのたびに、あの女がしたことを思いだし、あれがどんな女だったか……男がほしいと思えば、誰かれかまわず股を広げる尻軽女だったことを思いだすはめになった〟

「やめろ」ジャスティンはうわごとを言った。「やめてくれ」

〝ああ、おまえも同じだ。おまえの血も穢れている。あの女が穢れていたようにな〟

体に手が触れた。ふたつの手で肩を揺すられた。「ジャスティン」そう呼ぶ声がした。「ジャスティン、起きて」

それでも、まだ過去に絡めとられていた。クモの巣のような悪夢という罠から逃れられずにいた。

〝まともな女がおまえのような男を相手にするわけがない。まともな女がおまえのような男と結婚するわけがない〟

思わず、腕をまえに突きだした。「やめろ」叫んだ。「やめるんだ！」

女の甲高い悲鳴が夜を引き裂いた。

ジャスティンは弾かれたように起きあがった。意識がぐいと現実の世界に引きもどされた。ベッドの傍らの床から、アラベラがよろよろと立ちあがった。

水をかけられたように目が醒めた。「アラベラ！　まさか、きみに怪我をさせたんじゃ……」ジャスティンはアラベラを隣に引きあげた。

「いいえ」アラベラはすぐに答えた。「わたしは大丈夫よ。ほんとうに」

そう言うと、ジャスティンの横に膝をついて、その顔を確かめるように見つめた。

「夢を見ていたのね。叫んでいたわ」

「ああ」アラベラから手を離して、ジャスティンは力なく壁に寄りかかると、記憶を消し去ろうと、指先を額に押しあてた。

ためらいがちに、アラベラが肩に触れてきた。「あなたこそ大丈夫なの？」

ジャスティンは答えなかった。答えられなかった。まだ震えが止まらなかった。

「まるで……ほんとうに怯えているようだったわ。どんな夢を見ていたの？」

「父の夢だ」小さな声で答えた。

そうして、顔を上げた。その目には無防備な何か——痛々しいほど悲しげで、すがるような何かが浮かんでいた。目のまえにいるのが傷ついた幼い少年のように思えて、アラベラは叫びそうになった。ジャスティンは苦しんでいて、自分でもどうすればいいのかわからずにいるのだ——アラベラにもそれがわかった。でも、なぜ？　なぜなの？

考えるよりさきにことばが口をついて出た。考えるよりさきに懇願していた。「お願い、ジャスティン。お願いだから……話して。こんなことでは生きていけないわ。あなたとのあいだにこんなわだかまりがあっては」そうして、小さく首を振った。「こんなのいや」

ジャスティンはアラベラに触れた。親指のさきで、アラベラの頰の涙を拭った。「以前にもきみを傷つけてしまった」その声は苦しげでかすれていた。「悪かった。また傷つけるつもりはなかったんだ。でも——」肩が上がって、やがて下がった。「きみに話す自信がないんだ。話せるとは思えない……誰にも」

その体は石のようにこわばっていた。ジャスティンは心に巣食う凶暴な悪魔と闘っているのだ——アラベラはそう感じずにいられなかった。

「試してみて、ジャスティン。お願い、話してみてちょうだい」

ふたりのあいだにすべてを包みこむような静寂が流れた。

ようやくジャスティンが言った。「話したら、きみに嫌われる」生気が微塵も感じられないうつろな告白だった。

「いいえ、そんなはずないわ。あなたのことを嫌いになるなんてことはない。絶対に」

闇のように暗く不吉なものが、ジャスティンの顔に浮かんだ。「もし、ぼくが父を殺したと言っても?」

「馬鹿なことを言わないで。あなたにそんなことができるわけがない。そんなことをするわけがない」ひとつの確信がアラベラの胸に広がって、やがて胸を満たした。

「ほんとうなんだ。嘘じゃない、まぎれもない事実なんだ」アラベラが怪訝そうに眉をしかめるのを見て、ジャスティンは頭を振った。「ああ、たしかに、きみが考えているようなやり方じゃない」

「だったら、どんなふうに?」アラベラは尋ねた。「ねえ、どんなふうに?」

ジャスティンは両手を広げると、それを見つめた。「邪悪な心で」異様なほど張りつめた囁き声だった。

「何があったのか話して」アラベラは静かに言った。

真実が少しずつ語られはじめた。ジャスティンの声にも表情にも、感情はまったく表われていなかった。話しながらアラベラを見ることもなかった。

話を聞くうちに、アラベラの胸はますます締めつけられた。幼いころのジャスティンの姿がはっきりと目に浮かんだ。どうにかして父親を喜ばせようとして、失敗ばかりしている小さな少年の姿が。〝幼いころのジュリアンナとぼくにとって、セバスチャンが父親と母親の両方の代わりだった。ほんとうの親よりはるかにその役目を果たしていた〟——ジャスティンがそう言ったのも不思議ではなかった。それに、ジャスティンと父親のそりが合わなかったのも無理はなかった。ジャスティンが反抗的で激しい気性になったのも不思議ではなかった。

「十七歳のとき、夜明けにこっそり家に帰ったところを父に見つかったんだ。ぼくは酔っていて、父はかんかんに腹を立てた」かすれた笑い声が漏れた。「もちろん、それはその日にかぎったことじゃない。でも、その日は父と口論になった。父は母のことを尻軽女と呼んだ。ああ、それは事実だ。イングランドじゅうの誰もが事実だと知っている。母はうぬぼれていて、自分がどれほど美しいかわかっていて、それを武器にして男を誘惑したんだから。男をそそのかしたんだよ。ときに父を困らせるためだけに、どんな男にも脚を開いた。それが母の生きる喜びだったのかもしれない……そんなふうに思うこともあるよ。いずれにしても、ぼくの血は穢れている。この体には母の血が流れているんだから。だから、父はぼくを憎んだ。ぼくが母にそっくりだったから。母と同じように、ぼくのことも蔑んで、侮辱した。父は侮蔑のことばをはっきり口にした……ああ、何度も何度も。もちろん、セバスチャンのまえではそんなことはしなかったけれど。でも、あの夜も……ぼくをろくでなしだと罵った。母親にそっくりだと」

アラベラはショックを受けた。「ジャスティン、邪なのはお父さまのほうよ、あなたじゃなく……あなたは絶対にそんな人じゃない!」

「いや。それはちがう。ぼくは父を傷つけたかった。苦しめたいと本気で思ったんだ」

「だとしても、誰もあなたを責められない、そうでしょう?」アラベラはきっぱりと言った。「信じられないわ」吐き捨てるような口調になった。「わが子にそんなひどいことを言うなんて、いったいどんな父親なの?」

「いや、もうひとつ大きな問題がある。ぼくが父の息子じゃないという可能性は大いにある。ぼくたちきょうだいはひとりとして父の子じゃないかもしれない。ぼくも、ジュリアンナも、もしかしたらセバスチャンだって」

アラベラは頭がくらくらしながらも言った。「お父さまがほんとうの親じゃない、そう言ってるの？」

しばらくジャスティンは何も言わなかった。「わからない。でも、その可能性はあると思わないか？　母の評判を考えれば、充分にありえることだ……昔はよく思ったものだよ、その答えを知っているのはただひとり母だけかもしれないと……。もしそうだとしたら、その答えは母が墓まで持っていってしまった」

ジャスティンの目に影が差した。「あの夜、そんな思いが頭をよぎって……ぼくは父を愚弄《ぐろう》したんだ。母の不貞を持ちだして父を馬鹿にして、ぼくたちきょうだいが父の子じゃないかもしれないのはわかっているのかと訊いたんだ。

父の顔は死人のように青ざめた。ぼくは嬉しくてたまらなかった。そうして、高らかに笑ったんだ、アラベラ。ぼくは笑ったんだよ。父は怒鳴ろうとして……ばたりと倒れた。胸を押さえて……。それなのに、ぼくは父をその場に置き去りにした。ああ、何もせずに立ち去ったんだ」

ジャスティンの口が歪んだ。「いつもそうだが、ぼくはおぞましいことばかりしてしまう。その夜はそのままロンドンへ行ったから、ぼくが家にいたことは誰も知らなかった。朝になって、使用人が父を見つけた。ぼくは自分がその場にいたことも、父を殺したのは自分だということも誰にも言わなかった。誰にも、そう、セバスチャンにも」

何年ものあいだジャスティンは罪悪感を抱えて生きてきた――そう思うと、アラベラの胸は潰れそうだった。自分が父親を殺したという誤った考えを固く信じて。

「ジャスティン――」

「それだけじゃない」その口調に、アラベラの背筋に冷たい痛みが走った。

ジャスティンは立ちあがると、衣装簞笥のわきの鏡へ向かった。

静寂のなかにジャスティンの声が静かに響いた。「サーストン邸でマックエルロイとの一件があった夜のことを憶えているかい？　あのときぼくが言ったことばは決して忘れられない。きみは生まれてこのかたみんなと同じようになりたい、みんなと同じような容姿になりたいと願ってきたと言った。そして、鏡を見るたびに嫌悪感を抱くのがどんなことなのかわかるかとぼくに尋ねた。鏡に映る姿を憎み、けれど、それは絶対に、絶対に変わらないとわかっているのがどんなことなのかわかるかと」

ジャスティンの声がさらに沈んでいった。「ああ、わかるよ、アラベラ。ぼくにはよくわかる。いまでもはっきりと記憶に刻まれている出来事がある。父に罵られたあの夜より少しまえのことだ……ぼくは部屋のなかで鏡のまえに立って、そこに映る自分を見つめた。そうして、気づいたときには鏡が粉々に割れていた。そこで身を屈めたときのことはこれからも一生忘れないだろう。鏡の破片を拾って、それを目のまえに持っていって……」闇のなかで、ジャスティンは何かを切りつけるように手を振りおろした。

アラベラは息が詰まるほど胸が締めつけられて、恐怖に駆られてジャスティンを見つめた。彫刻のように美しい顔を。「ジャスティン」苦しげに息を吸いながら言った。「ジャスティン、そんな――」

ジャスティンは手を体のわきに下ろした。「ああ、でも、そんなことはできなかった。だけど、これでわかっただろう、アラベラ。イングランド一の美男子と言われている男の心の醜さが。どれほど卑屈な男かということが。といっても、きみは昔からぼくの真の姿に気づいていたんだろうけど」

「いいえ、ジャスティン。あなたはそんな人じゃない。いままでだってそんな人じゃなかった。お父さまがあなたに毒を染みこませたのよ――」

「毒……。ああ、ぼくは毒そのものだ」

ジャスティンの根深い自己嫌悪がアラベラを立ちあがらせた。熱い涙がひと雫、頬を伝っても、アラベラは気にもしなかった。ジャスティンの腰に腕をまわして、抱きしめた。滑らかで艶やかな肩に頬を押しあてた。

「もうやめて。あなたが……美しい顔を傷つけていたかもしれないなんて、わたしには絶対に堪えられない」

ジャスティンは身をよじった。「なぜぼくを責めないんだ？　なぜぼくを疎《うと》まない？」

「やめて」アラベラは鋭い口調で言った。「そんなことを言わないで。そんなことを考えないで」

「いまの話を聞いていなかったのか？　何ひとつ聞いていなかったのか？」

「全部聞いたわ。何もかも」

「だったら、なぜまだここにいる？　なぜ、ぼくの隣にいられるんだ？　ぼくに触れていられるんだ？」

ジャスティンは冷静に話そうとしながらも、そうできずにいた。それに気づくと、アラベラの心の奥に痛みが走った。ジャスティンの胸の内を垣間見てしまったいま、立ち去ることなどできるはずがなかった。ジャスティンはわたしを必要としている。自分ではまだ気づいていないとしても、それはまぎれもない事実だ。ジャスティンを見捨てることなどできない。そうしたいとも思わない。

喉が痛くなるほど締めつけられた。アラベラは震えながらも深く息を吸った。涙で霞む目でジャスティンを見あげた。思いが目に表われていても気にしなかった。「わたしはあなたの妻よ。いまここであなたの人生と、あなたの痛みを分かちあわないで、ほんとうの妻だと言える？　妻はつねに夫に寄り添っているもの……そして、わたしはあなたに寄り添っているわ」

「ああ、ぼくはなんてことを」ジャスティンの声は荒々しかった。「またきみを泣かせてしまうなんて」

「いいのよ」アラベラは堂々と、けれど、途切れがちに言った。「抱いていて、ジャスティン。抱いていてくれるだけでいい。しっかりと」

ジャスティンはたくましい腕でアラベラをしっかりと抱きしめた。アラベラが望んでいたとおりに。両腕で体を包んで抱きあげると、差しだされた震える唇に熱く口づけた。

そうして、アラベラを抱きかかえてベッドへと向かうときには、もうことばも涙もなかった。神々しい輝きを放つジャスティンという存在しかなかった。

21

翌週の水曜日、ジャスティンは口笛を吹きながら、足取りも軽く二頭立ての小型の馬車に乗りこんだ。たったいま事務弁護士を訪ねてきたところで、その訪問によってかなりの額の金を支払うことになったが、それだけの価値は充分にあったと満足していた。

思わず顔がほころんだ。まさかこの一年でさまざまなことがこれほど変わるとは。ロンドンの瀟洒《しょうしゃ》なタウンハウスは、初めて自分の力で手に入れた財産だった。そして、妻。

そしていま、ケントの別邸まで。ジャスティンはにやりとした。なんとまあ、いまやこのおれも立派な一人前の男だ！

それにしても、おかしな気分だった。妻をめとって、人生がどういうわけかそれまでより……単純になるとは。ほんとうなら、まったく逆になるはずでは？　多くの男たちが、まちがいなくそうなっているはずなのに。

けれど、ジャスティンは確信していた――もしアラベラでなくほかの女を妻にしていたら、こんなふうにはならなかったと。さらに冷ややかな思いが頭に浮かんだ――結婚という落とし穴からどうにか抜けだそうと、それればかりを考えていたはずだ。さらに掘りさげようとはせずに。いや、何を馬鹿なことを、もし相手がアラベラでなくほかの女だったら、そもそも結婚するわけがない！　ああ、そのとおりだ。女が傷つこうが傷つくまいがそんなことはおかまいなしに、急きょ決まった結婚から逃れる策を講じていたにちがいない。

いまは束縛も感じない。足かせをつけられたとか、罠にはまったとか、そんな気持ちも微塵もない。

不思議なことに解放された気分だ。

そうして、未来に何が待っているのかとわくわくしている。そんな気持ちになったのは生まれて初めてだった。実際、これからの人生に何が起こるのか楽しみでしかたがない。以前はそんなことにはまるで興味がなかったのに……同じように単調な毎日が続くだけだと思っていたから。

けれど、いまは毎日がちがう。

先週、仕事で一日だけサーストン邸を訪ねると、セバスチャンから友人の父親が亡くなったと聞かされた。そして、その友人が父親の所有していた田舎の小さな別邸を、家具から一切合財含めて売りたがっていることを知った。それで、思いついたのだ。二度目のキスをした夜に、アラベラがサーストン邸を心からうらやんでいたのは鮮明に記憶に残っていた。子どものころも、いまもほんもののわが家と呼べるものがないと言っていたのを。たしかに、とジャスティンは思った——自分が子どものころ、いや、大人になってからもわが家は冷えびえとしていたが、少なくとも自分が属する家があるという安心感だけはつねにあった。正直なところ、家があるのは当然で、それがなかったらどうなっていただろうと深く考えたこともなかった。

けれど、セバスチャンから友人の話を聞かされて、初めて考えてみた。いや、もしかしたら、アラベラと子どもの話をしたときに、頭の片隅で何かを感じていたのかもしれない。とはいえ、子どもを持つことにはまだためらいがないわけではなかった。その原因はもちろんわかっている。長いこと遊び人を気取って、その間、子どもはおろか、結婚すら考えなかった。将来のことなどまるで頭になかったのだ。とはいえ——ジャスティンは冷静に思った——愛らしい妻に対して毎晩抱くあの激しい欲望を考えれば……。子ども——そのことばがまた頭に浮かんだ。いよいよとなれば、覚悟もできるだろう。いや、覚悟だけでなく、それ以上のものが。まさか自分がこれほど変わるとは思いもしなかった。アラベラと一緒にいるとすべてがちがって見える。アラベラが隣にいれば怖いものなど何もなかった。

田舎の別邸のことをまた思い浮かべた。セバスチャンと別れるとすぐに、その家について調べたのだ。

一日を割いて、その家を見にいった。まず惹かれたのは、客間の窓のすぐ外にある小さな桜の木だった。それを見たとたんに、くすりと笑わずにいられなかった。アラベラが幼いころに木に登って母親をあわてさせたという話を思いだしたのだ。

そうして、その家の何もかもが申し分なく思えた。とくに何がとは言えないが、すべてが希望どおりだった。非の打ちようがないほど完璧だった。

その家について話して、アラベラの顔に浮かぶ表情を見るのが待ちきれない。そう思うとわくわくした。驚いたときにアラベラはよく目を丸くして見つめてくる。今回もまさにそうするはずだ。そして、胸に飛びこんできて、幾度となく甘く激しいキスをする。それは今夜、自分が妻にしようとしていたことだった。そう考えただけで、嬉しくてたまらなくなった。

ジャスティンは満面の笑みを浮かべた。

バークリー・スクエアに戻ると、家のまえにアラベラがいて、玄関へ続く階段を上ろうとしていた。ジャスティンは馬車から飛びおりた。アラベラが階段の下で足を止めて、窺うように夫を見た。

ジャスティンは前屈みになって、アラベラの唇に軽くキスした。喜びで胸が弾けそうなわりには、あっさりと言った。「会いたかった人にちょうど会えた」

「あなたもよ、サー。わたしが会いたいと思っていた人だわ。たったいまジョージアナの家から戻ってきたの――」

「そうだったのか。少なくとも買い物をしてきたわけじゃなさそうだな」ジャスティンはからかった。

アラベラは穏やかに眉をしかめてみせた。「ほんとうに残念だわ。あなたのお金を少しも使わないで帰ってきてしまうなんて」

「それに、ぼくには家を改装しようとしつこく攻めたてる妻もいない。ということは、ぼくは世界一幸せな夫というわけだ。実につましい妻のおかげで、救貧農場に働きにいこうかと悩まずにすんでいるんだから」

「なぜわたしが改装したがるの？　この家は文句のつけようがないのに」

アラベラがそう言うのを聞いて、ジャスティンはますます嬉しくなった。「いずれにしても」とアラベラが言った。「あなたに話したいことがあるの。あなたがわくわくするようなことよ」

「奇遇だな、ぼくもきみに話したいことがある。とはいえ、レディーファーストでいこう」

「ありがとう。いま言ったとおり、わたしはジョージアナのところへ行ってきたの。そこで新たな発見をしたのよ」

ジャスティンは片手を差しだして、妻をエスコートしながら階段を上りはじめた。

「発見？」

「わたしがジョージアナの家にいると、予想もしなかったお客さまがやってきたの。あなただって想像もつかないはずよ」

ジャスティンは妻を見やった。アラベラはにこにこ笑っていた。「たしかに」とジャスティンはすぐに言った。「見当もつかないな」

アラベラはかわいらしく鼻に皺を寄せて、不満げに言った。「つまらない人ね」

「スイートハート、きみは言いたくてうずうずしているんだろう？　だったら、早く教えてくれよ」

「そうね、そのとおりよ。そのお客さまとは、なんとウォルターだったの。わたしがおいとまするころには、ふたりはずいぶん親しげにしていたわ。ジョージアナのお母さまによると、ウォルターが訪ねてきたのは、この一週間で三度目だそうよ」

ジャスティンはふいに足を止めた。「ジョージアナとウォルター？」

「どうやらそのようね」

ジャスティンはにやりとするつもりはなかったけれど、自然に笑みが浮かんできた。その顔を見て、アラベラは声をあげて笑った。

「もしかしたら、この次にロンドンで行なわれる結婚式はあのふたりのものかもしれないな」

「そうだとしても、わたしはちっとも驚かないわ」夫のことばに賛同しながら、手をジャスティンの肘に添えた。

ふたりの目が合った。そのまま永遠とも思えるときが過ぎた。ジャスティンは深く息を吸った。同時に、胸の奥のほうで何かが激しく揺れた。アラベラの瞳は穏やかで、真っ青な大空のように明るかった。見るからに幸せそうで、ことばでは言い表わせないほど満たされていて、燦然《さんぜん》と輝いてさえいる。それが煙のように消えてしまうはかないもののような気がして、頭のなかにある考えを口に出すのがためらわれた。ほんとうなのか？ 奇跡としか思えない。この自分がアラベラを幸せにした？ そうかもしれない……。そう思っただけで、膝から力が抜けそうになった。

アラベラはなんて美しいんだ！ こめかみのほつれた巻き毛が暖かなそよ風に揺れている。頰は薄紅の薔薇の花びらのようだ。唇にはかすかな笑みが浮かんでいる。そして、夫の男としての本能に自分が火をつけられるのを知っている。自分のせいで、夫の血が欲望に沸きたつことを。その瞬間、アラベラを抱きあげて、階上へ連れていきたくなった。そうして、寝室の扉を閉めて、愛を交わしたいという衝動に駆られた。どちらも疲れきって動けなくなるまで。

ジャスティンは肘に添えられているアラベラの手を強く握りしめた。そうして、衝動を実行に移そうとしたそのとき、アーサーが玄関の扉を開いて、ご主人さまとその妻を家のなかに招きいれた。手紙や招待状を手にしたアーサーは、主人のうしろにぴたりとついて離れなかった。そうして、次にジャスティンが妻に目を向けたときには、アラベラはもう階段の上に姿を消そうとしていた。

いいだろう、と思った。いずれにしても、アラベラが行こうとしているのは、これから連れていこうと考えていた場所なのだから……。

そのとき、玄関の真鍮《しんちゅう》製のノッカーが扉に打ちつけられる音がした。アーサーが扉を開けると、ギデオンが入ってきた。

ジャスティンは眉を上げた。「パリから戻っていたのか」

「友よ、最後に会ってから、すでにひと月以上が経っているんだぞ。前触れもなく訪ねてきたのは悪かった。てっきり〈ホワイト〉で会えるものと思っていたんだが」

「いや、あそこにはもう何週間も行っていない」

「なるほど」ギデオンはよどみなく言った。「ほかの用事で忙しいというわけか……。たとえば新妻をかまわなければならないとか？　まあ、そんなところだろう」

ギデオンの光る目を見れば、茶化しながらも興味津々だということがわかった。けれど、ジャスティンは友人の好奇心を満たしてやる気などなかった。

「悪いが、いまはちょっと都合が悪い」

ギデオンは両手を上げて、明るい声で言った。「いや、心配無用。手間は取らせない。おまえとの約束の片をつけにきただけだ」

ジャスティンの目がきらりと光った。「あの約束なら忘れてくれ」ときっぱり言った。実のところ、ギデオンとのくだらない賭けのことなど、いまのいままで思いだしもしなかった。

「いいや、そういうわけにはいかない」ギデオンの口調は頑としていた。「問題のレディーをひと月以内にものにするという賭けをして、おまえはそれに成功したんだからな。とはいえ、まさか、おまえがあの小生意気なお嬢さまと結婚するはめになるとは思いもしなかったが――」

「結婚するはめになったわけじゃない」ジャスティンはきっぱり否定した。

ギデオンは肩をすくめた。「いずれにしても、事実を見るかぎり、賭けの条件は……すべて満たされたようだ。それに……」ギデオンはさらに言った。「このギデオンという男は、生まれてこのかた借りを返さなかったことは一度もない」

そう言うと、ウインクしながらジャスティンの手のひらに小ぶりの巾着袋を落とした。ジャスティンが何か言うまえに、背後でスカートがひらめく音がした。アラベラだった。

「あら、こんにちは！」ギデオンを見て、アラベラが言った。

ジャスティンは上体だけ振りかえった。巾着袋の中身が賭け金だということはわかっていた。心のなかで悪態をついた。くそっ、これでは金をつき返せない。そんなことをしたら、ひと悶着起きるに決まっている。

ジャスティンは有無を言わせぬ口調で言った。「ギデオンはもうお帰りだ」

「そういうことです」ギデオンが深々とお辞儀をした。「もう一度、おふたりに心からのお祝いを申しあげましょう」

玄関の扉が閉まるやいなや、アラベラは巾着袋を見て、うなずいた。

「ねえ」からかうように言った。「ギデオンが秘密めかしてウインクをしたわね。いったい、何をもらったの？」

ジャスティンは気が重くなった。「たいしたものじゃない」あわてて答えた。「ほんとうに」

「たいしたものじゃないですって？　ずいぶん謎めいた言い方ね。もしかしたら宝物でも持ってきたのかしら？　ねえ、見せてちょうだい」笑いながら、アラベラはジャスティンの手から巾着袋をさっと奪うと、なかを見た。

とたんに、目を大きく見開いた。「信じられない、ひと財産と言ってもいいほどのお金だわ」そう言いながら、目を上げた。顔には好奇心がありありと浮かんでいた。「ギデオンと一緒にお仕事をしているの？」

ジャスティンはためらって、おずおずと答えた。「いや」

「そうよね。もしそうだったら驚くところだったわ、ギデオンは勤勉なタイプにはまるで見えないもの」アラベラは唇を尖らせた。「あなたのお友だちだってことは知っているけれど、実は以前、ギデオンからダンスに誘われたことがあるの。いま思いだしても、不愉快な出来事だったわ。ギデオンの話といったら、その日の夕方の賭けのテーブルで自分がどれほどついていたか、そんなことばかりだったんだもの。たった一度のサイコロの目に全財産を賭ける――そんな愚かな男の人がいるという話なら聞いたことがあるけれど、ギデオンはそんな人じゃ――」

ふいにアラベラのことばが途切れた。手にした巾着袋を見つめた。

顔から笑みが消えた。ゆっくりとアラベラは顔を上げた。「ジャスティン」苦しげな声だった。「まさかちがうわよね。そんなことはないわよね……」

ことばが途切れて、顔に懇願するような表情が浮かんだ。「ジャスティン？」いまにも絶望の淵へと落ちてしまいそうな口調だった。

しばらくジャスティンは何も言えずにいた。アラベラの目を見つめるしかなかった。体が石になってしまったようだ。

けれど、やがて静かに話しはじめた。「以前話した賭けのことを憶えているかい？」

アラベラが息を呑んだ。顔から血の気が一気に引いていった。美しい青い瞳――その顔に残された唯一の色――に苦悩が満ちた。そうして、ジャスティンは気づいた。背筋に寒気が走るほどの確信を抱いた。たったいま、夫に対するアラベラの信頼を打ち砕いてしまったことに。アラベラの心をばらばらに引き裂いてしまったことに。

「そんな……嘘でしょう」アラベラが押し殺した声でつぶやいた。

アラベラははっきりと気づいた。手のなかにあるのは、自分の貞節を奪った男性に支払われる賭け金だということに。

気づくと同時に、なまくらな錆びたナイフで胸を突かれた気がした。

呆然とした。ジャスティンに書斎に連れていかれても、まだどうすればいいのかわからなかった。巾着袋をジャスティンが手から引きはがして、それを机の隅に落としたのがわかった。

それでも、その場に立ち尽くしたままでいた。魂が凍りついていくようだった。爪のさきまで冷たくなって、一瞬、自分が揺らめいているような気がした。風に吹かれる炎のように。

ジャスティンに肘を握られた。

はっとして、アラベラは気持ちを立て直した。「大丈夫よ」

「わかってる」ジャスティンの顔にかすかな笑みが浮かんだ。「忘れていたよ。きみは気分がふさぐ病を患ったことはない、そうだったね？」

ジャスティンの両手が相変わらず肘に添えられているのがわかった。「ええ、いまだってそうよ」アラベラはきっぱり言って、身をよじってジャスティンから逃れると、つかつかと机の向こうに歩いていった。距離を置きたかった。ジャスティンに触れられているのが堪えられなくなりそうだった。

静かな部屋のなかにアラベラの声が響いた。「あなたは言ったはずよね。五人の男の人が賭けをしたと。五人の男の人がわたしの貞節を奪う賭けをしたと。はっきり憶えているわ、ジャスティン、あなたは言ったわよね？　その賭けには加わらなかったと。ええ、いまでもはっきりと憶えているわ」

ジャスティンは首を振った。「そうだ、加わらなかったよ」

アラベラは苛立たしげな声を漏らした。「それじゃあ、辻褄《つじつま》が合わないわ」鋭く非難した。「たったいま、あなたは――」

「ああ、自分が何を言ったかは憶えてる。だが、あの五人の賭けには、ぼくは加わらなかったんだよ」

アラベラはいよいよ腹が立った。「嘘はやめて！」

「嘘じゃない。これからだって嘘をついたりしない」ジャスティンはいったん口をつぐんだ。「ギデオンとべつの賭けをしたんだよ。ふたりだけの賭けを。賭け金を五人の男たちが賭けた額の二倍にして」

「わたしの貞節を賭けたのね。そうなのね」

ジャスティンは不可解なほどそれを認めたがらなかった。ときだけが過ぎていった。刻一刻とときが過ぎて、一秒ごとにアラベラの胸のなかに熱く激しい怒りがふくらんでいった。「そうなのね！」

「ああ。そうだ。きみの貞節に二倍の金を賭けた」

「そうして、ギデオンと競ったの？」

ジャスティンは首を横に振った。「ギデオンは言ったよ――すでにきみを口説いたが、相手にされなかったと。だから、ギデオンとの賭けは、ぼくがきみの貞節を奪えるかというものだった」いったんことばを切ってから、静かにつけくわえた。「ひと月以内に」

そして、そのとおりになった、とアラベラは思った。ジャスティンはそのとおりのことをした。なんてこと。信じられない！　心臓がひとつ鼓動を刻むあいだに、結婚式の夜のことがはっきりと頭に浮かんできた。あの夜のジャスティンの切ないほどのやさしさや、はかなく、けれど燃えるような愛撫のすべてが……。胸がぎゅっと締めつけられて、ふいに記憶が色あせた。そしていま、ジャスティンは机にもたれるようにして身じろぎもせずに立って、胸のまえで腕を組み、こちらを――妻を見つめていた。

なぜ、ジャスティンはこれほど落ち着いていられるの？　わたしは怒りを爆発させて、怒鳴り散らしたくてうずうずしているのに。ジャスティンを何度も何度も拳で叩きたかった。心は煮えたぎっていたけれど、必死になってジャスティンの冷静な態度を真似た。

「いくらだったの？」と尋ねた。

ジャスティンの答えはなかった。

アラベラは巾着袋を睨んだ。「確かめようと思えば、すぐにでも確かめられるわ」警告するように言った。

「六千ポンド」

思ったとおり、ひと財産ともいえる額。「そうだったの」冷ややかに言った。「あなたは自信満々だったんでしょうね、どんな女でも……口説き落とせると」

空気まで震えるような張りつめた沈黙ができた。アラベラは気づいた——ジャスティンが黙っているのは、返事のしようがないからだ。

「なるほどね」思わず声が大きくなった。「賭けはわたしと結婚することじゃなくて……わたしをベッドに連れこむことだったのよね」悔しくてたまらず、ヒステリックに笑えばいいのか、大声で泣けばいいのかわからなかった。いま思えば、結婚などしなくてもジャスティンに純潔を捧げていたかもしれない。あの運命の夜には、ジョージアナとグレース伯母にキスしているところを見られてしまったあの夜には、そこまでのことは起きなかったとしても、いずれは……。

なんといっても、ジャスティンはイングランド一の美男子で、それにひきかえわたしはただのおもちゃみたいなもの。そうして、わたしは……愚かなわたしは、ジャスティンに意のままに操られた。ジャスティンの腕に抱かれて、巧みな唇に意志も抵抗する力も奪われて、何も見えなくなった。

プレイボーイというジャスティンの真の姿を忘れていた。なんてことだろう、ジャスティンはそれを隠そうともしなかったのに。ジョージアナとグレース伯母さまに見られてしまったから、ジャスティンは身動きが取れなくなっただけ。どうしようもなくなって、わたしと結婚しただけ。

裏切られたという思いは途方もなく大きかった。煮えたぎるような悔しさが津波となって何度も押しよせて、心のいちばん大切な部分をずたずたに引き裂いた。

けれど、そんな思いをジャスティンに知られるつもりはなかった。どれほど傷つこうが、決して。

胸の内を隠して、アラベラは首を片側に傾げた。「だから、あんなにすぐにわたしと結婚することにしたのね。そうやって、賭けに勝とうとしたんでしょう?」ジャスティンに答える暇を与えなかった。「そして、ここにいるわたしは、あなたがわたしの名誉を守るために結婚を申しこんでくれたと思いこんでいた。ああ、かわいそうなジャステイン、運悪くたかがキスしているのを見られただけで、プレイボーイという栄誉を返上するはめになるなんて！　ねえ、あなたに同情すればいいの？　それとも、褒めたたえればいいの？　だけど、少なくとも、いまはもうお金の心配をする必要はなくなった、そうでしょう？　少なくとも、これであなたが何をいちばん大切にしているかわかったわ。節操よりも何よりもお金が――」

ジャスティンは口元を引き締めた。「やめろ」

「いやよ！」アラベラはかっとなって言った。

ジャスティンの頬に鈍い赤みが差した。「こんなことを言っても無駄かもしれないが、賭けをしたときには、〝難攻不落のきみ〟というのがきみのことだとは知らなかった」

アラベラは鼻を鳴らした。「わざわざ教えてくれてありがとう！　それで状況は好転したのかしら？　ええ、わかっているわ、あなたのような見目麗しい男性が、わたしのようにみっともない女と一緒にいるところを人に見られたいと思うはずがない。そこまで落ちぶれたいと思うはずがないもの」

「そういう意味で言ったんじゃない。それはきみだってわかってるはずだ」

「あなたがますますろくでなし以下に思えてくるようなことを、わざわざ言ってくれなくてけっこうよ」

ジャスティンの口が歪んだ。「そんなことは承知の上だ。それでも――」

ジャスティンを無視して、アラベラは戸口へ向かおうとした。

ジャスティンのわきをすり抜けようとして、肩を両手でつかまれた。

アラベラはさっと顔を上げると、冷ややかに言った。「放してちょうだい。夕食のために着替えるわ」

ジャスティンの唇はアラベラの唇と同じように固く結ばれていた。「そんなのはあとでいい」

「そういうわけにはいかないわ！　今夜の晩餐にわたしたちが行くのを、グレース伯母さまとジョセフ伯父さまが待っているんだから」

ジャスティンは悪態をついた。「だめだ、この問題が片づくまではぼくたちはどこにも行かない」

「いいえ、わたしたちは行くのよ」アラベラはきっぱり言った。「今夜の晩餐を取りやめにして伯母さまと伯父さまを落胆させるつもりも、おふたりに失礼なことをするつもりもありません。それに、あなたに行く気がないなら、わたしひとりで行くわ。いずれにしても、話し合いはしばらくおあずけよ」

ジャスティンが手を放した。いまのことばがジャスティンの心にどう響いたのかアラベラにはわからなかった。わかろうとも思わなかった。自分の顔に反抗的な表情が浮かんでいるのを承知の上で、ジャスティンのそばを通り抜けた。顎を高く上げて。

馬車のなかは息苦しいほどの緊張感が漂っていた。アラベラはクッションの効いたベルベットの座席の端に身を固くして坐り、その向かい側にジャスティンが坐った。どちらも一度も目を合わせなかった。ふたりともひとことも話さなかった。

ジョセフ伯父のタウンハウスのまえで馬車が停まると、アラベラはようやく気づいた。ギデオンが来るまえにジャスティンから話があると言われたが、結局、その話は聞かずじまいになっていることに。それでも、唇をぎゅっと結んだ。自分のほうから尋ねたくなかった……少なくともいまは。どうせたいしたことではないのだろうから。

伯父と伯母に出迎えられて、アラベラとジャスティンは奇跡的にも最低限の礼儀を保った。

グレース伯母がアラベラの手を握って、頬にえくぼを浮かべて、嬉しそうに言った。

「あなたが驚くようなことがあるのよ」

アラベラはかすかに微笑んだ。「そうなの、伯母さま？」

伯母はそれ以上は何も言わず、笑みを浮かべて、アラベラを客間に連れていった。ソファからふたつの人影が同時に立ちあがった。ひとりは小柄で金髪、その傍らに背の高い赤毛の男の人が立っていた。

アラベラは目をしばたたかせて、次に頭をはっきりさせようと首を振ってから、口を開いた。「お母さま」自分のか細い声が聞こえた。「お父さま……」
次の瞬間には、目に涙があふれていた。

22

アラベラの涙は嬉し涙ではない——ジャスティンにはわかっていた。何かにすがろうとする涙だ、たぶん。途方に暮れた涙だ。

晩餐の席には気詰まりな雰囲気が漂った。アラベラの両親は丁寧だったが、本心を見せようとしなかった。ふたりの視線が幾度となくアラベラに注がれるのを、ジャスティンは見逃さなかった。アラベラは隣に坐っていたが、顔は血の気が引いて蒼白で、頬には涙の跡が残っていた。どうにかして泣くまいとしているのだろう、下唇を嚙んではかりいた。最初のうちは、いつもの明るくはつらつとしたおしゃべりで姪夫婦とその両親の仲をとりもとうとしていたグレース伯母も、最後には黙りこんでしまった。

アラベラが思い悩んでいることは、その場にいる者全員にはっきりと伝わった。これ以上最悪なことはない、とジャスティンは思った。

けれど、それはまちがいだった。

晩餐がすむと、全員で客間に移った。アラベラは暖炉のそばの、両親が坐っているソファの左側に腰を下ろした。

ジャスティンは咳払いした。率直に話すのがいちばんだと心を決めた。

そうして、アラベラの両親に話しかけた。「テンプルトン夫妻、あなたがたは何か感じていらっしゃるはずだ」気持ちとは裏腹に、にこやかに笑ってみせた。「包み隠さず気持ちを表に出すのが、誰にとってもいちばんだと思いますが」

ダニエル・テンプルトンは時間を無駄にするようなことはしなかった。「なるほど、では」もじゃもじゃの赤い眉を上げげながら言った。「まず言わせてもらうが、アラベラが結婚するという知らせはまさに青天の霹靂《へきれき》だった。わたしと妻がここにいたら、結婚を許したかどうかわからない」

今度はグレース伯母が泣きだしそうになった。思いがけず、悲劇が始まろうとしていた。

ジョセフ伯父が手を伸ばして、妻の手を握った。「わかってくれ、ダニエル。さまざまな状況を考えて、わたしとグレースは最善だと思われることをしたんだ」と説明した。「これまできみは幾度となくアラベラをわたしたちに預けた。そして、これまでは一度たりともわたしたちの判断に疑問を呈したことはなかった」

「たしかに、そうする理由が見当たらなかったからだ。だが、ジョセフ、アラベラが結婚すると知ったときのキャサリンとわたしの落胆を想像してみてくれ。よりによって、こんな……」口をつぐむと、歯を食いしばっているジャスティンをちらりと見やった。「続けてください」ジャスティンはきっぱり言った。「何を言われても怒りませんから」「ああ、そうさせてもらおう。愛娘がこんな男と結婚すると知って、わたしたちは大いに不愉快だった」ダニエルの引き締まった口元に非難の気持ちが表われていた。「言うまでもなく、この男の評判ならわたしたちもよく知っているからな」

「だからこそ、取るものもとりあえず帰ってきたのよ」キャサリンが言った。

「そうして、わたしたちが見たものは?」ダニエルが続けた。「わたしは自分の娘のことならよくわかっているんだよ、サー。アラベラが手紙に書いてきたことはともかく、いまの娘の顔は幸せな結婚生活を送っている妻の顔ではない」

部屋にいる誰もがアラベラを見た。

ジャスティンはがっかりした。アラベラの表情は悲しげで、唇は震えていた。息を吸うのも苦しそうで、膝の上に置いた両手をきつく握りしめていた。

胸が激しく締めつけられて、ジャスティンは息もろくにできなくなった。アラベラの哀れな姿を見ていると、魂がねじれるようだった。アラベラにかばってもらえるとは夢にも思っていなかったけれど、ひとことでも何か言ってくれたらと願わずにいられなかった。

「はっきり言うが、きみは純粋な若い娘をたぶらかした。わたしと妻はすでに話しあった。アラベラはまだ成年に達していない。わたしも妻もこの結婚を承諾しなかった。ゆえにこの結婚は無効にできる」

ジャスティンが罰当たりなことばを口にしながら、弾かれたように立ちあがった。

グレース叔母が息を呑んだ。キャサリンが目を丸くした。ジョセフ伯父が無言の警告を発するようにジャスティンを睨んだ。

「やめて」アラベラの声はいつになく低かった。「わたしがこの場にいないみたいに、みんなでわたしのことを話しあうのはやめてちょうだい。わたしはもう子どもじゃないわ」アラベラは父を見た。「お父さま、ジャスティンを責めないで。ジョセフ伯父さまやグレース伯母さまのことも。ほんとうは、わたしのせいなのよ……キスしているところを人に見られるなんて……そのせいでわたしは一生消えない傷を負うところだった」

ダニエルが娘の顔を見て、表情を和らげた。「人は誰だって過ちを犯すものだよ、アラベラ。だが、いまおまえが口にした過ちは改められる。この婚姻はかならず無効にできる」

ジャスティンは腹が立った。怒りをこらえるには、果てしないほどの自制心が必要だった。「サー、失礼ながら、これは夫婦の問題です。口をはさまないでいただきたい。

それに、寛大な心でお許し願いたい、わたしと妻のふたりきりで話をさせてください」

ジャスティンは司祭を見つめた。

ダニエルは左右の眉がくっつきそうなほど眉根を寄せた。「いいかな、お若いの、わたしはいまでもアラベラの父だ――」

「それを言うなら、あなたがどれほど後悔しているにせよ、ぼくはいまでもアラベラの夫です」ジャスティンの口調には有無を言わせないものがあった。「そして、ぼくは妻とふたりきりになりたいと望んでいるんです」

ダニエルはこれっぽっちの寛大さも見せなかった。ジャスティンも一歩も引かなかった。キャサリンとジョセフとグレースはすでに戸口まで行って、立ち止まって成り行きを見守っていた。ジャスティンとダニエルは睨みあいを続けた。互いのことしか頭にないようだった。

苛立った声を漏らしながら、ついにジャスティンがアラベラに視線を移した。「アラベラ?」やさしく言った。穏やかなその口調には、何かを求めると同時に、問いただすような響きがあった。

部屋のなかの空気は永遠とも思えるほど長いあいだ張りつめたままだった。アラベラは膝を見つめていた。さきほどの自分のことばがきちんと聞こえたのだろうかとジャスティンが訝るほど、長いあいだ黙っていた。そうして、ジャスティンがもう堪えられないと思ったそのとき、アラベラが顔を上げた。

「お願い……お父さま。わたしは大丈夫よ」

ダニエルは唇をきつく結んだが、ついに立ちあがった。坐っているアラベラに歩みよると、自分と同じ真っ赤な巻き毛にキスをして、ひとことだけ言った。「いつでも呼びなさい」

ダニエルが部屋を出て、扉が閉まった。ジャスティンとアラベラだけが部屋のなかに残された。

ジャスティンは動かなかった。アラベラの視線は、膝の上でしっかりと組みあわされた手に戻っていた。顔は蒼白で、信じられないほど生気がなかった。

「さて」ジャスティンはそう言いながら、自虐的な笑みを浮かべた。「ひとまずおさまった。自分がろくでなしだとはわかっていたけれど、まさか妻とふたりきりになるのに許可を求めなければならないとはな」

そのことばにアラベラは顔を上げた。目が青く燃えていた。「お父さまを非難するようなことは言わないで！」激しい口調だった。「お父さまはこの世の誰より思いやりのある紳士なんだから」

ジャスティンは深くひとつ息を吸うと、慎重に話しはじめた。「たしかにそのとおりだ。きみの両親は礼儀正しく、誰からも尊敬される人物だ。それに、まちがいなくきみを心から愛している。何よりもきみのことを考えているのがよくわかるよ。それに、いまの状況はどう見ても……普通じゃない」

アラベラは同意もしなければ、反論もしなかった。ジャスティンから目をそむけて、またうつむいた。その姿は完全に打ちひしがれていた。

ジャスティンは部屋のなかをつかつかと歩いて、アラベラの目のまえまで行くと、ひざまずいた。

「アラベラ」静かに声をかけた。「こっちを見てくれないか？」

アラベラのやわらかな唇が震えていた。睫がさっと下がって、さらにうつむいた。

ジャスティンの胸に鈍い痛みが広がった。思わず手を伸ばして、アラベラの手を握った。

それがいけなかった。アラベラは非難めいた声を出して、手を引っこめた。「やめて」と小さな声で言った。「お願い、触らないで」

ジャスティンは歯を食いしばった。体のなかに湧きあがる激しい怒りを意志の力ではねつけて、いつになく低い声で言った。「お願いだ。家に帰って、話しあおう」

「いやよ」

「何を言ってるんだ」

アラベラは首を振った。「いや。家には……帰りたくない。あなたと一緒には」

ジャスティンは訝しげに目を細めた。「どうするつもりなんだ？　ここにいるつもりなのか？」

アラベラはぎこちなくうなずいた。

ジャスティンは息を吸った。「スイートハート――」

「やめて、そんなふうに呼ばないで。そんな目で見ないで！」アラベラの声は細く高かった。「お父さまの言うとおりかもしれない。わたしたちの結婚は無効にしたほうがいいのよ」

「そんな気はさらさらないよ」ジャスティンの口調は穏やかだったが、頑としていた。

アラベラがゆっくり目を上げて、ジャスティンの目を見た。たとえジャスティンがすでにひざまずいていなかったとしても、アラベラの顔に浮かぶ苦しげな表情を見れば、すぐにでもひざまずいたはずだった。

「わたしの気持ちはどうなるの？」

ジャスティンはアラベラの心を覗きこむように頭を傾げて、静かに尋ねた。「きみはどうしたいんだ？」

アラベラの息遣いが荒く、苦しげになった。「わからない」首を振りながらそう言った。「でも、あなたと一緒にここにはいられない。あなたのそばにもいられない。ひとりになりたいの、ジャスティン。ひとりにしてちょうだい！」

「だめだ。きみに必要なのはぼくだ。きみの夫だ」

「わたしの夫……わたしの夫ですって？」アラベラは声を荒げた。「賭けに勝ちたくてわたしと結婚した人、それがわたしの夫なのよ！」

「ちがう――」

「だったら、なぜ最初にほんとうのことを言ってくれなかったの？〈ホワイト〉で五人が賭けをしたことは話したのに」アラベラはさらに責めた。「なぜ、ギデオンとの賭けのことは黙っていたの？」

ジャスティンは自分でも顔が紅潮しそうになっているのがわかった。それが気に食わなかった。「たしかに、話すべきだったんだろう。だが、ぼくはギデオンがパリに発つまえに、賭けは白紙に戻すと言ったんだ。でも、ギデオンは聞く耳を持たなかった。アラベラ、たしかに大金を賭けたが、あの賭けはぼくにとってなんの意味もなくなっていたんだよ」

そのことばは言うべきではなかった。口に出してしまったとたんに、それに気づいた。ジャスティンはあわてて手を振った。「アラベラ、いまは後悔している――」

「ええ、わかってるわ、あなたは……わたしにつかまってしまったことを後悔しているのよね」

「ちがう、なんて愚かなことをしたのかと後悔してるんだ。あんな賭けをするなんて、どうしようもなく馬鹿で、どうしようもなく軽率だった。それに、ああ、たしかに自分勝手だとは思うが、きみには知られたくなかった」じれったそうに手を動かした。「くそっ、どう説明すればいいんだ？　きみを傷つけたくなかったんだ」

アラベラは答えなかった。口をつぐんだまま、咎めるようにジャスティンを見つめるだけだった。

「アラベラ、あんな賭けをした男は……もういない。きみと一緒になって……すべてが変わったんだ。ぼくは変わったんだよ。生まれて初めて……幸せだと思った。満たされていると思った。ぼくは――」ジャスティンはぴったりのことばを探した。それが見つかってほしいと祈った。「こんな気持ちになったのは初めてだ。いままでは一度もなかった。すべてはきみのおかげなんだよ、アラベラ。ぼくにはそれがわかる。それを感じるんだ。結婚式の夜のことを考えると……あのときふたりで分かちあったものは……ぼくにとってかけがえのない宝だ。ぼくたちが手に入れたもの……いや、いま手にしているものは……何があっても失いたくない。きみを失いたくないんだよ」

けれど、アラベラは首を振った。数えきれないほど何度も首を振って、そのことばを拒んだ。ジャスティンを拒んだ。

「お願い、ひとりにして」冷ややかな口調だった。

「アラベラ！　やめてくれ。こんなふうに終わらせるなんてひどすぎる」

「そもそも始まってなんかいなかったのよ！」アラベラは叫んだ。

ジャスティンはアラベラを見つめた。ふたりは結ばれたのだ。結婚もした。心も、魂までもつながったのだ。アラベラにはそれがわからないのか？

「そんなことを言わないでくれ」意に反して、理性にも何にも反して、ジャスティンはアラベラの手を取った。体のなかが燃えるように熱かった。肺も、喉も、そして、どこよりも胸の真ん中が。

「妻はつねに夫に寄り添っているものだときみは言っただろ。ぼくが父のことを話したあの夜にそう言った――」

「ええ、憶えているわ。でも……いまは何もかも変わってしまったのよ」

そのことばを聞きながら、ジャスティンは底なしの絶望の淵へと沈んでいくような気がした。

アラベラの体を揺すって、自分の話に耳を傾けさせたかった。アラベラを抱きしめて、二度と離したくなかった。どうすればいい？　なす術もなく思った。アラベラが自分の手をすり抜けて、決して届かない場所へ行ってしまうかのようだった。

「それはちがうよ」ジャスティンは囁いた。「何も変わってなどいない。変わったのはぼくだけだ。ぼくだけなんだよ」目がちくちくした。周囲の光景が涙に霞んでいた。アラベラが霞んでいた。だが、そんなことはかまわなかった。それをアラベラに知られてもかまわなかった。アラベラを取り戻さなければならない——頭のなかにあるのはそれだけだった。なんとしてでも取り戻さなければ。

「お願いだ、スイートハート。このことはふたりで解決できる、ああ、約束するよ。だから……」声は低く、口調はたどたどしかった。「一緒に帰ろう。お願いだ……本気で願っているんだ。ぼくと一緒に家に帰ってくれ」

アラベラの喉から苦しげな声が漏れると、ジャスティンの心が張り裂けた。「もう何も言わないで。そんなふうにわたしを見ないで！」アラベラは身をよじってジャスティンから逃れると、小走りで扉へ向かった。

ジャスティンは悟った。もう無駄だ。どれだけ話しても、どれだけ懇願しても。

そうして、その場をあとにした……。ひとりきりで。

翌日の午後、セバスチャンは楽しそうに口笛を吹きながら、バークリー・スクエアにある弟の家の階段を上った。ジャスティンとは同じ事務弁護士を使っていて、たったいまその弁護士の事務所に行ってきたところで、弟の最新の買い物にお祝いを言いたくてうずうずしていた。

執事のアーサーに家のなかに通された。「侯爵さま」アーサーはセバスチャンの帽子と傘を受けとりながら、押し殺した口調で言った。「本日はお越しくださってありがとうございます」

　そうして、ジャスティンの書斎に案内された。ジャスティンを見てはじめて、セバスチャンは執事のことばをじっくりと考えた。

　ジャスティンはブーツを履いた足をだらしなく広げて、暖炉のそばに坐っていた。いつものおしゃれで凛とした姿は見る影もなかった。クラバットはほどけ、皺だらけのシャツのボタンははずれて、顎は無精ひげで黒ずんでいた。

「おやおや」セバスチャンは大きな声で言った。「これはまたひどい有様だ」

　ジャスティンは中身が半分まで減ったワインのボトルを掲げて出迎えた。「それはどうも。ぼくからもお褒めのことばを返すべきかな？」

　セバスチャンは弟の充血した虚ろな目を覗きこんで、悪態をついた。「酔ってるな？」

　ジャスティンは口を歪めた。「いや、まだだ。だが、そうなろうと努力してる」そう言って、ワインのボトルを口に持っていきかけた。「おっと、エチケットに反するな。では、一緒に飲み交わそう。出来のいい年のワインだ、嘘じゃない」

　セバスチャンはジャスティンの手からワインのボトルをもぎ取って、わきに置いた。

「アラベラはどこにいる？」

　ジャスティンの目が光った。「愛しの妻はゆうべひと晩、伯母夫婦の家で過ごした。今朝は従僕がやってきて、アラベラの身のまわりのものをいくつか持っていった。いまごろは、結婚を無効にすべきかどうかじっくり考えているはずだ。ああ、つけくわえるなら、両親の忠告に従って」

セバスチャンの唇が引き締まった。「皮肉はやめておけ。それで、おまえはここで何をしてる？　いまおまえがいるべき場所はここではないだろう」

「アラベラは会いたくないんだそうだ」

「何を馬鹿なことを」

「そう言われたんだよ。アラベラの口からはっきりと。そうしてアラベラは……ぼくのもとを去った」ジャスティンは苦しげに言った。「いや、ほんとうはそうじゃない。ぼくがアラベラをそうさせたんだ。この身の……悪行《あくぎょう》がアラベラを去らせた。ああ、セバスチャン、ゆうべのアラベラの様子を見せたかったよ」

セバスチャンはため息をついた。「一杯もらうぞ」そう言うと、さきほど取りあげてわきに置いたボトルを持って、たっぷりとグラスに注いでから、ジャスティンの向かいの椅子に腰を下ろした。そうして、促すように言った。「何があったのか聞こう」

御託抜きでジャスティンは話しはじめた。ファージンゲール家での舞踏会の夜のことから、昨日の夕方にギデオンがやってきたこと、そして、その後の出来事も包み隠さず。

セバスチャンは最初から最後まで黙って聞いていた。そうして、ジャスティンが話し終えると、唇の片側を引きあげて、つぶやいた。「なるほど。たしかにおまえがうらやましいとは思えないな」

ジャスティンは兄を見た。「これはまた情け深いおことばに胸が潰れそうだ」

セバスチャンが身を乗りだした。「いまの状況はおまえにとっても、アラベラにとってもいいことはひとつもない。とはいえ、結婚を無効にするのは、ダニエルが考えているほど簡単ではないはずだ。ひとつに、アラベラは結婚に同意した。彼女の伯母と伯父も同意した。さらに、結婚はすでに完了している、ちがうか？」

ジャスティンはこの上なく苛立たしげな顔で兄を見ただけだった。

それに応じるかのように、セバスチャンの唇がぴくりと動いた。「たしかに、くだらない質問だった」

「もしかしたら、これでよかったのかもしれない」ジャスティンは部屋の隅をぼんやり見つめた。

「アラベラはおまえの人生に現われた最高の女だ」セバスチャンはきっぱり言った。

「そして、このぼくは彼女の人生に現われた最悪の男だ」

「そんなふうに思ったところで、得るものは何もないぞ。ジャスティン、ときに人生には予想もしなかったことが起こる。自分ではどうしようもないことが。もしかしたら、アラベラの言うとおりなのかもしれない。アラベラには少し時間が必要なんだろう。だが、いずれはおまえのもとに戻ってくる」

ジャスティンは長いあいだ黙っていたが、やがて言った。「もしそうならなかったら？」

「だったら、おまえがそうさせるまでだ」

ジャスティンはアラベラに思いを馳《は》せた。別れたときのアラベラの姿が目に浮かんだ。傷ついて、大きく見開かれた目。自分がすべてを知り尽くした女の落胆と、計り知れない憂い。

心が闇に包まれた。「無理だ。そんなことができるはずがない」口ごもった。「アラベラを深く傷つけてしまったんだから」

「だから、何もせずに指をくわえて見ているつもりか？」

「ほかに何ができるって言うんだ？」ジャスティンはさらに皮肉な口調で言った。「両親からアラベラを奪えとでも？　そんなことをしたら、ますます愉快なことになる。アラベラの父上は娘をさらわれたと言って、どこまでも追ってくるだろう」

「いや、まさか、それはない。ダニエルは分別のある男だ。アラベラの悲しむ姿を見れば、気持ちを変えるはずだ。キャサリンだって」

「セバスチャン、話を聞いていなかったのか？　アラベラはぼくのそばにいるのがいやなんだ。ぼくの姿を二度と見ずにいられたら、それだけで幸せだと思っているんだよ。くそっ、ぼくと同じ部屋にいることにさえ堪えられなかったんだから」

「それは怒って、傷ついているからだろう」セバスチャンは冷静に指摘した。「それに、忘れているようだが、ぼくはこの目でアラベラとおまえが一緒にいるところを見た。アラベラはかたときもおまえから目が離せず……おまえも彼女から目が離せなかった」

ジャスティンはうなだれて、両手で頭を抱えた。手に入れたばかりの幸せが長続きするわけがないと心のどこかで思っていたのかもしれない……現実というにはあまりにもすばらしすぎた。自分にとってアラベラはできすぎた女だった。いままでもがきながら生きてきて、ようやくアラベラのなかにかけがえのない何かを見いだした。それを全身で感じた。けれどいま、アラベラを失った。その原因はほかでもない自分自身にあるのだ。

「それはもう過去の話だ」ジャスティンは暗い声で言った。「いまは……アラベラの言ったとおり、何もかもが変わってしまった」

「それはちがうよ、ジャスティン。何も変わっちゃいない。何ひとつ」

ジャスティンは顔を上げた。「気を悪くしないでくれ、セバスチャン。だが、なんだってそんなことがわかる？」

セバスチャンの顔にかすかな笑みが浮かんだ。「ああ、はっきりわかるさ」

「くそっ、いったいそれはどういう意味だ？　くそっ、いったいどうして笑ってるんだ？」

「いくらかでも慰めになればと思って言うが、何年かまえに、おまえと似たような話をしたのを思いだしたんだよ。ちがいといえば、あのときは立場が逆だったというだけだ。憶えているだろう？　デヴォンがぼくと会いたくないと言ったときのことだ」

ジャスティンは口を真一文字に結んだ。「ああ、でも、あれは誰に原因があった？　ぼくだ。まさにこのぼくのせいで、兄さんの結婚が破談になりかけた」

「いや、ちがう、あれはおまえのせいじゃない、ジャスティン。このぼくがすべてを台無しにしたんだよ」セバスチャンはいったんことばを切った。「どうやらぼくとおまえには同じ癖があるらしい。愛する女がいると愚かなことをしてしまうという癖が」

ジャスティンは身じろぎもしなかった。体も心もぴたりと動きを止めていた。そうして、セバスチャンを見つめた。目が乾いて見ていられなくなるまで。息さえ満足に吸えず、体のなかで冷たい汗が噴きでるような気がした。なんてことだ、これがそうなのか？　心の奥をかきむしられて、引き裂かれるようなこの感覚が？　これが愛なのか？　赤く焼けたナイフで幾度となく胸の奥をえぐられているようだ。魂に……心の真ん中に焼印を押しつけられたようだ。

いや、愛がこれほど苦しいはずがない。これほど苦渋に満ちているわけがない。愛とは心地よく、甘く、純粋なもののはず……。

アラベラのように。

そして、アラベラを愛して……いや、そんなことを簡単に、あるいは、いさぎよく認めるわけにはいかない。長いあいだそれと闘ってきたのだ。

けれど、もう闘えなかった。

それを悟ったからといって、胸の痛みがいくらか和らぐわけでもなかった。

痛みはさらに激しくなるばかりだった。

23

「奥さま」エイムズが言った。「お客さまです」

ソファに坐ったまま、アラベラは顔を上げた。「わたしに？」

ふいに脈が早まって、不規則になった。ジャスティンなの？　あらゆる感情が四方から押しよせてきた。希望……恐怖……そのあいだにあるあらゆる感情が。客間に背の高い人影が入ってくると、心臓が飛びはねた。

ジャスティンではなかった。セバスチャンだった。

アラベラはいまにも泣きそうだった。この部屋で起きたおぞましい出来事から丸二日が経っていた。あの夜、ジャスティンが立ち去るとすぐに、アラベラは家族にいとまを告げて、階上へ上がった。頭がすっかり麻痺して、わかるのは傷ついた自分の心の痛みだけだった。ジャスティンの心の痛みを思いやる余裕などなかった。

けれど、階上にある寝室で、独身時代に無数の夜を過ごしたベッドに入っても、眠りはやってこなかった。何かが……ちがった。ベッドが……がらんとしていた。朝になると、怒りと落胆と傷心と切望に気持ちが揺らいだ。

でも、いまは……。目のまえの盆の上に並んでいるお茶のセットにちらりと目をやってから、膝のほうに視線を落とした。「お茶はいかがですか？」

セバスチャンは断わった。

アラベラは唇を嚙んだ。「ジャスティンに会ったんですね？」自制するまもなく、質問が口をついて出た。

「ああ、昨日会ったよ」きっぱりした口調だった。

アラベラは震える手を膝の上に戻した。「ジャスティンからわたしに会ってほしいと頼まれたんですか？」尋ねたものの、返事を聞くよりさきに自分で答えを口にした。「いいえ、そんなはずはないわね。ジャスティンは頑固ですもの。プライドの高い人ですもの」

セバスチャンの顔にうっすらと笑みが浮かんだ。「ジャスティンのことをよくわかっているんだな」

「ジャスティンは元気ですか？」そう尋ねるだけで、アラベラの舌は焼けそうになった。そんなことは知りたくない、と必死に自分に言い聞かせた。けれど、知らずにはいられなかった。

セバスチャンは黒い眉の片方を大きく引きあげた。「それは尋ねるまでもないだろう?」

「そうですか」アラベラは力なく言った。「やっぱりお酒に浸っているんですね」

「こんなことを言ったところで、どれほどの慰めになるのかはわからないが、酒に頼って助かっているとは思えない」セバスチャンはちょっとのあいだアラベラを見つめた。「アラベラ、ジャスティンはぼくがいまここにいることを知らない。それに、勘違いしないでくれ、ぼくはいまの弟の様子を切々と訴えにきたわけでもない。ジャスティンのもとに戻るように説得しにきたわけでもない」

「だったら、なぜいらしたんですか?」

「自分でもよくわからないんだよ」セバスチャンは正直に言った。「とはいえ、わかっていることもある。きみにぜひとも言っておきたかったんだ。だからお願いだ、アラベラ、ぼくの話を聞いてほしい」いったんことばを切って、物思いにふけるような口ぶりでさきを続けた。「不思議なことに、午前のあいだずっと、遠い昔のある出来事を何度も思いだしていた。それが頭を離れなかったと言ってもいい。正直なところ、だからここに来たのかもしれない」

アラベラは窺うようにセバスチャンを見つめた。「どんな出来事ですか?」

「ぼくたち兄弟がサーストン邸で暮らしていたころのことだ。たしか、当時ジャスティンはまだ八歳か、九歳ぐらいだったと思う。ある日の午後、ジャスティンを捜しはじめて、勉強部屋に戻ってこなかった。すぐに家じゅうの者が総出でジャスティンを捜しはじめて、そのまま数時間が過ぎた。それでも見つからず、最後にようやく、父が果樹園の木の枝に坐っているジャスティンを見つけた。ジャスティンはそこに坐って、みんなが何時間ものあいだ自分を捜しまわっているのを見物していたんだ。父は下りてこいと怒鳴った。ジャスティンがそのことばに素直に従ったのかどうかは知らないが、いずれにしても、木から落っこちた。そうして、一見して骨が折れているのがわかるほど、手首が奇妙な角度にへし曲がった。ぼくはいそいでジャスティンのもとに駆けつけた。そのとき、父はそれまで見たことがないほど腹を立てていた」

アラベラは少しだけ気分が落ち着いた。ジャスティンがその木について話していたことが、ふいに頭に浮かんできた。

「父は……やさしさなど微塵もない人だったんだよ、アラベラ。ジャスティンの痛みに露ほどの思いやりも見せなかった。やがて、医者が呼ばれた。骨が折れた手首は火がついたように痛んだはずだ。ましてや、ジャスティンはまだ幼かったのだから。それでも、医者が折れた骨をもとに戻そうとしたときにも、ひとことも声を発しなかった。泣いてもいいんだよとぼくはジャスティンに言ったのを憶えている。けれど、ジャスティンは父を睨みつけながら、泣かないと断言したんだ。絶対に泣かないと。ぼくは父の目を見て気づいた──ジャスティンが泣き叫べばいいと父が思っていることに。結局、ジャスティンは泣かなかった」セバスチャンは話を締めくくった。「そのときも。そのあとも一度も」

セバスチャンはアラベラを見た。「不思議だと思わないかい？　子どものくせに、決して、一度も泣かないとは」

アラベラは喉が締めつけられるようだった。かんかんに腹を立てているジャスティンの父と、怪我をしてなす術もなく横たわっている幼いジャスティンの姿がはっきりと目に浮かんだ。そうして、思った。そのときのジャスティンの強情さを、わたしは笑いながらたしなめたのだ。

頭のなかにさまざまな思いが浮かんでは消えて、気持ちが鎮まっていった。もうひとつのことを思いだして、胸を突かれた。さらに、ほんの二日前にまさにこの部屋のなかに立っていたジャスティンの姿を思いだして胸が痛んだ。あのときのジャスティンは声がかすれて、あろうことか目が潤んでいた……。思いだしただけでも、胸が苦しくなる。いったい、わたしはジャスティンに何を言ったの？

〝もう何も言わないで。そんなふうにわたしを見ないで！〟

アラベラは小さく頭を振ると、セバスチャンを見た。「ジャスティンが泣かないと、なぜわかったんですか?」

「兄弟だからだよ」セバスチャンは言った。そのことばにはかすかなためらいが感じられた。「アラベラ、ぼくたちは幼いころ、誰よりも幸せだったとは言えない――」

「知っています」アラベラはすかさず言った。「ジャスティンが話してくれましたから」けれど、ジャスティンから聞かされた、父親が亡くなった夜のことはセバスチャンには言わなかった。ジャスティンが自分を責めていることも……。わたしだけに秘密を打ち明けてくれたのだから。信頼を裏切るつもりはなかった。

セバスチャンがさらに話を続けた。「ジュリアンナには母の記憶はない。妹がずいぶん幼いころに、母はいなくなったからね。ぼくとしては、むしろそれでよかったと思っている。だが、ジャスティンは……」セバスチャンは首を振った。「ぼくにはずっとわかっていたんだ――ジャスティンがどれほど辛かったか。ジャスティンは母親を必要としていたのに、母親はいなかった。そのせいで変わってしまったんだろう。そうして、周囲の人が抱いているジャスティンの姿そのものが、真の自分だと信じて生きてきた。反抗的で傲慢で手に負えない男だと。そしてまた、世間の誰もが、ジャスティンには良心もなければ、節操もないと思いこんでいる。けれど、ぼくとジュリアンナは、そうではないと、それがジャスティンの真の姿ではないと気づいていた。きみも気づいているはずだ、アラベラ、ジャスティンが真の姿とはちがう自分を演じていることに」

もちろん気づいていた。そう、わたしは気づいていたのだ！

「ジャスティンはいままで影のなかを歩んできた。自分が何を求めているのかわからないまま、さまよっていた。だが、ようやく求めている何かをきみのなかに見つけたんだよ。きみと一緒にいるときのジャスティンはちがう。陽のあたる場所に踏みだしたかのようだ」セバスチャンは小さく頭を振った。

「ジャスティンを影のなかに帰さないでくれ、アラベラ。お願いだ。たしかに、ぼくは今回の問題に口出しはしないと言った。だが、きみとジャスティンはふたりでひとりなんだ。ぼくよりさきに、デヴォンがそれに気づいた。けれど、いまきみたちが仲たがいしているのは、きみとジャスティンの問題だ……ぼくにはとりなす力はないし、そうするつもりもない」

セバスチャンはいったん口をつぐんでから、穏やかに言った。「お願いだ、とにかくジャスティンに会ってやってくれ。何かを決めてしまうまえに、一度だけ会いにいってほしい。ジャスティンはケントにいる。そこにある家で何かをしなければならないと言っていたからね」

アラベラは訳がわからずセバスチャンを見た。「ケントの家？」

「ケントにある別邸だよ。数日前にジャスティンが買った家だ」

あまりにも驚いて、アラベラはセバスチャンを見つめるしかなかった。

「知らなかったのか?」

アラベラはひとつ息を吸った。「ジャスティンはそんなことはひとことも――」ことばが途切れた。ジャスティンが話があると言っていたのは、そのことだったの? そう思うと同時に、全身に罪悪感が広がった。ああ、なんてこと。ギデオンが訪ねてきて、それで……それで、わたしはジャスティンに話す暇さえ与えなかった。

ぼんやりとした視界のなかに、セバスチャンが立ちあがるのが見えた。「帰るよ。デヴォンが待っているからね」

アラベラは玄関までセバスチャンを見送ると、客間に戻った。目のまえのお茶は手つかずのまま冷えていた。

何かが引っかかっているように胸のあたりが痛んだ。セバスチャンから話を聞かされて、ジャスティンが幼いころに味わった苦悩がアラベラにもはっきりとわかった。母の出奔、父からの叱責。そういったことは、ジャスティンが口にしていた以上に、セバスチャンが知っている以上に、はるかに辛いものだったはず――そう思うと、背筋が冷やりとした。ジャスティンが悪夢について話してくれたあの夜、ほんとうはジャスティンが父を愛していたのがわかった。父からの仕打ちで何度も傷ついたにもかかわらず……。セバスチャンの言うとおり、幼いころのジャスティンは自尊心が強く頑なな少年だったにちがいない。いまだってそのとおりなのだから。たとえ、傷を負ったとしても、それを見せようとしないはず……。

それなのに、一緒に家へ戻ってほしいとわたしに懇願した。目に涙を溜めて、わたしに懇願したのだ。

幼いころから決して泣かなかったジャスティンの涙。

それなのに、わたしはジャスティンに背を向けた。

いつのまにかアラベラは泣いていた。思いもかけず、涙が次々に頬を伝った。

そして、気づいた……ジャスティンが築いていた心の壁は、人を――わたしを――寄せつけないようにするためではないのだ。あれは自分の心を守るため、これ以上傷つかないための楯だった。

わたしはジャスティンを見捨てた。誰よりも非情に見捨てた。

なぜジャスティンはわたしと結婚したの？　アラベラは知りたくてたまらなかった。遊びで誘惑するつもりだったなら、ジャスティンにはそんなことは苦もなくできたはず。強引に口説かれていたら、わたしは抵抗できなかったにちがいない。

けれど、ジャスティンはわたしと結婚した。義務というものを平然と無視しつづけてきた人が。そうして、わたしは結婚してからの、このかけがえのない数週間で、欲望以上のものをジャスティンと分かちあってきたはず。肉欲以上のものを……。

そんなことを考えながらちらりと目を上げると、両親と伯母夫婦が部屋に入ってくるのが見えて、手の甲であわてて頰の涙を拭った。

すぐに母が心配そうに言った。「サーストン侯爵がお帰りになるのが見えたわ。あの方がいらしたせいで悲しくなったなんてことはないでしょうね、アラベラ。ほんとうに……大丈夫なの？」

「大丈夫よ、お母さま」アラベラはそう言うと、笑みを浮かべてみせた。

「ああ、アラベラ、あなたに笑顔が戻ってほんとうによかった！　あなたを元気づけようと思って、グレースと一緒にあなたの好物を作るようにコックに頼んでおいたのよ――」

「今夜の夕食はいらないわ、お母さま」アラベラは立ちあがった。そのとたんに、めまいがした。父がすばやく駆けよって、体を支えてくれた。

アラベラは何度かまばたきした。「いやだ、へんね。この何日かで二度目だわ」

母と伯母が意味ありげに目配せした。アラベラは母を見て、伯母を見てから尋ねた。

「どうかしたの？」

けれど、すぐに思いがけない事実に気づいて、あんぐりと口を開けた。「まさか、そんな馬鹿な！」最後のことばは悲鳴に近かった。

「不安のせいよ、ええ、きっとそう」と母があわてて言った。

アラベラはおなかに片手をあてた。小さな疑問が頭をよぎって、囁くように言った。

「まさか、そんなはずが」

母が息を吸った。「アラベラ、嘘でしょう？　そんなことはないわよね。やめてちょうだい、まさかあの男の子どもを――」

「お母さま！」アラベラの鋭い声が響いた。「ことばにお気をつけになって！　あの男ではなく、わたしの夫よ。わかっているでしょう？　わたしの夫なの。名前はジャスティン。名前で呼んでちょうだい」

母は心から戸惑ったかのように、弱々しい声で言った。「アラベラ、何を言っているの？」

アラベラは歩みでて、母の手を取った。「お母さま、わたしはもう子どもじゃないわ。ずっとまえに子どもは卒業したの。お母さまとお父さまとはずいぶん長いこと離ればなれになっていたから、わたしのことをまだ子どものように思っているのよね。でも、わたしはもう大人なの。自分が何をすべきかきちんとわかっている大人の女よ」アラベラはうっすらと笑みを浮かべた。「お母さまとお父さまがアフリカに旅立たれたときは、たしかにまだ大人ではなかったわ。今年の社交シーズンが始まったときにも、まだ大人ではなかった。大人になりきれていないと自分でも感じていたの。でも、いまは何がまちがっているのか――いえ、何が正しいのか自分で判断できる」

「たしかに、あなたはもう子どもではないわね。でも、アラベラ――」

「お母さま」アラベラは言い含めるように言った。「お母さまはしきたりを無視して、お父さまと結婚したのよね」

「ええ、でも――」

立てた指を唇にあてて、アラベラは母の反論を制した。「お母さまとお父さまはご自分の心に従った。グレース伯母さまとジョセフ伯父さまもそうだった。だから、わたしもそうするわ」そう言うと、視線を父に移した。「お父さま、結婚は無効にしません」

母の眉間に寄った皺が薄くなった。父もアラベラを見つめていた。「アラベラ、ほんとうにそうしたいのか？」

「そうよ、お父さま」アラベラの目は澄んで、輝いていた。「わたしは夫のいる家に戻ります。夫のそばを離れるべきではなかったわ。お父さまが両手を広げて、ジャスティンを家族の一員に迎えてくれたら、わたしは何よりも幸せよ」

父はちらりと笑顔を見せた。そうして、片方の腕を妻の体にまわした。「わが子が苦しんでいるのを見るのは辛いものだ。わたしたちはおまえの幸せだけを願っているんだよ」

母が涙ぐみながら微笑んだ。「そうですとも、あなた。それが何よりも大切よ」

アラベラは一気にこみあげてきた思いに胸がはちきれそうだった。いまほど両親を愛していると感じたことはなかった。そうして、ふたりにキスをした。

ジョセフ伯父は早くも部屋を出て、馬車を呼びにいっていた。グレース伯母はアラベラの荷造りをさせようと、戸口でメイドを呼んでいた。

「グレース伯母さま、またわたしをさっさと追いだそうとしていらっしゃるのね」

グレース伯母はくすりと笑おうとして、それを妹に気づかれまいと、片手で口を押さえた。そうして、小声で言った。「いえね、不思議に思っているだけよ。ずいぶんまえからわたしにわかっていたことを、あなたが理解するまでにこれほど時間がかかったことに」

「あら、伯母さまはいつからわかっていたの？」アラベラはわざとからかうように言った。

「ファージンゲール家の舞踏会で、あなたが未来の旦那さまと初めてワルツを踊ったあの夜よ。あなたは見まちがいようもなくうっとりしていて、ジャスティンは見まちがいようもなく魅了されていた。あの夜、わたしは確信したの」

「グレース伯母さまったら」アラベラは驚いて息を呑んだ。「あのときから気づいていたの？」

「ええ、あのときからよ」

アラベラは伯母を強く抱きしめた。「わかっていらっしゃるわよね？　わたしがグレース伯母さまのことをいつでも大好きだってこと」

「もちろんよ、わたしはあなたにとってただひとりの伯母ですからね！」グレース伯母の目が嬉しそうに光っていた。そうして、手を打ち鳴らした。「ああ、これほどの幸せがあるかしら！」と歌うように言った。「さっそく、今夜から洗礼式の計画を立てなくてはね」

アラベラは困ったようにくすりと笑った。「それはちょっと早すぎるわ」と伯母に言った。「でも、そのときもそう遠くはないかもしれないけれど」

二十四時間後、アラベラはケントの田舎道を駆け抜ける馬車のなかにいた。そもそもロンドンを出たのがずいぶん遅い時間で、おまけに街を出てまもなく、横転した馬車のせいで道がふさがっていた。そこで、しかたなく路傍の宿で一夜を明かしたのだった。ロンドンからはそう遠くないはずなのに、ケントはまるで別天地だった。道の両わきに、見渡すかぎり緑のなだらかな丘が連なっている。アラベラは座席の端に腰掛けて、内心じりじりしながら窓の外を眺めた。

大昔のケルト十字が中央に掲げられた村など、セバスチャンからいくつかの目印を教わっていた。アラベラは必死になって目印を探して、やがて、別邸はまもなくだと気づいた。あと数キロほどで着くと。

馬車がカーブした道を駆け抜けると、田舎のこぢんまりとした家が見えてきて、アラベラは身を乗りだした。近づくにつれて、その家が大きくなっていった。息を呑んで、家の正面の左右の角にある石造りの塔に見とれた。ことばにならないほど美しかった。想像もできないほどだった。住んでみたいと夢に見てきたような家が、いままさに目のまえにあった。

馬車を停めるとすぐに従者が飛びおりて、アラベラにすばやく手を貸した。

アラベラは馬車から降りたった。なんの花かはわからないけれど、甘い花の香りが風に漂っていた。周囲をすばやく見まわすと、家のまえの桜の木の低く張りでた枝に目が留まった。抑えがたい願望が胸に花開いた。これから毎朝ここで目覚める自分の姿が頭に浮かんできた。

広い石の階段を上って、真鍮のノッカーに手を伸ばした。けれど、それに手をかけるまえに、扉が勢いよく開いた。

視線をすばやく上に向けると、すらりとした男らしい体が戸口を満たしていた。ブーツ、そして、淡黄褐色の細身のズボン、白いシャツ。胸元から黒い胸毛が覗いている。

アラベラの心臓が飛びはねた。「こんにちは、ジャスティン」どぎまぎしながら言った。愛しさが全身にこみあげてきた。最後にジャスティンに触れられてから、ほんとうにまだ二、三日しか経っていないの？　最後にキスをされてから？

信じられない、一生とも思えるときが過ぎたような気がした。ジャスティンの胸に飛びこんで、互いの心のわだかまりなど忘れてしまいたかった。すべてを忘れて、背中をしっかりと包むジャスティンの頼もしい腕のぬくもりだけを感じたかった。

けれど、ジャスティンはそんなふうには思っていないかもしれない。わたしはジャスティンをひと目見ただけで気持ちが浮きたっているけれど、ジャスティンもそうだとはかぎらない。ふたりの目が合った。ジャスティンは歯を食いしばり、無表情だった。唇を真一文字に結んでいた。

「きみをここに向かわせてくれた兄上にお礼を言わなくてはならないようだ、そういうことだろう？」

ジャスティンの皮肉めいた挨拶はアラベラが望んでいたものではなかった。ジャスティンと目を合わせるだけでも、アラベラは希望と勇気を奮いたたせなければならなかった。「ええ、あなたがここにいると教えてくれたのはセバスチャンよ」と静かに言った。「でも、わたしは自分の意志でここに来たの。それに、セバスチャンはあなたのことをほんとうに心配している、それはわかるでしょう？」

ジャスティンの目は緑に燃えていた。反論されるにちがいない――アラベラはそう思ったが、ジャスティンは何も言わなかった。

「入ってもいいかしら？」勇気を出して、けれど、おずおずと尋ねた。不安に襲われた。断わられるのではないかと。

ややあって、ジャスティンがわきによけた。アラベラは玄関の間のテーブルにバッグを置くと、ジャスティンのあとについて、左手にある広々とした客間に入った。

そうして、ゆっくりと体をめぐらせた。「この家を買ったことをなぜ話してくれなかったの?」唇にかすかな笑みを浮かべた。「ジャスティン、すてきだわ! これほど美しい家を見たのは初めて――」

「もう売りにだした」アラベラのことばはジャスティンのそっけないことばに遮られた。

アラベラは鋭い目で夫を見た。心臓の鼓動が大きくなって、胸が痛くなった。「なぜ?」

「そもそもこの家を買ったのはまちがいだった。ぼくがいまここにいるのは、いくつかの問題を不動産業者と話しあって、解決するためだ」

アラベラは首を振った。「お願い、早まったことはしないで。ここを買ったことを……あの日の午後、あなたはそれを話そうとしたのよね、そうでしょう?」

ジャスティンの目が揺らめいた。「そんなことはもうどうでもいい」

アラベラは張り裂けそうなほど胸が痛んだ。ジャスティンはあまりによそよそしくて、はるか遠くへ行ってしまったかのようだった。「どうでもよくなんてないわ。お願いよ、ジャスティン」考えるまえにそう言っていた。「ふたりで話しあいましょう」

「いまさら何を話しあうんだ?」

「話しあうことはいくらでもあるはずよ」

「いいや、何もない」

ジャスティンはうしろを向くと、窓辺へ向かった。「悪いね、玄関まで見送れなくて」

人を決して寄せつけない壁が築かれた――ジャスティンの態度からそれがわかった。そんな夫を見つめながら、アラベラの胸がずきんと痛んだ。ジャスティンはどうしようもなく頑なだ。どうしようもなく傲慢で、プライドが高い。それに、あろうことか、わたしがここから立ち去るのを望んでいる。失望の波に押し流されそうになりながらも、アラベラはその波を必死に押しかえした。

「わたしを追いはらうつもりなら、もっとましな手を考えなくてはだめよ」いつになく低い声で言った。「わたしは帰らないわ。あなたの口からはっきりと聞くまでは……わたしを自分の妻にしておくつもりはないとはっきり言われるまでは」

胸の内を暴露するように声が震えそうになりながらも、アラベラはジャスティンの目を見据えた。

一瞬が永遠にも思えた。何かがジャスティンの表情をかすめた。ジャスティンは目を上げて天井を見た。首の筋がくっきりと浮きでていた。

そうして、無言のままアラベラに背を向けた。窓のほうを向いて、胸のまえで腕を組んで外を見つめた。

けれど、ジャスティンが背を向ける直前に、その目のなかにアラベラは何かを感じた。唇を嚙んで涙をこらえさせてくれる何かを。

ジャスティンが話しはじめた。半ば絞りだすような低い声に、アラベラは自分が何を見たのか確信した。

「行ってくれ、アラベラ。何も言わずに出ていって、ぼくをひとりにしてくれ！」

胸が潰れそうになった。アラベラはその場に立ち尽くした。セバスチャンから聞かされた話が津波のように押しよせてきた。どれほど傷ついても決して泣かなかった少年の姿が目に浮かんだ。胸が張り裂けそうになりながらも、アラベラは少年の内側にあるものをはっきりと見た。いまのジャスティンの真の姿を見た――プライドを失い、痛々しいほど剝きだしで、誰よりも傷つきやすい真の姿を。

そうして、なぜセバスチャンが会いにきたのかようやく理解した。〝ジャスティンを影のなかに帰さないでくれ〟というセバスチャンのことばの意味を。

そうよ、ジャスティンを影のなかに帰すことなどできない。そんなことはさせない。同時に、胸に強い感情が湧いてきた。彼自身からジャスティンを救わなければ。わたしにはそれができる――ええ、かならず！

体のなかですべてがほどけていった。ジャスティンの腰に腕をまわして、シャツに頰を押しあてた。ジャスティンは身を固くしたが、腕を振りほどこうとはしなかった。そうされるのではないかとアラベラが恐れていたにもかかわらず。

「わたしを妻にしておくつもりはないなんてことは、あなたには言えない、そうでしょう？」アラベラはためらいながら言った。「そのことばを口にできるなら、もうとっくに言っていたはず」

ジャスティンは両手でアラベラの手首を握った。「アラベラ――」

こらえきれずに、アラベラの頰を熱い涙が伝って、ジャスティンのシャツの薄い布に吸いこまれた。「ごめんなさい、ジャスティン、あなたを傷つけたりして。ごめんなさい」

ジャスティンの体に力が入った。すばやく振りむいて、アラベラの顔を見た。アラベラの苦しげな目を覗きこんだ。

一度話しはじめると、アラベラはもう止まらなかった。「わたしたちはどっちも救いようがないほど愚かだったわ！　あなたを拒むなんて、わたしはまちがっていた。あなたの話をきちんと聞くべきだったのよ。あなたは変わったと言ったのに……いまの自分はギデオンと軽率な賭けをした男とは別人だと言ったのに……わたしはいまやっとそのことに気づいた。だけど、まだ遅すぎはしない、そうよ、絶対に！　あなたがそう簡単にわたしと別れるはずがないもの。わたしだって二度とあなたのそばを離れない。ジャスティン、あなたが何を言ったって。何をしたって。あなたはわたしを手放したりしない」

「アラベラ、自分が何を言っているのかわかってるのか?」

アラベラはジャスティンの胸に顔を埋めて、声をあげて泣いた。「わかってる。わかってるわ!」

アラベラの震える体に、ジャスティンは腕をそっとまわした。「泣くな」かすれた声で言った。「愛しのアラベラ、頼むよ、泣かないでくれ」アラベラのやわらかな髪を撫でた。「愛してるよ、スイートハート。きみを愛してる」

「わたしもよ」アラベラも泣きながら言った。「そうよ、あなたを愛しているの」

ジャスティンは唸った。「いや、きみはぼくのことなど――」

「言わないで! そんなこと考えもしないで!」アラベラの目がジャスティンの目を探しあてた。「あなたは自分が愛されるには値しないと思っているんでしょう? でも、そんなことはない。ねえ、わからないの? わたしはいまのあなただから愛してるのよ。いまのあなただけれど愛しているんじゃなくて。どうしようもなく愛してるの。これからもずっと」

そのことばを信じられずにいるように、ジャスティンはアラベラを見つめた。「ほんとうに?」

アラベラの目が翳った。「そうよ、もちろんよ」息を止めて、アラベラはジャスティンのざらりとした頬に手をあてた。

ジャスティンはもう身を引かなかった。アラベラの手が自分の顔をさまようにまかせた。高い鼻、頬骨の輪郭、のみで刻んだような美しい唇。ふたりの目が合った。そうして、アラベラの手を握ると、その手のひらに唇を近づけて、キスをした。

アラベラの目にまた涙があふれてきた。けれど、今度は涙に潤むその目に笑みが浮かんだ。唸りながら、ジャスティンはアラベラを腕にかき抱いた。驚くほどやわらかな唇で、アラベラの涙をそっと拭った。ふたりの心はひとつになった。

やがて、ジャスティンは身を引いて、アラベラと額をくっつけた。「ぼくたちの新しい家を案内するよ」

肘にアラベラのほっそりとした手を感じながら、ジャスティンは家を隅々まで見せてまわった。そうして、最後にまた客間に戻ってきた。口元に穏やかな笑みを浮かべると、アラベラが窓の外を見て、歓声をあげるのを見つめた。

「あのすてきな木の向こうに小さな庭園を作りたいわ。サクラソウとオダマキを植えるの」

笑みがジャスティンの唇をかすめた。「正直なところ、あの木があったからこそ、この家を買ったんだ。子どものころのきみの姿が忘れられなくてね。木の枝から……子ザルのようにぶらさがっているきみの姿がね」

アラベラは微笑みそうになるのを必死にこらえた。けれど、それに失敗すると、つぶやいた。「そうね。子どもを育てるにはまさにうってつけの家だわ」

「同感だな」ジャスティンはアラベラを抱きしめた。

アラベラは指先でジャスティンの胸を軽くつつくと、顔を上げて夫を見つめながら、ふいに真顔になった。「ジャスティン、わたしのことばが聞こえた？　ここは子どもを育てるのにうってつけの場所よ。わたしたちの子どもをね」

一瞬、ジャスティンは眉をしかめた。次に、目を下に向けて、アラベラの体を見て、呆然としながら言った。「いまなんて……？　それはつまり、きみは……つまりぼくたちは……」

「まだはっきりしたわけではないのよ」アラベラは顔を真っ赤にしながら、あわてて言った。「でも、いままで遅れたことはなかったから。一度も」最後のことばに力をこめた。「もう一週間になるわ」アラベラは深く息を吸った。「夫になって、またすぐに父親になってもかまわない？」

ためらいのない返事が返ってきた。「もちろんだ」きっぱりとした口調だった。「正直なところ、すでにそうなっていなければ、そうなるようにふたりで精一杯努力しなければと思っていたほどだ」

アラベラの天国のように真っ青な目が見開かれた。ジャスティンは笑いながら、アラベラの唇をたしかな口づけでぴたりと封じた。「とはいえ」しばらくして顔を上げると、冷静に言った。「ひとつだけ訊いておきたいことがある」

「訊いておきたいこと?」

ジャスティンは窓のまえの桜の木を見ながらうなずいた。「きみはあの木にさかさまにぶらさがる方法を、ぼくたちの娘に教えたりしないだろうね?」

そう言うと、すべての女性を——誰よりもアラベラを——虜にする笑みを浮かべてみせた。アラベラは声をあげて笑うと、ジャスティンの首に抱きついた。ああ、ジャスティン、ほんとうに愛してる!

エピローグ

七年後

四歳のグレーソン・セバスチャン・スターリングが母親のスカートを引っぱった。アラベラは笑みを浮かべて、暖かい夏の空と同じ色の瞳を覗きこんだ。「なあに、ぼうや？」

ふたつの目がいたずらっぽく光った。「お母さま」くすくす笑いながらグレーソンは言った。「リジーのパンツが見えるよ、ほら」ふっくらとした指で外を指さした。

アラベラはその指のさきをたどって、客間の窓の外に目をやった。

窓のすぐそばの木の枝にさかさまにぶらさがった娘のリジーが、母を見てにやりと笑ってから、弟に向かってあっかんべーと舌を出した。

アラベラの肩にもたれてすやすやと眠っていた赤ん坊が、母親の甲高い声に驚いて、目を醒ました。「ジャスティン、リジーがまたやってるわ！　まったく、あの子ったら。いったいぜんたい、どうやってあんなところに登ったの！」

ジャスティンが新聞から目を上げて、どれほど差し迫った状況か見極めようとした。

「どうやら、乗り手なしで走り去っていくリジーのポニーと関係がありそうだな」

一分後、アラベラは大股で外に出ていくジャスティンを見つめた。リジーが枝を握って、体をくるりと回転させた。そのまま枝の上を這って逃げようとしたが、どれほどいそいでも、父のすばやさにはかなわなかった。たくましい二本の腕が伸びてきて、不安定な枝の上にいるスターリング家の長女をぐいとつかんだ。

五分後、三人の子どもたちを乳母にまかせて、アラベラは崩れるようにソファに坐りこんだ。

「まったく」と嘆いた。「リジーはきっと明日もまたやるわ。ロンドンからお客さまがいらっしゃるというのに。キャリントン公爵未亡人は肝を冷やすでしょうね。あの子のおてんばぶりにはお手上げだわ！」

ジャスティンはぴくりと眉を上げて、ゆっくりと言った。「スイートハート。公爵未亡人なら少しも驚いたりしないはずだ。それに、きみはそろそろこういうことに慣れてもいいんじゃないかい？　ぼくたちのリジーは社交界で噂になる運命なのさ、きみと同じようにね」

「あなたにはどうにかしなくちゃという気持ちがまるでないんだから」アラベラはこぼした。「お母さまもお父さまもそうよ。リジーがはしゃいでも、笑っているだけ。あの子はますます調子に乗るわ」

ジャスティンはくすりと笑って、妻を腕のなかに引きよせると、うつむいて、キスをした。そのままいつまでも唇を重ねていると、甘美なその味わいに、全身が震えるほど感動した。人生はなんてすばらしいんだろう。自分に価値がないとか、生きている意味がないなどとはこれっぽっちも思わない。悪夢に苦しむこともうなかった。いま、夢といえば将来にかんすることだけ。これから人生がどうなっていくのか楽しみでしかたなかった。アラベラがいるこの瞬間の何もかもが楽しくてしかたないのと同じように。魂から罪の意識を取り除いてくれたのも、昨日より今日を明るくしてくれるのもアラベラだった。

数時間後、ふたりはいつものように子どもたちの部屋へ向かった。三人の子どもそれぞれにおやすみのキスをするためだ。それは毎晩かならず繰りかえされる儀式だった。

部屋に入ると、エリース、いや、リジー――本人はこう呼ばれるほうが好きなのだ――がまだベッドの上で飛びはねていた。六歳のリジーは母と祖父から真っ赤な巻き毛を受け継いだが、その目はふたつのエメラルドのように輝いていた。ジャスティンと同じ澄んだ緑色だった。

グレーは静かに眠っていた。アラベラが身を屈めて、グレーの頬にキスをした。その間、ジャスティンの長い指が、自分と同じ黒い艶やかな髪をくしゃくしゃになるほど撫でていた。

揺りかごのなかで眠っているのは次女のテッサ。どちらかといえば叔母のジュリアンナに似ている。顔立ちは繊細で可憐。髪は栗色だ。テッサが親指を口に持っていき、それを吸いながら、かわいいお尻をよいしょと持ちあげて寝返りを打った。それを見て、アラベラとジャスティンは嬉しくなった。思わず声をあげて笑った。

廊下に出ると、アラベラは夫の腕に自分の腕を絡ませて、肩に頭をもたせかけた。

「わたしたちの子どもはこの世でいちばんかわいいわ、そうでしょ?」

「ああ、まちがいない」

三人の子どもがそれぞれのベッドですやすや眠るころ、ふたりも床についた。アラベラはジャスティンにぴたりと体を寄り添わせた。

ジャスティンは指先でアラベラの唇の輪郭をたどった。「なぜ、笑ってるんだい?」

「笑ってはいけない?」

ジャスティンは片方の眉を上げた。「まさか。ただ、ちょっと秘密めかした笑みのような気がしてね」

アラベラは指先をジャスティンの裸の胸に這わせた。「あら、あなたはわたしの秘密をすべて知ってるわ、忘れたの?」

「ほんとうに?」

「そうよ、ひとつを除いてすべてね」アラベラはからかうように言った。

「ひとつを除いてだって?」

「考えていたの」アラベラは穏やかに言った。「もうひとり乳母を雇ったほうがいいかもしれないって」

「アラベラ」ジャスティンはわざと咎めるように言った。「はぐらかすなよ」

アラベラは悪びれることなく言った。「あら、はぐらかしてなんかないわ」

ジャスティンはため息をついた。「たしかに、リジーは手に余るが……」

「リジーのためじゃないのよ」

ジャスティンは上体を起こして肘をつくと、妻を見つめた。「だったら、なぜ……?」

アラベラはさらににっこり笑っただけだった。

ジャスティンは目を見開いた。「まさか」小さな声でつぶやいた。「ということは、きみは……」息を呑んで、驚いたようにアラベラの目を見つめた。ほっそりとした手が、アラベラのおなかの上でその場所を包むように広がった。ジャスティンは頭を振った。まだ少しぼうっとしていた。「信じられない……テスはまだ四カ月だよ。ほんとうなのか?」

「以前、あなたに言ったはずよね、あなたはすばらしい父親になるって。いまのあなたはそのことばどおりよ。それに、すばらしい夫でもあるわ」

「それだけかい?」いたずらっ子のように目を輝かせながら、ジャスティンがせがんだ。

「それに、この世でいちばん熱心に欲望を満たす恋人でもあるわ」

ジャスティンはそのことばを行動で証明することにした。全身が、さらには、心まで震えるほどの悦びをアラベラに与えるために。

しばらくして、アラベラが眠りの縁を漂っていると、ふいに大きな笑い声が響いた。

アラベラはジャスティンの胸から頭を上げて、眠そうな目で夫を見た。「どうしたの?」

今度はジャスティンがアラベラをからかう番だった。「考えていたのさ」

「何を?」

「グレース伯母さまのことだよ」

ジャスティンは低く大きく深みのある声でまた笑った。アラベラの心臓がどきりと大きな鼓動を刻んだ。

「グレース伯母さまのこと?」

「だって、ほかに何を考える? 明日、伯母さまがやってきたら、ついさっきぼくが聞かされたことを伝える、そうだろう? そしたら、伯母さまは嬉しくて、小躍りするかもしれない」

ジャスティンと一緒にアラベラも笑った。「そうね。また洗礼式の計画を立てなくちゃって」

訳者あとがき

スターリング家の三人のきょうだいのロマンスを描く〝スターリング・トリロジー〟の第二作『完璧な花婿』をお届けします。

本書の主人公はジャスティン。長男セバスチャンとデヴォンの身分ちがいの恋が描かれた第一作で、放蕩者ながら兄思いの一面を見せたスターリング家の次男です。まじめで誠実なセバスチャンとは対照的に、ジャスティンは奔放な遊び人です。けれど、そうなったのも、多感な少年時代に一家を襲った母親の醜聞、父親との確執、そして、誰にも打ち明けられずにいるある出来事への自責の念が大いに影響しています。そんなジャスティンがどんなふうにして真実の愛に目覚め、愛によって心の傷が癒されて、自分自身も気づかずにいた本来の姿——愛情深い夫と父親になれる男——を取りもどすのか、どうぞたっぷりお楽しみください。

ジャスティンが恋に落ちるのはアラベラ・テンプルトン。アラベラはほかの女の人と並ぶと頭ひとつぶん飛びでてしまうほどの長身で、髪は炎のように赤く、肌の色も濃い目。現在ならスーパーモデル並みの容姿で、周囲の人から羨望のまなざしを向けられることでしょう。けれど、本書の舞台は一八一七年のロンドンの社交界。色白で小柄ではかなげな女性が美人とされていた時代です。アラベラにとっては、どこにいても妙に目立ってしまう容姿が悩みの種というのも無理からぬことです。また、宣教師である父に付き添ってアフリカなど未開の地で暮らすことが多かったために、ロンドンの上流社会の決まりごとになじめずにいます。勝気で、思ったことをはっきり口に出す性格も、いわゆる一般的なお嬢さまとは一線を画しています。とはいえ、容姿のことを人に揶揄されて内心深く傷ついているという繊細な一面も持ちあわせています。

物語は社交界の五人の男たちが賭けをするところから始まります。〝難攻不落のきみ〟と呼ばれているお嬢さまを誰が最初に口説き落とすかという賭けです。傍らでその話を聞いていたジャスティンは、親友に半ば煽られるかたちで、親友とふたりきりの賭け――ジャスティンが一カ月以内にそのお嬢さまを落とせるか――をすることになります。イングランド一の美男子と言われ、星の数ほどの女と浮名を流してきたジャスティンですから、賭けに勝つ自信は満々です。ところが、〝難攻不落のきみ〟と顔を合わせてみると、それはかつてこっぴどいいたずらをしかけて、ジャスティンの男としての面子を潰したおてんば娘のアラベラでした。

いっぽう、アラベラのほうも、女性に対して倫理観も思いやりも持ちあわせていないジャスティンを最初は毛嫌いしています。さらに、アラベラは心に固く誓っていることがありました。それは愛のある結婚しかしないということ。世間体やお金や地位のために結婚する気などさらさらなく、愛する人が現われなければ独身のままでかまわないと考えていたのです。

ジャスティンとアラベラが互いに惹かれていく過程で注目したいのは、ふたりの会話です。反発しあう気持ちと惹かれあう気持ちがあいまって、良くも悪くも話が弾むのです。それはつまり、お互いにとって一緒にいて退屈しない刺激的な相手だということ。それは現在の恋にもあてはまるキーポイントと言えるかもしれません。

さて、スターリング家の兄と弟は運命の相手にめぐりあいました。残るはひとり娘のジュリアンナ。〝スターリング・トリロジー〟の最終作を飾るのが、そのジュリアンナの恋です。過去の苦い恋の経験から、結婚はもちろん、恋もしないと心に決めているジュリアンナ。その頑なな心を溶かしてくれるのは盗賊……いえ、政府の命で盗賊を装って諜報活動を行なっている子爵です。そんなふたりがどんなふうに出会い、どんなふうに恋に落ちるのでしょうか……。最終作は九月刊行予定です。乞うご期待ください。

二〇〇八年六月

完璧《かんぺき》な花婿《はなむこ》

2008年7月30日　初版発行

著者　サマンサ・ジェイムズ

訳者　森嶋《もりしま》マリ

発行者　新田光敏

発行所　ソフトバンク クリエイティブ株式会社
〒107-0052　東京都港区赤坂4-13-13
電話03-5549-1201（営業部）

印刷・製本　中央精版印刷株式会社

デザイン　モリサキデザイン

フォーマット・デザイン　モリサキデザイン

カバー写真　Jack Wild/Getty Images

本文組版　谷敦

落丁本、乱丁本は小社営業部にてお取り替えいたします。
定価は、カバーに記載されております。
本書に関するご質問は、小社ソフトバンク文庫編集部まで書面にてお願いいたします。

　ISBN 978-4-7973-4669-5